MAMEVE MEDWED

Weil ich dich liebe, deine Annie

Über die Autorin:

Mameve Medwed wurde in Maine geboren und nach ihren beiden Großmüttern, Mamie und Eva, ausgesprochen May-Meeve, benannt. Darüber hinaus schreibt sie unter anderem für die *New York Times* und die *Washington Post*. Sie lebt mit ihrer Familie in Massachusetts.

Mameve Medwed

WEIL ICH DICH LIEBE, DEINE ANNIE

Roman

Aus dem Amerikanischen
von Angela Koonen

lübbe

Dieser Titel ist auch als E-Book erschienen

Die Bastei Lübbe AG verfolgt eine nachhaltige Buchproduktion. Wir verwenden Papiere aus nachhaltiger Forstwirtschaft und verzichten darauf, Bücher einzeln in Folie zu verpacken. Wir stellen unsere Bücher in Deutschland und Europa (EU) her und arbeiten mit den Druckereien kontinuierlich an einer positiven Ökobilanz.

MIX
Papier aus verantwortungsvollen Quellen
FSC® C014496
FSC www.fsc.org

Vollständige Taschenbuchausgabe

Deutsche Erstausgabe

Titel der amerikanischen Originalausgabe: »Minus Me«
Originalverlag: Alcove Press, an imprint of
The Quick Brown Fox & Company LLC

Titelredaktion: Ilse Wagner, München
Titelillustration: © MSNTY/Shutterstock
Umschlaggestaltung: FAVORITBUERO, München
Satz: two-up, Düsseldorf
Gesetzt aus der Minion
Druck und Verarbeitung: GGP Media GmbH, Pößneck
Printed in Germany
ISBN 978-3-404-18519-1

1 3 5 4 2

Sie finden uns im Internet unter luebbe.de
Bitte beachten Sie auch: lesejury.de

Für Howard, immer.

Kapitel 1

Deine Mutter hat am 28. Juni Geburtstag – sie trägt Größe 38; dein Vater am 8. Mai – eine Flasche Single Malt geht immer

Annie parkt vor Michauds Lebensmittelladen. Sie steht zu nahe am Hydranten, aber das ist ihr ausnahmsweise egal. Sie schaltet den Motor ab und versucht, ruhiger zu atmen. Sie stellt sich den viel zu fröhlichen, viel zu gelassenen Yogalehrer aus dem Video vor, das Sam ihr zu Weihnachten geschenkt hat. »Für Typ-A-Persönlichkeiten«, erklärte er. Sie hat es sich nur zur Hälfte angesehen. Beim Entspannen ist sie lausig. Je mehr sie sich bemüht, hinunter zum Zwerchfell zu atmen, desto schneller und flacher atmet sie. *Na und?* Sie öffnet die Wagentür. Das ist jetzt alles unwichtig. Sie lässt den Schlüssel stecken, sie lässt den Wagen unverriegelt, sie steigt über den Eiswall, anstatt den dürftig frei geschaufelten Pfad entlangzustöckeln. Das kann ihr alles mal gestohlen bleiben. Soll sie doch ausrutschen, auf dem dreckigen Gehweg liegen wie ein Schneeengel. Perfekter Vergleich.

Zum ersten Mal heute hat sie Glück, denn an der Kasse steht Vater Raoul und nicht Sohn Ralphie, der in der Highschool in Sozialkunde hinter ihr gesessen hat. Ralphie würde nur über ihre Klassenkameraden quatschen, die Hockeyergebnisse analysieren wollen, sich nach ihrer Mutter erkundigen. Nicht dass das noch eine Rolle spielen würde. Aber gerade heute will sie nicht über Ursula reden.

Mr Michaud schaut sich den Wetterbericht an. Es ist der 1. Februar. Wird Punxsutawney Phil morgen aus seinem Loch kommen?, fragt der grinsende Holzfällerhemd-Wettermann mit dem verdächtig orangefarbenen Teint. Seine Zähne sind fünf Stufen weißer als frischer Schnee. Dagegen sollten sich die gelbbraunen Schneehaufen in den Straßen ihres Heimatstädtchens was schämen. »Was meinste, Annie?« Raouls kanadische Vokale klingen hart im Vergleich zur Aussprache des Wettermanns.

»Keine Ahnung.« *Ist mir auch egal.* Ob noch sechs Wochen Winter oder früher Frühling, ist ihr jetzt unwichtig. Annie zeigt auf das Regal hinter der staubigen Kasse, an dem zwanzig Jahre alte, verblasste Konfirmationsfotos von Ralphie und seiner Schwester Marie mit Tesa festgeklebt sind. »Eine Packung Marlboro bitte.« Sie überlegt es sich anders. »Lieber eine Stange.«

Ob Mr Michaud das missbilligt, kann sie nicht erkennen. Er steht mit dem Gesicht zum Fernseher. Sie bezahlt. Er gibt ihr das Wechselgeld heraus. »Willst du eine Tüte?«

»Nicht nötig.« Soll doch die ganze Stadt ihr Laster sehen. Ihren Rückfall.

Doch als sie den Laden verlässt, entdeckt sie auf dem Bürgersteig nirgendwo Zeugen. Niemand, der fragen würde, wie es ihr geht, ob sie morgen Abend zur Stadtratssitzung kommen wird, ob die Gurken des neuen Lieferanten die richtige Qualität für die Paul Bunyans haben und wie es eigentlich ihrer hinreißenden Mutter geht. Dann käme ein Moment des Schweigens, ein Blick auf die Stange Zigaretten und die Frage: »Ist alles okay?« Zum Glück fährt kein einziges Auto vorbei, niemand sieht, wie sie sich auf das Lenkrad stützt und sich die Zigarette anzündet. Ein echter Glückstag. Ein spitzenmäßiger!

Natürlich ist das Feuerzeug kaputt. Natürlich hat sie kein Streichholz. Bei laufendem Motor steigt sie aus und geht wieder rein. »Streichhölzer?«

Er blickt nicht auf. »Da drüben.« Er deutet auf eine alte Whitman's-Pralinenschachtel, die mit Streichholzbriefchen von der Tankstelle gegenüber gefüllt ist. »Schönen Tag noch.«

Sie fährt um den Block herum zur Highschool, biegt in die letzte Parkplatzreihe ein, früher das Territorium der harten Jungs, die ihre filterlosen Camels rauchten und drüben bei den Kiefern ihre Joints drehten. Das ist auch genau die Stelle, wo die lockeren Mädchen ihre BHs aufhakten, wo sie und Sam – wie idyllisch – in dem alten Chevy seines Vaters herummachten, wenn das Kino aus war. Um neun Uhr machte die ganze Stadt dicht. Um diese Zeit, wenn die Fernseher in den Wohnzimmern entlang der Grove Street einer nach dem anderen ausgeschaltet wurden, hörte man förmlich den Schlusssatz aus den Waltons-Wiederholungen, die sie als Kind früher guckte: »Gute Nacht, John Boy. Gute Nacht, Jim Bob.«

Ringsherum kein Mensch. Was kaum überrascht, denn Teenager haben inzwischen Verhütungsmittel und den Komfort des eigenen Bettes, wenn sie die Nacht zusammen verbringen. »Besser zu Hause als auf der Rückbank des Wagens oder in einem billigen Motel, denn sie tun es ja sowieso«, erklärte ihre beste Freundin Rachel, deren Tochter einen Freund mit wöchentlicher Übernachtungserlaubnis hatte. Nicht dass Annie sich mit dem gleichen Problem befassen muss.

Sie hat ein anderes, und zwar ein großes. Das größte überhaupt. Das zentrale Thema in Literatur, Musik und Philosophie – nicht Zigaretten und Teenagersex und Kommunalsteuern oder narzisstische Mütter oder fade Essiggurken. Es ist das große Rätsel Schrägstrich die große Obsession der Menschheit.

Sie nimmt eine Zigarettenschachtel aus der Stange und zieht am Aufreißfaden. Sie trägt noch die gekräuselten violetten Handschuhe, die Ursula ihr geschickt hat. Das feine Leder schmiegt sich an ihre Finger wie eine zweite Haut, das Kaschmirfutter ist so dünn, dass sie sich mit Handschuhen eine Zigarette herausziehen kann. Ihr zittern die Hände. Sie hat seit ihrer ersten Schwangerschaft nicht mehr geraucht, außer ein oder zwei während Ursulas höchst stressiger Besuche. Aber nie während der Ich-mache-alles-richtig-Schwangerschaften, von denen vier mit einer Fehlgeburt endeten. Und bei der letzten, der Nie-wieder-Schwangerschaft, kam das Kind – eine Tochter – tot zur Welt. Danach hat sie den Geschmack daran verloren.

Tut sie es deshalb? Rauchen? Früher war das etwas, um die Hände beschäftigt zu halten, wenn sie bei einer Party schüchtern herumstand, ein Landei, das sich den Anstrich der Raffinesse gab. Eine Null-Kalorien-Ersatzbefriedigung, wenn sie durch das Schaufenster des Drugstores schaute und eine ihrer Freundinnen beobachtete, die einen Karamelleisbecher am Getränkespender vertilgte. Und das jetzt trotz so vieler, hart errungener tabakfreier Jahre? Trotz all der Treffen bei den Anonymen Rauchern in dunklen Kirchenkellern und schäbigen Cafeterien? Und nach einer Kindheit eingehüllt in Rauchschwaden, die der Mount Ursula ausspuckte, und einer Lungenentzündung in der Teenagerzeit, die nach Meinung des Arztes ihre Lunge geschädigt haben und zu späteren Problemen führen könnten.

»Das tut mir sehr leid«, hat Dr. Buckley gesagt und ihre Hände genommen, während er Tränen wegblinzelte.

Natürlich, dachte sie. Das ist die logische Konsequenz. Nicht nur aus ihrer Erbsünde und dem kindlichen Gefühl von Unbesiegbarkeit, sondern, machen wir uns nichts vor: zu viel Wein, zu wenig Broccoli. Hinzu kommt der Sportkurs, den sie in der ersten Woche hingeschmissen hat. Ihre Yoga-Aversion. Die zehn Pfund Gewichtszunahmen, die sie auf die Paul Bunyans schiebt – die ernährungsphysiologisch bedenkliche, immerwährende Quelle an Einkommen, ehelicher Harmonie und lokalen Ruhms.

»Das ist Pech. So ist das Leben«, sagte Dr. Buckley außerdem.

»Das Leben kann mich mal«, sagt sie jetzt. Sie ist erst siebenunddreißig Jahre alt, verdammt. Nicht dass ihre Mutter das »erst« billigen würde. »Darling, dein Alter bleibt jetzt besser *entre nous*«, forderte Ursula, als Annie dreißig wurde, und tat das in demselben Ton, mit dem sie seinerzeit von ihrer vierjährigen Tochter verlangte, sie mit dem Vornamen anzusprechen, weil das schwesterlicher klänge als das mutterschaftsoffenbarende »Mum«.

Annie reißt das Streichholz an, zündet sich die Zigarette an, hält sie zwischen Zeige- und Ringfinger. Die Zigarette schmiegt sich zwischen die Lederlagen wie ein fehlendes Glied, das sie gerade zurückbekommen hat.

Ihr wird schwindlig, sie inhaliert und hustet wie damals als zwölfjähriger Pummel, nachdem ihre Mutter ihr die erste Parliament zu rauchen gab und ihr eine schlanke Taille versprach. Sie behielt recht, und Annie blieb dabei. Das Husten hörte auf, zumindest damals, die Pfunde purzelten. »Was für ein hübsches kleines Ding«, gurrten die Leute. Mit einer Zigarette fühlte sie sich weltgewandt, pariserisch. Nicht dass die Jungen in ihrer Highschool das zu schätzen wussten. Deren Ideal war weniger die urbane, sondern eher die infantile Sünderin, ein passenderes Pendant für Bad Boys wie Ralphie Michaud mit ihren Nasenringen, nach hinten gegelten Haaren, Schmalzlocke in der Stirn und Heavy-Metal-Tattoos.

Sam war nicht so einer. Und sie war nicht eines jener Mädchen, die solchen Jungen an der Seite klebten wie eine zusätzliche Rippe. Sie und Sam waren zusammen in die Benjamin-Franklin-Grundschule gegangen, in dieselbe Klasse. Ihre Geburtstage liegen nur drei Tage auseinander. In der zweiten Klasse schenkte er ihr eine herzförmige Schachtel mit Buttertoffees zum Valentinstag. In der vierten war er ihr Wichtelpartner. In der Mittelstufe sah er so gut aus, dass sie nicht aufhören konnte, ihn anzustarren. Schüchtern, bescheiden und gedankenverloren war er und begriff nicht, wie attraktiv er aussah. (Auch heute noch nicht, obwohl sich viele Frauen nach ihm umdrehen und mit ihm flirten wollen.)

Im ersten Jahr der Oberstufe fanden sie richtig zueinander und wurden unzertrennlich, zwei Außenseiter beim Sport, intelligent, sosehr sie das auch verbergen wollten, und Einzelkinder zwischen großen, ständig wachsenden Familien. Außerdem gehörten sie beide einer Minderheit an, er als Jude, sie als Unitarierin in einer Stadt, die auf die katholische Kirche von Sankt Peter ausgerichtet war. Schlimmer noch, sie wohnten im noblen Teil der Stadt, und das hieß – durch den engen Rahmen von Passamaquoddy betrachtet – keine Autoreifen im Vorgarten, eine Gästetoilette unter der Treppe, ein Klimagerät im Schlafzimmerfenster und ein Geschirrspüler in der Küche. Sie und Sam bildeten eine Zweierclique.

Sie inhaliert noch einmal und fühlt sich noch schlechter. Sie öffnet das Beifahrerfenster, stopft die Zigarettenschachtel wieder zu den anderen und wirft sie hinaus auf den Schneewall. Sollte sie ein schlechtes Gewissen haben, weil sie Abfall auf den Bürgersteig geworfen hat? Oder weil ein Minderjähriger, wenn nicht sogar ein Kind, sich darauf stürzen könnte und zum Rauchen verführt wird? Sollte sie sich schuldig fühlen, weil durch sie eine arme Seele auf der Straße krank wird? Sie hat eine bessere Idee: aufhören, in sozialem Verantwortungsbewusstsein zu schwelgen. Lieber schwelgt sie in einem Karamellbecher mit gehackten Walnüssen, geschmolzenen Marshmallows, Schlagsahne und einer rot gefärbten Maraschinokirsche obendrauf. Mit allem Drum und Dran.

Sie fährt den halben Block zu Miller's Drugstore und setzt rückwärts in eine Parkbucht, die gerade frei wird. Das nie behobene Quietschen der Tür verrät, dass sie den Laden betritt, aber niemand blickt auf. An einem Ende der Theke sitzen ein paar Kleinkinder mit ihren geplagten, erschöpften Müttern. Ein Junge hat ein Dutzend Strohhalme in seinen Milchshake gesteckt. Ein Mädchen versucht immer wieder, sie ihm wegzunehmen. »An manchen Tagen …«, seufzt die Mutter und wischt die Spritzer weg.

»Glaub mir, ich kenne das«, sagt die andere Frau mitfühlend.

Annie macht ein unmutiges Gesicht. Ihr wisst gar nicht,

wie viel Glück ihr habt, will sie schreien. Sie setzt sich auf einen Hocker am anderen Ende der Theke. »Wollen Sie auch Ihren Kummer ertränken?«, fragt Mr Miller, als er ihre Bestellung aufnehmen will. »Scheint heute der Tag dafür zu sein.«

»Wirklich?«

Er nickt. »Agnes Bouchard war vor zwei Minuten hier und hat zwei Bananensplit verschlungen. Anscheinend ist die alte Mrs Bouchard gestorben …«

»Ja, stand in der Zeitung. Es tut mir leid, das zu hören.«

»Muss es nicht. Sie war einundneunzig Jahre alt und so gemein wie nur was. Sie können sich nicht vorstellen, was Agnes sich gefallen lassen musste, solange sie sie gepflegt hat. Immer auf Abruf bereit. Die alte Dame hat hier ständig angerufen und mich angeschrien, wenn ihre Blutdrucktabletten nicht schnell genug geliefert wurden. Als wäre sie die einzige Kundin in Passamaquoddy. Als wären wir ein Fünfsternehotel. Und dann stirbt sie ohne Testament.« Er wischt Spritzer von der Theke. »Ohne ihren letzten Willen zu erklären.«

»Ich weiß, was ein Testament ist.« Annie hat das Bedürfnis, sich zu wehren.

»Jetzt kommen alle entfernten Verwandten aus ihren Löchern gekrochen und verlangen ihren Anteil. Das ist schlimmer, als wenn sie ihr Geld der Katze vererbt hätte, womit Agnes gerechnet hatte.«

»Ich hoffe, die Bananensplits haben geholfen.«

»Bin mir nicht sicher. Hab sie mit einem Erdbeermilchshake nach Hause geschickt. Ging aufs Haus. Das ist eine Lehre für uns alle. Ich habe schon einen Termin mit meinem Anwalt vereinbart, um mein Testament aufzusetzen. Dafür ist es nie zu früh …«

Oder zu spät, denkt Annie.

»Nicht dass Sie sich Gedanken machen müssten«, fügt er hinzu.

»Man kann nie wissen.«

»Wohl wahr. Aber jetzt mal zu angenehmeren Dingen. Wie geht es Ihrer schönen Mutter?«

»Großartig.« Im Gegensatz zu sonst macht sie sich nicht die Mühe, Begeisterung zu heucheln und ihren ungeschönten Bericht von Ursulas immens verschönertem Leben abzugeben. Sie ist an die Frage gewöhnt. Im Lauf der Jahre wurde sie desensibilisiert wie ein Allergiker, der durch eine wachsende Dosis des Allergens eine Verträglichkeit entwickelt. Zu Beginn jedes Schuljahrs wollte jeder neue Lehrer als Erstes wissen, wie es ihrer Mutter ging. Bald gewöhnte sie sich an, dem zuvorzukommen. »Meiner Mutter geht es großartig. Großartig!«, verkündete sie, bevor ihr Gegenüber fragen konnte. Daraufhin riet der Schulpsychologe dem Lehrpersonal per Kurzmitteilung, sich nur noch nach Arabellas Befinden zu erkundigen. Sie sah die Kurzmitteilung auf Miss Clearys Schreibtisch liegen und las: *Was für ein empfindsames, zurückhaltendes Mädchen. Arabella ist leider so ganz anders als ihre Mutter.* Selbst jetzt nach all den Jahren ist dieses *Leider* – leider – zu einem bestimmenden Teil ihrer Person geworden.

Sie faltet die Papierserviette auf dem Schoß auseinander, betrachtet sie, faltete sie zu einem Fächer, streicht sie wieder glatt und meidet bewusst jeden Gedanken an ihre Mutter. Doch Mr Miller bemerkt das nicht. »Vor einer Weile habe ich sie in dieser Serie gesehen. Sie hat alle an die Wand gespielt!« Er sprüht ein extra Häubchen Schlagsahne auf ihren Eisbecher und drückt eine zweite Kirsche darauf, vermutlich als

Zeichen seiner Verehrung für Ursula. »Wird sie demnächst zu dem alten Knacker zurückkehren?«

Das hat noch gefehlt, Ursula als Engel der Barmherzigkeit, die in einem weißen Dior-Kleid herab ins Rampenlicht schwebt und ihrer Tochter allen Kummer abnimmt. Die Rolle ihres Lebens. Die Rolle, die sie in Annies Leben schon immer gespielt hat.

Als Annies Vater starb, kam Ursula ganz in Schwarz mit ein paar Pailletten am Dekolleté und Strassschnallen an den Satinpumps und benahm sich, als wäre sie mit dem Verstorbenen noch verheiratet gewesen und nicht schon beim vierten Ehemann. Henry Stevens hatte eine kurze Strafe als Nummer zwei abgesessen und in dieser Zeit Ursulas einzigen Sprössling gezeugt. Er nannte seine Tochter kurzerhand Annie, weil er Arabella, den von Ursula bestimmten Namen, für Passamaquoddy zu hochtrabend fand. Nach dem Begräbnis versammelten sich die Trauergäste um die schluchzende Witwe und schwelgten in Shalimar und theatralischer Trauer, während sie die Tochter, die ihren Vater geliebt hatte und echten Verlustschmerz fühlte, ignorierten.

Mit Ausnahme von Sam, der an ihrer Seite blieb.

Annie schaufelt sich das Eis rein. Es schmeckt wie Medizin. Die Schokosoße verklumpt auf der Zunge. Die Nüsse fühlen sich an wie Splitt. Kann man so plötzlich den Geschmack an den Freuden des Lebens verlieren?, fragt sie sich. Sie kann nicht mal schamlos eine Zigarette rauchen oder einen Eisbecher essen, ohne dass die verbotene Frucht sich in ein bitteres Kraut verwandelt. Sie klatscht zehn Dollar auf die Theke und springt vom Hocker.

»Etwas nicht in Ordnung?«, fragt Mr Miller.

Und ob was nicht in Ordnung ist! »Alles gut«, lügt sie.

»Sie möchten das nicht aufessen?«

»Wie meine Mutter immer sagt: eine Minute auf den Lippen, ein Leben lang auf den Hüften.«

»Das hat sich für sie wohl ausgezahlt.« Er schaut wehmütig. »Tja, sagen Sie ihr, wir vermissen sie.« Er wischt die Theke ab. »Und grüßen Sie Ihren Mann von mir.«

Ihren Mann. Sam. Oh Sam. Lieber Sam.

Wie soll sie es ihm bloß beibringen?

Kapitel 2

> Fühlst du dich einsam? Frag Rachel, ob sie Lust hat, mit dir einen Film zu gucken, essen zu gehen, zu quatschen. Sie ist die Nummer zwei im Kurzwahlspeicher (nach dir!).

Wie kann sie es Sam je sagen?

Sam, ihrem geliebten Mitbewohner, Mitarbeiter, Miteigentümer, ihrem Mitproduzenten der Paul Bunyans. Sam, rund um die Uhr an ihrer Seite – außer wenn sie Besorgungen macht oder Zigaretten klaut oder Eisbecher verschlingt. Oder wenn sie … ihr bleibt die Luft weg.

Oder wenn sie zum Arzt geht.

Wie sehr sie es hasst, wenn Prominente ihren Freund, Geliebten, Partner, Ehemann oder Ehefrau als »meinen besten Freund« bezeichnen. Wie klischeehaft, abgedroschen, billig, denkt sie dann. Doch das hält Sam nicht davon ab, sie als »Annie, meine Frau und beste Freundin« vorzustellen.

»Frau, ja. Beste Freundin, nein«, stellte sie einmal klar. »Der Titel kommt Rachel zu.«

»Nur weil du und Rachel euch die Daumen angepikst und

euer Blut vermischt habt, als ihr Kinder wart.« Er hielt die Hand hoch. »Gib mir ein Messer«, forderte er lachend. »Du bist alles, was ich brauche.«

Obwohl sie versteht, warum eine Familie, die aus biologischen Gründen auf zwei Personen begrenzt bleibt, sich aneinanderschweißt und alle anderen ausschließt, fühlt sie sich bei solchen Äußerungen eingeengt und zerknirscht. Sie braucht Sam. Natürlich braucht sie ihn. Nach siebzehn Jahren Ehe ist er ebenso ein Teil ihres Lebens wie die Straßen von Passamaquoddy und der zerschrammte Fußboden im Sandwichladen. Aber Sam scheint sich mehr auf sie zu stützen als sie sich auf ihn.

»In jeder Ehe gibt es ein Ungleichgewicht«, erklärt Rachel, studierte Sozialarbeiterin und Therapeutin für Angst- und Essstörungen und Scheidungstraumata. »Immer liebt ein Partner mehr als der andere.«

Annie ist überzeugt, dass das nicht wahr ist, argumentiert aber nicht mit ihr. Sie weiß, sie und Sam lieben einander gleich stark. Aber auf dem Feld der Abhängigkeit neigt sich die Wippe.

»Ich kann mir nicht vorstellen, dich nicht an meiner Seite zu haben«, sagt Sam zu ihr im Laden, im Bett, im Supermarkt, bei einem Glas Wein, unter dem Regenschirm, im Kino, vor ihrer Haustür. »Ich verstehe diese Paare nicht, bei denen jeder sein eigenes Leben führt. Wie sollte ich ohne dich zurechtkommen?«

»Das musst du gar nicht. Ich gehe nicht weg.« Das ist immer ihre Antwort.

War immer ihre Antwort. Ihre selbstgefällige, zufriedene Antwort. Wird sie bestraft für ihre Gewissheit? Immerhin wurde Rachel von ihrem Mann völlig überraschend wegen der dämlichen Zahnpflegerin sitzen gelassen, die (was für eine Ironie) immer aus dem Mund stank. Wer kann so etwas vorhersehen?

Angesichts ihrer Sekundenkleberzweisamkeit war Annie stets überzeugt, sie und Sam würden in den Sonnenuntergang schlendern, künstliche Hüfte an künstlicher Hüfte. Sie würden zwei gleiche Schaukelstühle auf ihrer wohnbetreuten Veranda haben und beide sanft entschlafen, wenn nicht kurz hintereinander wie Romeo und Julia, dann doch innerhalb von ein paar Monaten.

Natürlich weiß sie, dass das Leben ungerecht ist. Alle Leute, mit denen sie zur Schule gegangen ist, bekommen Kinder, so mühelos, wie sie sich die Nase schnäuzen. Die Leute mit den intakten Familien, herzgesunden Vätern, liebenden Geschwistern und einer Mutter, die nicht alle in Verlegenheit bringt. Die Leute, die keine tot geborene Tochter an ihre Brust drücken mussten, ein wunderschönes Baby mit hellblau geäderten Lidern, einem Wimpernkranz, um den eine Disney-Prinzessin es beneiden würde, einem herzigen Mündchen und einem ulkigen flaumigen Haarschopf.

Die Hebamme musste mit sanfter Gewalt vorgehen, Finger um Finger, Handgelenk um Handgelenk wegziehen, um es mitzunehmen. »Ist ja gut, ist ja gut«, sagte sie dabei ununterbrochen.

»Nichts ist gut«, schrie Annie.

»Wie sollen wir sie nennen?«, fragte Annie ihren Mann. Das Babybuch mit den angekreuzten Lieblingsnamen steckte in ihrer Reisetasche.

»Besser gar nicht«, flüsterte Sam schluchzend an ihrem Ohr.

Später in ihrem schmalen Wochenbett, als ihre Gebärmutter sich zusammenzog und blutete, hielt er sie die ganze Nacht in den Armen und genauso unnachgiebig fest, wie sie ihr schönes, namenloses Stevens-Strauss-Töchterchen gehalten hatte.

Und ihr Ehemann, der sich während ihrer (seiner!) ersten drei Monate vor dem Frühstück übergab, der während ihrer Fehlgeburten die gleichen Krämpfe hatte wie sie, der bei jedem Kratzen im Hals eine Lungenentzündung und bei jeder Schnittwunde Wundbrand vermutete, landete kurz darauf im Krankenhaus. »Eine depressive Phase. Erschöpfungszustand«, lautete die Diagnose. »Zusammenbruch, emotional angegriffen«, lautete die Übersetzung der Assistenzärztin. »Er meinte, er spürt Ihren Schmerz.«

»Auch seinen eigenen«, sagte Annie.

Hatte sie es nicht schon schwer genug? Oder Sam?

Jetzt sieht sie auf die Uhr. Sie weiß, sie sollte zum Laden gehen. Es ist fast Mittag. Die Kunden dürften bald Schlange stehen, die Mehrheit der hungrigen Einheimischen, die jeden Tag um Punkt zwölf denselben Platz in der Schlange einnehmen. »Bitte, öffnen Sie auch sonntags«, betteln sie.

»Es ist nichts verkehrt an Erdnussbutter und Gelee«, scherzt Sam.

»Oder an einem Hummerbrötchen«, ergänzt sie.

Sie sollte jetzt bei Sam sein und mit ihm die Sandwiches, *Sam*wiches, belegen und die fertigen in das Logo-Wachspapier einwickeln, dabei mit den Kunden plaudern und sie gleichzeitig zur Kasse lenken, was sie inzwischen meisterlich beherrscht. Sie sollte jetzt Verkäufe bongen, Tomaten schneiden, Lieferungen kontrollieren. Aber Megan ist da, Rachels siebzehnjährige Tochter und Annies Patenkind, die das Jahr zwischen Highschool und College freimacht, weil sie jünger ist als ihre Klassenkameraden. Sie arbeitet als Praktikantin in *Annie's Samwich Shop*. Sie hofft, später in der Gastronomie Fuß zu fassen.

»Wir sind aber kein Restaurant«, betonte Sam.

Das war Megan egal. Sie wollte praktische Erfahrung sammeln, um sich zwischen einem geisteswissenschaftlichen Studium und einer Kochschule entscheiden zu können.

»Na gut, aber wir bezahlen dich.« Annie bestand darauf. »Und wie deine Mutter möchte ich dir die Geisteswissenschaften ans Herz legen.«

»Knall bei der Arbeit ordentlich mit der Peitsche«, flehte Rachel. »Das ist die beste Methode, um sie zu Englisch und Kunstgeschichte zu bringen.«

Annie erklärte sich bereit, sie hart arbeiten zu lassen – schließlich war das ein hartes Geschäft –, aber sie selbst hatte sich bei der Berufswahl auch schwergetan. Was für ein Glücksfall, als sie und Sam beschlossen, den Laden von den drei Brüdern zu kaufen, denen er schon gehört hatte, als Annies Vater noch ein Kind gewesen war. Julius, John und Jerome, drei fette Durchschnittsmänner unbestimmbaren Alters in fleckenlosen weißen Schürzen und weißen Mützen und so blass, als wären sie mit Mehl bestäubt. Wegen ihrer Ähnlichkeit mit den Pillsbury-Teigmännchen wurden sie nur die Doughboys genannt. Sie gehörten so sehr zu ihrer Marmortheke und den Koppelfenstern, dass jeder annahm, sie würden eines Tages in ihren weißen Clogs sterben, umgekippt über dem letzten Paul Bunyan des Tages, genauso umstandslos, wie sie Brötchen aufschnitten und mit Mayonnaise bestrichen. Niemand in Passamaquoddy glaubte, dass die Doughboys je aus Maine wegziehen, geschweige denn das florierende Geschäft verkaufen würden.

Kaum besaßen Annie und Sam den Laden, stellte sie staunend fest, dass sie diese Arbeit liebte. Die Buchhaltung. Das Einkaufen. Das Belegen der Sandwiches. Das Aufpeppen der Wände mit Bildern von reich gedeckten Tischen und Kücheninterieurs vom Flohmarkt.

Nicht dass das reibungslos abgelaufen wäre. Am Tag nach ihrem Verkauf legten die Brüder ihre Schürzen ab, zogen sich Hawaiihemden an und flüchteten nach Florida. Und zwar, ohne ihnen das Rezept für das Paul-Bunyan-Sandwich dazulassen. Hatte ihr Anwalt, Bob Bernstein, der gemeinsam mit Sam für seine Bar Mitzwa gelernt hatte, vergessen, diese Notwendigkeit in den Kaufvertrag zu setzen? Natürlich nicht, rief der tödlich beleidigte Anwalt, und sie sollten doch mal auf Seite 7, Absatz 3 a nachlesen. Die Parteien hatten unterschrieben und waren auseinandergegangen, ohne dass ein entscheidender Teil des Vertrages erfüllt wurde. Nicht sein Fehler. Die Paul Bunyans seien sein Lebenselixier. Er sei süchtig danach. Hätte er je die wichtigste Zeile des Vertrages ausgelassen?

Obwohl ein halbstündiges Telefongespräch, schriftliche und mündliche Entschuldigungen und eine Flasche Single Malt nötig waren, um die Kränkung seines juristischen und lukullischen Fachwissens abzumildern, blieb die Tatsache bestehen, dass sie nicht über das Rezept verfügten, das Rezept für das berühmteste Sandwich im Umkreis von hundertfünfzig Kilometern. Oder sogar von Maine. Einheimische, die aus Maine weggezogen waren und unter nostalgischen Feinschmeckersehnsüchten litten, ließen sich Paul Bunyans, in Trockeneis verpackt, an weit entfernte Orte wie San Francisco liefern. Bei Besuchen in der Heimat gaben ihre Gastgeber ihnen ein paar Dutzend davon auf den Rückflug mit, sodass Mitreisende entweder zu Tränen gerührt den Duft genossen oder jemanden baten, mit ihnen den Platz zu tauschen. Ohne das Rezept, das war Annie und Sam klar, würde ihr Geschäft Pleite machen.

Sie schrieb an die Brüder unter ihrer Nachsendeadresse. Der Brief kam zurück: Empfänger unbekannt. Die E-Mail kam zurück: ungültige Adresse. Die Poststelle in Century Village hatte noch nie von ihnen gehört. Hatten die Brüder in Florida einen Sandwichladen eröffnet, obwohl der Vertrag das untersagte? Sie googelte. Sie suchte mit Yelp. Sie klickte auf Gourmet.com und tippte *Jumbosandwich Rezepte* ein. Sie suchte in öffentlich verfügbaren Behördendaten und zahlte knapp fünfzig Dollar für eine Suche. Die Doughboys blieben unauffindbar.

»Sollen wir einen Privatdetektiv anheuern?«, fragte sie Sam.

Sam lachte. Er war sich sicher, dass sie anhand der verbliebenen Vorräte und ihrer Geschmackserinnerungen selber ermitteln konnten, aus welchen Zutaten das Sandwich zusammengesetzt war. Sie würden Schicht um Schicht die Bestandteile bestimmen und zum Prototyp zusammensetzen wie ein Archäologe die Scherben seiner Ausgrabungsstätte. Salami, Olivenöl, Zwiebeln, Käse. Wie schwierig konnte das sein?

Sie machten sich Notizen und Zeichnungen und kamen auf das Rezept: Das Hefebrötchen von der örtlichen Bäckerei in der Mitte durchschneiden. Als erste Schicht gehackte grüne Paprikaschote, darüber genau drei Tomatenscheiben, gefolgt von reichlich Zwiebelwürfeln, mariniert in Öl, Salz, Knoblauch und Chiliflocken, und einigen noch unklaren Zutaten: Mayonnaise? Worcestersoße? Essig? (Balsamico? Apfelessig? Weinessig?) Senf? (Englischer? Amerikanischer? Französischer?)

Als wären sie das Ehepaar Curie der Hauswirtschaftslehre, experimentierten sie. Nach einem von Sam geschaffenen System probierten sie gewissenhaft alle möglichen Kombinationen aus, bis sie dem Original am nächsten gekommen waren. Nachdem sie den Geschmack der Soße getroffen hatten, legten sie von dem unnatürlich gelben amerikanischen Käse, der sich wie dünnes Gummi anfühlt, vier quadratische Scheiben über die Zwiebelwürfel. Den Käse bedeckten sie mit drei runden Scheiben Salami mit grünem Pfeffer und garnierten sie mit fünf geriffelten Scheiben Essiggurke.

Der Heureka-Moment dauerte jedoch nur kurz, weil sie unerwartet vor dem Problem standen, für das Paul Bunyan die richtigen Zulieferbetriebe zu finden. In den Jahrzehnten, seit die Brüder ihr Geschäft gegründet hatten, freundete man sich sogar in Passamaquoddy mit Bioerzeugnissen an. Produkte für »hochwertige Ernährung« und »gesundes Essen« nahmen immer mehr Platz in den Supermarktregalen ein. Einige Läden und Fast-Food-Buden setzten ein *Gourmet* vor den Namen auf ihrem Schild. Es war nicht einfach, die nitrathaltigen, künstlich gefärbten Zutaten mit hohem Fettgehalt zu ersetzen. Die Unternehmen, die sie verkauften, lagen in den zweifelhaften Stadtteilen, wo die Regale staubig und die Haltbarkeit lang war.

Schließlich aber gelang es Annie und Sam, ein vollendetes Werk von wahrer Schönheit zu erschaffen, so etwas wie Keats' Griechische Urne. Sie veranstalteten eine Verkostung mit treuen Kunden. »Ein Wunder«, erklärte der Polizeichef. »Als würde Helen Keller das Wort für Wasser entdecken«, staunte die Kindergartenleiterin und verstieg sich zu dem Vergleich mit der Schriftstellerin, die von klein auf taub und blind war. »So gut wie eh und je«, hieß es in der Feinschmeckerkolumne im *Passamaquoddy Daily Telegram.* Während ein paar griesgrämige Stimmen Zweifel anmeldeten, äußerten sich die meisten Leser lobend, etwa in dem Tenor: »Die Vergangenheit kommt nicht wieder, aber es kommt nahe an das Original heran.«

Sie brauchten außerdem einen neuen Geschäftsnamen. *The Three J's* kam selbstverständlich nicht infrage. Sie machten ein Brainstorming. Maine Chance? Maine Squeeze? The Big Bite? BUNyan House? Bei einer Flasche Pinot Grigio wurden die Einfälle immer verrückter. »PtoMaine«, schlug Sam vor und schrieb es hin. Als die zweite Flasche halb geleert war, einigten sie sich auf *Annie's Samwich.*

Jetzt schreibt sie an Sam: *Alles okay? Kannst du mich entbehren, damit ich ein paar Dinge erledigen kann?*

Alles unter Kontrolle, antwortet er. *Liebe dich, vermisse dich.*

Sie starrt auf die Nachricht. Das »vermisse dich« hält ihren Blick fest wie die Laufleiste auf CNN. Wie kann ich es Sam beibringen?, klagt sie wieder.

Im Flur tritt sie die Post zur Seite, wirft ihren Mantel auf den Boden und ihr Taschenbuch auf den Tisch. Ihr Kleeblatt-Schlüsselanhänger reißt – war ja klar –, und die Schlüssel springen klirrend über den Boden, einer landet auf dem Heizgitter und droht hindurchzufallen. Sie macht sich nicht die Mühe, sie aufzuklauben.

Sie lässt sich auf das Sofa sinken, wickelt sich in die Strickdecke, die sie von ihrer Schwiegermutter bekam, als Sams Eltern in eine bewachte Wohnanlage an der Golfküste zogen. Ihre Farben erinnern an die Tropen: Orange und Gelb, Hellgrün und Orchidee. Beim Stricken muss ihre Schwiegermutter schon von hübscheren, wärmeren Orten geträumt haben, die Stranddreiräder und pastellfarbene Cocktails mit Papierschirmchen bieten.

Annie will keinen hübscheren, wärmeren Wohnort. Sie will, was sie jetzt hat. Diese Arbeit. Diesen Mann. Dieses Haus. Dieses Leben.

Natürlich weiß sie, dass Menschen jung sterben können. Sie hat gespendet für die Suche nach Knochenmarkspendern und Kickstarterkampagnen für Kinder mit Leukämie und für eine junge Frau, die vor ihrer Herz-Lungen-Transplantation noch ihren Collegeabschluss machen wollte. Sie unterstützt einen Fonds für verwundete Soldaten und einen für Stipendien, mit denen das Andenken an zu jung Verstorbene gepflegt wird.

Als sie in den Spiegel schaut, sieht sie aus wie immer. Sie ist keine von Krankheit ausgezehrte La-Bohème-Mimi. Zugegeben, sie ist müde nach den vielen Stunden im Laden. Wer wäre das nicht? Und der trockne Husten könnte auch daher rühren, dass sie den ganzen Tag die Dämpfe von Zwiebeln und Tabasco einatmet, ganz zu schweigen von der Februarkälte Maines. Die halbe Stadt hustet in die Armbeuge, bedeckt von Holzfällerjacken und Daunenmänteln. Ist das die Verhandlungsphase, von der Elisabeth Kübler-Ross geschrieben hat? Neigte sie nicht schon immer zu Untergangsstimmungen? Reiß dich zusammen, sagt sie sich. Von dem Husten abgesehen, geht es ihr vollkommen gut. Jedenfalls bis zu ihrem Besuch beim Arzt.

Der Arzt.

Die Röntgenaufnahme ihrer Brust, die Computertomografie und die PET-Aufnahme starrten sie von seinem Bildschirm an. Mit seinem Brieföffner zeigte Dr. Buckley auf die weißen Stellen ihrer Lunge. Er benutzte Ausdrücke wie multiple Raumforderungen, pulmonale Rundherde, geschwollene Lymphknoten, bis sie sich die Ohren zuhielt. Sie schaute von der Spitze des Brieföffners weg, wo der Fleck über den Rand ihrer Lunge hinausragte wie eine runde Salamischeibe über eine quadratische Käsescheibe. Ihr fielen die Fotos von kranken Lungen ein, die bei den Anonymen Rauchern gezeigt wurden. Abschreckungstaktik. Okay, sie war abgeschreckt. Ist abgeschreckt. Statt auf die Spitze blickte sie auf die glänzende Klinge und den verschnörkelten Griff, in den etwas eingraviert war: *Ambrose Buckley in Dankbarkeit …* Weil seine Finger die übrige Inschrift verdeckten, wusste sie nicht, wer da so dankbar gewesen war und wofür. Für ein gerettetes Leben?

Ihr Leben war nicht zu retten. So viel begriff sie bei dem zunächst für harmlos gehaltenen Arztbesuch. Dr. Buckley hatte sie auf die Welt geholt. Aus dem Mutterleib ins Leben. Und nun … Tränen liefen ihm über die schlaffen, faltigen Wangen.

Sie wehrte sich gegen die Biopsie. Sie musste darüber nachdenken. Wozu, wenn der Befund doch schon klar war?, argumentierte sie. Nach der Untersuchung hat er sie in die Radiologie geschickt, wo die Assistentinnen kein Wort verloren und der junge Radiologe den Blickkontakt verweigerte.

»Es gibt Fachärzte«, sagte er.

Sie zeigte auf den Bildschirm und den Bericht auf seinem Schreibtisch. »Ist das denn kein unumstößlicher Beweis?«

»Ich bin kein Facharzt. Es wäre nachlässig von mir, Sie nicht zu überweisen. Und in Ihrem Alter – in jedem Alter eigentlich – ist es nur vernünftig, eine zweite Meinung einzuholen.«

»Ich kann jetzt nichts entscheiden. Ich brauche Zeit, um das zu verarbeiten.«

»Natürlich«, räumte er ein. »Aber ich werde Ihre PET-Aufnahme an den Sohn einer Kollegin schicken, er ist Thoraxchirurg in Portland, ein aufgehender Stern. Warten Sie nicht zu lange. Es gibt allerhand neue Behandlungsmöglichkeiten, von denen ein alter Landarzt wie ich noch nichts gehört haben mag.«

»Okay.« Sie sah noch einmal auf den Bildschirm. Auf den digitalen Beweis harter Fakten, die sogar eine angehende Koryphäe nicht entkräften könnte. »Wie lange?«, fragte sie.

Er drehte den Brieföffner zwischen den Fingern und betrachtete ihn so eingehend, als handelte es sich um eine Examensfrage. »Patienten in Ihrem – in Ihrer Situation – rate ich immer, ihre Angelegenheiten zu ordnen.« Er griff nach ihren Händen. »Liebe Annie, eines weiß ich genau: Ihre Mutter und Sam werden Ihnen eine große Stütze sein.«

Annie zieht sich die Strickdecke über den Kopf. Wenn sie nur die Welt so leicht aussperren könnte. Die Decke riecht nach dem Butterpopcorn und den Pizzen, die sie bei ihren Downton-Abbey-Marathons gefuttert haben, und – warum es nicht zugeben? – nach dem Maggie-Smith-Gedächtnis-Sex, den sie dabei mal hatten. Sie sollte sie in die Reinigung bringen. Oder Sam darum bitten, was sie jedoch selten tat, weil sie dann erklären müsste, dass sie nicht in die Waschmaschine und nicht in den Trockner darf. Es ist immer einfacher, Dinge selbst zu erledigen.

Doch wie lange wird sie das noch tun können?

»Lassen Sie sich für nächste Woche einen neuen Termin geben«, hat Dr. Buckley geraten. »Wir sollten dann den Befund des Thoraxchirurgen haben und eine Überweisung zum Facharzt veranlassen. Und ich will Sie noch mal gründlich untersuchen. Außerdem … müssen wir darüber sprechen, was auf Sie zukommt.«

Was auf sie zukommt, wenn … was? Sie will es nicht wissen. Sie ist aus der Praxis geflüchtet, bevor sich die Sprechstundenhilfe dem Terminbuch zuwenden konnte.

Sie wird Sam alles erklären müssen. Wie man die Waschmaschine bedient, wie man das Silber putzt, welche Politur für welche Möbel zu benutzen ist, wie die Schonbezüge über die Sofalehnen passen, dass anderthalb Streichholzbriefchen unter das Schreibtischbein geklemmt werden müssen, wie der Herd zu reinigen ist, wie man auf eine förmliche Einladung antwortet, wann der Philodendron umgetopft werden muss, wie man die Toilettenspülung repariert. Er wird lernen müssen, an Arzttermine zu denken, Abos zu verlängern, den Rasen zu düngen, die richtigen Bodenwischer nachzukaufen, Sockenpaare zu bilden – eine endlose Liste von Anweisungen. Sie haben die Hausarbeit nicht gleich aufgeteilt. Sam bezahlt die Rechnungen und bringt die Autos zur Inspektion. Nach Feierabend holt er die Kleidung aus der Reinigung und Geräte von der Reparatur. Sie kümmert sich um alles andere. Den Haushalt. Die sozialen Kontakte. Den Alltagskram. Die lästigen Aufgaben.

Das ist ihr lieber. Das Tagtägliche kann sie gut. Sam ist netter, schlauer, liebevoller als sie, aber er hämmert die Nägel krumm, und ihm fällt es nie auf, wenn seine Schuhe neue Sohlen brauchen. Als er sechzehn Jahre alt war, nähte seine Mutter noch immer Namensschildchen in seine Kleidungsstücke und bügelte seine Jeans, während alle anderen auf Grunge standen. Solange er aufs College ging, schickte er seine schmutzige Wäsche nach Hause, und Tage später kam sie gewaschen und gebügelt, mit angenähten Knöpfen, fachmännisch geflickt und mit Hershey's Kisses zwischen den Unterhemden zurück. Seine Mutter hatte das Krankenhaus und die Schulapotheke im Kurzwahlspeicher. Als er noch klein war, bestand bei ihm mal Verdacht auf rheumatisches Fieber, und obwohl sich das als einfache, behandelbare Halsentzündung entpuppte, betrachtete seine Mutter ihren Sohn von da an als »anfällig«.

Seine Eltern haben sich nie darüber beklagt, dass er eine Unitarierin geheiratet hat und kein nettes jüdisches Mädchen, wie sie es vielleicht erhofft hatten. Das muss sie ihnen zugutehalten. Sie waren mit seiner Wahl vorbehaltlos einverstanden. Sie vertrauten seinem Urteil und wollten nichts weiter als sein Glück. An dem Tag, als sie in den Süden umzogen, schenkte seine Mutter ihnen die Strickdecke und nahm Annie dann beiseite. »Marty und ich können unbesorgt wegziehen«, gestand sie. »Wir wissen, dass unser Junge in guten Händen ist.«

»Dein Mann ist unfähig«, hat Ursula bei mehreren Anlässen gegrummelt, als Sam ihre Ansprüche nicht erfüllte. Einmal ging es dabei um ein kompliziertes Kleid und eine rätselhafte Anordnung von Haken und Ösen. »Aber versteh mich nicht falsch. Ich liebe ihn über alles.«

»Lass mich mal«, sagte Annie und hakte ein schwarzes Seidenband an Ursulas Schulter fest.

»Seine Mutter hat ihn furchtbar verwöhnt. Und jetzt tust du dasselbe.«

Sam ist nicht verwöhnt, das steht fest. Er ist nur ein Mensch, um den sich andere gern kümmern. Er ist freundlich und liebenswürdig und selbstlos, das Gegenteil von Ursula. Es ist wohl kaum sein Fehler, dass ihm immer so vieles abgenommen wurde. Denn er hat hingebungsvolle Eltern, die ihm auf wunderbare Weise alle Steine aus dem Weg geräumt, ihn während der Grippesaison vorsorglich mit Hühnerbrühe und Ingwertee ins Bett gesteckt haben und vernarrt waren in seine Ernsthaftigkeit, seine Intelligenz, seinen Humor, seine Gutmütigkeit.

Und nun hat er eine Ehefrau, die dasselbe tut, die es glücklich macht, dasselbe zu tun, auch wenn sie ab und zu unzufrieden ist, weil ihr ein persönlicher Freiraum fehlt und ihr Mann so bedürftig ist. Unterm Strich hat sie nämlich das große Los gezogen. Sie genießt Sams bedingungslose Liebe, mit der er sich für ihre kleinen Dienste revanchiert.

Jetzt zieht sie sich die Strickdecke vom Kopf, faltet sie zusammen und legt sie über die Sofalehne. Sie denkt an Dr. Buckleys Worte. *Eines weiß ich genau: Ihre Mutter und Sam werden Ihnen eine große Stütze sein.*

Vergiss Ursula.

Aber Sam …

Wenn sie es ihm sagt, wird es real, dann bekommt die Sache einen Namen. Und jedes Mal, wenn er sie ansieht … Aber wie könnte sie ihm das verschweigen?

Sie bleibt still sitzen. Auf dem Treppenabsatz tickt die Standuhr. Die Heizung bullert. Draußen kratzt ein Schneepflug Eisflecken von der Straße. Irgendwo – im Garten nebenan? – lacht ein Kind voller Vergnügen. Sie erinnert sich daran, wie sehr sie sich gefreut haben, als sie das Rezept für den Paul Bunyan richtig ausgetüftelt hatten. Ihr nächster Schritt wird keine Freude bringen.

Kapitel 3

Betreib keine Symptomsuche in Gesundheitsportalen. Lies auch keine Beipackzettel mit seitenlang aufgelisteten Nebenwirkungen.

Sie hört Sams Auto in der Einfahrt. Ausgerechnet heute kommt er früher nach Hause. Sie könnte sich eine Ausrede einfallen lassen und noch mal um den Block fahren, um sich innerlich vorzubereiten. Würde es ihr helfen, ein paarmal über die Kreuzungen von Elm und Main Street zu kurven, oder würde sie das Unvermeidliche damit nur hinausschieben? Wäre sie Ursula, würde sie mühelos die richtigen Worte finden und bräuchte den Monolog nicht einmal einzuüben. Wieso hat sie weder ihr Talent noch ihr Selbstvertrauen geerbt? War je eine Tochter ihrer Mutter so unähnlich wie sie? Andererseits (vielleicht ein Ausgleich) hat Ursula nie einen Sam gehabt.

Annie späht durchs Fenster zu Sams Volvo, sieht den Aufkleber an der Stoßstange mit dem vertrauten Logo und Bild des Bunyans. Eine Ecke hat sich gelöst und aufgerollt, das A von Annie's ist fast abgerissen. Sie fühlt sich ebenfalls halb aufgelöst. Ausgeliefert, schutzlos, ängstlich.

Und das macht das Gespräch mit Sam noch dringender. Wenigstens weiß sie jetzt, wie sie anfangen will. Ihre Eisbechervöllerei hat sich gelohnt, nicht nur wegen der vorhersehbaren Überzuckerung, den breiteren Hüften und der oralen Belohnung, sondern auch wegen Mr Millers Enthüllung, dass Mrs Bouchard kein Testament hinterlassen hat. Damit hat er ihr den Einstieg beschert, nach dem sie gesucht hat, angestachelt von Dr. Buckleys »Bringen Sie Ihre Angelegenheiten in Ordnung«. Sie wird vom Allgemeinen aufs Persönliche kommen, beim Testament anfangen und zu ihrer Erkrankung überleiten. Wie kann sie auch nur daran denken, dem Menschen, der ihr am nächsten steht, etwas so Wichtiges zu verschweigen? Sie haben noch nie Geheimnisse voreinander gehabt. Er wird die Wahrheit doch wissen wollen, oder nicht? Auch wenn sie ihm das Herz bricht. Ihnen beiden.

Sie findet ihn in der Küche beim Zeitunglesen. Und unvermutet – göttliches Eingreifen? – gibt er ihr das Stichwort. »Anscheinend ist die alte Mrs Bouchard gestorben.« Er dreht die Zeitung zu ihr, in der ein altes Foto der Verstorbenen abgebildet ist, die selbst in ihren jungen Jahren die Kinder so sehr verschreckt hat, dass sich kaum eines traute, an Halloween die wackligen Stufen zu ihrer Haustür hochzusteigen und Süßigkeiten zu verlangen, auch Annie nicht.

Sie setzt sich auf den Stuhl neben ihn anstatt wie sonst ihm gegenüber. Er neigt sich zu ihr und küsst sie. Sein Atem riecht nach Kaffee, Zwiebeln und Essiggurken.

»Offenbar ist es sogar dem Nachrufschreiber schwergefallen, einen guten Eindruck von ihr zu vermitteln, außer dass sie sich für ihre Katze aufgeopfert hat.« Er kichert. »Tja, ich hoffe, Agnes erbt reichlich. Sie hat jeden Cent verdient, nachdem sie sich jahrelang um die schreckliche Frau gekümmert hat.«

»Ich war kurz im Drugstore und habe es schon von Mr Miller gehört. Er sagt auch, dass sie kein Testament hinterlassen hat und Erben aus allen Löchern kriechen.«

»Die arme Agnes.« Sam seufzt.

»Apropos …«, beginnt Annie.

Sam niest. »Ich glaube, ich habe mich erkältet. Mein Hals ist ein bisschen rau. Vielleicht habe ich mir deinen Husten eingefangen.«

»Der ist bestimmt nicht mehr ansteckend.«

»Hoffentlich. Du weißt, wie sehr ich es hasse, krank zu sein.« Er legt die Zeitung hin. »Wie war dein Tag?«

»Ganz okay.« Sie kneift sich ins Handgelenk. Warum ist sie so ein Weichei? So feige? Warum kann sie nicht antworten »ziemlich mies« und dann erklären, wieso?

»Hast du meine Sachen aus der Reinigung geholt?«, fragt er. »Die Jacke und die Hose, die ich mir mit Kakao bekleckert habe? War nicht meine Schuld. Megan hat mich angerempelt.«

»Die sind morgen fertig.« Wie lange müssen sie die Banalitäten, die Vorrede, noch ausdehnen, bevor sie die Bombe platzen lassen kann, die ihre Welt zum Einsturz bringen wird? Sie betrachtet das Foto von Mrs Bouchard, die sie jetzt aus dem *Passamaquoddy Daily Telegram* höhnisch anlächelt. »Was ich sagen wollte«, beginnt sie erneut.

»Haben wir noch Halsbonbons im Medizinschrank?«

»Sam!«, ruft sie aus. »Ich will etwas mit dir besprechen.«

»Entschuldige. Sprich weiter.«

Das tut sie. »Ich finde, wir sollten ein Testament aufsetzen.«

Sam runzelt die Stirn. »Wozu denn?«

Sie deutet auf das Foto in der Zeitung. »Weil …«

Er unterbricht sie. »Sei nicht albern. Wir werden nicht morgen sterben.«

»Wir müssen das tun.«

»Schau, auch ohne Testament werden wir uns gegenseitig beerben. Und wenn wir beide zusammen sterben, ist es sowieso egal. Warum bringst du jetzt so ein beunruhigendes Thema auf?«

»Weil …«

Er fällt ihr wieder ins Wort. »Wir haben keine Kinder. Niemand wird sich um unser – ha! – Vermögen streiten. Meine Eltern werden wir mit Sicherheit überleben. Und ich kann mir nicht vorstellen, dass Ursula etwas umhaut.«

»Das kann man nie wissen.«

»Es ist der natürliche Gang der Dinge, dass Kinder ihre Eltern überleben. Wir haben diese Ordnung bereits ein Mal gestört, wir hatten schon einen Verlust …«

»Was nicht heißt, dass keine mehr kommen.«

»Statistisch gesehen« – sein Ton wird pädagogisch – »ist das unwahrscheinlich. Wenn du dir Versicherungstabellen für Lebensversicherungen ansiehst …«

»Die Statistik ist irrelevant, wenn … Sam, ich könnte krank sein, sehr krank …«

»Genau wie ich. Meine Erkältung könnte sich zur Lungenentzündung auswachsen. Oder schlimmer. Ich könnte bettlägerig werden. Gefesselt an ein Sauerstoffgerät. Im Sanatorium für Tuberkulosekranke liegen. Gibt es die noch? Mir könnten vor lauter Husten die Rippen brechen. Dann müssten wir wegen der Luft nach Arizona ziehen, die Bunyans aufgeben und nur noch von Apfelmus und Fertiggrießbrei leben und Medikamente mit lauter furchtbaren Nebenwirkungen nehmen, vor denen sie im Fernsehen warnen.« Er lacht.

»Das ist nicht lustig.«

»Doch, irgendwie schon.«

»Sam, ich unterbreche nur ungern deine Auflistung von Katastrophen, von eingebildeten Katastrophen, zumal du gerade einen kreativen Lauf hast, aber ich versuche, dir etwas mitzuteilen.«

»Na schön. Ein Testament ist vernünftig, das weiß ich. Und du bist in der Familie die Pragmatische, und wie immer hast du recht. Wir könnten durchaus von dem sprichwörtlichen Bus überfahren werden oder an einer Fischgräte ersticken. Aber wozu die Eile? Wir werden das zu gegebener Zeit erledigen. Aber im Moment« – er schnäuzt sich in eine Serviette – »ist mir der bloße Gedanke daran, dass einer von uns sterben könnte …«

»Ich verstehe, dass du dich sträubst. Trotzdem«, beharrt sie. »Was, wenn … einer von uns … wenn ich …?«

Er schüttelt den Kopf. Er hält sich die Ohren zu.

Sie beugt sich näher zu ihm. Dabei sieht sie seinen sturen Gesichtsausdruck, seine kindliche Ich-höre-gar-nicht-zu-Haltung. Vermutlich kann er ihre Mimik genauso gut lesen wie sie seine. Spürt er wirklich den heranbrausenden Zug, den sie nicht aufhalten können? Weiß er instinktiv, dass das Fräulein in Nöten, das ans Gleis gefesselt ist, nicht mehr gerettet werden kann?

»Ich weigere mich, mir diese albernen Spekulationen anzuhören. Annie, ich könnte niemals ohne dich leben. Das weißt du. Wenn dir etwas passiert, na ja, dann würde ich einfach …« Er deutet mit dem Daumen auf sein Herz. »Auf keinen Fall kann ich ohne dich weitermachen.« Er reibt sich die Brust. »Ich habe vor, mit dir zusammen alt zu werden.«

»Dafür gibt es keine Garantie.«

»Für mich schon. Darauf verlasse ich mich. Andernfalls …« Er stützt das Kinn in die Hände.

In seinen Augenwinkeln erscheinen Tränen. Er drückt ihre Schulter, schiebt seinen Stuhl vom Tisch zurück und deutet auf die Zeitung. »Obwohl Mrs Bouchard jetzt tot ist, übt sie noch ihren finsteren Zauber aus und ruft diese absolut unerfreuliche Unterhaltung hervor. Im Augenblick will ich nichts weiter, als zwei Aspirin schlucken, mich ins Bett legen und schlafen. Ende der Diskussion. Ich liebe dich, Annie. Mehr brauchen wir uns nicht zu sagen.«

Er steigt die Treppe hinauf. Sobald sie die Tür des Medizinschranks quietschen hört, geht sie in den Flur. Sie nimmt das Taschenbuch vom Tisch. Unter Kassenzetteln, einem Fettstift, einem Kamm, Gummiringen, Kugelschreibern und Streichholzbriefchen von der Tankstelle gräbt sie die Nummer von Dr. Buckleys Praxis aus.

Schwankt die Stimme der Sprechstundenhilfe, nachdem Annie ihren Namen genannt hat? Carolyn Connelly überspringt ihr übliches *Was kann ich für Sie tun?* und *Wie geht es Ihrer Mutter?* »Ich stelle Sie sofort zu ihm durch.«

»Ich bin froh, dass Sie anrufen«, sagt Dr. Buckley. »Augenblick, ich gehe nur eben in einen freien Raum.«

Annie hört ihn eine Metallschublade schließen, hört seine Schritte, eine Tür ins Schloss fallen. »Was kann ich für Sie tun?«, fragt er.

»Es geht um Sam.«

»Möchten Sie einen Termin vereinbaren, damit ich mit ihm spreche?«

»Auf keinen Fall.« Sie klingt schroffer als beabsichtigt. »Er darf es nicht erfahren.«

»Erfahren …?«

»Das mit meiner Lunge …«

Die Standuhr tickt. Der Heizlüfter zischt. Dr. Buckley schweigt so lange, dass Annie überlegt, ob er womöglich aufgelegt hat. Doch dann spricht er in gemessenem Ton. »Er wird es erfahren müssen.«

»Ich habe versucht, es ihm zu sagen. Ohne Erfolg. Er hat mich ständig unterbrochen.«

»Dann versuchen Sie es noch mal. Und sagen Sie es auch Ihrer Mutter.«

»Irgendwann mal. Aber nicht jetzt.«

»Das ist töricht, junge Dame.«

»Ich will es so.«

Er drängt entschlossener. »Ich rate entschieden davon ab. Ihrer Familie zuliebe. Ihnen selbst zuliebe.« Dann wird sein Ton sanfter. »Sie brauchen Hilfe, um das alles zu verarbeiten. Ich kann Ihnen eine Beratungsstelle empfehlen. Und bis heute Abend weiß ich den Namen eines erstklassigen Onkologen.«

»Nein!« Annie schreit fast. Sowie sie ihn scharf Luft holen hört, lenkt sie ein: »Na gut. Vielleicht. Aber ich muss zuerst selbst über alles nachdenken. Etwas so Wichtiges kann ich nicht von jetzt auf gleich entscheiden. Aber eines kann ich versprechen: Sobald ich mich krank fühle, sobald Symptome auftreten, die sich nicht ignorieren lassen, werde ich alles Nötige tun. Es Sam sagen, zum Facharzt gehen, mich operieren lassen, mich beim Therapeuten anmelden, Chemo machen, Bestrahlung, Akupunktur. Meditieren, bloggen, Möhrensaft trinken, was auch immer. Aber im Augenblick, fürs Erste …«

»Annie …«

»Ich muss es überschlafen.«

»Annie …«

Sie schneidet ihm das Wort ab. »Wenn Sie damit ein Problem haben, muss ich Sie wohl an die ärztliche Schweigepflicht erinnern.«

Kapitel 4

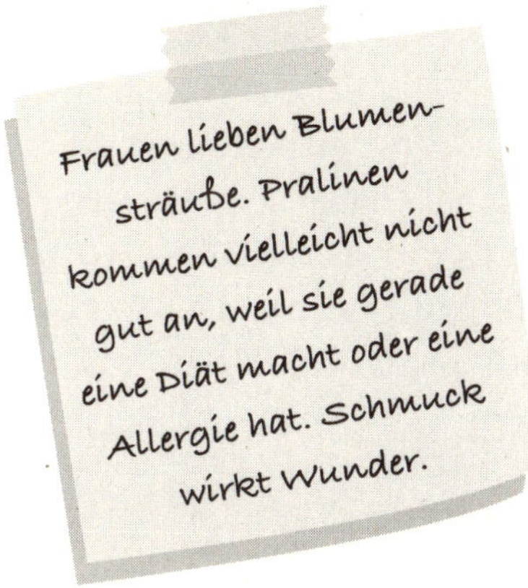

Annie sinkt aufs Sofa. Sie nimmt die Zeitung, und in der unteren Ecke springt ihr eine Überschrift ins Auge: *Neunzigjähriges Ehepaar stirbt kurz nacheinander innerhalb einer Stunde.* Da liest sie von zwei Unzertrennlichen, die sich als Teenager kennengelernt haben und sogar noch nach siebzig Ehejahren morgens beim Frühstück Händchen hielten. Die Tränen fließen über, als sie sich die beiden knotigen, neunzigjährigen Hände vorstellt, verschränkt neben ihren Frühstücksflocken. Sie betrachtet ihre eigenen Hände, die nun niemals Altersflecke bekommen werden, sondern nur einige Narben haben, weil sie sich bei der Arbeit geschnitten hat.

Sie überlegt, sich eine Flasche Wein aufzumachen. Zu früh. Und was würde das auch nützen? Soll sie zu ihrer düsteren Stimmung auch noch betrunken werden? Soll sie Reaktionen unterdrücken, die ohnehin schon verlangsamt ablaufen?

Sam wird es erfahren müssen, hat Dr. Buckley gesagt. Es gibt tausend Gründe, es ihm zu verschweigen. Einige hätte sie Dr. Buckley entgegenhalten sollen. Kein Wunder, dass sie aus dem Debattierclub rausgeflogen ist. Sie konnte noch nie sofort mit einem Argument aufwarten, immer erst nach einer Weile. Was die Franzosen als *l'esprit d'escalier*, Treppenwitz, bezeichnen. Sie hat versucht, es Sam zu sagen, aber er wollte nicht zuhören. Offenbar geht es gerade nicht. Zumindest nicht jetzt, da sie noch keine Diagnose hat, keine Fakten. Sie muss ihn schützen, das hat sie bisher immer getan. Umso mehr, da ihr Löwinneninstinkt sich nicht auf ein Junges, sondern nur auf ihren Mann richten kann. Sam wird Ihnen eine Stütze sein, hat Dr. Buckley versprochen. Wie könnte Sam sie denn stützen? Fürs Sterben gibt es keine Stützpfeiler, es kann ihnen nur den Boden unter den Füßen wegreißen.

Sam ist unfähig, erklärt Ursula. Das ist Ursulas Bezeichnung für ihn. Annie würde ihn ein bisschen ungeschickt nennen, ein bisschen verpeilt. Sie stößt einen ergiebigen Seufzer aus, der in Husten übergeht. Wie heißt es noch gleich, wenn man zwei gegensätzliche Gedanken im Kopf hat? Paradox? Kognitive Dissonanz? Widersprüchliches Denken? Früher wusste sie den richtigen Begriff, aber ihr Studium liegt schon zu weit zurück, und das Wissen geht durch den Alltag allmählich verloren. Ja, Sam unterstützt sie. (Wie kann sie ohne ihn leben?) Ja, Sam ist, nun ja, ungeschickt. (Wie kann er ohne sie leben?)

Ein weiteres Paradox: So ärgerlich Sams Eigenheiten sind, sie sind auch liebenswert. Besonders, wenn man sich angesichts seiner Entschuldigungen entschuldigen möchte, ihn in die Lage gebracht zu haben, sich entschuldigen zu müssen. Annie kann Sam die Art eines zerstreuten Professors immer verzeihen, weil es unmöglich ist, ihm böse zu sein.

Nicht dass sie sich nicht über ihn ärgert. Sie geht Beispiele durch, die eine nicht ganz so duldsame, weniger nachtragende Ehefrau ewig in Rage versetzen würden: seine Hypochondrie, seine Angst, jeder Splitter könnte ihm Tetanus einbringen, seine Neigung, trotz wiederholter Desaster nicht aus seinen Fehlern zu lernen, Dinge auf dem Autodach liegen zu lassen, während er den Kofferraum belädt. Wie oft hat er schon frisch gereinigte Oberhemden aus der Reinigung abgeholt, um dann ohne sie zu Hause anzukommen? Beim Abfahren der Strecke findet er sie am Straßenrand oder platt gefahren von einem Lkw, Reifenspuren auf den Hemden. Oder schlimmer, er findet sie nicht, weil die Kleidungsstücke inzwischen in den Schrank eines anderen Menschen gewandert sind, der zufällig die gleiche Kragenweite und Ärmellänge hat.

»Vielleicht brauchte der Finder die Hemden dringender als ich«, meint Sam dann und wandelt den Verlust in einen Akt der Mildtätigkeit um. Wie kann man jemanden nicht lieben, der außer bei der eigenen Gesundheit das Glas nicht als halb voll, sondern als randvoll betrachtet? Doch auch der halsstarrigste Schönfärber muss anerkennen, dass sich einige Dinge durch eine positive Haltung nicht ändern lassen.

Sie erinnert sich an die Thermobecher auf dem Autodach, die immer wieder ersetzt werden mussten. Sie denkt an die Haus-, Laden- und Autoschlüssel, die von einer Brücke in den Fluss flogen, was zu einer unbequemen Nacht im Comfort Inn führte, weil es zu spät war, um Ersatz anfertigen zu lassen oder bei den Nachbarn zu klingeln, die ihre Zweitschlüssel aufbewahrten.

Und wie war das mit dem Roman, den Rachel ihr für die Fahrt zur Tagung der Lebensmittellieferanten in Portland geliehen hatte? Als sie nach dreistündiger Fahrt auf der Autobahn an einer roten Ampel am Monument Square anhielten, erschreckte ein Mann sie, der gegen ihre Fensterscheibe klopfte.

»Ignorieren«, riet sie. »Wahrscheinlich ein Scheibenputzer.«

Sam kurbelte das Fenster herunter.

Der Mann hielt ihm das Buch hin. Unbeschädigt bis auf eine Schicht Straßenstaub. »Das ist Ihnen hinten auf der Exchange Street vom Wagendach gefallen«, sagte er.

War Sam deswegen verlegen? Kleinlaut? Beschämt?

Nein. »Sieh mal an«, erwiderte er verwundert. »Das Buch hat die ganze Fahrt über bei hundert Stundenkilometern auf dem Dach gelegen und ist erst an der vorigen Kreuzung runtergefallen.« Eine Meisterleistung, die eine Erwähnung in »Ripleys unglaublicher Welt« wert war.

Sie denkt daran zurück, was nach dem Baby passierte – dieses eine Mal hat Sam nicht Stroh zu Gold spinnen können. Eine Krankenschwester setzte sie in einen Rollstuhl, obwohl sie in den drei Tagen, die sie auf der Wöchnerinnenstation eingesperrt war, unablässig auf und ab gegangen war, gequält von den Schreien der gesunden Neugeborenen und dem freudigen Geschnatter der Mütter, die sich über Stilltechniken und Wickelmethoden austauschten.

Als sie entlassen wurde, schob die Krankenschwester sie in die Eingangshalle, und Sam lief los, um den Wagen zu holen. Sie warteten und warteten. Als die Krankenschwester zum siebten Mal auf die Uhr schaute, sagte Annie, sie solle sich ruhig wieder auf die Station begeben. »Gehen Sie nur. Ich komme hier klar.«

Die Schwester zögerte. »Ganz sicher?«

Leute kamen und gingen. Ängstlich besorgte Ehemänner

und fürsorgliche Verwandte halfen den frisch Entlassenen Patienten zu den Wagen, die mit laufendem Motor in zweiter Reihe vor dem Eingang wartenden. Einige Patientinnen hielten Babys im Arm, andere trugen Reisetaschen, rosa Plastikeimer, Luftballons und Blumen und Mappen mit ärztlichen Anweisungen für zu Hause. »Sie sind noch hier?«, fragte ein Mann, der mit einem geschmückten Obstkorb hineingegangen war und jetzt ohne wieder herauskam.

Nach einer gefühlten Ewigkeit kam Sam, und er war aufgebracht. »Du wirst es nicht glauben.«

»Wetten, dass?«

»Die haben unseren Autoschlüssel verlegt.«

»Dann rufen wir uns ein Taxi. Ich will hier keine Minute länger stehen.«

»Natürlich, Annie.« Er strich ihr über die Hand. »Wie konnten die nur …«

Ein Mann vom Parkservice des Krankenhauses kam auf sie zu. »Ich werde sie nach Hause fahren. Wir bedauern das Missgeschick sehr. In den zwanzig Jahren, die ich hier den Garagenbetrieb leite, haben wir noch nie Schlüssel verwechselt. Aus einem seltsamen Grund haben wir bei Ihrem Volvo einen Toyota-Schlüssel gefunden. Ich kann mir das nicht erklären …«

»Toyota«, sagte Annie.

»Toyota«, wiederholte Sam.

»Guck in deine Taschen«, verlangte Annie.

Und wie vermutet, angelte Sam seinen Schlüsselbund aus der Tasche, an dem der Volvo-Schlüssel hing. »Ach, verdammt!« Sam schlug sich an die Stirn. »Mein Fehler«, sagte er zu dem Mitarbeiter. »Ich habe Ihnen nach dem Parken den falschen Schlüssel überlassen. Auf die Idee wäre ich nicht gekommen. Da hatte ich ihn die ganze Zeit in der Tasche, während meine arme Frau … Ich komme mir so blöd vor. Erlauben Sie, dass ich Ihnen eine Mahlzeit in unserem Sandwich-Laden ausgebe, eine ganze Woche lang. Bitte richten Sie Ihren Kollegen meine Entschuldigung aus. Ich bin so …«

»Sam, lass es gut sein und bring mich nach Hause«, sagte Annie.

Das »Wie konntest du ausgerechnet jetzt« blieb ihr im Hals stecken, als sie sah, dass Sam mühsam das Schluchzen unterdrückte. Alle Schuldzuweisungen verflüchtigten sich, als Sam sie nach oben ins Schlafzimmer brachte, wo das Bett frisch bezogen war, Blumen auf der Kommode standen, daneben ein Glas mit gefüllten Schokoladenkugeln auf dem nagelneuen Korbtablett und ein Stapel spannender Krimis. »Ich war so besorgt wegen, na ja, allem, dass ich wohl völlig neben der Spur war«, gestand er.

Und eine Woche später lag er im Krankenhaus. Klinische Depression, sagte der Arzt und warnte, ihr Mann sei emotional fragil.

Annie legt die Zeitung wieder unter den Couchtisch und denkt über Sam nach, wie der Verlust sie beide enger zusammengebracht hat, anstatt wie bei anderen von einer Tragödie heimgesuchten Paaren zu einem Riss in der Beziehung zu führen. Sie und Sam sind wie Puzzleteile: Jeder für sich betrachtet so eigentümlich und so ungünstig geprägt, dass man sich fragt, wo sie sich einfügen könnten – aber sie passen zueinander und bilden ein vollkommenes Ganzes.

Wie das Paar in der Zeitung sind sie sich von Anfang an nahe gewesen. Na ja, fast. Je nachdem, wo man den Anfang verortet. Sie denkt an den jungen Mann, der zur gebügelten weißen Hose einen dunkelblauen Blazer mit Messingknöpfen trug. Seine roten Haare waren seitlich gescheitelt und glänzten wie Glas. In der Bar, wo alle anderen Bier tranken und in Jeans kamen, hielt er einen Martini in der Hand. Charles. Weder Chuck noch Charlie passte zu ihm, obwohl die anderen, mit denen sie in jenem Sommer zusammen abhing, ihn so nannten. »Bist du die letzte Jungfrau New Yorks?«, fragte er sie in seinem ordentlichen Bett in seinem schicken Loft in der Innenstadt.

»Ich bin aus Maine.«

»Das erklärt es.« Er zog sie mit geübter Ungezwungenheit an sich.

Das war ihr Zwischenspiel als Fisch auf dem Trocknen, da sie und Sam beschlossen hatten, sich für den Sommer zwischen dem ersten und zweiten Studienjahr eine Auszeit von der Beziehung zu nehmen. Sie hatte sich in New York ein Praktikum besorgt und teilte sich in Hell's Kitchen in einem Mietshaus ohne Aufzug ein Zimmer und ein Bad mit Rachel und den zwei Studentinnen von der NYU, die sich auf ihre Mitwohnanzeige gemeldet hatten. Getrennt von zu Hause, Familie und Sam entdeckte sie eine andere Welt, die ihre gewohnte in den Hintergrund drängte und ein zweites Ich aus ihr zum Vorschein brachte, in dem sie sich kaum wiedererkannte.

Sie arbeitete bei einer mittlerweile eingestellten Frauenzeitschrift. Gleich hinter dem Aufzug, verborgen vor dem schicken Foyer des Hauses, sortierte sie unverlangt eingesandte Beiträge in Archivschränke und schickte demotivierende Ablehnungsschreiben an die Autoren der ungelesenen Artikel. Das war zwar nicht der glamouröse Job, den sie sich erhofft hatte, brachte ihr aber den glamourösen Charles ein.

»Eine Sommeraffäre«, nannte Rachel das. »Ein Initiationsritus.«

Der Ritus endete im August zusammen mit ihrem schwungvollen Großstadtleben. Charles ging im zweiten Studienjahr an die Columbia. Außerdem hatte sie für den Rest ihres Lebens genug von Martinis und fing an, Charles' Pimentöl-Rasierwasser zu hassen. Gleich nach dem Labor Day war sie wieder zu Hause und mit Sam zusammen.

Bald waren sie wieder unzertrennlich, so sehr, dass sie stets in einem Atemzug genannt wurden. Sie wussten, dass sie heiraten würden. Die Hochzeit war schon für die Woche nach dem Examen geplant. Während Annie sich darüber Gedanken machte, was für Jobs sie bekommen und wo sie leben würden, glaubte Sam zuversichtlich, dass sich alles finden würde. »Das sind Nebensächlichkeiten«, meinte er unbefangen.

Sie erinnert sich noch gut an den Tag, als sich alles zu fügen begann. Sie sieht die Bibliothek in Bowdoin wieder vor sich: Sie und Sam, Annieundsam, setzten sich an den Tisch hinter dem Magazin. Sam breitete eine Rucksackladung Broschüren von juristischen Fakultäten aus, sie legte Artikel über Publikationsmöglichkeiten für Berufsanfänger und den begrenzten Stellenmarkt für Anglisten dazu.

Sam drehte sich zu ihr. »Willst du das wirklich?«

Sie betrachtete die Broschüren – die lächelnden multiethnischen Studenten, den mit Frisbees übersäten Campusrasen, die Wolkenkratzer Manhattans, Absolventen, die unter den Waagschalen Justitias ihr Abschlusszeugnis an die Brust drückten. Sie informierte sich über die Verlagsnewsletter mit ihren Fotos von den frischgebackenen Lektoren, den deckenhohen vollen Bücherregalen in schönen Büros, Großraumbüronischen mit bedenklich hohen Manuskriptstapeln. Sie schüttelt den Kopf. »Nein.«

»Ich auch nicht.«

»Und deine Eltern …?«

»Die wollen nur, dass ich glücklich werde.« Er nahm ein Blatt Papier in die Hand, auf dem die Einstiegsgehälter von Juristen aufgelistet waren. Da verdiente man im ersten Jahr ein Vermögen, von dem sich im ländlichen Maine eine ausgewachsene Familie zehn Jahre ernähren konnte.

»Und Ursula?«, fragte er.

»Kein Problem. Die hat mich längst aufgegeben.« Annie sah sich die Gehaltstabelle an. »Ich möchte nicht in New York leben.«

»Ich auch nicht.«

»Oder in Boston.«

Er stöhnte. »Oder, Gott bewahre, irgendwo im Westen.«

Sie schob den Stoß Papier zur Seite. »Gelte ich als kindisch und unambitioniert, mal abgesehen von der Vergeudung einer guten Ausbildung, wenn ich sage, ich will nach Hause zurückziehen?«

Er jubelte und erntete ein Ruhe gebietendes Zischen aus der Biografien-Abteilung. Er nahm sie bei den Schultern und küsste sie auf Stirn, Wangen und Mund.

»Komisch, dass manche Leute es gar nicht erwarten können, von dort wegzukommen. Aber wir …«

»Wir sind Lokalpatrioten«, ergänzte er. »Zwei vom gleichen Schlag. Verblüffend, dass wir uns gefunden haben.«

»Ja, erstaunlich.« Sie wurde ernst. »Aber was wollen wir in Passamaquoddy arbeiten?«

Er rückte mit seinem Stuhl zu ihr herum, sodass sie sich gegenübersaßen. Ihre Knie berührten sich. Er griff nach ihren Händen und strahlte sie auf seine unwiderstehliche Art an. »Das Wichtigste ist, dass wir entschieden haben, wo wir unser

Leben verbringen wollen. Und alles andere wird sich ergeben, ganz sicher.«

Denn für Sam ergab es sich immer.

Früher einmal. Bevor der Schatten auf ihrer Lunge seinen Schatten auf ihn, auf sie beide, auf Annieundsam warf.

Damals versuchte sie, ihm zu glauben, seiner guten Laune, und sein Vertrauen in die Zukunft nicht zu erschüttern, und sie versuchte, seiner panglossianistischen Gewissheit, dass alles gut werden würde in dieser »besten aller möglichen Welten«, wie Voltaire es in »Candide oder der Optimismus« nannte, nicht mit Pessimismus zu begegnen.

»Außerdem brauchen wir nicht alles in diesem einen Moment zu entscheiden«, fügte er hinzu.

Sie verzichtete auf den Hinweis, dass sie beide kurz vor dem Collegeabschluss standen, dass sie in eine Kleinstadt in Maine zurückkehrten, deren Wirtschaft am Boden lag. Dass sie Geisteswissenschaften studierten und für nichts weiter ausgebildet waren, als sorgfältig zu lesen, aufgeklärt zu denken und überzeugende intellektuelle Erörterungen zu verfassen mit themabezogenen Überschriften und belegt durch Fußnoten.

»Hab gestern Abend mit meiner Mum gesprochen«, erzählte Sam.

»Und …?«

»Ich soll dich herzlich grüßen.«

»Sehr nett.«

»Sie hat mich auf den neuesten Stand gebracht – wer gestorben ist, wer wegen Trunkenheit am Steuer verhaftet wurde, wer das meiste für ein buntes Fenster im Tempel gespendet hat. Betty und George Grismisch, wenn du es genau wissen willst.« Er lachte. »Und Evelyn Benoit hat eine neue Fernseh- und Musikanlage …«

Warum quasselte er über solche Dinge, wenn ihre Aussichten so bedenklich waren – zumindest in ihren Augen? »Sam!«

»Schon gut. Demnach willst du nicht wissen, wie groß die Lautsprecher sind oder wo Evelyn die Anlage hingestellt hat, nachdem sie die zwei tiefen Kratzer auf dem neu lasierten Boden entdeckt hatte.«

»Nein.«

»Tja, dann interessiert dich das vielleicht mehr. Gerade als wir auflegen wollten, erwähnte Mum, dass die Doughboys eventuell das *Three J's* verkaufen.«

Geschockt beugte Annie sich vor. »Was fällt ihnen ein? Das Geschäft ist eine Institution.«

Ein paar Sekunden lang schwiegen sie beide, empört über den Verlust, der ihrer Heimatstadt bald drohte. Annie nahm die Broschüre einer Wirtschaftshochschule in die Hand. Träge blätterte sie durch die ersten Seiten und sah nur graue Anzüge und glänzende Aktentaschen. Sie hielt bei einem Foto mit Studenten inne, die in einem Speisesaal vor einer Salatbar anstanden. Sie betrachtete die leuchtenden roten Paprikaschoten und grünen Blattsalate, die knusprigen Baguettes, die aussahen, als wären sie über Nacht aus Paris geliefert worden. Natürlich bildete Werbung nicht die Wahrheit ab, das war ihr klar. Die Speisen waren genauso aufwändig verschönert worden wie die digital überarbeiteten Modelfotos in Zeitschriften. Trotzdem … ihr kam eine Idee. Könnten sie damit Erfolg haben? Wäre das möglich?

Sam musste dasselbe gedacht haben, denn er schaute verträumt vor sich hin. »In dem ersten Päckchen, das meine Eltern mir ins College geschickt haben, waren ein Dutzend Paul Bunyans. Für zwei Stunden war ich auf dem Campus total beliebt, bis sie weg waren.«

»Stimmt. Ich habe einen zum Frühstück gegessen.«

»Wie könnte man das vergessen? Mein Futon hat noch wochenlang nach Zwiebeln gerochen.«

Sie lächelte. »Soweit ich mich erinnere, hat uns das nicht gestört.«

»Weil wir zu stark beschäftigt waren.« Er lächelte zurück. »Annie, glaubst du …?«

»Ja.« Annies überzeugter Ton war nicht zu hundert Prozent gespielt. »Aber« – sie hob warnend den Finger – »das *Three J's* zu übernehmen wird unter den Universitätsabgängern nicht gerade hoch bewertet werden. Das sind praktisch bloß U-Boot-Sandwiches …«

»Die bereits perfekt sind. Die in ihrer Schichtung wahre Handwerkskunst sind.«

Annie neigte den Kopf zur Seite. »Das wäre ein enormer Schritt. Eine steile Lernkurve.«

»Ich weiß.«

»Gewissermaßen beängstigend.«

»Wenn es schiefgeht, haben wir immer noch uns.« Sam stützte den Kopf in klassischer Denkerpose in die Hand.

Annie wartete. Sie lauschte auf die Geräusche der Bibliothek. In den Lesekabinen raschelte Papier, in den Regalen schabten Bücher gegeneinander, die herausgenommen oder eingestellt wurden. Die Räder eines Bücherwagens quietschten.

Schließlich blickte Sam auf. »Dass sich das gerade jetzt ergibt – kurz vor unserer Hochzeit und wo wir gerade beschlossen haben, nach Hause zurückzuziehen, und überlegen, womit wir unser Geld verdienen, wie wir leben wollen –, das muss ein Zeichen sein.« Er beugte sich nahe zu Annies Ohr vor und flüsterte: »Lass uns das tun.«

Später liegt sie wach und steif neben Sam, dessen ahnungslose, friedliche Atemzüge in dieser neuen friedlosen Welt ein Affront für sie sind. Ihr fällt ein Film ein, den sie sich mal in einer schlaflosen Nacht angesehen hat, ein echter Schmachtfetzen mit Julia Roberts, *Entscheidung aus Liebe* hieß er. Und eine Kolumne in der Sonntagsausgabe der *Times*, in der es um eine krebskranke Ehefrau ging, die ihren geliebten Mann auf herzzerreißende Weise einer, wie sie hofft, würdigen Nachfolgerin überlässt. Was soll ich tun?, schießt es ihr durch den Kopf. Sam dreht sich auf die andere Seite und stößt mit den Knien gegen ihre.

Am Morgen ruft sie Dr. Buckley an. »Braves Mädchen«, sagt er und nennt ihr den Namen der besten Onkologin von Portland. »Eine Frau«, fügt er hinzu, als wäre das etwas ganz Neues.

»Dr. O'Brien ist meistens ausgebucht.« Das erfährt Annie, als sie in der Praxis endlich durchkommt. »Sie ist äußerst gefragt.« Annie bekommt einen Termin in drei Wochen und wird auf die Warteliste gesetzt, für den Fall, dass bis dahin jemand absagt. »Handelt es sich um einen Notfall?«, fragt die Sprechstundenhilfe.

»Eigentlich nicht.« Annie ist erleichtert über den Aufschub und darüber, dass das Wort Notfall aus dem Mund der Frau so alltäglich klingt. Sie braucht Zeit, um ihre Angelegenheiten zu ordnen, wie Dr. Buckley vorgeschlagen hat. Um Sam vorzubereiten. Sie starrt auf die notierte Telefonnummer. Sobald sie weiß, was auf sie zukommt, sobald sie bei Dr. O'Brien gewesen ist, wird sie es ihm sagen.

Jetzt schaut Annie auf die Zeitung, die zusammengefaltet unter dem Sofatisch liegt. Sie denkt an das Ehepaar, das siebzig Jahre lang händchenhaltend miteinander frühstückte. Sie denkt an die gemeinsamen Frühstücke mit Sam, an die vielen Cornflakes, die pochierten Eier, die Gläser mit Saft. Wie viele werden ihnen noch vergönnt sein?

»Das war ein ziemlicher Tag«, bemerkte Sam damals staunend, als sie untergehakt die Treppe der Bibliothek hinuntergingen. »Wir werden unseren Kindern ein Unternehmen vererben können. Das heißt, wenn wir mit fünfundneunzig in den gleichen Schürzen auf einer Salami und einer Büchse Pfefferkörner zusammengesackt und gestorben sind.«

Kapitel 5

Zieh keine ausgefranste Unterwäsche an. Doch, es wird wieder jemanden geben, der sie sieht.

Es klingelt an der Tür. Annie ignoriert es. Ihr ist nicht danach, mit dem UPS-Mann zu quatschen oder sich vom Briefträger anzuhören, warum das Postwesen zum Teufel geht. Sie will auch keine Pfadfinderkekse kaufen oder die Wale retten oder eine Petition für mehr Stoppschilder unterschreiben. Sie will nur eines: verhindern, dass ihr der Alltag entgleitet.

Es klingelt erneut. Dreimal lang und zweimal kurz und dann ununterbrochen. Sie steht auf. Fühlt sie sich schwach? Schwindlig?

Draußen steht Rachel, eingepackt in Parka, Kapuze, Schal und Fäustlinge, trampelt mit den Füßen und stößt Nebelwolken aus. »Wird aber auch Zeit. Du kannst dich nicht vor mir verstecken. Hab durch die Türscheibe deinen Mantel gesehen.«

Drinnen legt sie die oberste Lage ab und hängt alles in

den Flurschrank, auch Annies hingeworfenen Mantel. Sie streift sich die Stiefel ab und eines von den zwei Paar Socken. Das stülpt sie ineinander und legt es auf das Tablett mit den Zeitschriften und Katalogen. »Ich habe Paul Bunyans zum Abendessen gekauft und im Wagen liegen lassen, damit sie dir nicht die Bude vollstinken. Auch wenn sie für dich duften wie Chanel Nummer fünf.« Sie lässt sich aufs Sofa plumpsen. »Man sollte meinen, dass Megan sie allmählich leid ist. Aber wie auch immer, Sam sagt, dass du Besorgungen gemacht hast und inzwischen zu Hause sein solltest.« Sie mustert Annie, die im Eingang zum Wohnzimmer steht. »Du siehst fertig aus. Du solltest dir wirklich einen Inhalator kaufen gegen deinen Husten. Bei meinen Nebenhöhlen wirkt der immer Wunder.« Sie faltet die Decke auseinander und legt sie sich über die Beine. »Ein Tee wäre schön.«

»Dann gehe ich mal Wasser aufsetzen.« Annie hat nicht mal bemerkt, dass sie gehustet hat.

Sam glaubt zwar immer an eine Allergie – gegen Schimmelsporen oder Staubmilben –, aber Annie hat seine Diagnose verächtlich abgetan. War Husten im Winter nicht genauso unvermeidlich wie Schwitzen im Sommer? Das bringen die Temperaturen nun mal mit sich, argumentierte sie und ließ sich trotzdem einen Termin beim Arzt geben.

Selber schuld.

In der Küche holt sie Teebeutel und Zucker aus dem Schrank. Sie schneidet eine Zitrone auf. Sie wartet darauf, dass das Wasser kocht. Soll sie es Rachel erzählen? Die Last bei ihr abzuladen wäre erleichternd. Außerdem ist Rachel Psychologin. Wie Ärzte und Priester ist sie zu Verschwiegenheit verpflichtet.

Annie stellt sich vor, wie sich das abspielen würde: Sie tritt auf. Als Vorspiel zum ersten Akt hustet sie einige Male heftig. Sie wartet einen Moment lang ab, um dann im Bühnenflüsterton zu bekennen: Ich werde sterben. Oder besser: Ich werde bald sterben. Rachel wird plötzlich still, dann gibt sie ein ersticktes Schluchzen vor sich, trifft nur mühsam ihren Sozialarbeiterton und spricht mitfühlende Worte, während sie ihre Bestürzung zu verbergen sucht.

Zweiter Akt: Rachel hält Annie im Arm und lässt sie weinen; sie bringt Aufläufe mit Aufwärmtipps auf Haftnotizen; sie bietet an, sie zu den Arztterminen zu begleiten.

Im dritten Akt kommt natürlich das Unvermeidliche samt einer hochherzigen, den menschlichen Geist bejahenden, tröstenden und kathartischen Trauerrede.

Jetzt pfeift der Wasserkessel. Annie gießt Wasser in zwei Tassen mit dem Logo ihres Geschäfts, hängt Teebeutel hinein, findet einen Rest zerbrochener Biscotti und stellt alles auf ein Tablett. Ich sage es ihr besser noch nicht, entscheidet sie. Wie könnte sie es jemandem sagen, solange Sam es noch nicht weiß? Das wäre eine enorme Verfehlung, so als hätte sie den Ehevertrag gebrochen oder ein Versprechen zurückgezogen oder als würde sie in die Rolle der fiesen Klassenkameradin wechseln, die einige Mitschülerinnen bevorzugt und andere ausschließt. Aber seinen Ehemann zu schonen muss doch als ehrenhafter Beweggrund gelten. Besonders bei jemandem, der Sam kennt.

Sie legt noch zwei Servietten auf das Tablett. Die hat vorigen Sommer ein Gast zum Abendessen mitgebracht. Sie haben ein Muster aus Regenbögen, Narzissen und spielenden Kätzchen, die so unerbittlich Freude verbreiten, dass sie zusammenzuckte, als sie das Geschenk auspackte.

Rachel nippt an ihrem Tee. Annie reicht ihr den Plätzchenteller. Rachel schüttelt den Kopf. »Ich sollte verzichten.«

Annie betrachtet ihre Freundin, die noch genauso schlank und hübsch ist wie damals, als sie sich an der Bowdoin das Zimmer teilten, bevor sie schließlich mit Sam zusammenzog.

»Warum denn?«, fragt sie und verschlingt selbst ein Plätzchen, ohne etwas zu schmecken.

»Weil ich im Gegensatz zu dir noch einen Ehemann suche. Einen festen Freund. Jemanden zum Ausgehen. Du hast keine Ahnung, wie es da draußen zugeht bei der vielen Konkurrenz.«

»Obwohl Ursula meine Mutter ist? Ich weiß, was Konkurrenz ist.«

Rachel stöhnt. »Weißt du noch, als sie dich im College besuchen kam? All deine Freundinnen, die coolen Jungs, die Fakultät, die Haarnetzladys der Cafeteria und Dekan Schönling fraßen ihr aus der Hand. Aus der schwer beringten Hand.«

»Ich kenne es nicht anders.«

Rachel seufzt. »Ich auch nicht. Apropos treulose Tomate, ich habe dich damals auch stehen lassen, um zu ihren Füßen zu sitzen. Und was für Füße! Die Schuhe, die sie da trug!«

»Noch immer trägt …«

»Kannst du dir vorstellen, was die gekostet haben müssen?« Rachel angelt den Teebeutel aus der Tasse und wickelt ihn in die fröhliche Serviette ein, die sich sofort vollsaugt und braun wird. »Aber Sam hat ihr immer widerstanden. Er hatte nur Augen für dich. Ihm war es egal, wenn du den ganzen Tag in Trainingshosen und ungekämmt herumgelaufen bist. Während wir anderen uns stundenlang schön gemacht und unser Essensgeld für Feuchtigkeitscreme und eine Wimpernzange ausgegeben haben.«

Annie erinnerte sich daran. »Ursula war total froh, dass wir beide im selben Zimmer wohnten. Sie war überzeugt, dass du einen guten Einfluss auf mich hast.«

»Ha! Indem ich schwanger wurde? Ich hätte eher von dir einiges lernen können. Was für einen Idioten ich geheiratet habe! Wie konnte ich nur die Anzeichen übersehen? Vor allem, als er immer wieder vorschlug, ich sollte mir die Zähne bleichen lassen, weil ich dann« – sie deutete mit den Fingern Anführungszeichen an – »jünger aussehe.«

»Und jetzt hört er den ganzen Tag Justin Bieber und Miley Cyrus.« Annie lacht und staunt über die fröhlichen Töne aus ihrem Mund.

»Laut Megan hat Cindi-mit-i ihn beim Yoga angemeldet. Sie haben Partnermatten. Er geht nicht mehr zum Friseur, sondern zum Stylisten. Er hat jetzt Strähnchen. Und er hat sich an Brust und Rücken die Haare weglasern lassen.«

»Trotzdem bleibt er ein Arschloch«, sagt Annie aus Solidarität. Und weil Rachel ein wenig traurig guckt, als ob sie etwas vermisst, nicht unbedingt einen behaarten Ehemann, aber wenigstens ein Stofftier, wechselt Annie das Thema. »Wie läuft es bei der Arbeit?«

»Wie immer. Essgestörte. Ritzer. Helikoptereltern. Scheidungen. Stiefgeschwister. Zulassungstests. Gewalttätige Freunde. Pubertät ist scheiße.«

»Megan hat sich doch toll entwickelt.«

»Ja, nicht wahr?« Rachel strahlt sie an. »Wenigstens ein Gutes hat diese Ehe gebracht.«

»Kein Patenkind von mir würde es wagen, anders als toll zu werden.« Annie rührt einen zweiten Löffel Zucker in ihren Tee und nimmt sich Rachels Plätzchen. »Also, was läuft denn so bei deiner Suche nach Mister Right?«

Rachel schlägt die Decke auseinander und deckt sich bis zum Hals zu. Annie kennt den Impuls. »Bitte, darf ich hier eingekuschelt bleiben, bis mein Hormonspiegel wieder gesunken ist?«

»Rachel …?«

Rachel zupft an einem gelb-türkisfarbenen Quadrat. Sie kratzt etwas – angetrocknete Pizzasoße? – davon ab. »Ich habe mich auf Match.com, eHarmony, OkCupid, JDate und noch anderen angemeldet.«

»JDate?«, fragt Annie.

»Was denn? Darf eine absolut akzeptable Frau nicht auch auf einen netten jüdischen Mann wie Sam hoffen?«

»Wie Sam? Du weist mich ständig auf seine Schwächen hin. Du und Ursula.«

»Und trotzdem schätze ich ihn. Dein Mann hat viele beachtliche Qualitäten … und sieht gut aus. Aber …«

»Aber …?«

»Du hast ihn verwöhnt.« Mit der Aufmerksamkeit der Therapeutin beobachtet sie, ob Annie eine abwehrende Haltung einnimmt oder die Fäuste ballt. »Vielleicht, weil Ursula ihn so viel kritisiert, vielleicht, weil dein Vater früh gestorben ist, vielleicht, weil du jemanden zum Bemuttern brauchst oder weil …«

Annie hebt die Hand. »Verschone mich mit deiner Analyse.«

»Entschuldige. Berufsdeformation. Trotzdem, Annie, ein Mann wie Sam kann erzogen werden.«

Erzogen werden? Zu was?, fragt sie sich. Seine schmutzige Wäsche selbst in den Wäschekorb zu legen? Zu einem geselligen Menschen? Sie faltet ihre Serviette zusammen. Ohne sie zu leben?

»Und ich bin sogar einmal nach Boston gefahren«, erzählt Rachel weiter. »Warum? Um mit einem Blödmann essen zu gehen, bei dem du an der Krawatte ablesen kannst, was er bei den vorigen Mahlzeiten gegessen hat, der die Restaurantrechnung durch zwei teilt – mit dem Taschenrechner. Ein Typ in Portland hat ein Album mit Fotos von seinen verstorbenen Weimaranern zu unserem Date mitgebracht. Ein anderer gab mir sein Romanmanuskript zum Lesen, vierhundertsechzig Seiten in Großbuchstaben. So lernst du mich besser kennen, meinte er.«

Annie schüttelt den Kopf. »Ich könnte das nicht.«

»Brauchst du ja auch nicht. Sam würde dich nie verlassen.«

Annie wischt die Krümel von ihren Knien auf den Teller. »Falls ihm etwas zustößt … tja, ich würde als alte Jungfer enden.«

»Unsinn. Weißt du noch, dieser Kerl mit dem fantastischen Loft?«

»Charles?«

»Genau der. Von Sam mal abgesehen, hast du nie gelernt zu flirten, obwohl ich es dir vorgemacht habe und du es an Charles üben konntest. Zugegeben, er stand nicht lange genug zur Verfügung, um dir den Feinschliff zu verpassen. Aber du bist kein hoffnungsloser Fall. Guck mal in der Buchhandlung in die Lebenshilfeabteilung. Da gibt es Ratgeber für alles. Beziehungsleitfäden. Dating-Handbücher, wie man den Richtigen findet. Wie man cool bleibt. Ich sollte selbst so ein Buch schreiben.«

»Das würde deine zehn Minuten Freizeit auch noch ausfüllen.« Annie schaut in ihre Tasse. Bestimmt gibt es auch genaue Anleitungen, wie man seine Zukunft aus Teeblättern liest. »Sam und ich haben Ratgeber gelesen, wie man einen

Kleinbetrieb führt und ein Restaurant ausstattet. Nur die, von denen du sprichst, habe ich noch nicht ausprobiert.«

»Nicht mal *Freude am Sex*, diesen Klassiker?«

»Ha! Den natürlich.« Annie deutet auf Rachels leere Tasse. »Möchtest du noch welchen?«

»Nein, danke. Ich muss jetzt mal los und die Sandwiches nach Hause bringen. Und Brokkoli für Megan dünsten. Seit sie das Praktikum bei euch macht, ernährt sie sich ungesund.«

Annie grinst. »Saure Gurken zählen nicht als Gemüse?«

Rachel faltet die Decke zusammen. »Deine Schwiegermutter hat eine ungewöhnliche Farbkombination gewählt. Sie muss dich sehr mögen, dass sie dir die geschenkt hat. Ich beneide dich.«

»Glaub mir, dazu gibt es keinen Grund.«

»Eine nette Schwiegermutter, die tausend Kilometer weit weg wohnt, ist kein Grund? Und ein treuer, liebender Mann?«

Annie sagt nichts dazu. Sie sieht ihr kleines Stevens-Strauss-Mädchen vor sich, die blau geäderten Augenlider, die flaumigen Haare. Sie denkt an das neue Unglück, das sie ihrer besten Freundin verschweigt, und senkt den Kopf. Wenigstens wird sie keine Halbwaise zurücklassen, denkt sie mit bockiger Erleichterung.

Rachel zieht sie in die Arme. »Ich bin ein Idiot. Wie konnte ich nur?« Sie zögert und sucht nach Worten. »Du weißt sicher, dass es Spezialisten für komplizierte Schwangerschaften gibt. Es wird sicher etwas geben …«

»Meine war nicht kompliziert. Ich habe das Kind ausgetragen.«

»Warum willst du es nicht wenigstens versuchen? Was die moderne Medizin leisten kann, ist nicht zu unterschätzen. Neulich stand im *People*, diesem Quell der Weisheit, dass

Frauen ständig Kinder zur Welt bringen, die angeblich keine bekommen konnten. Heutzutage ist es mit siebenunddreißig nicht zu spät.«

Doch, es ist zu spät, denkt Annie. Vier Fehlgeburten und eine Totgeburt, war das keine klare Botschaft des Universums? Wer sich beim Skifahren mehrere Male das Bein bricht, gibt diesen Sport auf. Keine Frage. Und selbst wenn es doch nicht zu spät wäre, weiß sie, dass sie nicht noch eine Totgeburt riskieren will. »Es reicht!«, sagt sie warnend. »Bestimmt denkt jeder Therapeut oder Berater, ich müsste die Trauer längst verarbeitet haben, sollte es akzeptiert haben …«

»Ich denke das nicht.«

»… aber wenn Sam und ich es akzeptieren, damit abschließen, wie du sagen würdest, dann haben wir unser Kind wirklich verloren, haben die Verbindung zu unserer Tochter gekappt.«

Rachel drückt sie. »Ich weiß, Annie. Ich weiß.« Diesmal ist sie so klug, nicht zu erwähnen, dass kinderlose Paare laut neueren Studien glücklicher sind als solche mit Kindern.

Sobald Rachel gegangen ist, trägt Annie das Tablett in die Küche und stellt das benutzte Geschirr in die Spüle. Sie hält sich nicht damit auf, es abzuwaschen oder die übrig gebliebenen Zitronenstücke abzudecken, sondern eilt die Treppe hoch und an den Computer. Soll sie nach Lungenkrebs googeln? Die Entbindungsärztin hat ihr nach der dritten Fehlgeburt eindringlich geraten, sich nicht im Internet zu informieren. »Ihnen fehlt der fachliche Kontext, um die vielen Informationen richtig einzuordnen. Das würde Sie nur aufwühlen.«

Und das ist das Letzte, was sie jetzt braucht. Sie holt tief Luft. Atmet sie flacher als sonst? Rauer? Im Moment kann sie nur vermuten, was für Symptome sie im Internet entdecken und nach Sams Art an sich feststellen würde. Wie leicht es wäre, sich die Symptome einzubilden. Als ob die Wirklichkeit nicht bitter genug wäre. Stattdessen wird sie ihr Leben in die Hand nehmen. Sie wird Sams Leben in die Hand nehmen.

Sie gibt einen Suchbegriff ein. Innerhalb von Sekunden erscheinen Hunderte Links. *Ratgeber Trauerbewältigung; Heilende Schritte für schwule Witwer; Eine kurze Geschichte der Trauer; Der Leitfaden für den Bräutigam; Sex leicht gemacht; Ein Dating-Handbuch für Witwen* im Doppelpack mit *Ein Dating-Handbuch für Witwer* zum Preis von einem; *Der Weg zum Glück* und zig Ratgeber zum Abnehmen. Rüstzeug für das Lebensende übergeht sie zugunsten von *Der richtige Gebrauch eines Fleischerbeils*, das ein Mitarbeiter der Lebensmittelindustrie vielleicht von der Steuer absetzen könnte.

Ihr Blick verschwimmt. Sie schaltet den Computer ab.

Unten nimmt sie den gewohnten Platz auf dem Sofa ein. Während der Stunde, als Rachel dort saß, hat Annie ein paar wesentliche Dinge von ihrer besten Freundin erfahren: Sam kann erzogen werden. Rachel beneidet sie um ihre Ehe. Rachel braucht einen Mann. Es gibt Ratgeber für alle Lebenslagen.

Sie beschließt, ein Nickerchen zu machen. Ist ständige Müdigkeit eines der Warnzeichen? Obwohl das Damoklesschwert über ihr hängt, muss sie zugeben, dass das Leben noch Freude bereithält – eine gute Freundin, heißen Tee, verschneite Tage, ein gemütliches Sofa – und dass es tröstlich ist, einen Plan zu haben. Sie döst ein, während ihr Überschriften einfallen: *Anweisungen für Sam; An meinen Mann; Wie du von nun an meine Aufgaben erledigst; Für den wahrscheinlichen Fall meines …*

Und schließlich: *Leben ohne mich – ein Leitfaden.*

Kapitel 6

> Verreise. Nimm vielleicht an einer Exkursion mit Bowdoin-Alumni teil. Da kommst du mit intelligenten Leuten zusammen. (Inzwischen ist es viel schwieriger, Kontakte zu knüpfen als damals, als wir uns beworben haben.) Pass nur auf, falls du eine Kreuzfahrt machst, dass du dir kein Magen-Darm-Virus einhandelst.

Annie schneidet in der Samwich-Küche Zwiebeln, als das Telefon klingelt. Megan, deren Aufgabe es ist, die telefonischen Bestellungen zu notieren, gibt ihr von der Verkaufstheke aus laut Bescheid, sodass die plaudernden Gäste und die Stammkunden, die täglich dieselben drei Tische besetzen, es hören. »Annie, es ist für dich. Die Praxis von Dr. Buckley.«

Natürlich hat auch Sam das gehört. Die ganze Stadt hat das gehört. Warum gibt sie es nicht gleich über die Lautsprecher auf dem Football-Feld der Highschool bekannt? Annie nimmt am Nebenanschluss beim Kühlschrank den Hörer ab. Ihr tränen die Augen vom Zwiebelschneiden. »Ich bin bei der Arbeit«, zischt sie.

»Ach nee.« Carolyn Connelly ist am Apparat, Dr. Buckleys Sprechstundenhilfe. »Ich habe Ihnen zu Hause x-mal auf den AB gesprochen.«

Dessen ist sich Annie nur allzu bewusst. Sie hat seit Tagen früh Feierabend gemacht oder ist mitten am Nachmittag zu Hause vorbeigefahren, um die Nachrichten zu löschen, bevor etwa Sam das rote Lämpchen blinken sieht und sie abspielt. Nicht dass er das normalerweise tut. »Ich kann jetzt nicht reden.«

»Ich musste dem Doc versprechen, Sie in der Leitung zu halten, bis er mit Ihnen reden kann. Wenn ich das nicht tue, bin ich meinen Job los.«

»Das bezweifle ich.« Annie rafft die Zwiebelschalen zusammen und wirft sie in den Abfalleimer. »Ich habe zu arbeiten. Hier warten Kunden. Wirklich.«

»Eine Sekunde. Er wird gerade mit einem Pharmavertreter fertig.«

»Ups, da quillt Rauch aus dem Ofen. Tut mir leid.« Annie legt auf.

Sam kommt in die Küche, in einer der weißen Schürzen, die die Doughboys hinterlassen haben. Im Gegensatz zu ihr kann er das Schürzenband zweimal um seine Taille schlingen. An der Brust ist sie mit Paul-Bunyan-Spezialsoße bespritzt.

Sie zeigt darauf. »Die musst du wechseln.«

Er schaut an sich hinunter. »Ach du je, ist mir gar nicht aufgefallen.«

Sie reicht ihm eine gestärkte und gebügelte Schürze aus dem frischen Wäschestapel. »Falls jemand ein Foto auf unserer Fanseite postet. Für unser Publikum müssen wir einen guten Eindruck machen.«

Er lacht. »Seien wir ehrlich, unser spezielles Publikum stört sich daran bestimmt nicht.«

»Dann eben für die Hygienekontrolleure.« Sie hilft ihm in die saubere Schürze und bindet ihm eine schicke Schleife.

Er löst die Schleife und bindet sich einen Knoten. »Zu metrosexuell«, erklärt er. »Und? Buckleys Praxis hat angerufen. Wieso hier?«

»Wahrscheinlich, weil ich hier am besten zu erreichen bin.« Sie kneift sich in den Nasenrücken. »Es geht um meine Nebenhöhlen.«

»Das erleichtert mich. Weil es keine Allergie ist. Weißt du noch, als ich dachte, ich wäre allergisch auf Baumnüsse?« Er sieht sie prüfend an. »Alles in Ordnung?«

»Bestens.«

»Deine Nase ist rot, deine Augen tränen.«

»Ich habe Zwiebeln geschnitten.«

»Die Aufgabe sollten wir vielleicht an Megan vergeben.«

»Gute Idee.« Sie nimmt ein Papiertaschentuch und putzt sich die Nase. »Kannst du mich eine halbe Stunde entbehren? Ich will vor der Mittagszeit zur Reinigung.«

»Klar. Ich habe meine Jacke auf der Badematte liegen lassen. Ich fürchte, ich bin mit der Manschette in verschüttetes Olivenöl gekommen.« Er tätschelt ihr die Schulter mit der reflexhaften Zärtlichkeit, die er sich bei Binky angewöhnt haben muss, dem Spaniel seiner Kindheit, um den er noch immer trauert. Er durfte bei ihm im Bett schlafen und konnte angeblich mit den Pfoten bis zehn zählen. »Er war mein bester Freund«, pflegt Sam zu sagen. »Nach dir.« Nachdem sie das Kinderkriegen aufgaben, haben sie überlegt, sich einen Welpen aus dem Tierheim zu holen, fanden dann aber, es sei noch zu früh und der Hund wäre dann nur ein trauriger Lückenbüßer.

Aber jetzt? Das wäre eine gute Maßnahme für … na ja … hinterher. Damit er Gesellschaft hat, wenn … Das muss sie in den Leitfaden schreiben: Schaff dir einen Hund an.

Auf dem Weg nach draußen sieht sie Ralphie Michaud als Dritten in der Warteschlange stehen. Mit beiden Daumen spielt er auf dem Handy ein Spiel und bemerkt sie nicht. »Hi, Ralphie«, grüßt sie.

Er blickt auf und grinst sie an. Auf seiner linken Wange bildet sich ein Grübchen. Obwohl er auf die vierzig zugeht, sieht er noch süß aus, und der schiefe Schneidezahn verstärkt seinen Bad-Boy-Look. Wenigstens hat er das Piercing entfernt, mit dem er in der Oberstufe angegeben hat. Doch zwischen dem Kragen und seinen schwarzen Haaren lugt ein Tattoo hervor, ein Flügel – Adler? Engel? Zu schade, dass Annie in der Highschool so prüde gewesen ist, zu ängstlich, um mit ihm auf dem Kiefernhügel hinter der Schule Gras zu rauchen.

»Wie läuft's denn, Annie?«, fragt er.

»Gut. Und bei dir?«

»Schlag mich so durch. Hast du gestern Abend die Bruins gesehen?«

»Fürchte, nein.« Sie starrt auf sein Grübchen.

»Die haben vier zu zwei gewonnen.«

»Toll.«

»Dad sagt, du warst neulich bei uns im Laden.«

»Stimmt.«

»Wie ich höre, rauchst du wieder.«

Wird auch weitererzählt, wenn sie sich Tampons kauft? »Eigentlich nicht.«

»Lebst lieber gesund, was?«

»Das könnte man sagen.«

Er zuckt mit den Schultern. Aus der hinteren Jeanstasche zieht er eine Packung Marlboros. »Na, jedenfalls schade, dass ich dich verpasst habe.«

»Ach, na ja …«

»Beim nächsten Mal …«

»Auf jeden Fall.« Sie deutet auf ihre Armbanduhr. »Hab was zu erledigen.«

»Man sieht sich.«

Ohne vorher anzurufen, fährt sie zu Dr. Buckleys Praxis. Lieber wartet sie in der Praxis, als einen Termin zu vereinbaren, der ihr den Spielraum lässt, wieder abzusagen. Außerdem gönnt sie Carolyn die Genugtuung nicht. Die bekommt sie trotzdem. Sowie Annie den Vorraum betritt, sieht sie ihr triumphierendes Grinsen. »Ich wusste, ich kann Sie überreden.«

Zum Glück sitzen nur zwei Patienten im Wartezimmer, die Annie beide nicht kennt. Sie schlägt eine *Down East* auf und liest über Straßenreparaturen, Ziernummernschilder, die neuste Hummerbude und einen Hedgefonds-Manager aus Manhattan, der sich seine Hütte am Hancock Point für drei Millionen Dollar von einem Architekten renovieren ließ. Sie blättert zur Tourismus-Kolumne. Puh. Das Paul Bunyan ist noch immer Nummer eins unter den kulinarischen Attraktionen in Passamaquoddy, also noch vor Moodys Hackbraten, vor den Muscheln im *Osborn & Daughters'* und vor Geraldine Pritchards hausgemachtem Salzwasser-Toffees. Sie muss unbedingt daran denken, ihre Toffees für den Laden zu ordern. Sie könnten das Speisenangebot erweitern, lokale Spezialitäten anbieten, zum Beispiel Blueberry Pie oder Strawberry Shortcake oder Brownies mit Ahornsirup. Dank ihrer Schwiegermutter bäckt sie einen erstklassigen Blueberry Pie, der bei Schulfesten und Kuchenbasaren immer als Erster weg ist.

Vielleicht sollten sie sich doch einen richtigen Espressoautomaten anschaffen, auch wenn sich die Senioren bestimmt beschweren und gegen die Veränderung sperren werden. Nein, vielleicht doch nicht. Was perfekt ist, soll man nicht ändern, sagt Sam immer. Sie seufzt. Erstaunlich, wie das Leben weitergeht und man weiterhin Pläne schmiedet. Verrückt, dass jemand, der vom Arzt sein Todesurteil erwartet, im Wartezimmer sitzt und Rezepte aus Zeitschriften reißt, über Speisekarten nachdenkt und überlegt, welches Nummernschild er schöner findet, das mit dem Hummer oder das mit Robert Indianas LOVE.

Dr. Buckley öffnet seine Sprechzimmertür und tritt mit dem Klemmbrett in der Hand auf den Flur. Sein Stethoskop baumelt vor seiner roten, mit blauen Kakadus gemusterten Krawatte. Er blickt auf. »Annie?«

»Entschuldigung.« Die Frau ihr gegenüber stemmt sich vom Stuhl hoch. Sie hat flaumige weiße Haare, trägt eine Ben-Franklin-Brille und stützt sich auf einen schlichten Gehstock aus Aluminium. »Ich glaube, ich bin an der Reihe.«

»Es tut mir sehr leid, Florence«, sagt Dr. Buckley. »Hier handelt es sich gewissermaßen um einen Notfall. Ich verspreche, mich zu beeilen.«

Annie folgt ihm in den Behandlungsraum. Bei Dr. Buckley klingt »Notfall« viel bedeutsamer als bei der gelangweilten Sprechstundenhilfe von Dr. O'Brien. Annie ist es peinlich, dass sie, die Siebenunddreißigjährige, die gut zu Fuß ist und das volle Haar eines jungen Menschen hat, als Notfall angesehen wird und eher drankommt als eine gehbehinderte alte Dame, die offenbar daran gewöhnt ist, viel Zeit in Wartezimmern zu verbringen.

»Nun, Annie, wir versuchen schon länger, Sie zu erreichen.«

»Ich weiß.«

Dr. Buckley räuspert sich. Er nimmt seinen Brieföffner in die Hand. Wohl ein Talisman, denkt Annie, der in Stresszeiten beruhigend wirkt wie die Schmusedecke auf Linus. Sie beneidet ihn nicht um seinen Job. Sie beneidet ihn nicht um die medizinische Fachkenntnis, mit der er ihr gleich die Fakten darlegen wird. »Um es klar zu sagen, ich halte nichts von Ihrer Absicht, Sam im Unklaren zu lassen, anstatt es beharrlich zu versuchen.«

»Das habe ich auch nicht erwartet.«

Missbilligend runzelte er die Stirn. »Sie sind genauso stur wie Ihre Mutter. Obwohl ich die immer überzeugen konnte …«

Annie schnaubt. »Ich bin überhaupt nicht wie meine Mutter.«

»Hmhm.« Er schlägt auf seinem Schreibtisch eine Mappe auf. »Ich bin froh, dass Sie die Onkologin angerufen haben. Der Thoraxchirurg empfiehlt eine Biopsie.«

»Das kommt mir alles sinnlos vor. Warum sollte ich mich dem unterziehen … wenn es sowieso klar ist, dass ich …«

Er seufzt. Zustimmend? Frustriert? Er fährt fort: »Nichts ist klar. Sie sind noch jung. Es gibt ständig neue Behandlungsmethoden. Gezielte Verfahren …«

Annie fällt es schwer, ihm zuzuhören. Wovon hat Dr. Buckley ihre Mutter überzeugt? Sie konzentriert sich auf die Kakadus. Wenn sie Sam eine Krawatte mit Sandwichmuster schenken würde, würde er die tragen? Sie senkt den Blick. Jetzt kann sie den eingravierten Text auf dem Brieföffner lesen: In dankbarer Anerkennung für die Rettung meines Lebens. Wie vermutet. Sie hat also beim letzten Besuch richtig ergänzt. Hat sie jetzt eine Eins plus verdient? Sie weiß nicht, wem Dr. Buckley das Leben gerettet hat, aber ihres wird er mit Sicherheit nicht retten.

Sie zeigt auf die erschlaffte Schefflera auf dem Fensterbrett. »Die muss gegossen werden.«

Er übergeht ihren gärtnerischen Rat. »Ich bin mir sicher, dass Dr. O'Brien allerhand Tricks auf Lager hat …«

»Zaubertricks? Hat sie einen Zauberstab, mit dem sie mich heilen kann?«

»Leider Gottes funktioniert die Medizin so nicht. Aber es ist immer ratsam, optimistisch zu sein.«

»Selbst wenn …«

»Optimistisch sein«, bekräftigt er. »Bis zu Ihrem Termin werden wir die Entwicklung mit MRTs beobachten.«

Sie hakt nach. »Und die Nebenwirkungen dieser Tricks?«

»Nichts, was wir nicht in den Griff bekämen. Allerdings – um ehrlich zu sein – werden Sie die Haare verlieren.« Er streicht sich durch seine silbergrauen Locken und blickt so traurig, dass sie sich schrecklich fühlt, weil sie ihm Kummer macht.

Sie fasst sich auf den Kopf. *Deine Haarpracht.* Das war eines der wenigen Komplimente, die Ursula ihr gemacht hat. Ihre glänzenden, dicken Haare sind ihr treu geblieben durch dick und dünn – trotz der Achterbahnfahrt ihrer Gewichtsveränderungen, trotz Pubertätsakne und Pubertätsängsten, Fehlgeburten und einer misslungenen Dauerwelle. In ihrer Gesundheitsbilanz würde sich der Verlust ihrer Haare kaum auswirken.

»Aber es geht mir gut«, beteuert sie.

»Das freut mich. Der trockene Husten ist jedoch beunruhigend.«

»Es ist Februar. In Maine!«

Verärgert zieht er die Brauen zusammen. »Sie haben auf alles eine Antwort. Haben Sie mal überlegt, Anwältin zu werden?«

»Und Passamaquoddy um die Paul Bunyans zu bringen?«

»Ach, Annie.« Er seufzt. »Also, bitte sehen Sie wenigstens davon ab, im Internet nach Symptomen zu googeln. Selbst meine robustesten Patienten neigen dazu, alles auf sich zu beziehen. Ganz zu schweigen von den Fehlinformationen, die Ihnen da präsentiert werden.«

Sie denkt an den dringenden Rat ihrer Entbindungsärztin, nicht nach Totgeburten und mehrfachen Fehlgeburten zu googeln. »In Ordnung. Sie sehen, ich höre auf Sie.« Sie streckt den Kopf nach vorn, als erwartete sie, dass er ihr ein Sternchen an die Stirn klebt.

Das bringt ihn trotz allem zum Lächeln. »Und wenn Sie es Sam nicht erzählen wollen, dann sprechen Sie mit Ihrer Mutter.«

»Meiner Mutter!«

»Das ist sie nun mal, Annie.«

Eine Mutter ohne Muttergen. Annie kann sich genau vorstellen, wie Ursula reagieren würde. *Wie kannst du mir das antun? Wieso muss gerade ich mein Kind verlieren?* Sie würde jammern und sich auf ihre Chaiselongue werfen und dann bei Saks Trauerkleidung bestellen.

»Wenn Sie meine Tochter wären …«

Sie fällt ihm ins Wort. »Bei allem Respekt, Dr. Buckley, das bin ich nicht.« Sie lenkt ein wenig ein und verspricht, in einer Woche wiederzukommen.

Dafür verspricht er, die Schefflera zu gießen. »Und schieben Sie das Gespräch mit Sam nicht mehr allzu lange auf«, sagt er zum Abschied.

Natürlich wird sie es Sam nicht sagen.

Noch nicht. Bis zu ihrem Termin hat sie noch drei Wochen Zeit, drei Wochen bis zur offiziellen Diagnose.

Zuerst muss sie dafür sorgen, dass es ihm gut gehen wird. Sie muss den Leitfaden schreiben. Und wenn der fertig ist, kann sie sofort anfangen, ihn nach dessen Vorgaben zu erziehen.

Kapitel 7

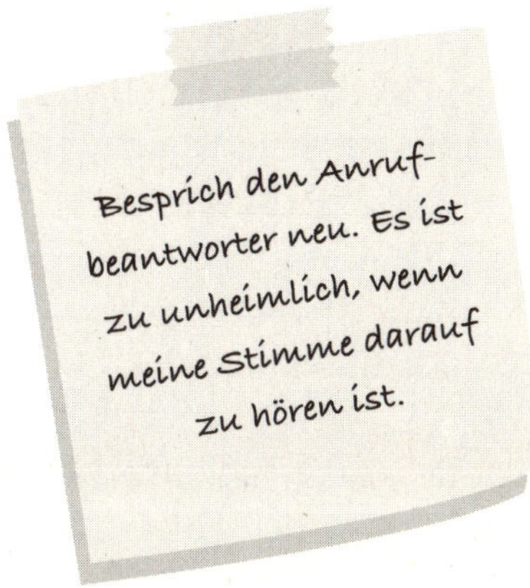

Annie sitzt am Schreibtisch. Sie hat sich den Tag freigenommen. Am Vormittag hat sie beim Sandwichladen haltgemacht, wo Megan gerade die große Kaffeemaschine reinigte. Sam sei beim Bäcker, um die Brötchen abzuholen, erklärte sie.

»Brauchst du meine Hilfe?«, fragte Annie.

»Nein, ich hab alles im Griff. Es macht Spaß, den Laden allein zu schmeißen. Übrigens habe ich mit Sam über Neuerungen gesprochen. Ein Espressoautomat. Damit wären wir voll angesagt.«

»Ich fürchte, angesagt kommt in Passamaquoddy nicht gut an«, erwiderte Annie, obwohl sie selbst schon an solche Verbesserungen gedacht hatte.

»Warum nicht mal ausprobieren? Ich habe haufenweise Ideen. Scrabble-Abende. Eine Karaoke-Nacht. Wir könnten Poetry-Slams veranstalten. Wie cool wär das denn?«

Der einzige hiesige Dichter, von dem Annie weiß, ist Longfellow Clark, wie er sich selbst nennt, und er vertreibt sein »Oeuvre«, indem er von Tür zu Tür geht, jede Strophe so krakelig und eng geschrieben, dass man es kaum lesen kann. Sie besitzt zwar zwölf Bände, aber in allen könnte dasselbe stehen. »Lass uns den Ball flach halten«, beharrt Annie. »Unser Geschäft ist perfekt, so wie es ist.«

»Da bin ich ganz deiner Meinung, aber« – Annie sah den vertrauten trotzigen Gesichtsausdruck bei ihrem Patenkind, denselben wie bei Rachel, wenn sie gegen eine Ungerechtigkeit protestiert – »es ist nicht verkehrt, an die Zukunft zu denken.«

»Die Leute hier mögen Veränderungen nicht«, bekräftigte Annie. Sie haben lediglich neu gestrichen, die Flohmarktfunde aufgehängt, mehr lokale Backwaren angeboten, einen neuen Kühlschrank gekauft und angeschlagene Tassen ersetzt, davon abgesehen haben sie nicht am ursprünglichen Erscheinungsbild ihres Geschäfts herumgebastelt – wofür sie von Restaurantkritikern, örtlichen Unternehmern, Kunden und Touristen gelobt werden.

»Ich rede ja nicht davon, die Kundschaft mit buddhistischer Musik zu berieseln oder Orchideen und Kerzen hinzustellen oder Kaviar oder moderne Grünkohlgerichte anzubieten«, sagte Megan.

Annie wechselte das Thema. »Sam meinte neulich, dass du großartige Arbeit leistest.«

Megan füllte die Kaffeemaschine mit Wasser und stöpselte sie an die Steckdose. »Annie, ich bin euch beiden zutiefst dankbar, weil ihr mich hier arbeiten lasst. Ich war die Schule absolut leid.«

»Das denkst du jetzt vielleicht. Aber …«

»Mum hat mir das Brückenjahr nur erlaubt, weil ich die Jüngste in der Klasse bin.«

»Weil du so intelligent bist. Weil du eine Klasse übersprungen hast.«

»Als ob Intelligenz in der Highschool wichtig wäre.« Megan rollte die Augen. »Schon gut. Okay. Ich hab Mum versprochen, im Herbst wieder hinzugehen. Aber hier zu arbeiten ist viel reeller.« Sie wandte sich dem Mann zu, der soeben an die Theke getreten war, Ray Beaulieu, einer der typischen Stammkunden in Anorak und Arbeitsstiefeln, die einen Sechs-Stunden-Sitzmarathon mit nur zwei Tassen Kaffee bestreiten können. »Ich setze sofort frischen Kaffee auf, Ray«, sagte sie.

»Das Mädchen da anzuheuern war die beste Entscheidung überhaupt, Annie.«

Annie erinnerte sich an einen Zeitungsartikel über ein paar Senioren, die den ganzen Tag in einem Burger-Restaurant in Queens abhängen, bei kaltem Kaffee und kostenlosem Wasser die Tische besetzt halten und für Umsatzverluste sorgen. Der Besitzer wollte einen Weg finden, sie loszuwerden, ohne als seniorenfeindlich gebrandmarkt zu werden. Sie schaute zu Ray Beaulieu hinüber, der mit seiner Clique kicherte. Nicht dass man in Maine jemanden rauswerfen könnte, außer vielleicht Betrunkene und Ruhestörer.

»Wir sind nicht Queens«, sagte Sam, als sie ihm den Artikel zeigte. »Außerdem sorgen die Senioren für Lokalkolorit.«

Megan schob ihr eine Tasse heißen Kaffee über die Theke.

»Nein, danke«, sagte Annie. »Ich muss noch einiges erledigen.«

»Mach den Nachmittag frei. Dein Husten klingt übel. Ich

habe mit den Sandwiches schon angefangen. Wir sind super in Form. Ich arbeite heute die komplette Schicht.«

»Wird Sam mich nicht brauchen?«

»Er kommt schon klar. Wenn es ein Problem gibt, kann er mir die Schuld geben.« Megan hält inne und strahlt sie an. »Hey, wie wär's damit? Ein Dating-Abend im Annie's?«

Jetzt schaltet Annie den Computer ein. Es ist nicht verkehrt, an die Zukunft zu denken, hat Megan erwidert. Aber mal ehrlich, wie weit in die Zukunft sollte Annie noch denken? Sie öffnet Word. Sie darf sich nicht mit negativen Gedanken aufhalten. Sie muss den Leitfaden heute schreiben. Sie hat extra ihren Termin bei Dr. Buckley dafür verschoben. Wie bei den meisten gefürchteten Aufgaben wird sie sich bestimmt besser fühlen, wenn sie erst mal angefangen hat. Bisher hat sie sich Notizen auf Klebezetteln gemacht und in die Hosentaschen geschoben, in die Handtasche gesteckt, ins Schmuckkästchen gelegt – alles Ideen für die Liste, die sie zusammenstellen will. Als sie alle Zettel vor sich hinlegt und glättet, sind sie so wenig zu entziffern wie Longfellow Clarks Reime. Eine lesbare Handschrift mag im digitalen Zeitalter eine aussterbende Kunst sein, doch diese verwischten schwarzen Tintenflecke sind Rorschach-Bilder ihres mentalen Zustands, ein Zeugnis ihres wirren Gedankenwusts.

Egal. Sie wird den Leitfaden schreiben, ohne Netz und doppelten Boden. Zum Glück geht sie nicht mehr zur Schule. Daher braucht sie keine Gliederung mit römischen Ziffern und Unterpunkten zu entwerfen. Oder vielleicht sollte sie das tun, damit es überzeugender wirkt. Wichtig ist erst mal nur, es zu Papier zu bringen. Die Feinarbeiten kann sie später leisten, wenn sie es für nötig hält. Also fängt sie an.

DEIN LEBEN OHNE MICH – EIN LEITFADEN

(in beliebiger Reihenfolge)

I. HAUSHALT: Alle Gebrauchsanweisungen für die Geräte liegen in der rechten Schublade unter der Mikrowelle. Befolge die Anweisungen für jedes Gerät, auch wenn du lieber improvisierst. (Und wir wissen beide noch genau, was dabei herauskommt!) Die Telefonnummern der Reparaturdienste stehen im roten Notizbuch neben dem Telefon. Staubsaugen und staubwischen jede Woche. Putz den Kühlschrank alle zwei Wochen – stell ein Schälchen mit Natron hinein, um Gerüche zu neutralisieren. Das flaumige weiße oder schwarze Zeug ist Schimmel = schlecht! Zweimal im Jahr musst du das Spray gegen Holzameisen einsetzen. Wenn du dich überfordert fühlst, ruf Rachel an. Sie hilft dir.

A. Reinigung: Hat samstags nur bis Mittag geöffnet. Markiere die Flecken mit Malerkrepp. Lass deine Kleidung ändern – Michelle, Freds Frau, macht das exzellent. Gib Pullover in die Reinigung; nicht in der Maschine waschen. Lass Jackenärmel kürzen. Und Hosenbeine säumen, aber ohne Umschlag (altmodischer Kauz). Lass dir keine Unterhosen mit Leopardenprint aufschwatzen.

B. Friseur: Lass dir die Haare über den Ohren nicht zu kurz schneiden, nur um Geld zu sparen. Sonst siehst du nerdig aus. Außerdem sieht man dann, dass deine Ohren abstehen (ich fand es zu grausam, dir das jedes Mal danach zu sagen). Du kannst auch den neuen Unisex-Salon auf der Main Street ausprobieren. Okay, streich das, du musst nicht.

C. Deko: Hinten in meinem Schrank liegen die alten Karten von Passamaquoddy, die wir auf dem Antik-Markt gefunden haben. (Du hast einen fantastischen Preis rausgehandelt – du warst toll! Und weißt du noch, wie uns der Verkäufer nachgelaufen ist und sie zurückkaufen wollte, als wir sie ins Auto luden? Und weißt du noch, wie viel Spaß wir in dem vergammelten Motel hatten? Wie wir ... tja, wer könnte das vergessen?) Bring sie zum Rahmen in die Pearl Street, nicht zu dem Billigheimer in der Innenstadt. Lass sie auf Archivpapier aufziehen, sonst werden sie braun und rissig. Ich finde, schlichte Eichenrahmen passen gut dazu. Oder dunkles Nussbaum. Lass dich von Mr Robineau beraten. Du könntest sie im Arbeitszimmer aufhängen. Häng die Fahrradposter einfach an die Wand neben dem Fenster. Oder ins Geschäft. Da bringen sie die künstlerische Atmosphäre, auf die Megan so erpicht ist.

D. Essen: Mein Rezeptkasten – der abgenutzte aus Holz, mit roten Weintrauben und grünen Blättern bemalt (der Schnappverschluss zickt manchmal) – steht auf dem zweiten Regalbrett über der Spüle. Ich bin nie dazu gekommen, die Rezepte mal alphabetisch zu ordnen, aber deine Lieblingsrezepte stecken vorn drin. Du wirst in Versuchung kommen, dir einfach etwas aus unserem Laden mitzunehmen. Aber tu das nicht. Du kannst mein altes Kochbuch ausprobieren, hat Spritzflecke von tausend Gerichten – wollte mir immer mal ein neues anschaffen. Kauf du ein neues! Und was du nicht weißt, kannst du im Basics von Mark Bittman nachlesen. Oder noch besser: In der Highschool findet ein Kochkurs für Erwachsene statt. Da bringen sie dir sämtliche Tricks bei, und du lernst neue Leute kennen. Soweit ich weiß, darf man mit nach Hause nehmen, was man zubereitet hat. Wie toll ist das denn!

II. GESCHÄFT

A. *Annie's Samwich:* Wenn ich nicht mehr da bin, willst du vielleicht modernisieren. Dich vergrößern. Denk darüber nach, dir den Trödelladen nebenan unter den Nagel zu reißen. Mr Aherne muss doch schon fast hundert sein. Hat jemals einer was bei ihm gekauft? Er sollte in das Hilfsprogramm für Messis aufgenommen werden. Ich wette, du kannst ihm ein Angebot machen, das er nicht ablehnen kann. Ich weiß, wir haben immer beschlossen, alles so zu lassen, wie es ist, aber die Welt entwickelt sich weiter. (Und dass sie das ohne mich tut, macht mich echt sauer!) Hör auf Megan. Ein Espressoautomat wäre klasse. (Aber vergleich die Preise und informiere dich im Consumer Reports.) Du könntest einen Lyrikabend veranstalten – vielleicht holst du dir bei der Englischlehrerin an der Highschool ein paar Anregungen. Oder bei der Bibliothekarin? (Ich schlage vor, Longfellow Clark nicht einzuladen, aber wahrscheinlich kreuzt er trotzdem auf.) Zieh auch Livemusik in Betracht. Anscheinend spielen manche unserer Kunden in den Bands, die in den Bars unten am Fluss auftreten. Wie wär's mit einem Mitsingabend? Und Megan kennt sich in der Musikszene aus. Dating-Abend? Keine schlechte Idee. Könnte auch für dich etwas sein. Da könntest du deine eingerosteten Flirt-Skills verbessern. Du kannst lernen – wenn ich an den Spaß denke, den wir hatten, die Trips nach Bar Harbor, die Filme im Autokino, von denen wir kaum etwas mitgekriegt haben, unsere Spaziergänge, das miese Essen, von dem wir nicht mal etwas geschmeckt haben. (Erstaunlich, wie gut wir gespürt haben, was der andere wollte.) Ich bin mir sicher, das kommt alles wieder zurück. Am allerwichtigsten ist: keine Experimente mit dem Paul Bunyan. Der muss bleiben, wie er ist, egal, wie cool die übrigen Neuerungen sind. Ich weiß, in dem Punkt stimmst du mit mir überein und wirst nie auch nur ein Pfefferkorn weglassen, aber ich denke, fürs Protokoll sollte ich es erwähnen, nur für den Fall, dass eine Spitzenköchin (oder ein ganzer Kochkurs) dich überreden will, alles gourmetmäßig umzugestalten.

B. Ursula: Wegen eines Darlehens wende dich ruhig an Ursula. Ich habe mich zwar immer geweigert, von meiner Mutter Geld zu nehmen, selbst als wir das Haus von den Doughboys kaufen wollten und sie das angeboten hat. Ich war dir wirklich dankbar, als du dich bereit erklärt hast, es bei der Bank zu versuchen, obwohl ein Scheck von ihr wirklich eine Hilfe gewesen wäre! (Das fand ich immer großartig an dir, dass du, wenn es um Ursula und mich ging, dich immer auf meine Seite gestellt hast.) Aber jetzt – haha – habe ich nichts mehr dagegen. Außerdem, wofür will sie es ausgeben? Für Botox-Behandlungen und Tiffany-Klunker? Und wenn sie darauf besteht, dass du das dreißig Jahre alte Foto von ihr aufhängst – sie in dem Discofummel, aus dem ihre Möpse fast rausfallen –, tja dann, warum nicht? Die meisten Leute in Passamaquoddy sehen sie gern als eine von uns. Besser Ursula als der andere Sprössling der Stadt, der das Schaltraddingsbums erfunden hat. Rachel wird dir helfen, einen guten Platz für das Foto zu finden.

III. KONTAKTE: Es ist wichtig, dass du unter Leute kommst. Nein, sich ein Wochenende lang bei Pizza und Bier die Red Sox in der Glotze anzusehen zählt nicht. Ja, wir beide hatten einen Wahnsinnsspaß dabei, aber wir waren immer nur zu zweit. Ich fürchte, wir haben uns mehr abgeschottet, als gut für uns war. Waren zu sehr aufeinander bezogen. Vielleicht, weil wir keine Kinder bekommen konnten, haben wir alle anderen ausgeschlossen – unsere Zweisamkeit hat uns genügt. Nach unserer Heirat hast du sogar alte Freundschaften auslaufen lassen – ist vielleicht typisch Mann. Frauen brauchen Freundinnen, denen sie sich anvertrauen und ihnen sagen können, wenn sie Lippenstift an den Zähnen haben. Überwinde dich und geh mal aus. Du musst dich nicht zur Bowlingliga anmelden, aber du kannst mit den Typen Kaffee trinken gehen, um eine Runde zu quatschen. Ausgezeichnete Übung für Cocktailpartys und andere gesellschaftliche Ereignisse, zum Beispiel den Dating-Abend im Sandwichladen. Trete den Clubs bei – den Toastmasters, den örtlichen Demokraten, dem Buchclub (Rachel ist Mitglied bei einem für Studentinnen. Nein, die lesen keine Chick-Lit!). Geh in den Tempel

in Bangor und besinn dich auf deine Wurzeln. Ja, ich weiß, du hast die Hebräisch-Schule gehasst, aber die Fahrt dauert nur eine Dreiviertelstunde, und du lernst Leute kennen. Geh ins Fitnessstudio, um deinen schönen Körper schön zu halten und Stress abzubauen.
Such im Internet nach alten Freunden. Triff dich mit ihnen!!! Melde dich bei Match.com und JDate an. Lass dir das von Rachel zeigen. Besser, geh mit ihr aus. Das liegt doch nahe, da ihr schon Freunde seid und euch nicht mit der Unsicherheit beim Kennenlernen herumschlagen müsst. (Dieser Unterpunkt passt auch in andere Kategorien, aber du verstehst, was ich sagen will.) Gott sei Dank wird mein Leitfaden nicht von unserer Englischlehrerin benotet!

IV. REISEN: Wir sind immer zu Hause geblieben, waren noch nie in Paris, und ich habe keinen einzigen Augenblick davon bereut. Na ja, vielleicht ein bisschen – ich dachte immer, eine griechische Insel wäre romantisch gewesen für unsere Flitterwochen –, nicht dass ich etwas gegen Acadia hatte, zusammengekuschelt in dem Schlafsack mit dir, obwohl es rund um die Uhr geregnet hat und unser billiges Zelt undicht war. Ich wusste, wir hätten ein teureres nehmen sollen! Wir waren jung, da hat uns das nichts ausgemacht. Später, als wir die meiste Zeit schwanger waren oder versuchten, schwanger zu werden, oder die Schwangerschaft gerade hinter uns hatten und deswegen zu deprimiert waren, na ja, das brauche ich DIR kaum zu sagen. Flieg nach Griechenland und trink ein Glas Retsina auf mich (den mochte ich nie, also vielleicht lieber einen Ouzo). Megan wird den Sandwichladen auch allein schmeißen – sie ist wirklich tüchtig. Lass dich von Rachel beraten. Sie liebt das Reisen. Sie hat die Flitterwochen in Paris verbracht (mit dem untreuen Zahnarzt, also vielleicht haben wir gut daran getan, nicht so weit weg zu fahren). Und sie ist ein Genie beim Kartenlesen.

V. SEX und LIEBE: Du sollst beides reichlich genießen. Ich will, dass du wieder liebst. Wieder heiratest. Kinder bekommst. Mit meinem Segen. Du wirst einen fantastischen Vater abgeben. Das ist das Einzige, was ich wirklich bedaure – das Einzige, soweit es mein Leben mit dir betrifft –, dass wir keine kleinen Sams und Annies zur Welt bringen konnten. Und ich möchte, dass du dein Leben weiterhin genießt (ohne mich zu vergessen, natürlich, so selbstlos bin ich nun auch wieder nicht).
Nun zu den Details. Doch, ich fand den Sex mit dir fantastisch, in jedem einzelnen Moment, du warst wundervoll, leidenschaftlich, ein Virtuose im Boudoir, wie Ursula sagen würde, und wir haben es perfektioniert und waren ein eingespieltes Team. ABER du solltest vielleicht ein paar neue Stellungen ausprobieren. Wer weiß, was Paare inzwischen praktizieren. Erinnerst du dich noch, bevor wir verheiratet waren, wie wir einmal in Ursulas Park-Avenue-Wohnung herumgemacht haben, während sie weg war, um sich eine neue Nase machen zu lassen, und ich beschloss, dir ihre französischen Dessous vorzuführen? Wir haben in ihrer Kommode herumgeschnüffelt und das schwedische Sexbuch

gefunden, das mit den vielen Zeichnungen – die Frauen in Blau, die Männer in Rot –, und haben immer weiter ausprobiert, bis du dir den Rücken verrenkt hast. Vielleicht kannst du das Buch im Internet bestellen.
Ich möchte noch mal betonen, dass ich den Sex mit dir in den ganzen siebzehn Jahren aufregend und tröstlich fand. Aber eine neue Beziehung bringt Neues mit sich. Und seien wir ehrlich, jeder kann sich noch verbessern.

VI. MEINE SACHEN: Entsorge alles, was du möchtest, aber den Schmuck, den Ursula mir geschenkt hat, gib ihr bitte zurück. Gib Rachel meine großen goldenen Kreolen und die silbernen Armreifen, und Megan soll meine hippiehaften Perlenketten bekommen. Und wer sonst noch etwas von meinem Zeug haben möchte, soll es kriegen. Verkauf mein Auto nicht. Lass einen Paul Bunyan darauf lackieren (und vielleicht den blauen Ochsen) – leuchtende Primärfarben machen sich gut – und nutze ihn als Werbung und zum Ausliefern. Bitte behalte meinen Ehering und verwahre ihn zusammen mit deinem an einem sicheren Platz. Fühl dich nicht verpflichtet, ihn zu tragen, aber ich möchte, dass du sie beide behältst, als Symbol für das, was wir zusammen hatten.
Meine Kleidung sollte an Goodwill gespendet werden, mit Ausnahme von ein paar schwarzen Sachen in meinem Schrank. Das sind Kleider von Ursula, die Megan vielleicht schön findet und sogar als, o Gott, als retro ansieht.
Wie du weißt, bin ich nicht religiös und glaube nicht

an ein Leben nach dem Tod und habe die Sonntagsschule genauso gehasst wie du die Hebräisch-Schule. Ich möchte verbrannt werden, damit du dein Geld nicht für einen Platz auf dem Friedhof ausgeben musst – und trotzdem hoffe ich (halte mich nicht für verrückt), auf irgendeine Weise mit unserem Töchterchen vereint zu werden.
Und das bringt mich zum nächsten Punkt ...

VIII. MEIN GEDENKGOTTESDIENST: Bereite ihn mit Rachel zusammen vor. Entweder du oder sie sollte die Trauerrede halten, aber wenn das zu viel für dich ist, werden alle dafür Verständnis haben (besonders ich!). Auf keinen Fall darfst du das meiner Mutter überlassen. Ich will keine Elizabeth-Barrett-Browning- oder Ozymandias- oder Shakespeare-Rezitation. (Denn Ursula würde ganz sicher betonen, dass sie mit siebzehn schon die Ophelia gespielt hat.) Ein wenig Musik wäre schön. Du weißt, was mir gefällt. Aber unter keinen Umständen darf Ursula etwas singen. Sie wird sowieso genug Theater machen. Betraue Dr. Buckley damit, sie abzulenken. Ich glaube, er hat eine Schwäche für sie. Wie die halbe männliche Einwohnerschaft. Was ich nicht kapiere. Stell unser Hochzeitsfoto auf. Ich liebe dieses Foto. Wir sehen darauf restlos glücklich aus. Wir waren restlos glücklich, auch wenn meine Frisur total unvorteilhaft war. Serviere hinterher Paul Bunyans. Und einen guten Wein. Was die Blumen angeht, ich kann Lilien und Chrysanthemen nicht ausstehen. Die sehen nach Beerdigung aus. (Ha!) Du könntest »unser Lied« spielen, wenn dir das nicht zu wehtut.

Nachtrag zu RACHEL: Wie schon gesagt, sie hat dich sehr gern, und Megan gehört bereits zur Familie. Rachel ist sechs Monate älter als ich. Sie kann noch ein Baby bekommen. Mehr sage ich dazu nicht. Nur keinen Druck.

Und vergiss nicht, mein geliebter, liebster Mann, mein Seelenfreund, ich liebe dich. Habe dich immer geliebt. Werde dich immer lieben.

xoxo A.

Als Annie die letzte Zeile schreibt, bekommt sie vor lauter Schluchzen kaum Luft. Sie kann sich vorstellen, welche Wirkung das auf Sam haben wird. Denn Sam weint bei Sonnenuntergängen, bei kitschigen Filmen, bei der Verleihung von Sportpokalen, bei der Nationalhymne, egal, wie wacklig die sängerische Darbietung ist. Wird er wieder im Krankenhaus landen wegen »seelischer Erschöpfung«, einer »depressiven Phase«? Gibt es eine Möglichkeit, es ihm leichter zu machen?

Kapitel 8

> Ein gelegentliches Abend- oder Mittagessen mit Ursula, wenn sie nach Passamaquoddy kommt, ist auf jeden Fall in Ordnung. Und wenn es um die Kunst des Flirtens geht, könntest du keinen besseren Coach finden.

Annie fährt die Main Street entlang. Was für ein schrecklicher Vormittag – kein Wunder, dass es ihr schwerfällt durchzuatmen. Sie hat gerade Stunden im städtischen Krankenhaus verbracht, benannt nach seinen Gründern, die ihre Sommer im reichsten Teil des Staates verbringen und deren pompöse Porträts von den Wänden herablächeln. Es ärgert sie, diese Marie Antoinette dort lächeln zu sehen. Sie hat keinen der beiden gewählt, und sie gibt ihnen die Schuld dafür, dass in Passamaquoddy keine Sozialarbeit mehr geleistet wird und die Arbeitslosigkeit hoch ist. Sie hätte nicht hingehen sollen. Vor allem, da sie den Termin bei der berühmten Onkologin im Kalender stehen hat. Apropos zu viel des Guten. Sie hat das nur getan, weil Dr. Buckley gedroht hat, Sam ein Erinnerungsschreiben zu schicken, dass Ms Arabella Ursula Stevens-Strauss ihren Termin nicht eingehalten hat.

»Ihre Schweigepflicht«, mahnte Annie.

»Gilt nicht, wenn Sie mit Ihrem Verhalten Ihre Gesundheit gefährden.«

»Ich könnte Sie verklagen wegen ärztlichen Fehlverhaltens.«

»Nur zu.« Er seufzte. »Oder Sie hören mit dem Unsinn auf und kommen zu den Untersuchungen.«

Sie war in einen Kittel geschlüpft, in den der alte Paul Bunyan und sein blauer Ochse reingepasst hätten. Diese vielen Bänder und Schlaufen – ein Fadenspiel war nichts dagegen – waren so entmutigend, dass eine Krankenschwester ihr beim Zubinden helfen musste. Sie fühlte sich klein, unfähig und hilflos. Vielleicht fühlt sich jeder geschrumpft, der gezwungen ist, das unerforschte Land der Kranken zu betreten.

Sie nahm den Fahrstuhl zum dritten Untergeschoss und folgte den farbigen Pfeilen. In den Korridoren standen Betten mit und ohne Patienten. Pfleger und Ärzte mit Schildchen am weißen Kittel eilten vorbei. Sie hielt den Blick auf den Boden geheftet. Auf keinen Fall wollte sie dem Club beitreten, dazu war sie zu jung.

In dem Untersuchungsraum im Untergeschoss – kalt, grelles Licht, starker Putzmittelgeruch – legte sie sich auf den Untersuchungstisch. Während unheildrohende Röntgengeräte und CT-Scanner über ihrer Brust klickten und brummten, versuchte sie, in den ausdruckslosen Gesichtern der MTAs zu lesen, die sie Liebes und Schatz nannten. Hatte die Frau mit dem aufgestickten *Melissa* am Kittel gerade den Kopf geschüttelt?

»Was sehen Sie?«

»Wir sind nicht befugt, Auskunft zu geben«, antwortete Melissa tadelnd. »Das darf nur Ihr Arzt.«

Zurück in Dr. Buckleys Sprechzimmer, saß sie wie ein braves Mädchen mit gefalteten Händen und übereinandergeschlagenen Beinen da, während er sich ihre Aufnahmen ansah. »Keine Veränderung«, sagte er.

»Das lässt hoffen, nicht wahr?«

Er antwortete nicht sofort, sondern schaute einen Moment lang zum Fenster. »Bitte halten Sie Ihren nächsten Termin ein.«

Annie bremst ab und fährt auf den Parkplatz neben dem neuen Friseursalon. Über der Tür baut sich der Schriftzug *Cutting Edge* in verschnörkelten Buchstaben und Flamingorosa immer wieder neu auf. Ein Banner, das im Februarwind hin und her schlägt, kündet von der großen Neueröffnung. Scherensilhouetten schmücken die Schaufenster. Darin steht auch ein großer Strauß roter Rosen, die so lang und makellos sind, dass Annie sie für künstlich hält. Sie fasst sich an ihre schulterlangen Haare, die sie seit der siebten Klasse so trägt, wenn man von dem unsinnigen, rankenverzierten Haarturm bei ihrer Hochzeit, zu dem Ursula sie überredet hatte, und von der missglückten Dauerwelle mit zwölf Jahren einmal absieht. Soll sie sich die Haare schneiden lassen?

Sie hat zwar für Sam einen Leitfaden für sein zukünftiges Leben geschrieben, aber wie sie ihr eigenes weiterführen soll, weiß sie nicht. Eine abenteuerlustige Frau würde vielleicht auf den Machu Picchu steigen oder noch einmal nach Paris reisen, aber sie ist eher der heimatliebende Typ. Was steht auf ihrer Löffelliste? So viele Eisbecher futtern, wie sie will? Sich doch noch die Hörner abstoßen? Die Haare platinblond färben lassen?

Solcher Endphasenunfug könnte helfen, sich von Sam zu

lösen, und sie unattraktiver machen, sodass es nach ihrem Tod für ihn nicht so schwer sein würde. Und nicht so schwer für sie zu akzeptieren, dass sie ihn zurücklässt. Ihn um seinetwillen wegzustoßen wird schlimm sein. Allein der Trost und die Liebe, die sie brauchen wird, um sich aufrecht zu halten … sie schlägt mit der Stirn gegen das Lenkrad … wenn der Verfall beginnt.

Gestern Nachmittag hat sie den Leitfaden zusammengefaltet und mühsam den Schmerz weggedrückt, den er in ihr auslöst. Jetzt liegt er zwischen ihrer Unterwäsche versteckt in der Kommode. Im Gegensatz zu Ursulas hauchdünnen Seidendessous ist ihre Unterwäsche robust, zu hundert Prozent aus Baumwolle, gekauft in dem Outlet an der Route 15. Da hat sie sich mit sogenannten Hipsterslips eingedeckt. Die sitzen allerdings weder hüftig, noch haben sie die Form eines Slips, sondern sind eher das, was eine alte Bäuerin unter ihren voluminösen Röcken tragen würde.

Was stimmt nicht mit ihr? Vom Naheliegenden abgesehen? Sie möchte Sam mit schwarzen sexy knappen Seidenslips anmachen und ihn zugleich mit riesigen hautfarbenen Baumwollschlüpfern abstoßen. Sie will ihre Haare so tragen, wie sie sind, und gleichzeitig will sie ihre Frisur ändern. Sie kann weder dieselbe bleiben, noch kann sie überhaupt bleiben.

Sie stellt den Motor ab, steigt aus dem Wagen und begibt sich mit hängenden Schultern ins Cutting Edge. »Ich habe keinen Termin«, sagt sie entschuldigend zu der Frau am Empfang. Die sieht so schick aus, als wäre sie die Tochter, die Annies Mutter gern hätte.

»Kein Problem.« Die Frau zeigt mit ihren Fingernägeln, einer Glitzerlackversion der französischen Flagge, zu einer Reihe zebragestreifter Sessel.

»Hey, Annie«, ruft da jemand. Sie dreht sich um. Unter einem zebragestreiften Frisierumhang, den Hinterkopf in ein Waschbecken getaucht, einen tropfenden Haufen Schaum auf der Stirn, sitzt oder vielmehr lümmelt Ralphie Michaud.

Annie ist sprachlos. In dieser Welt hätte sie ihn zuallerletzt erwartet. Was macht Ralphie Michaud denn hier? Mit Tattoos, schwarzer Lederjacke und Zigarette im Mundwinkel, sogar in dieser Na-na-nicht-rauchen-Umgebung, gehört er eher in eine Hells-Angels-Gang, die eine coole Harley aufheulen lässt. Schwer zu glauben, dass er sich in einem Damensalon die Haare schneiden lässt, anstatt zum Herrenfriseur zu gehen.

»Bin überrascht, dich hier zu sehen«, sagt er.

»Dich hier zu sehen überrascht mich noch mehr.«

Er hebt den triefenden Kopf aus dem Becken und bekommt sofort ein pinkfarbenes Frotteehandtuch zum Turban gewickelt, von einem Teenager im flamingorosa Friseurkittel. »Na ja, deine Haare ...«, erklärt er.

Was soll das heißen? Dass die sich nie ändern dürfen? Dass sie höchstens alle acht Wochen mal in einem Friseursalon voll violetthaariger Kundinnen nachschneiden lässt? Dass sie (außer Ralphie selbst) der letzte Mensch auf Erden ist, den man sich in einem Unisex-Salon wie dem Cutting Edge vorstellen kann?

Alles wahr. Leider.

»... die sehen immer toll aus«, ergänzt er den Satz. »Schon seit der Highschool.«

Ehe sie es sich anders überlegen kann, wird sie zu einem Sessel geleitet von einer Frau mit roten Locken, kajalumrandeten Katzenaugen und den vorwitzigsten Brüsten seit Barbie. »Ich bin Dee, Mimis Schwester.« Sie deutet zum Kassenpult und legt Annie einen Umhang um und ein Kreppband um den Hals. »Die Ältere«, stellt sie klar.

Zwei Stühle weiter sitzt Ralphie, gefesselt von seinem Spiegelbild – wölbt die Brauen und prüft die Wirkung seines Grinsens. Die Teenagerin föhnt ihm die Koteletten. Dee Dee deutet mit dem Kopf hinüber. »Tallulah, meine Tochter.«

»Darauf wäre ich nie gekommen.«

Sie lacht. »Ich habe sie sehr früh gekriegt.«

Annie betrachtet ihre eingehüllte, triste Erscheinung im Spiegel, braune ausgedörrte Erde unter Dee Dees strahlender Sonne. »Was hat Sie nach Passamaquoddy geführt?«, fragt sie.

»Das Übliche.«

»Heißt?«

»Ein Mann.«

»Hat es funktioniert?«

»Nein. Das ist typisch mein Leben. Aber bis ich gemerkt habe, was für ein Arschloch er ist, waren wir schon umgezogen und hatten das Ladenlokal gemietet. Maine ist eine ziemliche Veränderung, wenn man aus New Jersey kommt.«

»Gefällt es Ihnen hier?«

»Das Urteil steht noch aus. Ich vermisse die Einkaufszentren. Aber die Leute hier sind wirklich freundlich. Sie haben nicht diese, na ja, Überheblichkeit.« Sie greift in Annies Haar und begutachtet es. »Sehr schön. Sie haben dichtes, glänzendes, gesundes Haar.« Sie streicht es ihr aus dem Gesicht. »Also, was machen wir damit?«

Das »wir« gefällt Annie, die gemeinschaftliche Anstrengung, die damit angedeutet wird, der beruhigende Gedanke, sich nicht allein entscheiden zu müssen. »Was schlagen Sie vor?«

»Was halten Sie davon, mal etwas Cooles zu wagen?«

»Wie cool?«

»Auf einer Skala von eins bis zehn? Vielleicht neuneinhalb?«

Es riecht nach Piña Colada. Aus den Augenwinkeln sieht sie Ralphie geföhnt und frisiert. Der Dunst einer Spraywolke schwebt um seinen Kopf. »Müsste ich dabei mit Kokosduft eingesprüht werden?«

»Wir haben auch Zitrone. Und eine unglaubliche Feigen-Ingwer-Kombi. Wissen Sie« – Dee Dee tritt einen Schritt zurück und mustert sie – »Sie haben ein schönes Gesicht, aber das geht in Ihren Wuschelhaaren unter. Sie betonen Ihre Vorzüge nicht optimal. Was ich mir vorstelle, wird Ihre Gesichtszüge akzentuieren und ihre Augen vergrößern.« Sie rückt Annies Umhang zurecht. »Wir könnten auch ein paar Strähnchen machen für mehr Pep.«

»Ist das nicht zu gewagt?«

»Vertrauen Sie mir.«

»Was habe ich zu verlieren?«

»Na los. Das sind nur Haare, oder? Da geht es nicht um Leben und Tod.«

Dee Dee macht sich an die Arbeit. »Ich hatte mal eine Kundin in Jersey, in meinem alten Salon, die erzählte, mein Haarschnitt hätte es voll gebracht. Sie hat einen Typen kennengelernt. Einen neuen Job bekommen. Zwanzig Kilo abgenommen. Sie war so dankbar, dass sie mir sechs BHs geschickt hat. Nicht die übliche Schachtel Pralinen.«

Annie mustert im Spiegel Dee Dees Brüste. »Woher wusste sie Ihre Größe, wenn ich fragen darf?«

»Sie arbeitete in einer BH-Fabrik und hatte ein Auge dafür. Ein Blick und bingo! Mir hat noch kein BH so gut gepasst wie diese.« Sie schiebt einen Friseurwagen neben Annies Stuhl. »Ich habe sie meiner Schwester geschenkt, nachdem ich mir größere Möpse hab machen lassen.«

Sie legt ihre Werkzeuge mit chirurgischer Sorgfalt zurecht. Scheren, große und kleine, zwei Kämme, eine Rundbürste, eine flache Bürste, einen Farbpinsel, eine Quetschflasche, einen Stoß Alufolienquadrate, eine Schachtel Klipse.

Annie hustet.

»Es wird nicht wehtun, ich schwöre. Habe noch nie eine Kundin verloren.«

»Das ist es nicht. Bin nur nervös.«

»Das verstehe ich. Manche Leute mögen keine Veränderung. Davon gibt es hier viele, wie ich schon gesehen habe. Sie bleiben beim Gewohnten. Haben Angst, etwas Neues auszuprobieren. Ich dagegen könnte jede Woche die Haarfarbe wechseln, mich neu einkleiden und ein ganz neuer Mensch werden. Sie sollten mal mein Haus sehen. Jeden Tag stelle ich etwas um, ändere die Deko. Ich habe bisher in acht Städten gelebt. Kann gar nicht zählen, in wie vielen Wohnungen und Häusern« – sie nimmt einen Kamm – »ganz zu schweigen von all den Kerlen, mit denen ich zusammen war. Sie kennen ja das Sprichwort …«

»Welches?«

»Wer sich nicht weiterentwickelt, der stirbt.«

Annie schließt die Augen, als Dee Dee um sie herumwirbelt, zupft, schneidet, schnippelt. Sie versucht abzuschalten. Es fällt ihr schwer, sich Sonne, Sand und Meer bis zum Horizont vorzustellen. Immer kommt ein Tsunami auf sie zu, rollt eine kolossale Woge heran. Sie schaudert.

»Still sitzen«, befiehlt Dee Dee, »sonst fehlt Ihnen gleich ein Stück vom Ohr.«

Annie linst zum Boden, wo auf den weißen sechseckigen Fliesen mehr Haar liegt, als sie noch auf dem Kopf hat. Ein Hauch Kokos kündigt Ralphie Michaud an. Seine frisch gestylte Mähne sieht beeindruckend retro aus, obendrauf zu einer halben Schmalztolle aufgebauscht und an den Seiten sehr kurz geschnitten. Ist die Farbe heller, oder wirkt das bloß so durch die grellen Deckenlampen?

»Bis dann«, sagt er. »Mein Vater ist bei einer Wurzelbehandlung. Deshalb muss ich ins Geschäft.«

»War nett, dich zu sehen.«

»Gleichfalls.« Er wirft ihr sein Bad-Boy-Grinsen zu. »Hey, ich hab eine Idee. Komm doch auf dem Heimweg kurz rein. Ich will die große Neuerung unter die Lupe nehmen.«

»Ich fürchte, ich muss …«

»Ach komm schon. Willst du mich etwa vor dem letzten Inning aus dem Spiel nehmen?«

Zu ihrer eigenen Verblüffung sagt sie zu.

»Der Kerl ist mächtig verknallt in Sie«, meint Dee Dee, sowie er gegangen ist. »*Mächtig* verknallt.«

»Ganz bestimmt nicht«, beteuert Annie, freut sich aber über die Bemerkung. »Außerdem bin ich verheiratet.«

Dee Dee grinst. »Na und?«

Sie ist fertig. Dee Dee hält einen Handspiegel hinter ihren Kopf und neben die Seiten.

Annie erkennt sich kaum wieder. Ihre Haare sind kurz, extrem kurz. Ihr Kopf fühlt sich so leicht an, als hätte sie zehn Pfund Haar verloren. Und ihre Augen wirken größer, fast mandelförmig. Sie lächelt. »Ich glaube, es gefällt mir. Es wird nur ein bisschen dauern, bis …«

»… Sie sich daran gewöhnt haben«, ergänzt Dee Dee.

»Und ziemlich bald wird es Ihnen nicht nur gefallen, Sie werden es lieben, Ehrenwort.«

Ohne Murren blättert Annie das Vierfache von dem hin, was sie sonst beim Friseur bezahlt, den Rabatt für treue Kunden schon eingerechnet.

Da es bereits Nachmittag ist und sie das Mittagessen versäumt hat, beschließt sie, bei Miller's Drug reinzuschneien, bevor sie sich wie versprochen bei Ralphie blicken lässt. Iss den Nachtisch zuerst, raten einem Sterbenskranke. Das ist ihr Tag für coole Wagnisse.

Am Tresen bestellt sie sich einen Eisbecher mit allem Drum und Dran. »Und ich will ihn mit Vanille und Erdbeere.«

»Sind Sie das, Annie?« Seine buschigen Brauen verziehen sich zu einem Fragezeichen. »Ich erkenne Sie kaum wieder. Was haben Sie mit Ihren Haaren gemacht?«

»Ich war in dem neuen Unisex-Salon auf der Main.«

Er schnalzt kopfschüttelnd. »Hab davon gehört. Zwei Schickimicki-Schwestern aus New York.«

»New Jersey.«

»Bleibt sich gleich. Unisex! Was für eine Welt.«

»Also gefällt es Ihnen nicht?«

Er wischt die Schokosoße auf, die über den Rand ihres Bechers geflossen ist, und schüttelte den Kopf. »Hat Sam die neue Frisur schon gesehen?«

Vor Michauds Quik-Basket zögert sie. Vielleicht sollte sie besser nach Hause fahren und die Wäsche in Angriff nehmen oder das Wohnzimmer aufräumen. Hat sie heute Morgen überhaupt das Bett gemacht? Aber Ralphie rechnet fest mit ihr. Es wäre unhöflich, einfach wegzubleiben. Und snobistisch zudem. Außerdem könnte sie nach Mr Millers Ablehnung testen, ob ein aufgeschlossenerer jüngerer Mann anderer Meinung ist.

Kaum hat die alte verrostete Klingel über Michauds Ladentür ihr Eintreten verkündet, eilt Ralphie herbei und begrüßt sie. »Annie!« Er jubelt. »Genial!« Er klatscht sie ab. Sie riecht den widerlich süßen Kokosduft, mit dem seine Haare durchtränkt sind.

Und noch etwas anderes. Natürlich. Sie erkennt es sofort. Von dem Kieferngehölz hinter der Highschool. Von Schlupfwinkeln auf dem Campus, von Collegepartys, Konzerten in Kneipensälen, von Einzugspartys, zu denen jeder kommen durfte, der Getränke mitbrachte.

Er nimmt ihre Hand. »Du siehst fantastisch aus. Echt außergewöhnlich.« Er rückt näher.

Sie weicht zurück.

»Ich kann's nicht fassen. Diese Meta…, Meta…«

»…morphose?«

Er läuft zur Ladentür und dreht das Schild von *Geöffnet* auf *Geschlossen*. »Komm mit. Ich hab erstklassiges Gras da.«

Er geht mir ihr ins Hinterzimmer. Sie mustert das durchgesessene Sofa, den Fernseher mit Hasenohrenantenne, den Kartentisch voll leerer Bierflaschen, die Stapel von Autozeitschriften, den schmuddeligen halbhohen Kühlschrank. Ein löchriges Spruchband der Passamaquoddy Highschool ziert die Wand neben einem Motorschlittenkalender, der seit September vor zwei Jahren nicht umgeblättert worden war. Ein ausgefranstes Poster für das La Kermesse Franco-American-Festival in Biddeford vom letzten Sommer hängt schlaff neben dem Foto einer Sängerin in SM-Kluft, deren Haare noch wilder, noch außergewöhnlicher, noch mehr Cutting Edge sind als Annies. *Was mache ich hier eigentlich?*

Ralphie bittet sie, Platz zu nehmen, und wischt die Sitzfläche ab, was eine Staubwolke aufwirbelt. Männerhaushalt! Sie denkt in die Zukunft, sieht ihre Küche vor sich, in der sich das schmutzige Geschirr und leere Flaschen türmen, alte Pizzareste auf alten Ausgaben des *Passamaquoddy Daily Telegram* herumliegen. Sie sieht Staubflocken wie Steppenläufer über den Boden wirbeln und Sam vor dem laufenden Fernsehen schlafen.

»Erde an Annie«, sagt Ralphie.

»Entschuldige. War in Gedanken.«

Sie versucht, sich an das einzige Mal zu erinnern, als sie Gras geraucht hat. Sie, Rachel und Sam waren in der außerhalb des Campus liegenden Wohnung eines Kommilitonen gewesen. Sie hatte nichts gespürt. Wo blieb der Rausch? Die Sphärenmusik? Sam klagte über Kopfschmerzen und ein Brennen im Hals. »Na, wir haben es probiert. Das brauchen wir nicht noch mal«, entschied er. Rachel flirtete und kicherte und verschlang Käsecracker. Sie hüpfte auf der hinteren Veranda im Kreis. »Ihr zwei seid dermaßen neben der Spur«, sagte sie vorwurfsvoll.

Eines wird Annie gerade klar: Sie will jetzt neben der Spur sein. Das ist man, wenn man schon zu Beginn der Pubertät ein Paar wird, wenn man schon vor der Hochzeit ewig zusammen war. Neben der Spur ist man, wenn man einen Garten, richtige Schlafzimmer, eine separate Dusche hat – alles Errungenschaften, von denen die meisten Leute nur träumen können. Sie betastet die stachligen Stufen über den Ohren.

Ralphie zieht ein Zippo aus seiner Hemdtasche, zündet

den Joint an, inhaliert. Mit geschlossenem Mund und zugekniffener Nase behält er den Rauch in sich. Schließlich stößt er ihn genüsslich zischend aus. Er nimmt noch einen Zug und reicht Annie den Joint. Sie soll daran ziehen, an dem zusammengedrehten Ende, das er im Mund gehabt hat, das Papierchen, das er angeleckt hat. Sie hofft – Sam hat auf sie abgefärbt –, dass sie sich nichts einfängt. Denn man muss es ganz klar sehen: Ralphies Hygiene würde bei der Seuchenschutzbehörde vielleicht nicht durchgehen. Moment. Das spielt wohl kaum eine Rolle, wenn man den 1A-Schicksalsschlag bedenkt, der sie bereits erwischt hat.

Sie nimmt den Joint. Sie inhaliert. Sie konzentriert sich darauf, keinen Rauch rauszulassen, aber er brennt im Hals, und sie kann nicht aufhören zu husten. Ein ganz neuer schnarrender Refrain verstärkt ihre Heiserkeit. Deutet das Schnarren auf einen Amateurkiffer hin oder auf das Endstadium bei Lungenkrebs?

Ralphie klopft ihr auf den Rücken. »Du bist aus der Übung«, tröstet er. »Versuch's noch mal.«

Diesmal gelingt es ihr. Als sie den Rauch wieder ausstößt, kann sie die lange dünne Fahne und den total eleganten Kringel am Ende nur bewundern. Sie kichert. Ist das Leben nicht lustig?

Sie und Ralphie ziehen abwechselnd an dem Joint, bis nur noch Papier mit einem kleinen Rest Gras übrig ist.

»Sieh mal an«, sinniert er. »Wer hätte je gedacht, dass die süße, stilvolle kleine Annie Stevens mal mit dem großen bösen Ralphie Michaud auf seinem Sofa sitzen und einen Joint rauchen würde?«

»Das Leben ist voller Überraschungen.«

»Sag bloß.«

»Du hast ja keine Ahnung.«

»Und ob ich die hab.« Er tätschelt ihr Knie. »Hunger?«

Obwohl sie vor ein paar Minuten – oder Stunden? – noch einen doppelten Eisbecher verschlungen hat, fühlt sie sich wie ausgehungert.

»Warte hier«, befiehlt Ralphie.

»Ich gehe nirgendwohin.« Sie kichert und bewundert ihre witzige Reaktion.

Mit Tüten süßer und salziger Snacks beladen, kommt er zurück und breitet die Beute auf dem Tisch aus.

Sie kreisen darüber wie Geier. Sie stürzen sich darauf. Sie reißen die Tüten auf und verschlingen den Inhalt. »Wie herrlich, hinter einem Lebensmittelladen zu wohnen.« Annie seufzt entspannt.

»Und einen Vater zu haben, der häufig zum Zahnarzt muss. Ich hab jede Menge freie Zeit.«

Wenn sie das Zeug weiter in sich reinstopft, denkt Annie, wird sie auch Wurzelbehandlungen brauchen. Das ist ein Vorteil, wenn man tot ist: Man muss weder zum Zahnarzt noch Zahnseide benutzen.

Bald ist der Kadaver abgenagt, es gibt nur ein paar spärliche Reste. Ralphie beugt sich zu ihr. Aus dieser Nähe ist der Kokosgeruch abstoßend. Sie denkt an Sam, an den Samgeruch nach frisch gemähtem Rasen und Zwiebeln und warmer Männerhaut. Ihr kommt die Flasche des schicken französischen Rasierwassers in den Sinn, *Pour Monsieur*, ein Geschenk von Ursula, das ungeöffnet auf einem Regal steht und darauf wartet, weiterverschenkt zu werden. Sie erinnert sich an Charles' Pimentöl.

»Wie wär's?«, fragt Ralphie.

»Womit?«

»Mal sehen, was wir damals verpasst haben, als …«

»Nein, ich glaube nicht … also …«

»Warum bist du dann gekommen?«

»Du wolltest meine neue Frisur sehen.«

»Echt jetzt? Wo lebst du denn?« Ralphie beugt sich noch näher heran.

Sie zuckt zurück.

»Feigling.« Er presst seine Lippen auf ihren Mund. Er stinkt nach den salzigen, fettigen Snacks. Und nach dem Gras.

Ihr Magen schlingert. Sie weicht zurück. »Nein!«, ruft sie.

Er packt sie bei den Schultern. Sie macht sich los. »Nein! Hör auf!« Sie drückt sich in die andere Sofaecke und häuft leere Bierflaschen und eine Tüte Doritos als Barriere zwischen sie. Wie konnte sie nur so dumm, so naiv sein, eine Einladung von Ralphie anzunehmen? Hofft sie etwa, ihre braven Highschool-Jahre neu zu schreiben? Benutzt sie ihn vielleicht, um sich von Sam zu lösen, den Schmerz der unvermeidlichen Trennung erträglich zu machen? Nicht dass sie nicht gerade völlig bekifft ist und sowieso wegen der Arztbesuche und vor lauter Trauer durchdreht.

Ist das ihr erster, wenn auch später #me-too-Moment?

»Du bist tatsächlich ein Feigling«, stellt Ralphie fest.

»Ein verheirateter Feigling.«

Er hebt resignierend die Hände. »Was du nicht sagst. Ich wusste, du würdest kneifen.« Er schüttelt den Kopf. »Du hast Glück, dass ich ein Gentleman bin.«

»Wenn du meinst …«

Er redet weiter. »Deine Haare mögen ja toll aussehen und so. Und du siehst auch ganz okay aus für dein Alter …«

»Was übrigens auch dein Alter ist.«

»Meinst du, ich weiß das nicht? Aber es ist doch Tatsache:

Kerle werden mit dem Alter nur sexyer. Zum Beispiel Clint Eastwood.«

»Ich hasse Clint Eastwood.«

»Das überrascht mich nicht. Aber der Punkt ist der, Annie: Auch wenn ich es um der alten Zeiten willen versucht habe und nicht wollte, dass du denkst, ich weise dich zurück, nachdem du hier aufgekreuzt bist – mir ist einfach nicht danach.«

»*Dir* ist nicht danach?«, ruft sie, merkwürdig gekränkt.

»Du denkst, du bist was Besseres.«

»Das ist nicht der Grund.«

»Quatsch. Ich hatte nicht mal Lust, dir an die Titten zu grabschen.« Er angelt sich ein Bier aus dem Kühlschrank, trinkt einen Schluck. »Als wir noch in der Highschool waren, war ich scharf darauf, dass du mich mal ranlässt. Ich war mega verknallt in dich. Hauptsächlich, weil du schon vergeben warst, was praktisch ein Test für meine Verführungskünste war. Meine exzellenten Verführungskünste. Weißt du noch, wie ich dich immer überreden wollte, mit mir in das Wäldchen hinter der Schule zu gehen?«

»Und ob.«

»Das hat das alte Geiergesicht im Englischunterricht gesagt, als wir das eine Buch gelesen haben – du hast es zu Ende gelesen, ich nur überflogen: *Wir bewegen uns weiter.*«

»Der große Gatsby. *So regen wir die Ruder, stemmen uns gegen den Strom und treiben doch stetig zurück, dem Vergangenen zu …*«

»Wie auch immer.« Er trommelt einen ungeduldigen Rhythmus auf seine Oberschenkel. »Du warst immer eine hochnäsige Klugscheißerin. Der Punkt ist, Annie, ich bin echt froh, dass ich das rausgefunden habe.«

»Was rausgefunden?«

»Dass ich total über dich hinweg bin. Es ist nun mal so, dass du und ich … Es ist nicht dasselbe.«

»Du sagst es. Niemand ist mehr derselbe.«

»Doch, ich«, sagt Ralphie.

»Und das ist gut?«

»Das kannst du wohl glauben.« Er betrachtet das La-Kermesse-Poster.

»Also, ich stimme dir zu, was diesen sinnlosen Versuch betrifft, die Geschichte umzuschreiben.« Sie steht auf. Sie sieht ihr behagliches, ordentliches Haus vor sich und bekommt Gewissensbisse. »Kann ich dir helfen, das Chaos zu beseitigen?«

»Nee, lass mal.« Er schaut durch sein Wohnzimmer. »Da ist nicht viel zu tun.« Er bückt sich und schiebt leere Flaschen und Tüten unter das Sofa. Dabei rutscht ihm das Shirt hoch und offenbart das Tattoo einer nackten Frau – große Brüste, schmale Hüfte, winzige Taille. Unterhalb ihrer zierlichen Füße lugt der Rand seiner Unterhose hervor. Leopardenmuster.

Er reicht ihr den Mantel. »Schwamm drüber?«

»Ich habe einen Mann. Ich habe ein Leben. Ich bin glücklich. Sehr glücklich«, behauptet sie.

»Ach, was du nicht sagst. Na, wie auch immer. Wahrscheinlich kriege ich jetzt deinen Husten.«

Er geleitet sie aus dem Hinterzimmer, durch den Laden an einem geplünderten Snackregal vorbei und bleibt an der Tür stehen. Er dreht das Schild wieder auf *Geöffnet*. Als er die Tür aufzieht, gibt das rostige Glöckchen einen blechernen Klang von sich und zeigt das Ende einer unpassenden Begegnung an.

Er tippt ihr auf die Schulter. »Kann ich noch was fragen?«

»Sicher.«

»Diese Megan, die bei euch im Laden arbeitet, hat die einen Freund?«

»Nur über meine Leiche«, sagt Annie und knallt die Tür zu.

Kapitel 9

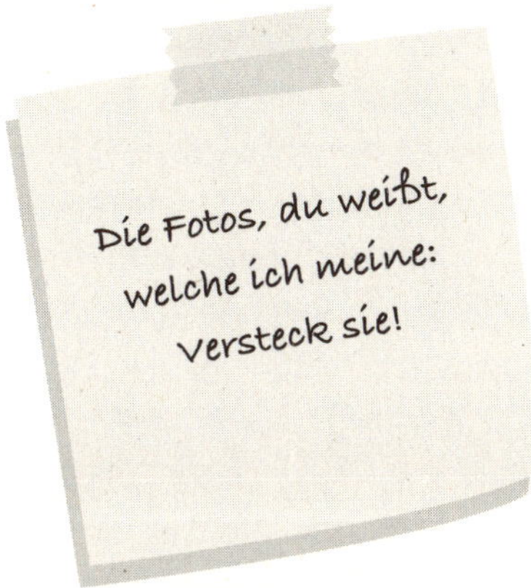

Als Annie endlich ins Auto steigt und sich auf den Heimweg macht, ist es schon dunkel. Doch das ist nicht die Nachmittagswinterdepressionsdüsternis, sondern die Abendessenszeitschwärze. In Michauds Hinterzimmer mit dem kleinen verdreckten Fenster hat sie kein Gefühl dafür gehabt, wie die Zeit verging, hat durch Ralphies 1A-Gras Stunden verloren, Stunden, die sie jetzt wie einen bösen Traum ausblendet. Ach, was du nicht sagst, hat Ralphie erwidert. Immer wieder reibt sie sich die Lippen mit dem Handschuhrücken ab in einem Anfall von politisch inkorrekten Du-hast-es-so-gewollt-Schuldgefühlen.

Sie versucht, Sam anzurufen, um ihm zu sagen, dass sie sich verspätet hat, aber der Akku ist leer. Sie hat vergessen, das Handy aufzuladen, was ihr überhaupt nicht ähnlich sieht. Ihre Vergesslichkeit, ihr schamloser bekiffter Nachmittag bei

Ralphie, ihre genauso schamlose neue Frisur haben vielleicht etwas damit zu tun, dass die Krankheit ihre Hirnchemie durcheinanderbringt. Sie wirft das nutzlose Handy auf den Beifahrersitz. Wer weiß, wie viele Anrufe ihr schon entgangen sind. Jede Menge von Sam, ganz sicher. Denn immer wenn sie sagt, er brauche sich nicht ständig zu melden, antwortet er: Aber ich vermisse dich, wenn du nicht da bist.

Nicht mal ihr Vater hat sie derart verteidigt wie Sam. Als sie bei der Führerscheinprüfung durchfiel, weil sie auf einer schraffierten Fläche parken wollte, kritisierte Sam die ungenauen Anweisungen des Prüfers. Als sie ein Glas zerbrochen hat, wies er auf die scharfe Kante des Tresens hin. Als sie (nein, sie beide) die Babys verloren, gab er die Schuld den ungünstigen Sternen, nicht ihrer unzuverlässigen Gebärmutter.

Bevor sie mit Sam zusammen war, konnte sie sich solche Fürsorglichkeit nicht vorstellen – Ursula hat ihr Kommen und Gehen jedenfalls nicht beachtet, sie nie im Auge behalten. Während ihre Freundinnen über Stubenarrest schäumten, zu denen die wachsamen, verantwortungsbewussten Eltern sie verdonnert hatten, empfand Annie ihre Freiheit nicht als Glück, sondern als Vernachlässigung.

Wenn ihr das manchmal alles überwältigend vorkommt, kann sie nur sich selbst die Schuld geben. Muss Sam jetzt als Ersatz für ihren Mutterinstinkt herhalten, weil ihr ein Kind fehlt? Nach den Fehlgeburten und der Totgeburt hat Rachel sie gewarnt, dass solche schrecklichen Verluste eine Ehe ruinieren können. Paare trennen sich wegen viel geringerer Probleme, sagte sie. Sie riet ihnen, sich professionellen Rat zu holen, einer Selbsthilfegruppe trauernder Eltern beizutreten. Sie weigerten sich. »Dadurch wird es uns auch nicht besser gehen«, behauptete Sam hartnäckig.

Annie stimmte ihm zu. Sie brauchten keinen Seelenklempner oder eine Gruppe von Leidensgenossen. Annie hatte einen Ehemann. Sam hatte eine Ehefrau. Das war genug. Mehr als genug, denn entgegen Rachels lehrbuchmäßigen Befürchtungen hielten sie noch mehr zusammen. Im Meer der Trauer war jeder dem anderen ein Rettungsfloß. Lagen sie damit falsch? Hätten sie Hilfe von außen annehmen sollen, anstatt sich einzuigeln? Nein, sie haben es bewältigt.

Oder nicht?

Alles unerheblich angesichts dessen, was sie als Nächstes durchstehen müssen. Sterben. Zumindest sie. Und Sam – ein Neuanfang, wenn auch aufgezwungen. Und das Vertrackte daran ist, sie muss ihm helfen, ohne dass sie tatsächlich da sein kann, um das zu tun.

Als sie in ihre Einfahrt einbiegt, ist keines der unteren Fenster erleuchtet. Es ist dunkler als sonst, wenn sie nur ein schummriges Licht einschalten, um Strom zu sparen. Als sie das Haus betritt, leuchten lediglich die Digitalanzeigen der Geräte – Telefon, Radio, Fernseher, Mikrowelle, Uhr. Sie hat mal gelesen, dass Schlafmediziner vorschlagen, diese abzudecken, um volle acht Stunden Schlaf und Seelenfrieden im Haus zu gewährleisten. Nicht dass das Haus der Stevens-Strauss zurzeit ein Hort des Seelenfriedens wäre.

Sie geht in das Bad im Flur und putzt sich zweimal die Zähne. Sie gurgelt mit Mundwasser. Wenn sie im Schränkchen Zahnseide fände, würde sie die auch benutzen. Sie wäscht sich die Lippen und schmiert sie mit dem Fettstift ein.

»Sam?«, ruft sie und gibt ihrer Stimme einen warmen, unschuldigen, fröhlichen Klang. »Liebling, wo bist du?«

Keine Antwort.

Sie schaltet in den unteren Räumen das Licht ein. Sie geht

nach oben. Vor seinem Arbeitszimmer bleibt sie stehen, denn die Tür ist geschlossen. »Mein Akku war leer«, erklärt sie.

»Hab ich gemerkt«, sagt er hinter der ungewohnten Barriere. Seine Antwort tut weh. »Ist deine Uhr auch stehen geblieben?«

»Sehr komisch. Mach auf«, verlangt sie. Obwohl sie den Knauf drehen und eintreten könnte, klopft sie an.

Keine Reaktion.

»Ich muss dir etwas zeigen«, bettelt sie.

Sein Verhalten ärgert sie. Sie könnte ebenso gut mit dem Auto verunglückt sein, überfallen und ausgeraubt worden sein, das Gedächtnis verloren haben. Eine Freundin in Not könnte sie angerufen haben. Sie könnte in den Fluss gesprungen sein, um einen ertrinkenden Hund zu retten. Müsste er nicht die Unschuldsvermutung gelten lassen? Sie wird bald sterben, verdammt noch mal. Ist das kein Grund für eine Du-kommst-aus-dem-Gefängnis-frei-Karte? Nicht dass sie sich darauf berufen könnte.

»Wie du sehr gut weißt, lässt sich die Tür nicht abschließen«, sagt er jetzt.

Sie dreht den Knauf und geht hinein.

Sam sitzt am Schreibtisch, den Blick auf einen Stoß Geschäftsunterlagen gerichtet.

Sie räuspert sich. Er rührt sich nicht.

»Sam!«, ruft sie. Allmählich wird sie wütend, ein ungewohntes Gefühl, das sie unterdrücken muss.

Er greift nach einem Umschlag, betrachtet ihn näher.

»Sam!«

Wie in Zeitlupe dreht er sich mit dem Stuhl zu ihr um. Er hebt den Kopf, keucht auf und starrt sie mit offenem Mund an.

Sie dreht sich einmal um sich selbst. »Und?«

»Was ist passiert?«

Sein Hemd ist schief geknöpft, aber sie will jetzt nicht darauf hinweisen. »Was meinst du?«, fragt sie in sachlichem Ton.

»Deine Haare«, stottert er.

»Stimmt etwas nicht?« Ist ihre Scham so offensichtlich?

»Etwas? Alles! Du … du … bist nicht wiederzuerkennen.«

»Sei nicht albern. Schließlich hast du mich nicht für eine Fremde gehalten. Du hast nicht gesagt: Huch, wer sind Sie denn?«

»Das ist nicht komisch.«

Sie schiebt sich eine Strähne hinters Ohr. »Also gefällt es dir nicht?«

»Nicht im Geringsten.«

»Ist deine Reaktion nicht ein wenig übertrieben? Wo ist der Mann, der mich in allem, was ich tue, bestärkt? Muss ich dich neuerdings fragen, was ich anziehen soll? Welche Lippenstiftfarbe ich nehmen soll? Brauche ich deine Erlaubnis, um pinkeln zu gehen?«

»Mach dich nicht lächerlich.«

»Du machst dich lächerlich, Sam. Hier geht es nur um Haare.«

»Nein. Es geht um die Frau, in die ich mich verliebt habe.«

»Das ist das Problem. Du willst, dass ich immer dieselbe bleibe.«

»Und was ist so falsch daran?«

»Es kann gut sein, sich zu verändern. Das bedeutet, man entwickelt sich weiter.«

Er wirft den Umschlag in den Papierkorb. »Du klingst wie Rachel. Das da ist eine Entwicklung in die falsche Richtung.«

»Das meinst du. Andere Leute mögen meine Frisur, finden sie toll.«

»Was für Leute? Blinde? Heavy-Metal-Gitarristen?«

»Ja, Metallica ist gerade in Passamaquoddy im Privatjet gelandet. Ach komm, Sam.«

»Okay, wer? Nenn mir den Namen.«

Was soll sie antworten? Dee Dee, Mimi, Tallulah aus New Jersey? Ralphie Michaud vom anderen Ende der Stadt? »Jeder in Passamaquoddy.« Und weil sie keine weitere Lüge mehr erträgt, sagt sie: »Außer Mr Miller im Drugstore … und du offenbar.«

»Das kommt von deiner Mutter, stimmt's? Sie hat dich auf diese lächerliche Idee gebracht.«

»Meine Mutter hat nichts damit zu tun.« Annie ist verblüfft, dass sie Ursula verteidigt. »Ich wollte einfach mal einen neuen Look.«

»Und das ist Unsinn. Du hast so, wie du warst, immer gut ausgesehen.« Er reibt sich die Schläfen. »Ich habe mir solche Sorgen gemacht und mir das Schlimmste ausgemalt, dass ich jetzt Kopfschmerzen habe.« Er kneift die Augen zusammen. »Was ist mit dir los, Annie? Du rufst nicht an, um zu sagen, wo du bist. Du kommst nicht zurück ins Geschäft. Du wirkst ständig abgelenkt. In letzter Zeit bist du kaum noch du selbst.«

»Es sind nur Haare, Sam«, wiederholt sie.

»Warum hast du mich vorher nicht gefragt?«

»Weil ich siebenunddreißig Jahre alt bin. Ich kann mir die Haare pink färben, wenn ich das will.«

»Und das wirst du. Ich bin sicher, das kommt als Nächstes.«

»Ach, so siehst du mich also.«

»Schon gut, schon gut. Vielleicht reagiere ich ein bisschen übertrieben.«

»Ha.«

»Aber für mich bist du immer schön, sogar, wenn du eine Glatze hättest. Ich bin bloß überrascht. Wir haben bisher alle Entscheidungen gemeinsam getroffen …«

»Vielleicht wird es Zeit, damit aufzuhören«, sagt Annie und geht zur Treppe.

»Wenn du es so willst«, ruft er ihr nach.

In der Küche nimmt Annie sich den Cheerios-Karton und gießt sich ein Glas Wein ein. Damit geht sie ins Wohnzimmer, isst ihr Abendessen vor dem Fernseher und direkt aus dem Karton.

Sie guckt *The Bachelor*. Der Bachelor würde ihren neuen Haarschnitt klasse finden, jede Wette. Die Frauen in der Show tragen alle modische Frisuren und knappe Kleider, die viel schimmernde braune Haut zeigen. Doch wie attraktiv auch immer, der Bachelor kann Sam nicht das Wasser reichen. Eine Kandidatin hat ähnliche Haare wie Annie. Der Bachelor streicht ihr mit beiden Händen durchs Haar. Er tut es liebevoll. Die Sendung ist zwar schon halb vorbei, aber sie bekommt mit, dass drei Frauen um denselben Mann konkurrieren. Welche wird ausscheiden? Welche wird eine langstielige Rose bekommen? Da fließen viele Tränen. Sie möchte auch weinen. Wir streiten uns fast nie, würden sie und Sam sagen und sich dazu gratulieren. Wir stimmen in allem überein.

Das war einmal.

»Ihr seid wirklich einer wie der andere«, bemerkte ihr Lieferant neulich, was vielleicht nicht als Kompliment gemeint war.

Sie hört Sam die Treppe heruntertrampeln und in die Küche gehen. Die Kühlschranktür wird aufgerissen und zugeschlagen. Gläser werden aufgeschraubt, Besteck klirrt, Kohlensäure zischt aus einer Flasche. Sie fragt sich, was für ein Abendessen er aus Silberzwiebeln, Kapern, einer fleckigen Banane und einem vertrockneten Stück Parmesan basteln kann. Eigentlich hatte sie unterwegs im Supermarkt einkaufen wollen. Sie hätte wenigstens Hotdogs und eine Dose Bohnen von Michauds Laden mitbringen können. Wenn sie nicht so abgelenkt gewesen wäre. Sie hört ihn nach oben trampeln.

Sie zieht ihr Handy aus ihrem Taschenbuch und steckt es ans Ladekabel. Sie geht in die Küche und holt sich die Flasche Wein ins Wohnzimmer. Die Frau mit der gleichen Frisur hat jetzt weiße Orchideenblüten hinter einem Ohr. Hat der Bachelor sie dahin gesteckt? Sie trinkt noch zwei Gläser Malbec und schaltet den Fernseher aus, bevor sich herausstellt, wer die Rose erhält.

Im Flur nimmt sie ihren Laptop von der Bank. Da die Datei LFS heißt – Leitfaden für Sam –, wird er nicht auf die Idee kommen, sie zu öffnen. Trotzdem muss sie vorsichtiger sein. Schließlich ist sie mit einem Mann verheiratet, der davon ausgeht, dass seine Sachen auch ihr gehören und ihre Sachen auch ihm und dass das Badezimmer nicht das Allerheiligste der Privatsphäre ist, sondern so öffentlich wie ein Campingplatz.

Sie fängt an zu schreiben.

IX. Nachtrag zu KONTAKTE

A. Fair streiten: Kritisiere bei anderen nicht das Aussehen, Gewicht, Haar, Make-up oder die Kleidung. Vor allem, nachdem sie sich die Locken abgeschnitten oder ein Vermögen für ein neues Kleid ausgegeben haben, wenn sie unter PMS-Völlegefühl leiden, wenn sie Probleme mit ihrem Selbstwertgefühl haben. Besonders wenn du nicht als Einziger eine Meinung dazu hast – das heißt, wenn andere Leute die neue Frisur, das neue Kleid mögen oder vollschlanke Kurven vorziehen. Andererseits, wenn du die Person vorher warnst, dass ihr zum Beispiel Magenta nicht steht, bevor sie sich das magentafarbene Kleid kauft (so wie ich dir sage, dass der Friseur nicht zu viel über den Ohren wegschneiden soll, bevor du hingehst), dann ist das in Ordnung. Aber hinterher? Überhaupt nicht! Denk daran zu unterscheiden, was harmlose Meinung ist und was jemand anderer als schlichtweg gemein empfindet.

Ich weiß, du magst Offenheit, Ehrlichkeit, Transparenz. Du hältst nichts von persönlichen Geheimnissen. Aber, Sam, ehrlich gesagt kann schonungslose Ehrlichkeit genauso schlimm sein wie Lügen. Dieses »Ich sage nur die Wahrheit« oder »Ich bin nur ehrlich« gewöhn dir besser ab und denk nach, bevor du etwas sagst.

Ich gebe zu, wir haben uns kaum gestritten und waren stolz darauf. Vielleicht hätten wir mehr streiten sollen, um darin besser zu werden. Achte bei deinen künftigen Beziehungen (ja, du wirst welche haben, und ja, du bist für jede Frau ein großartiger Fang) darauf, was du sagst. Die sogenannten Fachleute empfehlen, nie wütend schlafen zu gehen – vielleicht wird das überbewertet. Vielleicht ist es mal ganz gut, bei seiner Wut zu bleiben.

B. Unabhängigkeit: Zweisamkeit ist wunderbar. Trotzdem braucht jeder Mensch Freiraum. Ja, große Entscheidungen sollte man gemeinsam treffen: Wenn man ein Haus kauft, eine Lebensversicherung abschließt, ein Auto, ein Sofa fürs Wohnzimmer kauft, aber wenn es um einen Haarschnitt, eine Verabredung zum Lunch geht oder wenn man ständig Bescheid sagen soll, wo man sich gerade befindet wie ein GPS-Signal – also diese Art von Nähe kann erdrückend werden und auch jemanden abschrecken, bevor er die Gelegenheit hat, deine Vorzüge kennenzulernen. Auch wenn du Psychologengeschwafel, wie du es nennen würdest, ablehnst, solltest du imstande sein, Veränderungen hinzunehmen. Bei anderen. Im Leben. Sogar an meiner Wenigkeit. Die Veränderung mag so geringfügig (ja!) sein wie ein Haarschnitt oder so schwerwiegend – so, jetzt spreche ich es aus – wie der Tod!

Okay, genug. Ein andermal mehr. Und übrigens denke ich noch über das Nicht-wütend-schlafen-Gehen nach. Habe mich noch nicht entschieden, aber wenn es so weit ist, schreibe ich es in den Leitfaden. Und es versteht sich von selbst, dass ich dich liebe, egal, was noch kommt. xoxo A.

Sie speichert das Dokument und klappt den Laptop zu. Ausdrucken wird sie es später und zu den anderen Seiten in die Unterwäscheschublade legen. Sie nimmt sich die Strickdecke von der Sofalehne und wickelt sich darin ein. Unter den Kopf legt sie ein Petit-Point-Kissen, das eine treue Kundin für sie und Sam gestickt hat. Die duftende Kiefernspanfüllung beschwört Bilder von Waldwegen herauf, von morgendlichen Wanderungen, Frühstücken am Lagerfeuer und von ihnen beiden im Schlafsack, aneinandergeschmiegt unter den Sternen. Ach, wie viel Spaß sie hatten. Vorbei.

Vergangenheit.

Sie wägt ihre Optionen ab. Nummer eins: Alles wie gewohnt. Zu Sam ins Bett steigen, so tun, als wäre nichts. Pro: Vielleicht kommt es zu Versöhnungssex. Contra: Die körperliche Nähe könnte sie verleiten, mit den jüngsten Demütigungen herauszuplatzen, die nicht so leicht zu verzeihen sind wie ein Haarschnitt. Und sie ist so wütend, dass sie versucht sein könnte, ihm die schwerer verdauliche Tatsache beizubringen, wofür jedoch sorgfältige Planung, Taktgefühl, ein wohlüberlegtes Hinführen, ein ganzer Leitfaden erforderlich ist. Option zwei: Sich ins Gästezimmer schleichen – ursprünglich als Kinderzimmer geplant – und, pro: Ihren Zorn verrauchen lassen, während sie in einem herrlich breiten Bett mit Daunendecke schläft und einen Stapel von Wodehouse-Romanen auf dem Nachttisch liegen hat. Contra: Obwohl keine Vorhänge mit dem Affen Coco mehr vor dem Fenster hängen und keine niedlichen Entenabziehbilder mehr an der Scheibe kleben, bleibt es ein Zimmer, das, egal, wie gemütlich sie es einrichten, eine tiefe traurige Leere ausstrahlt.

Sie entscheidet sich für die Couch.

Sie streckt sich aus. Im Haus ist es jetzt so still, dass nur das Summen der Küchengeräte und ihr Atem zu hören ist. Es wird ihm leidtun, denkt sie und hasst sich dafür. Sie schläft unruhig, träumt von einem dunklen Wald, der an einer saftig grünen Wiese endet, wo ein Mann und eine Frau mit hüftlangen Haaren Hand in Hand über Gänseblümchen tanzen, während sich über ihnen am Himmel ein Regenbogen wölbt.

Um fünf Uhr in der Früh erschreckt ein kurzer heller Ton sie. Sie greift nach ihrem Handy. Nachricht von Sam: *Du fehlst mir. Komm ins Bett.* Sie denkt an den freien Platz in dem Bett, der auf eine neue Ehefrau wartet oder auf einen Hund. Sam wird die Beine auf ihre Seite geschoben, einen Arm auf ihrem Kissen ausgestreckt, sich in ihre Hälfte der Decke gewickelt haben. Sie stellt sich vor, wie sie in seinen warmen Armen liegt, sich mit dem Rücken an ihn schmiegt, er die Nase in ihre zerzausten – jetzt nicht mehr zerzausten – Haare schiebt. Sie möchte oben bei ihm liegen, bei ihrem Ehemann im Ehenest. Sie schlägt die Strickdecke zur Seite, setzt sich auf. Sie tastet nach ihren Pantoffeln. Aber … sie sackt zurück auf das Sofa. Wer muss mehr als sonst jemand auf der Welt lernen, allein zu sein?

Als sie wach wird, ist es schon nach neun. Sam ist ganz sicher bereits aus dem Haus. Er geht immer um acht, fährt zum Bäcker wegen der Brötchen, zum Markt wegen der frischen Sandwichzutaten, zum Gartenmarkt, um Blumen für den Tresen auszusuchen – eine Neuerung, die Megan angeregt hat und von den Kunden mit Beifall aufgenommen wurde.

Vorsichtshalber geht sie auf Zehenspitzen die Treppe hoch. Er hat das Bett gemacht – zum ersten Mal. Wie wunderbar, staunt sie, im nächsten Moment ist sie enttäuscht. Wäre sie nicht so eingeschüchtert von der präzisen Faltung an den Ecken (wo hat er das gelernt?), wäre sie versucht, unter die Decke zu kriechen, sich in seine Kuhle zu kuscheln, die noch nach seinen persönlichen, tröstlichen Gerüchen duftet. Außer während seiner »depressiven Phase« haben sie nie getrennt geschlafen. Selbst während sie im Wochenbett lag, legte er sich heimlich, entgegen der ärztlichen Anordnung, zu ihr auf die Matratze und schlief – oder verbrachte vielmehr endlose Stunden – an ihrem Bett in einem furchtbaren Klappsessel. Irgendwann schnappten die Scharniere zurück, und er war zwischen Fuß- und Kopfteil eingeklemmt. Sie klingelte nach der Schwester, damit sie ihn befreite. Eine Schwester, die glaubte, sie müsse den Vorfall in Annies Krankenakte vermerken (3 Uhr: Ehemann steckt in Klappsessel fest). »Wie ich höre, gab es heute Nacht einen kleinen Zwischenfall«, sagte der junge Arzt am nächsten Morgen kichernd.

Seltsam, wie hin- und hergerissen sie ist. Sie will Sam an sich ziehen, und sie will ihn von sich stoßen. Physiker würden von einem positiven und einem negativen Pol sprechen. Philosophen ein Paradox erörtern. Psychologen Ambivalenz diagnostizieren. Egal. Manche Dinge sind zu komplex und unvorhersehbar menschlich, um erklärt zu werden.

Sie geht ins Arbeitszimmer und druckt den Nachtrag für den Leitfaden aus. Zurück im Schlafzimmer, packt sie die zwei Blätter zu den anderen in die Schublade. Inzwischen ist der Stoß Papier recht dick, fällt ihr auf, und sie legt eine zweite Schicht Socken obendrauf. Sie duscht vorsichtig, damit die Haare nicht nass werden, die anscheinend acht Stunden unruhigen Schlafes auf dem genoppten Leinenpolster der Couch unbeschadet überstanden haben. Sie zieht sich einen Rollkragenpulli und Jeans an. Eingehend betrachtet sie ihr Gesicht im Spiegel. Sieht sie krank aus? Fahl? Im Grunde sieht sie ziemlich normal aus für jemanden, der mitten in einer Lebenskatastrophe steckt.

Sie geht hinunter in die Küche. Sie braucht Kaffee. Toast. Orangensaft, um das pelzige Gefühl auf der Zunge loszuwerden. Sowie sie durch die Tür kommt, sieht sie ihn, den Strauß langstieliger roter Rosen auf dem Tisch. An der Vase lehnt ein

Brief. Auf dem Umschlag steht ihr Name eingerahmt von einem Herzen. Das beeindruckt sie sofort. Ein Dutzend Rosen vom Ehemann übertreffen und überstrahlen eine einzelne Rose von einem Bachelor.

Sie öffnet den Brief.

Liebe Annie,

es tut mir sehr leid, dass ich mich gestern Abend so kindisch benommen habe. Ich weiß nicht, was über mich gekommen ist. Schieb es darauf, dass ich mir dummerweise immer wünsche, es möge alles so bleiben, wie es ist, und dass ich das Bedürfnis habe, von dir in jeden Teil deines Lebens einbezogen zu werden. Ich bin wirklich keiner dieser kontrollsüchtigen Ehemänner, die irgendwann in den Nachrichten landen! Selbstverständlich musst du mir nicht jeden deiner Schritte melden. Oder rund um die Uhr erreichbar sein. Und natürlich sehen deine Haare schön aus. Ich war nur verdattert. Und unten kein Licht anzulassen – das war kindisch. (Meine Mutter tat das immer, wenn mein Vater mit seinen Freunden Karten spielte und lange wegblieb. Schon damals fand ich das infantil, und jetzt verhalte ich mich selbst so. Steckt das in den Genen?) Ich bin verwöhnt. Es ist mir so selbstverständlich, dich bei mir zu haben, dass ich mich ohne dich total einsam fühle. Das ist dir gegenüber unfair, ich weiß. Und ich habe mir Sorgen gemacht, mir wer weiß was vorgestellt, was passiert sein könnte. Ich habe kaum ein Auge zugetan. Ich bin ein Idiot. Die ganze Nacht über habe ich mich gefragt, wie

kann ich ausgerechnet den einen Menschen zurückweisen, ohne den ich nicht leben kann? Bitte verzeih mir.
Haufenweise Liebe
Sam
(Übrigens, wenn du zufällig am Drugstore vorbeikommst, kannst du Ibuprofen mitbringen?)

Kapitel 10

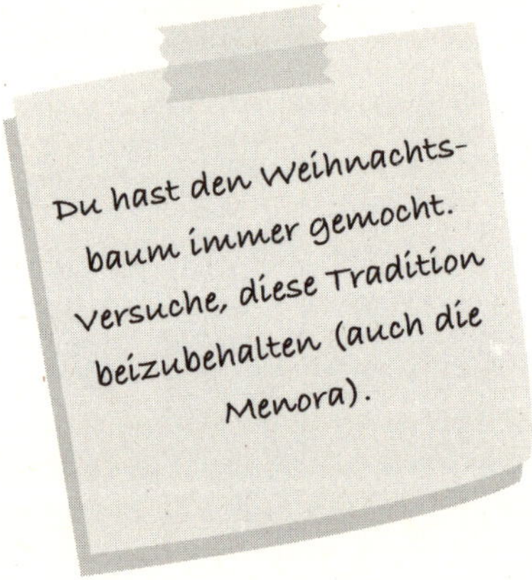

In dem Moment, als Annie das Haus verlassen und zum Geschäft fahren will, klingelt das Telefon. Sam will sich vergewissern, ob sie die Rosen entdeckt hat, denkt sie. Nicht dass der riesige Strauß zu übersehen wäre. Doch als sie zum Apparat geht, liest sie auf dem Display Name und Nummer von Ambrose Buckley. Sie überlegt zu warten, bis sich der AB einschaltet. Sie sieht auf die Uhr. Eine Minute später, und sie wäre nicht mehr zu Hause gewesen. Mit der Hand am Hörer zögert sie. Nein, das ist der erste Tag vom Rest ihres – stark verkürzten – Lebens, in dem sie sich an ihre neu gefassten Vorsätze halten wollte: Ehrlichkeit, Transparenz und Mut. »Hallo«, sagt sie.

»Annie?« Es ist Dr. Buckley. Sie hat ihn am Apparat, ohne dass Carolyn Connelly sie wie üblich zu ihm durchgestellt hat. »Ich habe die Ergebnisse Ihrer Blutuntersuchung bekommen.«

»Und?«

»Glücklicherweise sind die Werte zurzeit stabil. Sie haben momentan einen Stillstand.«

»Wunderbar.« Sie wartet. Auf die gute Nachricht folgt bestimmt eine schlechte.

So ist es. »Trotzdem …«, beginnt er.

»Ja?«

Dr. Buckley schlägt einen mahnenden Ton an. »Trotzdem kann es sich plötzlich verschlechtern.« Er schnalzt mit der Zunge. »Als Ihr Hausarzt und auch der von Sam sehe ich mich besonders verpflichtet. Annie, bitte, Sie müssen eine Möglichkeit finden, es Sam zu sagen.«

»Wie schon gesagt … das werde ich tun. Später … wenn ich bei Dr. O'Brien war. Bis dahin sind es nur zwei Wochen.«

»Aber er sollte Bescheid wissen, und er wird ein Trost für Sie sein. Während meines Medizinstudiums – da waren Sie noch gar nicht auf der Welt – haben wir bei Rollenspielen geübt, wie man mit Patienten über so etwas redet, wie man sie informiert, Mitgefühl zeigt, Anweisungen gibt. Das könnten Sie probieren. Die Übung wird es Ihnen leichter machen.«

»Es hat beim ersten Mal überhaupt nicht geklappt. Ich habe es wirklich versucht.« Sie denkt daran, wie Sam ins Schlafzimmer gestürmt ist, wie sie auf dem Sofa geschlafen und beschlossen hat, langsam vorzugehen, wie verärgert sie war. Sie schaudert. »Ich glaube kaum, dass es etwas bringt, wenn ich mein Auftreten ein bisschen abändere.« Nichts wird ihr die Sache leichter machen, das weiß sie. Sie ist bestens vertraut damit, um Formulierungen zu ringen. Immerhin hat sie für Sam einen Leitfaden verfasst. »Ich werde darüber nachdenken. Versprochen.« Sie lügt und verstößt zum ersten Mal gegen ihr neues Ehrlichkeitsgelöbnis.

Als sie am Laden ankommt, warten bereits mehrere Leute auf dem Bürgersteig, eine regelrechte Schlange, die an Ahernes Trödelladen vorbei bis zu Pappy Rappy's Elektrohandel reicht. Welche Erleichterung. Weder sie noch Sam werden die Gelegenheit haben, ein eingehendes Gespräch »wegen gestern Abend« anzufangen.

Die Stammkunden grüßen, als sie an ihnen vorbei zum Eingang läuft. »Hallo, Annie, wie geht's?« Froh und dankbar stellt sie fest, dass Ralphie diesmal nicht dabei ist.

Sam steht hinter dem Tresen und wickelt einen Bunyan in das Fettpapier ein, auf dem der Geschäftsname in schwarzen länglichen Dreiecken aufgedruckt ist. Sie entschieden sich seinerzeit gegen die Holzfälleraxt und Mains Staatsbaum und für die schlichte Eleganz serifenloser Schrift und einer klaren geometrischen Figur. Eine stilvolle Präsentation für ein klassisches Sandwich.

Annie drängt sich neben ihn.

»Da bist du ja«, sagt er.

Sie senkt die Stimme, um jegliche Anzeichen von Zerknirschung vor Mrs Godfrey zu verbergen, die vor ihr an der Theke steht und bereits Geldscheine aus ihrem Portemonnaie zieht. »Hallo«, flüstert sie. »Es tut mir leid.«

»War mein Fehler.«

»Meiner«, widerspricht sie.

»Ich war ein Arschloch.«

»Ich war schlimmer.«

Sein Gesichtsausdruck wechselt von niedergeschlagen zu wehmütig. »Wie wär's, wenn wir die Schuld fifty-fifty aufteilen?«

»Gut.« Sie greift in die Tasche und reicht ihm das Ibuprofen.

»Es geht mir schon viel besser.«

»Großartig.« Sie legt einen Stoß Servietten neben die Sandwiches. »Und danke für die Rosen. Sie sind toll. Wirklich schön.«

»War das Mindeste.« Er addiert die Bestellung mit der alten Registrierkasse, die sie von den Doughboys geerbt haben und für die ihnen der eine oder andere Antiquitätenhändler auf seiner Rundfahrt durch die Neuenglandstaaten sofort einen Scheck ausstellen wollte. Sam schaut Annie an. »Deine Haare sehen heute hübsch aus«, sagt er kleinlaut.

Ist der Versöhnungsoverkill eine unverfrorene Lüge, damit er heute Nacht nicht allein im Bett liegen muss? Oder ist das eine echte Bereinigung? Wie der Coleslaw, den sie anfangs zu sauer fanden und der jetzt ihre beliebteste Zutat ist?

Mrs Godfrey tritt heran, um ihre sechs Bunyans entgegenzunehmen. Dazu reicht sie Sam ihre Andrew-Wyeth-Recyclingtasche vom Kunstmuseum in Portland. Annie freut sich, dass darauf ein alter Schuppen und nicht das rührselige *Christinas Welt* abgedruckt ist – ein Gemälde, das ihr gerade allzu nahegeht. »Tolle Frisur, Annie«, lobt Mrs Godfrey.

Zum Glück bleibt ihnen keine Zeit, um sich hämisch zu freuen oder sich zu entschuldigen, denn sie sind vollauf damit beschäftigt, hinter dem Ladentisch ihren gut einstudierten Pas de deux zu absolvieren. Die Choreografie haben sie perfektioniert. Während sie umeinander herumgehen, schichten sie Zwiebeln, Paprika und Käse, reichen Sandwiches, Brötchen, Servietten und Papier weiter. Es ist eng, und trotzdem treten sie einander nicht auf die Zehen, öffnen keine Schranktür, an der sich der andere stoßen kann, und bekleckern sich die Schürze nicht mit Soße.

Endlich lässt der Kundenandrang nach. Nur die Stammgäste sind noch geblieben, diskutieren über die Gemeindesteuern und über die richtige Anzahl Köder, denn die Angelsaison beginnt bald. Und einige Nachzügler kaufen Sandwiches fürs Abendessen. »Mir ist nicht danach, heute Abend zu kochen«, gestehen sie.

»Da sind wir schon zwei«, antwortet Annie. Sie und Sam stehen zu ihrem Erzeugnis. Sie sind anders als die heuchlerischen Verkäufer, die Polyesterkleidung aus China verkaufen und selbst nur vierfädigen Kaschmir aus Schottland anziehen. Ernährungsbewusste Großstädter mögen ignorieren, dass der Bunyan lokal als Feinschmeckerprodukt bezeichnet wird, und ihn als Fast Food brandmarken. Annie kann dem aber entgegenhalten, dass er alle vier Nahrungsgruppen enthält – komplexe Kohlenhydrate (Brot), Proteine (Fleisch und Käse), Gemüse (Zwiebeln und Paprika) und Obst, wenn man wie die Botaniker Tomaten zum Obst rechnet.

Hinten in der Küche macht Sam eine Bestellung fertig, die übers Telefon reinkam, von einer Familie in Florida, die sich für ihre Familienfeier nach ein bisschen Heimatgefühl sehnt. Er ruft bei FedEx an, um das Abholen und Ausliefern zu vereinbaren, während Annie die Spülmaschine einräumt.

Sam drückt ihr die Schulter. »Alles wieder gut?«

»Na klar.«

»Können wir das hinter uns lassen?«

»Absolut.«

Kurz darauf fällt ihr ein, dass sie bald alles hinter sich lassen werden. Als Paar. Und sie als Hälfte eines Ganzen. Irgendwann wird der Stillstand bei ihren Wertvorstellungen beendet sein. Was steht ihr dann bevor? Nur der unerreichbare Horizont von *Christinas Welt*. Sie betrachtet Sam, sein starkes Kinn, seine großen Augen, die klassische Nase, von der sie gehofft hatte, dass ihre Kinder sie erben, den langgliedrigen Körper, der solche Seligkeit, solche Loyalität schenkt, ein Körper, der, um sie geschlungen, Geborgenheit gibt – bis die gierig zehrende Krankheit die alles ausblendende Zuflucht ihres Ehenestes angriff. Zweifellos hat sie in der Lotterie des Lebens einige Nieten gezogen: eine narzisstische Mutter, den frühen Verlust des Vaters, der am Schreibtisch zusammenbrach, Fehlgeburten, eine tot geborene Tochter, der Tumor in ihrer Lunge.

Doch mit Sam hat sie das große Los gezogen. Klar, wenn man mit jemandem zusammenlebt, arbeitet und schläft, findet man vieles an ihm, worüber man sich aufregen kann. Wenn derjenige bei einem Gesundheitsproblem die Fassung verliert. Wenn er klammert. Wenn er die Frisur seiner Frau stur ablehnt. Wenn er den Alltag nicht bewältigen kann, ohne dass ihm seine Frau einen Leitfaden schreibt. Doch bei Sam hat sie die Liebe kennengelernt, hat sich umsorgt und geliebt gefühlt, ist glücklich gewesen. Siebzehn Jahre lang war ihr Zusammensein mehr als okay. Sie müssen es Sam sagen, hat Dr. Buckley angeordnet. Bald, ja. Aber warum Sams Glück und das, was von ihrem noch übrig ist, zerstören?

Sie denkt an den Tag zurück, als sie das Geschäft offiziell übernahmen. Sie drehten den Schlüssel im Schloss. Sam trug sie über die Schwelle. Sie füllten Eis in den Kübel und stellten die Flasche Champagner hinein, die sie unterwegs gekauft hatten. Sam lud das Radio aus und brachte es in den Laden. »Darf ich um diesen Tanz bitten?« Er verneigte sich. Er drehte sich mit ihr um die Kartons herum, in denen Porzellan und Küchenutensilien verpackt waren, um die Tische mit den hochgestellten Stühlen, und Stevie Wonder sang »I just called to say I love you«. Später breitete er eine Umzugsdecke auf dem Küchenboden, auf *ihrem* Küchenboden, aus. »And I mean it from the bottom of my heart«, sangen sie zusammen, während sie sich auszogen.

Jetzt packt Annie die übrig gebliebenen Brötchen weg. Sam wischt den Tresen sauber, was sonst Megan erledigt. »Wo ist Megan?«, fragt Annie. Vor lauter Schuldgefühlen, Reue und Befürchtungen ist ihr nicht aufgefallen, dass ihnen zwei helfende Hände gefehlt haben. Sie schaut zur Uhr an der Wand. Megan ist längst überfällig. Dabei kommt sie normalerweise pünktlich, wenn nicht sogar früher.

»Rachel hat angerufen, dass sie heute später kommt. Sie hat irgendeine alterstypische Krise. Rachel möchte sogar, dass du sie anrufst.« Er bindet sich die Schürze ab und tippt sich an die Stirn. »Ich hätte es dir sofort sagen sollen, als du kamst. Ich habe es völlig vergessen.«

»Immer verg…« Sie kann sich gerade noch bremsen.

Sam hängt die Schürze über eine von ihren. Da hängen sie zärtlich, fast lasziv verschlungen. Er deutet zum Gastraum. »Hast du was dagegen, wenn ich mich auf einen Kaffee zu den Jungs setze?«

»Überhaupt nicht. Du solltest sogar mit den Kunden plaudern. Ich habe gelesen, dass in den schicken Restaurants die Küchenchefs jeden Abend von Tisch zu Tisch gehen.«

»Ha.« Er hebt das Kinn. »Ich bin kein Küchenchef.«

»In Passamaquoddy bist du ein Spitzenkoch. Meisterkoch. Chefchefkoch.« Sie sieht ihn an. »Ist die Kaffeepause mit den Stammgästen eine Neuerung?«

»Sie haben mich an ihren Tisch gebeten, als du neulich mal nicht da warst.«

»Das freut mich. Sie legen Wert auf dich.«

»Ach nein. Wahrscheinlich wollten sie nur einen Kaffee

umsonst. Aber ob du es glaubst oder nicht, die Jungs sind ziemlich cool.«

»Das glaube ich. Und jetzt geh schon.«

Er zögert.

»Geh. Ich muss sowieso Rachel anrufen.« Sie droht mit dem Finger. »Benimm dich. Das ist schließlich ein Lokal mit gehobener Küche.«

Er fasst ihr an den Arm. »Ich liebe dich, weißt du.«

Und ob sie das weiß. »Ich dich auch. Jetzt geh.«

Sowie Sam die Küche verlassen hat, ruft Annie bei Rachel an.

»Sie ist auf dem Weg zu euch«, sagt Rachel. »Endlich. Sie hat eine Mitfahrgelegenheit ergattert. Gerade als wir das Haus verließen, kam Ralphie Michaud die Elm Street entlanggefahren. Er wollte sowieso zum Sandwichladen, meinte er.«

Annie bringt ein gelassenes »Ach so« zustande.

»Sie war heute Morgen völlig hysterisch«, erzählt Rachel weiter. »Sie hat mit Ben Schluss gemacht. Oder Ben mit ihr.«

»Ben? Ich dachte, ihr Freund heißt David.«

»Ich mach dir keinen Vorwurf, wenn du mit den Namen durcheinandergerätst. Ich komme selbst kaum noch mit. David war der nach Tom, und nach David kam Jake, von dem sie sich ein paarmal getrennt hat, dann der aktuelle oder nicht mehr aktuelle Ben.« Rachel seufzt. »Ich wünschte, das ganze Geturtel würde auf mich abfärben.«

»Nein, willst du nicht.«

»Du hast recht. Wer braucht in unserem Alter so viel Drama? Ich warne dich vor all den salzigen Tränen, die in deiner Malzmilch landen werden.«

»Was ist passiert?«

»Das Übliche. Eine Hübschere kam dazwischen.«

»Keine ist hübscher als Megan.«

»Das dachte ich auch. Aber diese hat riesige Brüste und Eltern, die den Winter auf den Bahamas verbringen. Also hat er sturmfreie Bude und macht Highlife.«

»Verstehe. Ich hoffe nur, Ralphie Michaud wird ihre Situation jetzt nicht ausnutzen.«

»Ein absurder Gedanke. Er ist in unserem Alter.«

»Und?«

»Nein, da bin ich unbesorgt. Außerdem war er immer in dich verknallt.«

Was soll Annie ihr erzählen? Dass er wegen ihres fortgeschrittenen Alters nicht mehr in sie verknallt ist? Dass er ein Auge auf Megan geworfen hat? Um dann zu offenbaren, woher sie das weiß? Mit allen schmutzigen Details? Stattdessen fragt sie: »Wie kann ich helfen?«

»Wie immer. Mit Tee und Mitgefühl. Ich wollte dich nur darauf vorbereiten, dass vielleicht Weinkrämpfe und diverse Zusammenbrüche auf dich zukommen. Ich bezweifle, dass du heute eine tüchtige Angestellte haben wirst. Weißt du noch, als Tykie Frye mit mir Schluss gemacht hat?«

Wie könnte Annie das vergessen. Es war im ersten Semester. Rachel weinte praktisch vier Tage am Stück. Sie bastelten eine Voodoopuppe aus einem Handtuch, klebten sein Jahrbuchfoto an den Kopf und steckten Nadeln in sein mit Tusche aufgemaltes, schwarzes Verräterherz.

»Du hast natürlich nie solche Qualen durchlitten«, sagt Rachel vorwurfsvoll.

»Das ist nicht wahr. Denk nur mal an den Sommer in Hell's Kitchen.«

»Ach ja. Aber das zählt wohl kaum, weil du immer Sam hattest.«

»Die arme Megan«, erwidert Annie nur.

Doch die arme Megan scheint sich gar nicht so elend zu fühlen, als sie mit Ralphie Michaud hereingeschlendert kommt. Ralphie hat ihr den Arm um die Schultern gelegt, die Hand ein bisschen zu nahe an ihrer Brust. Megan wirft ihre Haare zurück und schiebt die Hüfte gegen ihn.

»Hi, Annie.« Ihre Augen strahlen, sehen nicht verweint aus. Sie macht nicht den Eindruck, als wäre sie gerade von einer Rivalin ausgestochen worden, deren Eltern sich für die nächste Zeit in ein Tropenparadies zurückgezogen haben.

»Hi, Annie«, tönt auch Ralphie, total selbstbewusst. Die Unschuld in Person – kein gesenkter Blick, kein verlegenes Grinsen. Sein schauspielerisches Können reicht glatt an Ursulas heran.

Er leidet anscheinend auch an selektivem Gedächtnisverlust. Frühe Demenz. Oder hat der gestrige Vorfall eine so geringe Bedeutung in Ralphie Michauds Leben, dass er ihn genauso schnell vergisst wie die aufgewärmten Pop-Tarts am Morgen? Der gescheiterte Versuch, einer verheirateten Frau seine Zunge in den Mund zu schieben, ist das Gleiche, wie ein Lotterielos zu kaufen oder den Wagen vollzutanken – also nichts Besonderes?

Wenn ja, was bedeutet das für Megan? Für ihre Patentochter, die gerade erst sitzengelassen wurde und deshalb sehr verletzlich ist und sich offensichtlich mit einem anderen Mann trösten will? Annie hat die Pflicht, das kleine Rotkäppchen vor dem Gras rauchenden, lüsternen bösen Wolf zu retten.

Sie wirft Megan eine Schürze zu. »Kannst du die Kaffeemaschine auffüllen?«

»Klar.« Megan zieht sich die Schürze über den Kopf und wackelt mit dem Po vor Ralphie, als Aufforderung, ihr die Schleife zu binden. Was Annie mit einem so geschickten

Manöver verhindert, dass sie die Heisman Trophy, eine Auszeichnung für die beste Football-Spielerin am College, verdient hätte. Sie tritt ihm auf die Zehen, ohne sich zu entschuldigen. Sie ergreift die Schürzenbänder und bindet sie mit einem doppelten halben Schlag. Den soll er erst mal aufkriegen, denkt sie schadenfroh. Ihr Verdienstabzeichen für Knoten trug sie stolz an ihrer Pfadfinderuniform. Sie gibt Megan einen mütterlichen Schubs. »An die Arbeit«, befiehlt sie.

Megan dreht sich zu Ralphie um. »Kann ich dir einen Kaffee machen? Oder einen Milchshake?«

Ralphie lächelt sein langsames, unartiges Komm-mit-ins-Wäldchen-Grinsen. »Ein Shake wäre klasse. Schokolade mit …«

»Nein«, sagt Annie.

»Oder Kaffee …«

»Nein«, wiederholt Annie.

»Das dauert doch bloß eine Minute«, bettelt Megan.

»Nein.« Annie bleibt dabei.

»Aber, Annie«, fleht Megan. Ihre Augen weiten sich vor Staunen. Annie ist sicher, dass Rachel ihr nie ein so klares Nein entgegensetzt. Stattdessen dürfte sie ihr das Für und Wider aufzählen, alles in ruhigem, neutralem, therapeutischem Tonfall, der Interesse an den Gefühlen ihrer Tochter, an ihrem Selbstwertgefühl und ihrer Empfindsamkeit ausstrahlt.

Ralphie hebt die Hände wie ein Verkehrspolizist und tritt zurück. »Entspann dich, Annie. Was ist los? Noch ein Rest der alten PMS?«

»Ich warne dich«, faucht Annie.

»Okay, okay. Hab verstanden.« Er dreht sich zu Megan. »Wir sehen uns, Mädchen.«

Mädchen – das einzige Wort aus seinem Mund, das nicht

gelogen ist. Annie packt ihn beim Ellbogen, zieht ihn durch die Küche und zur Hintertür hinaus auf den Kiesplatz, wo die Lieferanten vorfahren.

»Was soll das denn …«, empört er sich.

»Ich muss mit dir reden.«

»Es ist eisig hier draußen.«

Das hat sie nicht bemerkt. »Was ich zu sagen habe, nimmt nur eine Minute in Anspruch.«

»Lange genug, dass ich mir eine Lungenentzündung hole.«

Annie selbst ist der wahrscheinlichere Kandidat dafür, aber das behält sie für sich. Sie beugt sich zu ihm vor und riecht das Bier und den Zigarettenrauch in seinem sauren Atem. In der eisigen Luft stoßen sie beide weiße Bilderbuchwölkchen aus. Wie konnte sie nur mit diesem Kerl einen Joint rauchen? »Halte dich von Megan fern«, befiehlt sie.

»Wer bist du denn, dass du mir sagst, was ich zu tun und zu lassen habe?«

»Ich bin ihre Patentante.«

»Na und?«

»Dann erinnere ich dich daran, dass du zwanzig Jahre älter bist.«

»Wen interessiert's?«

»Sie ist minderjährig. Ich könnte die Polizei rufen. Und sie über deinen Drogenvorrat informieren. Und deinen sexuellen Übergriff schildern.«

»Quatsch. Keiner hat dich gezwungen, mich zu besuchen.«

»Und nicht nur die Polizei, sondern ich könnte auch Megan aufklären, was in deinem Zimmer vorgefallen ist. Und ihre Mutter. Ganz zu schweigen von *deinem* Vater.«

»Das wagst du nicht.«

»Wetten, dass?«

»Wenn du das tust, sage ich es Sam.« Er grinst höhnisch.

Sie ist sich sicher, dass er blufft. »Was sagst du Sam? Dass du mich in dein Hinterzimmer gelockt hast? Dass du mir Drogen gegeben und versucht hast, deine Zunge in meinen Hals zu stecken?«

»Du spielst dich bloß auf.«

»Wer wird dir glauben? Mein Wort steht gegen deines.«

Er bläst sich in die Hände und reibt sie aneinander. »Zu denken, dass ich dich mal gemocht habe … dass ich sogar daran dachte, mir Annie in den Arm stechen zu lassen.«

»Gibst du mir dein Wort darauf?«

»Aber nur, weil ich mir hier draußen den Arsch abfriere. Mit einer Irren.«

»Dein Wort?«

»Nur weil Megan, ehrlich gesagt, gar nicht so heiß ist.« Er schüttelt den Kopf. »Und eine Patentante hat« – er grinst höhnisch – »die eine totale Bitch ist.«

»Keine Autofahrten, keine Chats, keinen Kaffee, keine Drinks, keinen Flirt, keine Dates … nada, niente, nichts.«

»Okay.« Er klappt den Kragen seiner Jacke hoch. »Du hast gewonnen. Können wir jetzt wieder reingehen?«

»Du bestimmt nicht. Geh außen rum zu deinem Auto.«

Er schaut auf den Boden. »Hier ist es überall glatt. Wenn ich ausrutsche, verklage ich dich.«

»Nur zu. Ich werde dich bei Megan entschuldigen.«

Er reckt den Mittelfinger. »Zu denken, dass ich mein bestes Gras an dich verschwendet habe …«

In der Küche reinigt Megan die Kaffeemaschine. »Wo ist Ralphie?«

»Er musste gehen. Ihm ist eingefallen, dass er« – sie nimmt

einen Schwamm und drückt ihn in der Spüle aus – »ein Date hat.«

»Ein Date?« Megan wirft den Kaffeesatz in den Mülleimer und spült den Filter aus. »Aber er wollte sich nach der Arbeit mit mir treffen.«

»Er hat seiner Freundin versprochen, mit ihr nach Bangor ins Casino zu fahren.«

»Er hat eine Freundin?«

»Hat er das nicht erwähnt? Ich glaube, sie sind so gut wie verlobt.«

»Hmmm.« Jetzt klingt sie wie ihre Mutter. »Interessant. Sieh mal einer an. Mir hat er angeboten, bei seinem Vater zu Hause für mich zu kochen. Er hat mich eingeladen zu dem Auftritt von Nat Rathbone and His Blue Oxen unten am Fluss.« Sie knallt einen Löffel auf die Arbeitsfläche. »Was für ein Widerling.«

»Du hast den Nagel auf den Kopf getroffen oder den Widerling auf die Birne.«

»Vielleicht ist er auch ein bisschen zu alt für mich«, räumt Megan ein.

»Nicht nur ein bisschen. Er ist so alt wie deine Mutter. Und wie ich.«

Megan laufen Tränen über die Wangen. Sie wischt sie mit dem Schürzenzipfel weg.

Annie nimmt sie in die Arme. »Du weinst hoffentlich nicht wegen Ralphie Michaud?«

»Auf keinen Fall. Nicht um diesen Wichser. Mein Freund hat heute mit mir Schluss gemacht.«

»Eine Frechheit. David sollte sich was schämen.«

»Nicht David. Ben.«

Annie setzt Megan auf einen Stuhl, macht ihr eine Tasse

Tee und rührt zwei Löffel Honig hinein. Sie verspricht ihr, dass sich noch viele Jungen für sie interessieren werden. Sie hält Megans Hand und lässt sie weinen, bis die Tränen versiegen. »Hat deine Mutter dir jemals erzählt, wie Tykie Frye mit ihr Schluss gemacht hat?«

Megan horcht auf. »Nein.«

»Also, du wirst lachen …«

Kapitel 11

> Guck in meine Nachttisch-schublade mit den … du weißt schon. Da drin liegen ganz neue, verbesserte »Spielzeuge«. Das Good Vibrations in Portland soll äußerst beliebt sein.

Annie sitzt an ihrem Schreibtisch, neben ihr schmilzt ein Eisbecher mit heißer Karamellsoße vor sich hin. Sie hat das Haus für sich allein. Sam ist mit Rachel zum Home Depot gefahren und hilft ihr dabei, einen neuen Kühlschrank auszusuchen. »Du bist der Geräte-Guru, geh du mit ihr«, befahl Annie.

»Komm doch mit. Dann können wir hinterher zusammen Burger essen.«

Annie hat sich rausgeredet, sie habe Hausarbeiten zu erledigen und Reste im Kühlschrank, die gegessen werden müssten. »Und nichts finde ich langweiliger, als mir Kühlschränke anzusehen«, erklärte sie. »Rachel kann männliche Aufmerksamkeit gerade gut gebrauchen. Megan läuft zu Hause mit Jammermiene herum, weil sie Liebeskummer hat, während Rachels Liebesleben brachliegt.«

Ihr eigenes Liebesleben gedeiht dagegen prächtig. Seit

ihrer einsamen Nacht auf dem Sofa fühlen sie beide sich wieder wie in den Flitterwochen. Sex mit ihrem Mann erscheint ihr wie eine fast ausgestorbene Vogelart, umso kostbarer, weil bald nicht mehr existent. Warum wird um den ersten Zahn, den ersten Schritt, den ersten Kuss, die erste Liebe so ein großes Tamtam gemacht? Von ihrem Standpunkt aus ist es jeweils das letzte Mal, das mehr Bedeutung, mehr Intensität, mehr Bitterkeit hat.

Wie kann sie dem Tod so nahe sein, wenn sie sich gestern Abend so lebendig fühlte, wenn ihr angeblich todkranker Körper die vertrauten, instinktiven, bewährten Bewegungen wiederaufgenommen hat? Sie hat Sam umklammert, während ihr die Vernunft riet, ihn von sich zu stoßen. Deine Aufgabe ist es, Sam auf den Abschied vorzubereiten, damit er später loslassen kann, tönt ihre innere Stimme. Das ist dein Plan, der Zweck deines Leitfadens. Doch ihr Körper machte sich selbstständig, strebte nach dem einen Erleben, das alle anderen in den Schatten stellt.

Jetzt schlürft sie unhöflich schmatzend einen Klecks Eiscreme. Nachdem sie in jüngster Zeit nur wegen der Eisbecher in seinen Drugstore kam, war Mr Miller überrascht, weil sie »das Übliche« diesmal zum Mitnehmen bestellte. »Bis Sie zu Hause sind, ist der nur noch Suppe«, warnte er. »Außerdem bin ich so daran gewöhnt, Sie auf dem Hocker sitzen zu sehen, dass ich schon überlegt habe, ein Namensschild anzubringen.« Er lachte. »Der Annie-Stevens-Strauss-Gedenkhocker.«

Wie Gedenkfeier. Annie ringt sich ein dünnes Lächeln ab. Er begreift nicht, dass so ein Schild überhaupt nicht lustig ist. Und wie bald er es bestellen müsste.

Sie lässt die Kirsche am Stiel über ihrem geöffneten Mund baumeln und hineinfallen. Sie ist nicht sicher, ob sie durch so etwas in Erinnerung bleiben will, als eine Kundin, die viermal pro Woche an der Drugstore-Theke saß, als jemand, der sich auf einem Kunstlederhocker einen Namen gemacht hat. Ihre Lieblingseisbecher stünden wahrscheinlich auf dem Kundenrabatt-Flyer – Zahle fünf, bekomm den sechsten umsonst! –, was ihre Schamspirale weiter in die Höhe treiben würde. Wie hoch, will sie lieber nicht wissen.

Es gibt vieles, das sie lieber nicht wissen will.

Und eines, das Sam wissen muss.

Der Eisbecher ist geleert. Sie wirft den Styroporbehälter und den Plastiklöffel in den Papierkorb, anstatt nach unten zu gehen und beides in der blauen Recyclingtonne zu entsorgen. Normalerweise sind sie und Sam gewissenhafte Ökos und machen sich Gedanken über den Müll und den Planeten und die schwindenden Ressourcen. Sie haben sogar zweimal hintereinander eine Belobigung für das recyclingbewussteste Geschäft erhalten, die am Schwarzen Brett der Kirche und im Rathaus unter den Ehrungen bekannt gegeben wurde.

Aber aufgrund ihres guten Verhaltens und ihres nahen Todes verdient sie ja vielleicht etwas Spielraum bei der bürgerlichen Verantwortung.

Sie stellt sich vor, wie Rachel und Sam jetzt in einer Sitznische im Burger-Laden zusammenhocken. Hoffentlich finden sie Gesprächsthemen, die nichts mit Kühlschränken zu tun haben. Sie würden wunderbar zusammenpassen. Und außerdem bringt Rachel ein Kind mit in die Beziehung – na ja, einen Teenager –, das zwar einen lausigen Männergeschmack hat, aber sich für eine Zukunft in der Lebensmittelbranche interessiert.

Annies Gleichung sieht so aus: Rachel war immer die

Hübschere und Klügere von ihnen, während Sam in jeder Hinsicht ein Traumtyp ist, dem seine Vorzüge nicht mal bewusst sind. Das Gegenteil von den blöden Typen, die Rachel im Internet kennenlernt. Sam kann zwar im sozialen Kontakt ein bisschen ungeschickt sein, dafür strahlt Rachel emotionale Intelligenz aus. Also die perfekte Lösung. Für Rachel ist Sam der Schatz, der einem in den Schoß fällt, mit Geschenkpapier und Schleife und dem Segen der jüngst verstorbenen Ehefrau. So braucht sie nicht mehr nach Portland oder Boston zu reisen, um sich mit einem Mann zu treffen, der sich mit einem zwanzig Jahre alten Foto vorgestellt und seine Kreditkarte »leider vergessen« hat. Für Sam ist Rachel der naheliegende nächste Schritt. Ist es außerdem nicht eine alte Tradition, dass Witwer die Schwester ihrer verstorbenen Frau heiraten? Wenn ja, kann eine beste Freundin ganz bestimmt diesen Platz einnehmen. Was verschafft stärkere Gültigkeit als das quasi biblische Vorbild?

Annie wird mehr Anlässe finden müssen, um sie zusammenzubringen und sich selbst dabei rar zu machen. Und zwar möglichst unauffällig. Ohne dass Rachel das spitzbekommt. Die würde unter normalen Umständen nicht im Traum daran denken, ein Auge auf Sam zu werfen. Und wenn sie dann unter diesen ganz und gar nicht normalen Umständen völlig niedergeschlagen den Tod ihrer besten Freundin betrauert, wird sie sich scheuen, ihren Platz einzunehmen. Annie wird in ihrem Leitfaden eine Das-ist-deine-nächste-Frau-Werbekampagne führen müssen. Sie öffnet den Laptop und fängt an zu schreiben.

Nach ein paar holprigen Abschnitten hält sie inne. Sie putzt sich die Nase mit der Drugstore-Serviette, fischt den Styroporbecher aus dem Papierkorb und trägt ihn hinunter in die Recyclingtonne. Zwar weiß sie nicht so recht, ob sie an Gott glaubt, aber es kann nicht schaden, mit ihm einen Handel zu schließen: Wenn sie brav recycelt, wenn sie sich wie ein verantwortungsvolles Mitglied der Gesellschaft und wie ein achtbarer Mensch verhält, bekommt sie dann ein wenig mehr Lebenszeit? Sie fegt die dünne Schneeschicht von der Gartenveranda. In der Küche faltet sie Geschirrtücher und legt die Teelöffel in der Besteckschublade ordentlich nebeneinander. Die Löffelstellung, denkt sie und sieht sich und Sam in der Mitte der Matratze aneinandergeschmiegt, neben ihnen meterweise Bettdecke.

Wieder oben, tauscht sie die Türkisohrringe gegen Perlenstecker. Als sie sich im Spiegel begutachtet, sieht sie Rachels Gesicht zu ihrem werden wie bei den Schauspielerinnen in einem bestimmten Ingmar-Bergman-Film. Ist das der Film, in dem es um den Tod geht? Vielleicht geht es in den meisten schwedischen Filmen um den Tod, wegen des Klimas und der dunklen skandinavischen Seele. Sie schaudert. Was versteht Dr. Buckley schon davon, auf welche Art man eine schlechte Nachricht am besten mitteilt? Tja, wahrscheinlich sehr viel. Die Rolle des Todesboten gehört schließlich zu seinem Beruf. Aber eindeutig nicht zu ihrem. Das hat sie nie gelernt. Das kann sie nicht. Das will sie nicht. Ursulas enttäuschende Tochter leidet an Lampenfieber, akut und unheilbar.

Kapitel 12

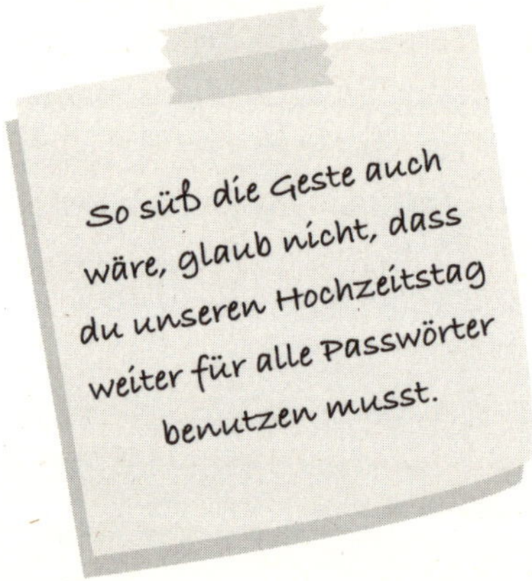

Annie legt die Unterwäschestapel wieder auf die ausgedruckten Seiten. Sie sollte ihren Vorrat an Slips und Hemdröckchen erneuern und die ausgeleierten ausrangieren. Andererseits sind neue BHs für jemanden, der den Wert dieser Geldausgabe nicht mehr voll ausschöpfen kann, so sinnvoll wie grüne Bananen.

Okay, sie ist erledigt. Genug für heute. Sam wird bald von seiner Einkaufstour mit Rachel zurückkommen. Sie sieht auf die Uhr. Schon nach neun. Wann macht Home Depot abends zu? Sie setzt sich aufs Bett und greift nach Sams Kissen. Es riecht nach Zitrone von seinem Shampoo und nach Minze von seinem Rasierschaum. Wenn sie nur festhalten könnte, wie alles riecht und sich anfühlt und klingt. Die kleinen Dinge, die sie immer für selbstverständlich gehalten hat, sind ihr auf einmal ungeheuer wichtig.

Sie hört den Schlüssel im Schloss. »Annie«, ruft Sam aus dem Flur. »Ich bin zu Hause.«

Sie eilt die Treppe hinunter. Er überreicht ihr einen Strauß Narzissen in silbernem Seidenpapier. Das Preisschild ($ 8,99) klebt noch dran. »Nach Best Buy und Home Depot waren wir bei Lowe's. Die führen außer Kühlschränken und Gasgrills auch Blumen. Wer hätte das gedacht?«

Die Blumen – vielleicht die ersten der Saison – sehen überhaupt nicht nach Beerdigung aus. Er zieht Annie in seine Arme. Sie riecht Zwiebeln und Bier. »War es schön?«, fragt sie.

»Sicher. Obwohl sich Rachel nicht für einen Kühlschrank entscheiden konnte. Wir müssen uns vielleicht noch ein paar andere Marken ansehen.« Er schlüpft aus dem Mantel. »Wir haben dich vermisst. Wir waren uns einig, dass es mit dir zusammen mehr Spaß gemacht hätte.«

Das freut sie, auch wenn das ihrem Plan zuwiderläuft. »Einen Drink?«

»Ja, warum nicht?«

Halb rechnet sie damit, im Barschrank die teure Flasche Cognac stehen zu sehen, über die sie eben noch geschrieben hat. Das Leben imitiert die Kunst? Oder andersherum? Leider steht da kein Hennessy VSOP, sondern nur die gewohnten Billigmarken an Gin und Scotch und eine staubige, ungeöffnete Flasche Brombeerlikör, der nach einer Brontë-Schwester benannt worden war, ein literarisch inspirierter Spontankauf.

Sie gießt ihnen einen Fingerbreit Scotch ein und füllt ein Schälchen mit Salzmandeln. Am Küchentisch setzen sie sich auf ihren gewohnten Platz.

»Wie war dein Tag?«, fragt er.

»Wie immer. Erledigungen, Papierkram.«

»Ah.« Er wirft sich eine Handvoll Nüsse in den Mund.

»Und deiner? Abgesehen vom Kühlschrank?«

»Das war das Highlight. Ich könnte eine Doktorarbeit über die Unterschiede zwischen Amana und Thermador schreiben.« Er grinst. »War nur ein Scherz.« Er trinkt einen Schluck Scotch. »Aber bei der Arbeit heute Morgen habe ich etwas Interessantes erfahren.«

Sie beugt sich nach vorn.

»Der gute Mr Aherne hat verkündet, dass er verkaufen will. Zumindest laut den Jungs, die unseren besten Tisch besetzt halten. Und ich muss sagen, die sind eine beeindruckende Informationsquelle.«

»Da wirst du wohl bald einer Bowlingmannschaft beitreten.« Lächelnd denkt sie an ihre Teenagertreffen beim Candlepin-Bowling, an die klobigen Schuhe, die fettigen Snacks, die riesigen Spielbögen. Wie hinreißend Sams Hintern aussah, wenn er anfing, die Kugel zu schwingen. »Das haben wir schon mal gehört, Sam. Er wird nie ausziehen. Und er wird uns noch alle überleben.« Vor allem mich, denkt sie.

»Diesmal glaube ich ihm. Er hat eine Umzugsfirma bestellt, die das Haus ausräumen soll. Ich habe den Lastwagen draußen stehen sehen.«

»Es gibt keinen Wagen, in den das viele Zeug reinpasst.«

Er nickt. »Warte nur, bis du den Traktor- und Baggerkonvoi dahinter siehst. Er hat hundert Jahre lang Trödel gesammelt. Aber ich konnte ihn im Vorgarten erwischen und habe ihn direkt gefragt, ob er an mich verkaufen würde.«

»Wie bitte?« Sie starrt ihn verblüfft an. »Ohne das vorher mit mir abzusprechen?«

»Hab nur das Terrain sondiert. Schon möglich, hat er gesagt, mit seinem fast zahnlosen Grinsen.«

»Das heißt nicht …«

»Ich habe schon angefangen, alles durchzurechnen. Und grob skizziert, wie wir die beiden Häuser verbinden und renovieren …« Sein Blick schweift zu einem imaginären Horizont. Wenn er jetzt nicht in den fernen Bergen in Gedanken Gold schürft, dann rechnet er wohl den Gewinn aus der Umsatzerhöhung aus.

Sie stellt ihre Stimme auf kalte Dusche. »Trotzdem«, sagt sie warnend.

Er bemerkt es offenbar nicht. »Und dann hätten wir auch Platz für einen richtigen Espressoautomaten und für Dichterlesungen und Livemusik. Man könnte ein paar Tische wegräumen und eine Tanzfläche frei machen. Wir könnten die Küche vergrößern, die Speisekarte erweitern …«

Moment mal, möchte Annie ausrufen. Das sollte doch erst passieren, wenn ich nicht mehr da bin. Auf meine Anweisung hin. Meine Anweisung aus dem Grab. Stattdessen grummelt sie nur: »Und das Geld dafür? Das klingt ziemlich kostspielig. Das können wir uns nicht leisten, Sam.« Sie zögert. »Zumindest im Augenblick.«

»Wir können es uns nicht leisten, die Gelegenheit verstreichen zu lassen, Annie, jetzt, wo er endlich verkauft. Erinnere dich, wie es war, als *du mich* überzeugen musstest, den Laden der Doughboys zu kaufen. Jetzt ist es umgekehrt. Was, wenn Robineau's oder Pappy Rappy's das Haus kauft? Oder sogar« – er schaudert – »Wang's?«

Annie verzieht das Gesicht. Das chinesische Restaurant, geführt von einer griechischen Familie, ist ein Laden, wo selbst die halb Verhungerten das wässrige Chopsuey oder das klebrige Chow mein zurückweisen würden. »Um Gottes willen.«

»Genau. Wir müssen schnell handeln.«

Wird ihre Krankenversicherung alle Behandlungen übernehmen? Ganz sicher wird es unvorhergesehene Kosten geben … Sie zwingt sich, ruhig zu reagieren. »Und wie willst du das bezahlen?«

»Mithilfe deiner Mutter.« Er sagt das so beiläufig, als würde er über das Wetter von morgen spekulieren.

Annie springt auf und stößt beinahe ihren Stuhl um. »Meine Mutter?«, ruft sie. »Wir bitten meine Mutter um gar nichts!«

Sam bleibt sanft und vernünftig. »Warum denn nicht? Das hat sich schon mal bewährt.«

»Wie bitte?« Sie hält sich an der Tischkante fest. Ihre Wangen lodern.

Sam errötet ebenfalls. Er schaut niedergeschlagen. »Ups.« Er wirft ihr sein zerknirschtes Lächeln zu, die Brauen zu flehenden Kommas schräg gestellt, das Kinn bezaubernd zurückgezogen.

So unwiderstehlich sein Lächeln ist, sie hält stand. Sie setzt sich wieder, Blutdruck und Schweißdrüsen beruhigen sich. »Wie bitte?«, sagt sie noch einmal.

»Unfassbar, dass ich …« Sam deutet auf seinen Scotch. »Reden ist Silber, Schweigen ist Gold. Ich verzichte besser auf den Schnaps.« Er betrachtet sein Glas. »Das sollte eigentlich ein Geheimnis bleiben.«

Obwohl ihr die eigene Scheinheiligkeit voll bewusst ist, bleibt sie im Modus der Entrüstung. »Wir haben keine Geheimnisse, Sam.«

»Das ist das Einzige, das ich je vor dir hatte. Jemals. Ehrenwort.«

»Und wie viel kann ich darauf geben?«

Sam schlägt sich an die Stirn. »Ich bin ein Idiot.« Er nimmt noch einen Schluck Whisky. Sie hört ihn schlucken.

»Nun erzähl schon.«

»Es war so. Als wir das Geschäft gekauft haben, hat Ursula uns – mir – ein Darlehen gegeben.« Er greift nach ihrer Hand.

Annie zieht sie weg.

»Ich habe es zurückgezahlt. Sogar vorzeitig. Mit Zinsen. Offen gesagt, glaube ich, dass du deiner Mutter Unrecht tust.«

Sie wird von Neuem wütend. An ihrer Schläfe pocht die Ader einen schnellen Rhythmus. Das ist sicher nicht gut für ihre Gesundheit. Für ihre zweifelhafte Gesundheit. Sie atmet ein paarmal tief durch wie in dem Yogakurs, den sie kaum besucht hat. Sie ist fest entschlossen, nicht mit Sam zu streiten. Nicht noch eine Nacht auf der Couch zu schlafen. Trotzdem, was könnte verrückter oder verkehrter sein, als über einen neuen Haarschnitt zu streiten, jedoch Frieden zu schließen, wenn sie mit einem gigantischen Vertrauensbruch konfrontiert ist, an dem ihre Mutter beteiligt ist und der ihre persönlichen Wünsche, ihre persönliche Geschichte ignoriert?

Sie erinnert sich an eine Geschichte, die Rachel ihr mal erzählt hat, von einer Narzisstin wie aus dem Lehrbuch, die sie während der Supervisionsphase im Sozialarbeitsstudium kennenlernte. Die Frau hatte einen Herzinfarkt gehabt und litt an einem Verlust des Sprachvermögens. Sie hatte ihren gesamten Wortschatz verloren bis auf das Wort ich. Ich! Ich! Ich!, schrie sie Tag und Nacht, bis ihre Tochter das nicht mehr ertrug und sie nicht mehr besuchte.

Sie schenkt sich nach, ignoriert aber Sams Geste, ihm auch etwas einzugießen. Sie lässt ihre Zeit mit Ursula Revue passieren und listet die Tiefpunkte auf:

Ursula ist eine Mutter, der alles Mütterliche abgeht. Wieso

hat sie überhaupt ein Kind bekommen? Weil ihr damaliger Mann, Annies lieber, stiller, einsamer Vater, darauf bestand? Weil es für eine Abtreibung zu spät war, als sie die Schwangerschaft bemerkte? Weil ein Baby ein schickes Accessoire ist wie ein Armband oder ellbogenlange Satinhandschuhe?

Eine Mutter, die zu ihr mal folgende Dinge gesagt hat:

Verrate niemandem dein Alter, Darling. Mein Publikum würde nicht glauben, dass ich eine so alte Tochter habe.

Offen gestanden, ein bisschen Magersucht schadet keiner Frau.

Es tut mir so leid, dass ich dein(e) ________ (Theateraufführung, Konzert, Ausstellung, Mutter-Tochter-Lunch, Examensfeier) verpasst habe.

Ein Jammer, dass du nach deinem Vater kommst, Arabella, Darling.

Ich glaube nicht, dass du wirklich eine Lungenentzündung hattest. Das war nur eine starke Erkältung.

Ich fürchte, mein schöner neuer Verehrer möchte keine Kinder um sich haben.

Die Nanny hat dich verhauen, Darling? Nun, bestimmt hast du etwas sehr Böses getan.

Was deine Blinddarmoperation angeht – du musst verstehen, dass ich in Krankenhäusern völlig nutzlos bin. All die schrecklichen Gerüche, die Geräusche, das schlechte Essen, diese unansehnlichen Kittel.

Dein Sam ist hinreißend. Wenn er nur auf seine Kleidung achten würde.

Und das Schlimmste: *Nun, Darling, ich wollte sowieso nie Großmutter werden.*

Annie muss wohl zwischenzeitlich in einen Dämmerzustand verfallen sein, denn plötzlich bemerkt sie, dass Sam noch immer redet. Sie hört *Darlehen, Ursula, großzügig, Mr Aherne* heraus, aber die Worte schweben isoliert durch den Raum wie Atome.

»Erde an Annie«, sagt Sam.

Sie reißt den Kopf hoch. »Ich bin wirklich wütend. Ich koche vor Wut.«

»Das sehe ich.«

»Über vieles. Weil du meine Mutter um Hilfe gebeten hast, obwohl ich, wie du weißt, schon vor langer Zeit entschieden habe, sie niemals um etwas zu bitten.«

»Das hast du unmissverständlich klargemacht.«

»Und weil du gelogen hast.«

»Eigentlich nicht. Ich habe nur etwas verschwiegen. Und das tut mir furchtbar leid. Ich fühle mich schrecklich deswegen. Aber ehrlich«, sagt er beschwörend, »Ursula ist gar nicht so übel. Das Verhältnis zwischen uns …«

»Sie mag dich, deshalb. Sie findet dich süß.«

»Unsinn. Sie hält mich für untüchtig. Ich habe sie das zufällig sagen hören. Aber sie ist deine Mutter. Sie liebt dich. Doch, das tut sie.« Er schüttelt den Kopf. »Natürlich auf ihre egozentrische Art, das gebe ich zu.«

Annie sieht auf die Uhr. Es ist zehn. Sie ist erschöpft. Seltsam, wie zwei Stunden am Schreibtisch einen mehr auslaugen können, als wenn man den ganzen Tag hinterm Ladentisch Sandwiches fabriziert hat. Hat nicht mal ein berühmter Autor geklagt, Schreiben sei wie ein Aderlass? Obendrein hat das Gespräch mit Sam sie aus der Bahn geworfen. Ihre Wut öffnet eine Ader. Ihr ist das alles zu viel – dass Sam etwas so Wichtiges verschwiegen hat, dass ihre Mutter daran beteiligt ist …

Sam steht auf und tritt hinter sie, massiert ihr die Schultern, küsst sie auf den Scheitel. »Es tut mir so leid, Annie.«

»Ich weiß nicht, was ich sagen soll.«

»Ursula ...«

Sie fällt ihm ins Wort. »Lassen wir sie vorerst beiseite«, befiehlt sie.

Als er einwilligt und sie beide im Begriff sind, nach oben zu gehen, wo vermutlich einer beim anderen den Trost suchen wird, der alle Wunden heilt, klingelt das Telefon.

Annie geht ran.

»Meine liebe Arabella«, gurrt die unverkennbare Stimme und verhindert jegliches Beiseiteschieben.

Annie rutscht sofort an der Wand hinab auf den Fußboden.

Sam zieht fragend die Brauen hoch.

»Ursula«, sagt sie.

»Du musst lauter sprechen, Darling. Ich habe eines von diesen neuen kleinen Telefonen. Es kam in einem reizenden silbernen Etui. Smartphones heißen sie. Ich bin dafür nicht smart genug, habe ich zu dem netten jungen Verkäufer gesagt. Aber natürlich sind Sie das, meinte er daraufhin und versprach, zu mir nach Hause zu kommen und mir zu zeigen, wie man das Gerät bedient. Mein erster Unterricht ist morgen. Weißt du, was Apps sind? Offenbar hat man eine Riesenauswahl ganz amüsanter Dinge.«

»Ja, Ursula. Ich weiß, was Apps sind.«

»Das überrascht mich nicht. Du warst immer gut in Mathe.«

Annie war in Mathe miserabel, nicht dass ihre Mutter eine so wesentliche Tatsache bei ihrem Kind mitbekommen hätte. »Apps haben nichts mit Mathe zu tun«, klärt Annie sie auf.

»Ich Dummchen kann so schlecht Kopfrechnen. Zum Glück habe ich jemanden, der sich um meine Finanzen kümmert.« Sie senkt die Stimme zu einem Bühnenflüstern. »Ich dachte, ich rufe dich an und erzähle dir als Erste von meinem neuen kleinen Gerät.«

»Welche Ehre.«

»Ich freue mich, dass du es so siehst.« Gegen Ironie ist Ursula immun. »Aber das ist nicht der einzige Grund für meinen Anruf.« Sie tippt mit einem Fingernagel gegen die Sprechmuschel. »Ach übrigens, wie geht es dir? Und deinem Sam?«

»Gut.«

»Mir auch. Ich erfreue mich bester Gesundheit. Also, weshalb ich eigentlich anrufe, außer zu erfahren, wie es euch beiden geht – es ist furchtbar lange her, seit wir uns gesehen haben: Ich habe eine spektakuläre Neuigkeit zu verkünden.« Daraufhin verstummt Ursula und lässt ein pintereskes Schweigen entstehen.

Annie erkennt, wenn jemand mit dem Zaunpfahl winkt. »Also, was hast du zu verkünden?«

»Ambrose hat gerade angerufen. Du kennst doch Ambrose, Darling? Dr. Buckley?«

Annie bricht der kalte Schweiß aus. Er wird doch nicht, er kann doch unmöglich … »Ja, ich kenne ihn.«

»Nun, Darling, Ambrose hat mich informiert, dass mir der Ehrenbürgerpreis von Passamaquoddy verliehen werden soll.«

Annie beginnt, wieder zu atmen.

Ursula wartet nicht auf Glückwünsche ihrer Tochter. »Ich wusste, du würdest dich für mich freuen. Tatsächlich soll die Preisverleihung nächste Woche stattfinden. Die Entscheidung ist zwar schon vor längerer Zeit gefallen, aber Ambrose, der Gute, hat mich einfach nicht eher erreichen können. Ich war am Set. Dann an der Westküste. Dann war ich ständig mit Oliver verreist …«

»Wer ist Oliver?«

»Mach dir keine Gedanken, Darling. Er hat sich als sehr unangenehm entpuppt. Am besten, wir überlassen ihn der Vergangenheit. Du kennst deine Mutter. Ich sehe immer nach vorn, wende mich immer der Zukunft zu, lasse mich nie von kleinen Erschütterungen aufhalten. Ich freue mich wahnsinnig über den Preis. *Entre nous*, schließlich verdiene ich eine Anerkennung für die endlosen Jahre, die ich in dem Nest aushalten musste. Nicht dass ich deine Heimatstadt beleidigen will, ich weiß ja, wie glücklich ihr beide dort seid, aber was mich betrifft … Nun, selbst du wirst zugeben, dass ich nicht die typische Passamaquoddy-Pflanze bin, auch wenn ich mir wirklich Mühe gegeben habe.«

»Ja, du hast dich der Situation durchaus gewachsen gezeigt.«

»Danke, Darling. Ambrose meint, ich sei bei Weitem die namhafteste Kandidatin für den Preis. Der erste Preisträger war irgendein Schaltradkonstrukteur – was immer das ist. Der Nächste der Verfasser einer Hymne auf den Staatsbaum, ausgerechnet. Höchst unoriginell, wenn du mich fragst. Diese schrecklichen Nadeln sind überall. Da sind mir die hübschen Spalierkastanien, die es in Frankreich gibt, viel lieber. Nun, wie auch immer. Laut Ambrose bin ich die erste Frau, die den Preis bekommen soll. Ach, das muss ich meinem PR-Agenten sagen, vielleicht kann er das verwenden. Eine Feministin außerhalb ihres Elements, etwa in der Art. Einen Augenblick, Darling, ich will mir das kurz notieren, damit ich es nicht vergesse.«

Annie hört Papier rascheln, einen Stift kratzen.

»Bist du auch so begeistert von diesen Haftnotizen?«, fragt Ursula. »Eine clevere, wunderbar nützliche Erfindung.«

»Sie sind ganz praktisch«, räumt Annie ein.

»Und falls du es nicht weißt, der Preis wird nur alle zehn Jahre vergeben, ist also äußerst exklusiv.«

Apropos Erschöpfung. Während der ursulatypische Monolog abläuft, fühlt Annie ihre Adern eine nach der anderen aufgehen. Sie stellt sich vor, wie das Blut auf den Boden fließt, durch das Haus rinnt. Das tut ihre Mutter jedes Mal. Sie sticht in die Wunde. Reißt sie auf. Verursacht eine neue. Hilflos hält Annie das Telefon in der Faust und nimmt die verbalen Fechtstöße hin.

»Was will sie?«, flüstert Sam.

»Das werden wir gleich erfahren«, flüstert Annie zurück.

»Was hast du gesagt, Darling?«, fragt Ursula.

»Nichts. Der Fernseher läuft.«

»Apropos, ich habe eine kleine Rolle – klein, aber erstklassig – in der neuen Law-and-Order-Staffel.« Ursula lacht. »Es sei denn, meine Szenen fallen dem Schnitt zum Opfer.«

»Das wagen sie nicht.«

»Ich scherze doch nur. Aber weshalb ich anrufe …«

»Ja?«

»Abgesehen von dem Ehrenbürgerpreis …«

»Ja?«

»Außer dass ich dir davon erzählen wollte …«

Annie wappnet sich. »Ja?«

»Ich komme tatsächlich nach Maine, um ihn entgegenzunehmen. Persönlich. Laut Ambrose wird es eine große Feier im Rathaus geben. Man wird mir den Stadtschlüssel überreichen. Als würde ich den haben wollen, ha-ha-ha. Und eine Gedenktafel. Ambrose wird eine Rede halten. Und dann irgendein Stadtrat. Kann sich Passamaquoddy inzwischen schon Stadt nennen?« Sie seufzt. »Man höre und staune. Jedenfalls werde ich nach dem ganzen Tamtam auch ein paar Worte sagen, du weißt schon, das Übliche …«

Annie sieht das Blut den ganzen Boden bedecken und gegen die Gesetze der Physik die Treppe hochkriechen. Der Kopf ist ihr auf die Brust gesunken, das Herz in die Hose gerutscht. Sie ist völlig kraftlos. Warum gerade jetzt? Hat Dr. Buckley seine Hand dabei im Spiel gehabt?

»Also, ich möchte euch vorwarnen, damit ihr euer Gästezimmer herrichtet«, hört sie Ursula sagen.

Es rauscht Annie in den Ohren. Sie erstarrt.

»Arabella.« Ihre Mutter will eine Antwort.

Annie zwingt sich dazu. »Das ist eigentlich kein Gästezimmer. Wir nennen es zwar so, aber es hat noch nie jemand darin übernachtet.« Sie denkt an die Hotelsuiten, an die ihre Mutter gewöhnt ist, goldene Tischchen mit Orchideen, Marmorbadewannen so groß wie ein Pool, Schränke so groß wie ihr Sandwichladen. »Das entspricht nicht deinen Vorstellungen. Bedenke, dass es als Babyzimmer gedacht war …«

»Und es ist höchste Zeit, dass du das hinter dir lässt«, entscheidet Ursula. »Nein, bei solch einem Anlass ziehe ich es vor, bei meiner Familie zu übernachten. Ambrose hat mir sein Haus angeboten, aber ich denke, es ist ein wenig zu früh …«

»Zu früh?«

»In unserer Beziehung. Zudem gibt es in Passamaquoddy nur das Days Inn, und das entspricht ganz gewiss nicht meinen Vorstellungen, wie du es nennst, und auch nicht das B&B mit den vielen Hummelfiguren im Fenster.« Sie schnalzt mit der Zunge. Ihr Widerwille strömt aus dem Hörer. »Nein, Darling, euer Gästezimmer ist genau das Richtige. Nächsten Mittwoch komme ich an. Ich reise immer mit eigenem Kopfkissen und meinen Blenheim-Bouquet-Kerzen. Das erspart dir die Mühe einer Einkaufstour. Ambrose wird mich am Flughafen abholen. Ach, meine liebe Arabella, wir werden eine schöne Zeit haben und unsere Mutter-Tochter-Beziehung festigen. Ach du je! Wie spät es schon ist! Ich brauche jetzt meinen Schönheitsschlaf, Darling. *À bientôt.*«

Annie lehnt an der Wand, zerstochen, übel zugerichtet, niedergemacht, eine Verwundete auf dem Schlachtfeld, ein Opfer ihrer Mutter.

Sam kommt sofort zu ihr, sowie sie aufgelegt hat. »Was ist los, Annie?«

Mühsam bringt sie ein Wort nach dem anderen heraus. »Meine … Mutter … kommt … nächste Woche … übernachtet … bei uns.«

Sie lässt den Kopf auf die Knie sinken.

Kapitel 13

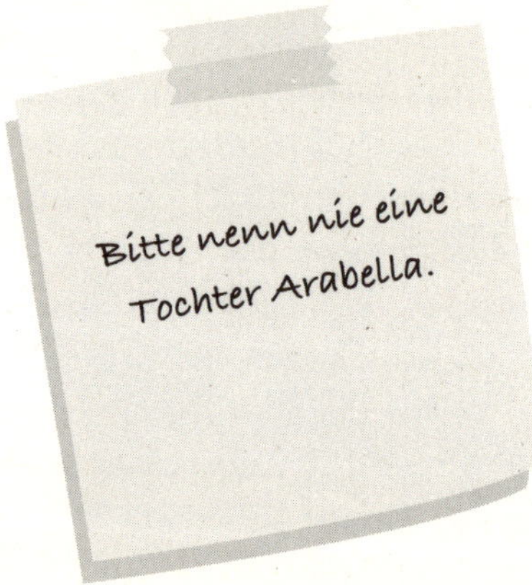

Zum ersten Mal in siebzehn Jahren bestellt Annie einen Reinigungsdienst. Sie zuckt nicht mal zusammen, als ihr der Mitarbeiter nach Begutachtung des Arbeitsaufwands die Kosten nennt. Ein erheblicher Aufwand, der vier Leute und den Einsatz leistungsstarker Geräte erfordert, wie er sagt. Obwohl er nicht sicher sein kann – unglückliche Überraschungen gibt es oft –, rechnet er mit einem Tag Arbeit, einschließlich einer Dreiviertelstunde Mittagspause. Während er die einzelnen Punkte des Auftrags schriftlich festhält, kann er kaum seinen Abscheu über den Zustand ihres Haushaltes verbergen. Für den hat sie in jüngster Zeit kein Interesse aufgebracht, und Sam hat zu Ordnung und Sauberkeit ohnehin ein unkompliziertes Verhältnis.

Wenn Sie das hier schlimm finden, dann gehen Sie mal zu Mr Aherne, möchte Annie erwidern. Stattdessen setzt sie ihren Namen auf das Formular und blättert die erforderliche Anzahlung hin. Es ist Montag. Also noch zwei Tage, genauer gesagt siebenundvierzigeinhalb Stunden bis Ursula.

Sobald der Wagen der Putzleute vor dem Haus vorfährt, macht sie sich auf zum Geschäft. Megan steht bereits hinter der Theke, füllt Zuckerstreuer und schenkt den frühen Mittagsgästen, die den gewohnten Tisch besetzen und Zeitung lesend auf die übrige Clique warten, Kaffee nach.

»Geht es dir gut?«, fragt sie Megan.

»Besser, viel besser. Ich denke, da schwimmen noch viele Fische im Teich.«

Hauptsache, sie sind nicht wie Ralphie Michaud, denkt Annie. Wie schön es ist, so jung zu sein, wo man sich nach Liebeskummer rasch wieder fängt, den Widrigkeiten des Lebens unbekümmert trotzt.

In der Küche arbeitet sie auf Autopilot, hackt, schneidet, schichtet, während sie mit den Gedanken bei der Widrigkeit des anstehenden Besuchs ist. In der Nacht hat sie sich aus Sams Armen und Beinen gelöst und ist in das Gästezimmer geschlichen. Sie hat versucht, den Raum mit den Augen ihrer Mutter zu betrachten, die nie den Verlust darin sehen wird. Sie betrachtete die sonnige, babyneutrale Farbe, Van Goghs Sonnenblumen, die gegen Dr.-Seuss-Zeichnungen ausgewechselt wurden. Die Spielzeuge haben sie damals weggepackt und zusammen mit den winzigen Stramplern und fröhlichen Lätzchen an Goodwill gespendet. Sie prüfte die Matratze. Die ist recht bequem, von ordentlicher Qualität, wenn auch keine dieser hohen Prunkstücke, die für eine Prinzessin auf der Erbse taugen oder für eine Diva wie Ursula.

Obwohl in dem Zimmer nichts Kindliches geblieben ist, konnte sich Annie vorstellen, wie sie ihr kleines Mädchen darin im Arm wiegt, wie es den Kopf zum Fenster dreht, wo die Sonnenstrahlen zwischen den Bäumen tanzen. Es war real, es hat existiert. Annie hatte das reglose Töchterchen im Arm, hat ihm vorgesungen. Wenn man im Home Depot doch nur Räucherstäbchen bekäme, um die verbliebenen Babyzimmergeister auszutreiben, oder eine Feng-Shui-Anleitung, damit sie die Möbel umstellen und das gute Chi einladen kann!

Als sie den Gedanken nicht mehr ertrug, dass Ursula geheiligten Boden betreten wird, flüchtete sie ins Arbeitszimmer, schaltete den Computer ein und bestellte Bettwäsche mit Hohlsaumstickerei aus ägyptischer Baumwolle mit 600er Fadendichte und bezahlte den Aufpreis für die Expresslieferung. Da sie danach noch immer unruhig war, öffnete sie den Leitfaden.

Nachtrag zu Ursula: Sam, bitte wende dich wegen des Geldes für die Geschäftserweiterung ruhig an Ursula. Du solltest es ihr nicht zurückzahlen müssen. Errichte einfach einen kleinen Schrein für sie im Laden, vielleicht über der Theke, wo ihn jeder sehen kann. Ihr Foto von der Verleihung der Ehrenbürgerpreises von Passamaquoddy, ein paar Theaterprogramme von ihren größten Erfolgen. Hey, warum nicht ein Sandwich nach ihr benennen? Ein Schmieren-Sandwich? Ein Alles-Käse-Sandwich? Ein GORGOzola-Sandwich?

Aus offensichtlichen Gründen wollte ich sie nie um etwas bitten, solange ich lebe. Aber jetzt, tja, gibt es keinen Grund mehr, dir Beschränkungen aufzuerlegen, weil ich voreingenommen bin oder wegen meiner neurotischen Grundsätze, die sie wahrscheinlich sowieso nie bemerkt hat. Also frag sie, sprich sie an, du hast meinen Segen. Sie ist mir einiges schuldig. Wieso, fragst du vielleicht. Dafür, dass ich sie nicht als Babysitter gebraucht habe! (Okay, das ist leicht übertrieben, sie hat mich nie geschlagen oder meine Hand in eine Flamme gehalten oder mich hungern oder frieren lassen – aber sie hat mir Nachtisch verweigert, zu meinem Besten, hat sie behauptet.) Doch, sie ist mir einiges schuldig, und damit eigentlich auch dir (weil du unter den Folgen gelitten hast), weil sie die narzisstischste Mutter auf Erden ist. Ist das nicht Grund genug?

Annie schaut durchs Fenster zu Mr Ahernes Grundstück. Im Vorgarten liegen alte Autoreifen, ein verrosteter Dodge sitzt auf Schlackenbetonsteinen. Obwohl das Haus eine gruselfilmreife Bruchbude ist, könnte es funktionieren. Daraus könnte man etwas machen, findet sie.

Megan balanciert ein Tablett voll benutzter Kaffeetassen in die Küche, spült sie aus, stellt sie in die Spülmaschine. »Hallo, Annie. Ich höre, dass deine Mutter kommt, um den Ehrenbürgerpreis entgegenzunehmen.«

»Ich fürchte, ja.«

»Das ist total aufregend.«

»Aufregend ist das richtige Wort dafür. Oder unfassbar.«

»Du bist bestimmt total stolz.« Megan füllt den Serviettenspender auf und fegt einen Hügel von Brotkrümeln ins Spülbecken. »Mum und ich werden uns die Verleihung um keinen Preis entgehen lassen. Ich werde aber vielleicht zu spät kommen, weil wir dann alle bis über die Ohren in Arbeit stecken.«

»Was für Arbeit?«

»Hat Sam es dir nicht gesagt? Das Rathaus hat uns gebeten, das Catering zu übernehmen.«

Nein, Sam hat es seiner Frau nicht gesagt. Zugegeben, der Stadtrat hat eine gute Wahl getroffen, aber es überrascht sie auch nicht, dass Sam ihr nichts gesagt hat. Er macht einen Riesenbogen um das Besuchsthema, nicht weil er ihr etwas verheimlichen will, sondern um ihr seelischen Stress zu ersparen. Er hat sie im Gästezimmer gesehen, als sie in dem Schaukelstuhl saß und aus dem Fenster starrte. Sie hat ihre Traurigkeit nicht schnell genug mit einem falschen Lächeln überspielen können. Er hat sie gesehen, als sie Listen schrieb und den Kühlschrank mit Low-Carb-Snacks füllte, die sie normalerweise verachtet. Er hat bemerkt, wie unruhig sie nachts schläft und sich mitten in der Nacht aus dem Bett schleicht, um im Flur auf und ab zu gehen. Er hat sie gesehen, als sie fünf verschiedene Röcke und Blusen anprobierte, ihre Schuhe putzte, auf die Waage stieg. »Du bist wunderbar, an dir ist nichts auszusetzen«, sagt er immer wieder. »Lass dich von deiner Mutter nicht runterziehen.«

»Es ist eine Ehre, dass wir das Essen für die Preisverleihung liefern dürfen«, sagt Megan.

»Was wurde denn bestellt?«, fragt Annie.

»Die Bunyans. Alles soll typisch Passamaquoddy sein: Fichtenkränze, lokales Bier, Mrs Gerards Whoopie Pies, Geraldine Pritchards Salzwasser-Toffees, Michauds Poutine. Es werden sogar ein paar Gedichte von Longfellow Clark im Programm abgedruckt. Sam überlegt, wie er die Bunyans auf Häppchengröße schneiden kann.«

»Viel Glück«, sagt Annie. »Dabei kann ich ihm doch helfen?«

Entsetzt schüttelt Megan den Kopf. »Du doch nicht, Annie. Du bist quasi die Tochter der Braut. Oder die Trauzeugin. Du wirst vollauf beschäftigt sein mit deiner Mum.«

Es ist Mittwoch. D-Day. U-Day. Ursulas Flugzeug landet um 13 Uhr 14. Dr. Buckley wird vermutlich dreißig Minuten brauchen, um ihr Gepäck abzuholen und in den Kofferraum zu laden, dann fährt er noch mal eine Stunde, bis er den Ehrengast bei dem blitzblank geputzten, für den hohen Besuch fertig vorbereiteten Haus von Arabella Stevens und Samuel Strauss absetzt.

Für heute Morgen hat sie den ersten Termin des Tages im Cutting Edge bekommen. »Nur nachschneiden, Dee Dee. Und waschen und föhnen.«

Dee Dee zog einen Kamm durch ihren Pony und schnitt die Spitzen. »Ich weiß, warum Sie sich die Haare machen lassen.«

»Tatsächlich?«

»Na klar. Ihre Mutter steht in sämtlichen Zeitungen.« Sie schnitt eine Seite kürzer. »Aber vorher habe ich es schon von Ralphie erfahren.«

»Ralphie?« Annie sprach die Silben so betont, als wäre es Sanskrit oder Japanisch.

Dee Dee hielt inne. Die Hand mit der Bürste schwebte über Annies Kopf. »Um ehrlich zu sein …«

»Ja?«

»Ralphie geht mit mir zu der Preisverleihung.«

»Ach so?«

»Ich hoffe, Sie haben nichts dagegen.«

»Warum sollte ich etwas dagegen haben?«

»Als Sie das erste Mal in meinem Salon waren, na ja, Sie wissen schon … Er meinte später, es hätte zwischen Ihnen nicht funktioniert.« Sie arbeitete weiter. »Und inzwischen hatten wir ein paar Dates.«

Annie hob den Kopf so abrupt, dass Dee Dee zurückfuhr.

»Vorsicht. Ich will nicht, dass Sie Ihren großen Tag mit einer Narbe verbringen.«

»Den großen Tag meiner Mutter«, korrigierte Annie.

»Ralphie hat mir erzählt, was an dem Nachmittag passiert ist.«

»Da ist gar nichts passiert. Ich bin verheiratet. Und zwar glücklich. Ich würde nie …«

»Keine Sorge, Annie. Ich kann ein Geheimnis für mich behalten. Diskretion gehört bei Friseuren zum Job.«

Annie konnte sich gut vorstellen, was Ralphie erzählt hatte. Einen Haufen Lügen. Aber die Wahrheit war schlimm genug. Verlegen dachte sie an den Joint, den aufgedrängten Kuss, den Anblick der Leopardenprint-Unterhose. Im Augenblick hatte sie ganz andere Sorgen. Sollte Ralphie mit Dee Dee ausgehen. Ihre roten Locken und kecken Brüste entsprachen genau seinem Grasraucher-Biertrinker-Grabscher-Geschmack. Außerdem war sie der Typ, der gut auf sich selbst achtgeben konnte. Ganz zu schweigen von ihrem passenden Alter. Besser Dee Dee als Megan. Besser Dee Dee als sie selbst.

»Also macht es Ihnen nichts aus?«, vergewisserte sich Dee Dee noch mal.

»Nicht das Geringste. Ihr habt meinen Segen.«

»Puh.« Dee Dee rückte eine abgeirrte Locke zurecht. »Und übrigens, nur falls Ihre Mutter hier eine Friseurin braucht …«

Annie sieht zur Küchenuhr. 14 Uhr 07. Ihre Mutter wird in einer Stunde da sein. Außer ihr Flug hätte – oh, hoffentlich – Verspätung. Aber da hat sie Pech. Obwohl es Februar ist, sieht man weit und breit nur klaren Himmel. Die wenigen Wölkchen sind flaumig und fast rosa. Annie steht vor dem Spiegel, fertig zurechtgemacht. Ihre Haare sehen gut aus. Sie trägt ein

Kleid anstelle der üblichen Jeans, dazu Ohrringe und eine Kette aus silbernen Perlen. Sie hat in eine neue Strumpfhose und Schuhe mit Absätzen investiert.

Ein Gutes hat die ganze Sache: Sie war so damit beschäftigt, sich für Ursulas Ankunft herzurichten, dass sie kaum an ihre Krankheit gedacht hat.

Bis heute Morgen.

Während sie die Kette umlegte, spürte sie eine Schwellung am Hals, einen geschwollenen Lymphknoten. Jetzt geht's los, stöhnte sie innerlich. Damit wird sie sich befassen, sobald ihre Mutter weg ist. Wenigstens ist ihr Termin in Portland schon in ein paar Tagen. Und zum Glück bleibt Ursula nur eine Nacht. Das wird Annie überstehen.

Oder nicht?

Sie sitzt am Wohnzimmerfenster, als der Wagen in ihre Einfahrt biegt. Das Herz schlägt ihr bis zum Hals, ihre Beine werden zu Gummi. Kopf hoch, reiß dich zusammen, sagt sie sich. Ihr steht bald noch viel Schlimmeres bevor. Wie viel Angst kann eine Sterbliche wie Ursula im Vergleich dazu denn schon auslösen?

Eine Menge.

Annie streicht sich die Haare glatt, zieht das Kleid zurecht. Sie beobachtet, wie Dr. Buckley aus dem Auto steigt und den Kofferraum öffnet. Er lädt drei große Louis-Vuitton-Koffer aus. Klassiker vom Antiquitätenhändler, erklärte Ursula ihr einmal. Dekorateure empfehlen sie als Beistelltische in Penthouse-Wohnzimmern. Wie Dr. Buckley sich mit ihnen abmüht, macht deutlich, dass sie eigentlich für Gepäckträger und Chauffeure gemacht wurden, nicht für Kleinstadtärzte, die normalerweise nichts Schwereres heben als ein Stethoskop.

Nun öffnet sich die Beifahrertür. Heraus kommt ein funkelnder High-Heel-Stiefel, gefolgt von einer Handbreit Pelz, einer Handtasche, einem Handschuh, dem Fransenrand eines Schals, bis die ganze Ursula erscheint, eingehüllt in ihren – *Was gehört sich für eine Legende am meisten?* – Nerzmantel und den passenden nerzverbrämten Hut. Die vorbeifahrenden Autos bremsen ab, Fenster werden heruntergekurbelt. Ein Mann auf dem Bürgersteig bleibt, beladen mit Einkaufstüten, stehen, um zu gaffen.

Warum auch nicht? Niemand kann sich so gut in Szene setzen wie Ursula. Fehlt nur das tobende Publikum. Oder demonstrierende Tierschützer, die sie mit Eiern bewerfen.

Es gibt kein Zurück. Annie geht zur Haustür und öffnet sie.

»Darling«, ruft Ursula. Ihre Stimme trägt bis zur entferntesten Theaterloge und kann Glas zerspringen lassen. Oder das Herz ihrer Tochter. Augenblicke später ist auch Annie in Pelz und Shalimar eingehüllt. »Mein Mädchen«, gurrt Ursula.

»Hallo, Ursula«, sagt Annie.

Sogar aus nächster Nähe ist das Gesicht ihrer Mutter makellos. Keine Falte verunziert ihre Haut. Sind ihre Wangen voller als früher, ihre Lippen praller? Hat sie sich seit ihrer letzten Begegnung ein paar Schönheitsoperationen unterzogen?

Ursula hält ihre Tochter auf Armeslänge von sich. »Lass dich ansehen, Darling.« Zwischen dichten langen Wimpern schweift ihr Blick von Annies Schuhen bis zum Scheitel und wieder zurück. »Arabella … du hast dich kein bisschen verändert.«

Ein Kompliment? Eine Rüge?

»Andererseits«, fährt sie fort, »ist das eine sehr schmeichelhafte Frisur. Die sicher nicht in« – sie verzieht angewidert den Mund – »Passamaquoddy entstanden ist?«

»Doch. Hier hat sich eine neue Friseurin niedergelassen, aus …« Sie ist im Begriff, New Jersey zu sagen, besinnt sich aber eines Besseren. »New York.«

»Das erklärt alles.«

Im Flur bittet Annie ihren Hausarzt, die Koffer unter die Treppe zu stellen, und versichert ihm, dass Sam sie später ins Gästezimmer bringen wird. Obwohl er zunächst widerspricht, ist Dr. Buckley sichtlich erleichtert, befreit zu sein von dem, was Ursula an Gepäck für anderthalb Tage für nötig hält und anderen für ein Auslandsjahr reichen würde. »Wie wär's, wenn ich die Mädchen nun allein lasse, damit sie sich wieder miteinander vertraut machen können?«, schlägt Dr. Buckley vor. Er zieht ein Taschentuch aus dem Jackett und wischt sich die glänzende Stirn ab.

Ursula fasst ihn am Arm. »Ambrose, Darling, ich liebe es, wenn du uns beide Mädchen nennst.« Mädchenhaft kichernd gibt sie ihm auf jede Wange drei Küsschen. *»À bientôt«*, sagt sie und übersetzt dann: »Bis bald.«

Ist Dr. Buckley etwa errötet, oder hat Ursulas Chanel-Rouge auf ihn abgefärbt?

Annie bringt ihn zur Tür. »Danke, dass Sie sich so gut um Ursula gekümmert haben.«

»War mir ein Vergnügen«, sagt Dr. Buckley. Dann mustert er, wieder ganz der Arzt, ihr Gesicht. »Wie geht es Ihnen, Annie?«

»Großartig.« Sie tastet über die Schwellung am Hals und zögert. Das ist nicht der Moment, um über Symptome zu sprechen. Sie öffnet ihm die Tür.

Er nimmt ihre Hände, drückt ihre Finger. »Sagen Sie es ihr.«

Sie zieht die Hände weg. »Unmöglich. Und wagen Sie es ja nicht!«

»Nur mit Ihrer Erlaubnis«, verspricht er. »Aber bedenken Sie, sie ist Ihre Mutter. Sie liebt Sie. Sie sorgt sich um Ihr Wohlergehen. Sie wird Sie nach Kräften unterstützen wollen.«

Nachdem er gegangen ist und Annie den Knoten noch ein paarmal betastet hat, kommt Ursula mit frisch aufgelegtem Lippenstift und frisch getuschten Wimpern aus dem Bad. »Was für ein netter Mann«, verkündet sie. »Und so attraktiv. Es ist schrecklich unfair, dass das Alter immer nur den Männern schmeichelt, nie den Frauen. Natürlich kommt ihm zugute, dass er nicht kahl geworden ist. Dichtes Haar hebt die männliche Erscheinung. Schade, dass ich ihn nicht zu schätzen wusste, als ich noch hier lebte. Nicht dass er mir nicht aufgefallen wäre … aber …«

»Aber du warst verheiratet?«

»Ja, das …«

»Und er war auch verheiratet.«

»Nicht dass wahre Liebe keine Hindernisse überwinden würde. Doch es ehrt ihn und zeugt von Charakter, dass er seiner Frau immer restlos treu gewesen ist.« Sie seufzt. »Du und dein lieber Sam scheint enorm viel Glück zu haben.«

»Wie bitte?«

»Euer Weg zur wahren Liebe war nie steinig.«

»Das glaubst du?«

Ursula muss Annies fassungslosen Gesichtsausdruck bemerkt haben, denn sie fügt hastig ein paar erklärende Worte hinzu: »Darling, so viele Frauen machen diesen Verlust durch.«

»Das will ich nicht diskutieren.«

»Ich selbst hatte auch …«

»Du hattest was, Ursula? Fehlgeburten? Eine Totgeburt?«

»Nein, das nicht. Aber ich hatte eine …«

»Abtreibung? Abtreibungen? Mehrere?«

»Das war nicht leicht, Arabella. Es liegt mir fern, dich zu kritisieren, aber du kannst sehr ablehnend sein.« Sie spielt mit ihrer Perlenkette. »Nein, was ich sagen wollte – was du falsch interpretiert hast –, ist, dass euch der Verlust einander noch nähergebracht hat.«

»Wie willst ausgerechnet du das wissen?«

»Weil deine Mutter nicht zuletzt eine sehr scharfe Beobachterin ist. Das kommt durch meine Bühnenerfahrung, Darling. Durch meine Zeit am Actors Studio. Lee Strasberg höchstpersönlich hat mein Wahrnehmungsvermögen gelobt.«

Annie überlegt, ihrer Mutter vorzuhalten, was sie alles nicht wahrgenommen hat: die Warnzeichen für ihre Blinddarmentzündung, die Unzufriedenheit ihres Ehemanns, die Einsamkeit ihrer kleinen Tochter, die von der Mutter keine Aufmerksamkeit bekam, egal, wie sehr sie sich darum bemühte. Aber welchen Zweck hätte das? Sie ist es leid, vor einer Jury, die ihre Mutter niemals für schuldig befinden würde, den Ankläger zu spielen.

Ursula beugt sich über einen ihrer Koffer und stößt ihn mit der Stiefelspitze an. »Lass uns lieber von erfreulicheren Dingen sprechen. Mein Besuch soll in Frieden und Freude verlaufen. Darling, ich kann keine Sekunde länger warten und will dir endlich zeigen, was ich dir mitgebracht habe.«

Sie öffnet den Koffer, hebt den Deckel hoch. Unter Schichten von hellrosa Seidenpapier zieht sie eine silberne Schachtel hervor. Die ist sehr groß und mit einer weißen Satinschleife versehen, in der ein Lavendelzweig steckt. »Sollen wir ins Wohnzimmer gehen und sie öffnen?«

Mutter und Tochter lehnen sich auf dem Sofa an die heimatbewussten Kissen. Ursula überreicht Annie die Schachtel. Annie löst die Schleife. Sie nimmt den Deckel ab und schiebt das Seidenpapier zur Seite. Die Schachtel entpuppt sich als Schatztruhe voll exquisiter Unterwäsche, wie gemacht für Hochzeitsnacht und Flitterwochen: BHs aus hauchzarter Seide mit raffiniert platzierter Spitze, Strapse mit Rüschen und Seidenbändern, Strings mit Stickerei. Die Panties aus Tüllspitze wiegen praktisch nichts, das Brokatbustier ist ein Wunder der Schneiderkunst. Das Nachthemd mit Organdyblüten kann es mit jedem Brautkleid aufnehmen.

Würde tatsächlich jemand darin schlafen?, fragt Annie sich verwundert. Abgesehen von ihrer Jahre zurückliegenden Hochzeitsnacht, welche Gelegenheit wäre passend für diese herrlichen Dessous? Wenn sie zum Supermarkt fährt? Zum Gemüsemarkt? Zum Kinocenter neben der Shoppingmall? Im Bett hätte sie Angst vor Rissen und Tränen und gehemmter Spontaneität. »Wahnsinnig schön«, schwärmt Annie.

»Ja, nicht wahr? Ich wusste, sie wird dir gefallen.«

Ja, denkt Annie, wie einem die Mona Lisa hinter der Absperrkordel gefällt. Würde sie die Sachen je anziehen? Würden sie überhaupt passen? Sie hebt den BH heraus. Kann sie ihre Brüste in diese zarten Körbchen zwängen? Kann sie dieses süße Nichts über die Oberschenkel ziehen oder auch nur über den dicken Zeh?

»Die Größe musste ich schätzen«, gesteht Ursula. »Ich hoffe …«

»Sie ist genau richtig«, flunkert Annie.

»Italienische Marken. Und französische. Habe ich in einem kleinen Laden an der Upper Fifth bekommen. Da kaufe ich alle Basics für mich.«

»Sie sehen aus, als gehörten sie in ein Museum«, sagt Annie. »Die Kostümsammlung der Met.«

»Danke, Darling. Ich hoffe, du und Sam werden herrliche Stunden erleben, wenn du sie trägst.«

Gott sei Dank lehnt Ursula ab, als Annie ihr Tee und Toast und Stärkeres anbietet. Gott sei Dank will Ursula vor ihrem großen Abend ein Nickerchen machen und ein langes Wannenbad nehmen. Aus einem anderen Koffer holt sie ihr Kissen und die Duftkerze heraus. Annie begleitet sie zum Gästezimmer.

Auf der Schwelle gibt Ursula Aahs und Oohs von sich. »Wie behaglich. Wie nett. Was für ein heiterer Gelbton. Und die Sonnenblumen! Die erinnern mich immer an meine Reisen in die Provence. Ich rieche die Lavendelfelder geradezu, Darling. Ein Freund von mir, einer dieser Finanzgenies, hat einen echten Van Gogh in seinem Gästebad hängen, und jedes Mal, wenn ich dort in der Wanne … Nun ja, egal …« Sie betastet die Hohlsaumstickerei des Bettbezugs, schaltet die Nachttischlampe ein. »Man würde nie vermuten, dass das mal ein …«

Annie schneidet ihr das Wort ab. »Wenn du irgendwann doch einen Tee oder einen Drink möchtest …«

»Du verwöhnst mich. Es ist wunderbar, mal wieder mit dir unter einem Dach zu sein.«

Annie verzichtet darauf zu erwidern, dass sie sich selten unter einem Dach aufgehalten haben, selbst dann nicht, als sie noch unter derselben Adresse logierten. »Schlaf gut«, wünscht sie ihrer Mutter und schließt die Tür.

Auf Zehenspitzen geht sie in ihr Schlafzimmer, wo sie die neue Unterwäsche aufs Bett wirft. Sie arrangiert die Teile gemäß der weiblichen Anatomie und tritt zurück, um ihre Kreation zu bewundern. Die in gewisser Hinsicht an die polizeilich skizzierten Umrisse eines Mordopfers erinnert, eines reichen Mordopfers. Wie komisch, etwas so Französisches, so Italienisches, so Erotisches auf ihrem robusten amerikanischen Holzhütten-Quilt liegen zu sehen. Sie lacht.

Bis ihr einfällt, dass sie wenig Grund dazu hat.

Sie schleicht ins Arbeitszimmer, schaltet den Computer ein und googelt das Wäschegeschäft an der Fifth Avenue. Sofort erscheint das Sortiment samt Preisen auf dem Bildschirm. Sie schnappt nach Luft. Einer der BHs kostet $ 288,97. Für das Nachthemd werden über 600 Dollar verlangt. Sogar der winzige Slip kostet an die 200 Dollar. Wäre sie das Mathegenie, das ihre Mutter rühmte, könnte sie den Preis pro Quadratzentimeter errechnen. Kann sie die Sachen zurückgeben? Nicht, wenn Ursula tatsächlich Stammkundin ist. Sie markiert die Seite mit einem Lesezeichen, dann klickt sie auf das Icon des Leitfadens.

Sam, stell die Unterwäsche, die Ursula mir gekauft hat, bei eBay ein. Schreib ausdrücklich, dass sie nagelneu und ungetragen ist. Made in France und Italy. Wenn du die Preise online ermittelst – gib das Label bei Google ein –, wirst du geschockt sein. Das bringt einen Batzen Geld für den Kauf von Mr Ahernes Haus. Aber ich muss zugeben, es tut mir leid, dass ich nicht mehr dazu komme, sie dir in unserem Boudoir vorzuführen! Selbst dann nicht, wenn ich in die Sachen reinpassen würde.

Annie lässt sich neben dem Dessous-Tatort auf das Bett fallen und birgt das Gesicht in dem seidenen Nachthemd. Nur vierundzwanzig Stunden, sagt sie sich.

Kapitel 14

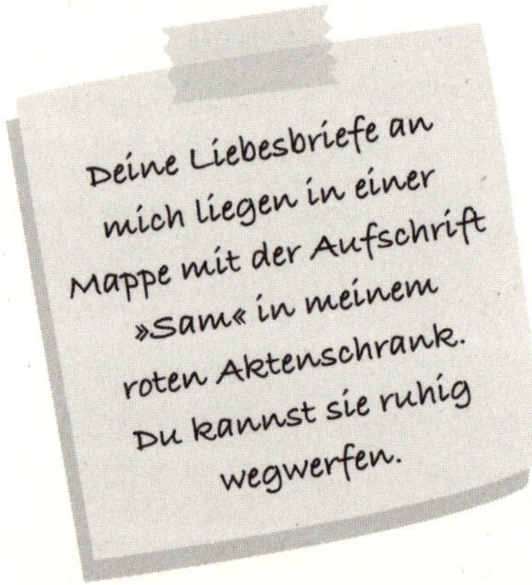

Als Annie und Sam eine halbe Stunde vor Beginn der Feierlichkeiten am Rathaus ankommen, ist der Parkplatz schon fast voll besetzt. Das ist ungewöhnlich, denn in dem verschlafenen Passamaquoddy fängt alles später an als angekündigt, vor allem die öffentlichen Veranstaltungen. Obwohl Sam davor gewarnt hat, wollte Ursula unbedingt eine Stunde vorher dort sein. »Ich muss mich mit der Bühne vertraut machen und das Mikrofon testen«, erklärte sie. »Und die Beleuchtung muss natürlich nachgebessert werden.«

Wie vereinbart kam Dr. Buckley sie abholen. Als Annie die Tür öffnete, stand er mit einem Ansteckstäußchen auf der Treppe, schüchtern wie ein Teenager auf dem Weg zum Schulball.

»Viel Spaß, Kinder«, scherzte Sam. »Keine Knutscherei. Und vergesst nicht, wann ihr zu Hause sein sollt.«

Ursula sah in ihrem langen silbernen Kleid fantastisch aus. Der tiefe Ausschnitt zeigte ein schneeweißes Dekolleté und makellose Schultern. Sie trug Diamanten an den Ohren, Perlen am Hals und Rubine an Fingern und Handgelenken. Ihre silbernen Schuhe hatten Strass-Schnallen und zehn Zentimeter hohe Absätze. Ihr Make-up zeugte vom Können eines Profis, der es gewohnt ist, in der Garderobe mit Cremes und Puder zu hantieren.

»Wow«, rief Annie. »Viel zu schön für Maine.«

»Unsinn.« Ursula drehte sich um ihre Achse, um die ganze Pracht zu präsentieren. »Sogar Margaret Astor würde stets ihr bestes Givenchy, ihren üppigsten Schmuck tragen, auch wenn sie nur das Hausmeisterpersonal eines Museums begrüßt oder einen Empfang für Benachteiligte gibt oder eine Mietskaserne besucht. Ich kann sie wörtlich zitieren: Wenn ich nach Harlem gehe oder in die 6th Street und bin nicht elegant angezogen oder trage meinen Schmuck nicht, dann haben die Menschen das Gefühl, ich bringe ihnen keinen Respekt entgegen. Die Leute erwarten, Mrs Astor zu sehen, keine nachlässig gekleidete alte Frau, und ich habe nicht vor, sie zu enttäuschen.« Ursula schüttelte bewundernd den Kopf. »Sie ist mein Vorbild.«

Annie dagegen ist keine Mrs Astor. Auch in dem eigens für den Anlass gekauften Kleid wirkt sie eher wie Ursulas Dienstmädchen oder eine farblose Gouvernante. »Hast du nichts anderes anzuziehen?«, fragte Ursula, als Annie nach unten kam.

»Ich habe es extra für heute gekauft«, erklärte Annie ernüchtert. »Aber die Auswahl in Passamaquoddy ist begrenzt.«

»Meine Frau ist schön«, stellte Sam klar.

»Und das ist die einzige Meinung, die zählt. Was für ein

Glück, wenn man einen Mann hat, der einen durch die rosarote Brille sieht.« Ursula steckte Annie eine Brosche mit Rubinen und Smaragden an den Kragen, was ihre Erscheinung sofort zum Strahlen brachte, und zupfte ein Fädchen von Annies Schulter. »Behalte sie.«

»Das kann ich nicht annehmen.«

»Sei nicht albern, Darling. Es mag dich überraschen, aber sie ist nicht mein bestes Stück. Modeschmuck.«

Jetzt zwängt sich Sam mit dem Wagen in eine Parklücke zwischen zwei Pick-ups, die Plüschwürfel am Rückspiegel und Rostflecken an denselben Stellen haben. Er war schon den Nachmittag über hier, zusammen mit Megan und einem halben Dutzend Küchendamen von der Cafeteria im Untergeschoss, und hat die Mini-Paul-Bunyans auf Platten arrangiert. Er hat dafür extra dicke Zahnstocher beschafft, die die Lagen hoffentlich zusammenhalten, bis sie im Mund der Bürger verschwinden. Bisher musste er ihre Sandwiches noch nie in mundgerechte Stücke schneiden, und es macht ihn nervös, wie leicht sie auseinanderfallen können. »Aber ich bin deswegen nicht so nervös wie du wegen deiner Mutter.« Er legt Annie eine Hand auf den Arm. »Geht es dir gut?«

»Ich verinnerliche gerade *The Little Engine That Could*. Ich glaube, ich kann das. Ich glaube, ich kann das.«

Er drückt ihren Ellbogen. »Ich weiß, dass du das kannst.«

Sie dreht sich zu ihm. »Was würde ich nur ohne dich tun.«

»Was würde *ich* ohne *dich* tun?«

Tja, damit hat er ihre größte Sorge angesprochen, über die sie jetzt gerade nicht nachdenken kann. Sie sieht auf die Uhr. »Morgen Nachmittag sind wir befreit. Keine zwanzig Stunden.«

»Ein Kinderspiel«, meint er.

»Für eine normale Familie«, erwidert sie.

Sie folgen den Scharen von Leuten, die in Sonntagskleidung die Treppen zum Rathaussaal hochsteigen. Rechts und links vom Eingang stehen je ein Mitglied des Schulausschusses und ein Stadtrat, die Annie beide nicht gewählt hat. »Hallo, Annie. Hallo, Sam«, grüßen sie.

Annie schaut suchend über die Köpfe. Bis auf einzelne Plätze hinten sind die Reihen besetzt. Das Schulausschussmitglied, Patti Patterson, eine entschiedene Gegnerin von Sexualkunde und Mutter von sechs Kindern, die alle jünger sind als acht Jahre, tritt nach vorn. »Für Sie sind in der ersten Reihe Plätze reserviert. VIPs haben Anspruch auf eine Polsterbank und brauchen nicht auf den Klappstühlen zu sitzen, auf denen man Rückenschmerzen bekommt.«

»Ischialgie«, sagt Sam. »Ich kann ein Lied davon singen.«

Der Stadtrat gibt ihnen ein Programmheft. Ein Foto von Ursula, das vor zwanzig Jahren aufgenommen worden war, ziert den Umschlag. »Sie sieht toll aus«, sagt er.

Annie und Sam gesellen sich zu Dr. Buckley auf die Bank, wo schon die Honoratioren der Stadt sitzen: der Bürgermeister, dessen Frau, der Rechtsreferent, der Standesbeamte, der Leiter des Begrünungsamts, der Vorsitzende der Stadtwerke, der Kämmerer, der Polizeichef, der Feuerwehrchef, der Gesundheitsamtsleiter und ein Mann, der nach eigener Auskunft für das Krisenmanagement zuständig ist.

Hätte sie doch jemanden, der ihre Krise managt.

Sie blättert im Programm zu der Seite, wo die bisherigen Preisempfänger aufgelistet sind, alle fünf. Sie überfliegt den Ablauf der Veranstaltung: Begrüßung durch den Bürgermeister; einführende Worte von Ambrose Buckley, MD; Preisverleihung; anschließender Empfang im Mehrzwecksaal. Der kurze Lebenslauf ihrer Mutter liest sich, als sollte sie zur Frau des Jahres gekürt werden. Beim letzten Satz stockt sie. *Sie ist stolze Mutter von Arabella (Annie) Stevens-Strauss. Annie und ihr Mann Sam sind die Erzeuger von Passamaquoddys berühmten* Paul Bunyans *und haben dankenswerterweise das Catering der Festveranstaltung übernommen.*

Annie starrt auf das Wort stolz. Ist Ursula dafür verantwortlich? Dr. Buckley? Das Preisverleihungskomitee? Egal. Sie ist gerührt. Und freut sich über den öffentlichen Dank, der nicht nur kostenlose Werbung ist, sondern auch eine Ermutigung für ihre Expansionspläne.

Sie schlägt die Seite mit Longfellow Clarks Gedicht auf: Kiefern. Sie liest die erste Zeile. *O Kiefernstalagmiten, o Nadelbäume Maines, eure gefallenen Nadeln, eure bescheidenen Zapfen, eure misshandelte Rinde …* Sie lacht.

Sam stößt sie an. »Was ist so lustig?«

Sie deutet auf die Zeilen.

»Henry Wadsworth dreht sich im Grabe um.«

»Schsch«, zischt jemand aus der Reihe hinter ihnen.

Der Bürgermeister steht auf und hantiert mit dem Mikrofon, was abwechselnd ohrenbetäubend pfeift oder stumm bleibt. Nachdem mehrere Leute helfend eingegriffen haben, hält er seine Rede, die für einen Politiker angenehm kurz ist. Er zählt die vorherigen Preisträger auf, spricht über die vortrefflichen Bürger von Passamaquoddy, die ihn all die Jahre gewählt haben, dann übergibt er das Wort an »unseren geschätzten Dr. Buckley, der ein vertrauter Freund unserer Preisträgerin ist«.

Dr. Buckley steigt auf die Bühne. Aus der einen Jackettasche zieht er seine Notizen, aus der anderen seine Lesebrille, und dann erzählt er von den vielen erstaunlichen Dingen, die Ursula ausmachen. Ihre Schönheit, ihren Charme, die Höhepunkte ihrer langen Karriere listet er auf. Auch ihrer Rolle der Queen Victoria und ihrer Leistung am Bügelbrett in *Blick zurück im Zorn* zollt er die gehörige Beachtung. Das Publikum lauscht gebannt, kein ruheloses Geraschel, kein Knistern von Bonbonpapier, niemand ist mit seinem Handy beschäftigt, niemand hustet. Als er auf ihren bevorstehenden Auftritt bei *Law & Order* zu sprechen kommt, holen die Leute ihre Handys heraus und tragen sich das Datum im Kalender ein.

Dr. Buckley spricht über seine Zeit als Hausarzt der Familie und erzählt, dass er sich stets auf Ursulas Besuch in seiner Praxis gefreut hat, weil sie dann über die Kunst, das Theater und das Leben plauderten, bis der nächste Patient im Wartezimmer meuterte.

Annie fasst an ihre Brosche, betastet den geschwollenen Lymphknoten. Auf ihre Besuche freut er sich sicher nicht so sehr. Mit Ursulas *joie de vivre* – die Dr. Buckley jetzt rühmt – kann sie nicht mithalten. Doch zu ihrer Verteidigung kann sie anführen, dass es ohne das *vivre* auch keine *joie* geben kann.

Endlich scheint er zum Schluss zu kommen, denn er ist auf der letzten Seite seiner Notizen angelangt. Die anderen hat er nach und nach in die Jacketttasche geschoben. »Zu guter Letzt noch ein paar Worte über Ursulas Liebe zu Maine im Allgemeinen und zu Passamaquoddy im Besonderen.«

Plötzlich werden Ursulas Abscheubekundungen – Drecksloch, Kaff, Provinznest, wo sich Fuchs und Hase gute Nacht sagen, wo die Zeit stillsteht – von Dr. Buckley übersetzt in Kosenamen: Gemeinwesen, Idyll, nach Fichten duftendes Paradies, siebter Himmel, Wolke sieben, nachbarliche Gemeinschaft.

»Unglaublich«, flüstert Annie Sam zu.

»Sie ist eine Schauspielerin.«

»Wie wir alle«, sagt Dr. Buckley, »bewahrt unsere hochverehrte Preisträgerin Maine in ihrem Herzen und ihrer Seele. Obwohl sie in der ganzen Welt herumgekommen ist, mehr erreicht hat, als sich viele von uns träumen lassen, obwohl sie mit Leuten auf Du und Du ist, von denen wir nur in der Zeitung lesen, und die bedeutendsten Bühnen der Welt beehrt hat, kehrt sie doch immer nach Passamaquoddy zurück, zu der Landschaft und den Menschen, die sie liebt.« Dr. Buckley steckt das letzte Blatt weg, setzt die Brille ab und trocknet sich die Augen. »Ich möchte schließen mit Dorothy aus dem Zauberer von Oz.« Er beugt sich nach vorn und legt die Hände wie zum Gebet aneinander. »Zu Hause ist es doch am schönsten.«

Das ist das Stichwort, und hinter dem Samtvorhang, aufgespannt zwischen zwei Fahnenstangen mit dem Sternenbanner auf der einen und der Staatsflagge (Dirigo, ich führe) auf der anderen Seite, erscheint Ursula, ein Traum in schimmerndem Silber mit funkelnden Preziosen und Dr. Buckleys Sträußchen am Handgelenk.

Der Bürgermeister eilt mit der Gedenktafel auf die Bühne. Die Zuschauer springen auf, klatschen und pfeifen. Ursula nickt ihnen zu, klimpert mit den Wimpern und hebt eine juwelenschwere Hand, damit es im Saal wieder ruhig wird.

Man jubelt ihr nur umso lauter zu. »Ursula! Ursula!«

Würde ein Weltklasse-Rockstar leidenschaftlicher gefeiert werden?, fragt sich Annie. Nicht dass so einer mal in Passamaquoddys Stadthalle aufgetreten wäre. Allerdings hat ihr Vater als Kind mal Roy Rodgers auf dieser Bühne stehen sehen.

Sobald sich das Publikum beruhigt hat, hält der Bürgermeister den Preis hoch. Von ihrem VIP-Platz aus hat Annie ungehinderte Sicht. Ein geschnitztes Eichenschild mit einer Kiefer und der Inschrift *Ehrenbürgerpreis der Stadt Passamaquoddy.* Darunter steht Ursulas Name und außerdem in kleinerer Schrift ein paar lateinische Wörter, die Annie nicht erkennen kann, vermutlich das Motto der Stadt: veritas curat. Mit ihren rudimentären Lateinkenntnissen aus der Schule übersetzt sie es als: Die Wahrheit heilt!

Der Bürgermeister überreicht das Schild Ursula.

Die drückt es sich an die Brust.

»Möchten Sie ein paar Worte sagen?«, bittet er.

»Wenn Sie darauf bestehen.« Ursula rückt das Mikrofon zurecht, sodass es ihr makelloses Gesicht nicht verdeckt. Sie spricht ohne Spickzettel. »Zunächst möchte ich unserem wunderbaren Bürgermeister und unserem geliebten Dr. Buckley danken, der einer meiner ersten und teuersten Freunde in Maine ist und auch ein enger Freund meines verstorbenen und schmerzlich vermissten Gatten war. Von Herzen danke ich auch meiner Tochter und ihrem Mann, die mich herzlich zu Hause empfangen haben und mich die wahre Bedeutung von Familie spüren lassen.« Sie zeigt zu Annie und Sam, die auf ihren VIP-Plätzen die Köpfe einziehen.

»Aber mein innigster Dank gilt meinen Mitbürgern von Passamaquoddy.« Sie schwenkt die Gedenktafel. »Das ist die schönste Ehrung meiner Karriere. Warum?, mögen Sie sich fragen. Weil sie aus meiner geliebten Heimatstadt kommt, von meinen geliebten Freunden und Nachbarn, meiner geschätzten Gemeinde. Ich fürchte, ich kann meine Dankbarkeit gar nicht angemessen zum Ausdruck bringen, und werde nur wenige Worte sprechen. Denn ehrlich gesagt kann ich, die sonst nie um Worte verlegen ist – fragen Sie meine Theaterkollegen –, in diesem wunderbaren Augenblick vor Rührung kaum sprechen. Ich fühle mich dieser Ehrung gar nicht würdig und bin doch so glücklich, nun Mitglied dieses erhabenen Kreises zu sein, zu dem der Erfinder des Quoddy-Schaltrads gehört, zu dem es einen langen Wikipedia-Artikel gibt – ist das Internet nicht erstaunlich? –, und der brillante Komponist unserer Stadthymne. Tatsächlich summe ich sie schon den ganzen Tag.«

»Singen Sie!«, ruft jemand.

Ursula lacht. »Musikalische Auftritte überlasse ich lieber meinen wohlklingenderen Kollegen. Leider kann ich kaum einen Ton halten. Was Sie hören können, sollten Sie einmal vor meiner Dusche stehen.« Sie schaut ins Publikum. »Offen gestanden, obwohl in meiner Branche viel Prunk betrieben wird, sehne ich mich insgeheim nach Schlichtheit, nicht nach schicken Blumensträußen oder schicken Leuten oder schickem Ambiente, sondern nach Menschen wie Ihnen, dem Salz der Erde, die die wahren Werte kennen, und nach der Stadt, die diese Werte fördert. Diese Wurzeln, Ihre Wurzeln, sind meine Wurzeln. Wie Longfellow Clark – gibt es einen passenderen Namen für unseren Dichter? – in dem Gedicht ›Pine Trees‹ schrieb …« Ursula legt die Hand aufs Herz. »O Kiefernstalagmiten, o Nadelbäume Maines, eure gefallenen Nadeln, eure bescheidenen Zapfen, eure misshandelte Rinde …«

Sie hält kurz inne und fährt dann fort: »Noch bevor ich das Motto unserer Heimatstadt kannte, das Motto, das auf dieser Ehrentafel steht, habe ich es als mein Leitbild verinnerlicht, als meinen Leitstern. Veritas curat. Wahrheit heilt. Ich werde diese Worte in Ehren halten und versuchen, danach zu leben, ganz gleich, wohin mich das Leben noch führt. Das kann ich Ihnen versprechen. Vielen herzlichen Dank.«

Ursula verbeugt sich tief, wobei sie eine Menge Brust zeigt, dann verbeugt sie sich nach links und nach rechts und zur Empore hin. Sie haucht Küsse in alle Richtungen. Und nach russischer Art applaudiert sie dem Publikum. Unter tosendem Beifall schlüpft sie hinter den Samtvorhang.

Als Annie und Sam zu dem Empfang in den Nachbarsaal gehen, wird Ursula vom Salz der Erde umringt. Alle wedeln mit ihrem Programm, um ein Autogramm zu ergattern. Annie und Sam stellen sich vor den Tisch, auf dem die Mini-Paul-Bunyans aufgebaut sind. Glücklich beobachten sie, dass mehr Leute nach diesen greifen als nach Mrs Gerards Whoopie Pies oder nach Michauds Poutine, und das trotz der Zahnstocher, die sich als unzureichend erweisen, denn auf dem Boden liegen überall Gürkchen- und Salamischeiben. Sie entdeckt Ralphie und Dee Dee drüben an der Bar im Gespräch mit zwei Friseurinnen aus dem Cutting Edge. Sie winken ihr zu. Ein Zeichen, dass sie nach vorn sehen, besonders Ralphie. Megan wird geeignetere Fische im Teich finden. Dee Dee hat den Sprung ins kalte Wasser gewagt. Alles ist vergessen oder zumindest vergeben.

»Was für eine wunderbare Mutter Sie haben, Annie. Sie sind sicher sehr stolz auf sie«, sagt der Polizeichef, in jeder Hand einen Teller mit Mini-Paul-Bunyans. »Für meine Frau«, sagt er rechtfertigend.

Bald sieht es so aus, als möchte sie jeder Mitbürger zu ihrer Mutter beglückwünschen. Annies Lächeln wird immer verkrampfter, ihre Hand tut schon weh vom ständigen Drücken, ihr Nacken vom ständigen Nicken. So viele geschminkte Lippen haben sie auf die Wangen geküsst, dass sie bestimmt gespickt sind mit Kussmündern. Sam legt ihr die Hand an den Rücken. »Ich sehe dir an, dass du die Nase voll hast«, flüstert er.

»Ist das so offensichtlich?«

»Nur für mich.«

»Meinst du, ich kann jetzt gehen?«

»Nur zu. Da ich hierbleiben und aufräumen muss, hat sich Dr. Buckley freundlicherweise angeboten, dich und Ursula nach Hause zu fahren.«

»Es wird schwierig werden, meine Mutter loszueisen.«

»Vielleicht auch nicht. Sie ist schließlich kein junger Hüpfer mehr, und es war ein langer Tag.«

Er hat recht. Sogar Ursula hat genug von Komplimenten und dem Salz der Erde – ganz zu schweigen von der Bewirtung ohne Kaviar. Sie ist bereit, sich zu verabschieden. »Ich verabschiede mich möglichst dann, bevor mein Publikum sich sattgesehen hat«, erklärt sie. Unter schwärmerischen Zurufen – »Brava«, »wunderbare Rede«, »verdienstvollster Preisträger«, »die beste Reklame für Passamaquoddy«, »kein bisschen verändert« – und Komplimenten, die Ursula mit Veritas-curat-Bescheidenheit abfälscht, verlassen sie das Rathaus.

»Komm doch noch auf einen Absacker herein, lieber Ambrose«, sagt Ursula, sobald Dr. Buckley vor dem Haus anhält.

»Wenn ich dich nicht morgen früh zum Flughafen bringen wollte, würde ich den Abend sehr gern ausdehnen. Aber ich denke, ich werde euch Mädchen jetzt ein paar glückliche Mutter-Tochter-Momente gönnen.« Er sieht Annie vielsagend an. »Ich bin sicher, ihr habt viel zu bereden.«

»Wie aufmerksam von dir, Ambrose. Doch Arabella fände es sicher schön, wenn du dich uns anschließt.«

»Leider habe ich morgen sehr früh Hausbesuche zu machen.« Dr. Buckley wendet sich Annie zu. »Wie lautet noch gleich unser Stadtmotto?«

Annie weicht aus. »Das will mir gerade nicht einfallen.«

»Aber mir«, sagt Ursula. »Veritas curat. Wahrheit heilt!« Sie neigt sich zu Dr. Buckley und gibt ihm einen langen Kuss auf den Mund. »*À demain*, liebster Ambrose.«

Im Wohnzimmer holt Annie den Scotch aus dem Schrank, den sie beide brauchen, obwohl sie während des Empfangs mit Tafelwein und Bier versorgt wurden. Sie gießt zwei Fingerbreit in beide Gläser und trägt sie zum Sofa. Ihr Schritt ist beschwingt. Ursulas Besuch nähert sich dem Ende. Bald wird Sam mit dem Aufräumen fertig sein und nach Hause kommen. Dann werden sie alle ins Bett gehen. Und bald nach dem Frühstück wird Dr. Buckley ihre Mutter abholen. Überraschenderweise ist der Besuch reibungslos verlaufen. Annie hat ihn überstanden.

Oder besser gesagt, hat sie das Treffen mit ihrer Mutter überstanden, und das ist auch keine Kleinigkeit.

Ursula entschuldigt sich, um nach oben zu gehen und sich etwas Bequemeres anzuziehen. »Ich brauche nur eine Sekunde«, verspricht sie.

Annie schaut in ihr Glas und beschließt, auf Ursula zu warten. Sie ordnet die Bücher auf dem Beistelltisch um. Sie schüttelt die Kissen auf. Sie rückt die Landschaften an der Wand gerade. Sie kratzt Wachs vom Kerzenhalter. Bald ist eine halbe Stunde vergangen. So viel zu Ursulas Sekunde. Doch ihre Mutter hat ihr Publikum – und ihre Tochter – schon immer gern warten lassen.

Annie überlegt es sich anders und trinkt einen Schluck von ihrem Scotch. Sie gähnt. Sie macht die Augen zu. Sie macht die Augen auf. Sie trinkt ihr Glas aus. »Ursula?«, ruft sie.

Keine Antwort.

Jetzt macht sie sich allmählich Sorgen. Wie Sam betont hat, ist Ursula kein junger Hüpfer mehr, auch wenn sie einen federnden Schritt hat und sich bester Gesundheit erfreut. Vielleicht war die Reise und die ganze Aufregung zu viel für sie? Vielleicht ist sie eingeschlafen? Oder schlimmer … Stichwörter aus ihrem Gesundheitshandbuch schießen ihr durch den Kopf, wie sie es sonst nur von Sam kennt.

Sie rennt die Treppe hinauf. Die Tür ihres Schlafzimmers steht offen. Seltsam. Die teure Unterwäsche, die sie auf dem Bett ausgebreitet hatte, liegt nicht mehr da. Hat sie sie weggeräumt und das vergessen? Sind von ihrem geschwollenen Lymphknoten Metastasen ins Gehirn gelangt? Oder hat Ursula ihre Meinung zu Annies Verführungspotenzial geändert und ihr Geschenk zurückgezogen?

»Ursula?«, ruft sie.

Noch immer keine Reaktion.

»Ursula«, ruft sie lauter.

Sie bleibt stehen. Aus dem Gästezimmer hört sie leises Schluchzen. Sie öffnet die Tür.

Ursula sitzt im Dunkeln. Sie hält etwas auf dem Schoß.

»Ursula!«

Ihre Mutter weint. »Ich habe das gefunden«, sagt sie vorwurfsvoll, »als ich die Wäsche, die du so achtlos auf dem Bett verstreut hast, wegräumen wollte.«

Sie hebt den Kopf. Schwarze Mascaratränen laufen ihr über die Wangen. Ihr Gesicht wirkt zerknittert, gealtert. »Ich weiß es, Arabella. Ich weiß es«, schluchzt sie.

Kapitel 15

> Wenn Leute fragen,
> was sie zum Gedenken
> spenden sollen, schlag
> irgendeine Organisation
> vor, die Kinder rettet.

Es ist erstaunlich, wie viel Anspannung eine einsame Frau in einem Schaukelstuhl verströmen kann. Natürlich ist ihre Mutter, wie Sam so schön betont hat, eine Schauspielerin. Und Ursula ist voll im Bühnenmodus. Zweifellos schöpft sie gerade aus ihren Auftritten als Gertrude, Medea, Mutter Courage und Amanda Wingfield, um diese heroische Hymne auf mütterliche Sorge und Macht zu verkörpern.

Annie hat keine Chance. Die einzige Rolle, die ihr bleibt, ist die der enttäuschenden Tochter, der Laura in der Glasmenagerie, verkrüppelt, zart, schüchtern, gebrochen wie ihr Glaseinhorn.

»Wie konntest du mir etwas so Wichtiges verschweigen?« Mit der Wut einer Martha in *Wer hat Angst vor Virginia Woolf?* schleudert Ursula die Blätter des Leitfadens von sich, sodass sie weit verstreut auf dem Boden landen.

Annie läuft hin. Nacheinander hebt sie die Blätter auf, die sich aus der Büroklammer gelöst haben. Sie drückt sie an die Brust wie eine Madonna ihr Kind, zwar kein wirkliches Kind, aber doch etwas, das nur sie allein hervorgebracht hat. »Das geht nur mich etwas an. Ich habe dir nicht erlaubt, das zu lesen.«

»Ich bin deine Mutter.«

»Meinst du, ich weiß das nicht?«

»Und du bist mein Kind. Mein einziges Kind.«

Die anderen, die du hättest bekommen können, hast du bequemerweise beseitigt, denkt Annie, ohne es auszusprechen.

Doch vielleicht hat Ursula ihre Gedanken gelesen, denn sie errötet. »Das waren andere Zeiten damals, andere Umstände.« Sie schüttelt den Kopf. »Du verstehst gar nichts.«

Annie drückt die Blätter so fest an sich, als könnten sie in ihre Haut eindringen, in ihre Knochen, ihre geschädigten Organe. »Du hast deine Rechte vor langer Zeit aufgegeben. Als du meinen Vater und mich verlassen hast.«

»Du urteilst immer sehr schnell«, wirft Ursula ihr vor. »Du hast keine Ahnung …« Sie stoppt ihr hektisches Schaukeln, mit dem sie ihre wachsende Wut illustriert, und senkt die Stimme. »Das ist nicht die Zeit für gegenseitige Vorwürfe. Konzentrieren wir uns auf das, was ich da gelesen habe …«

»Was du nicht lesen durftest.«

»Deiner Ansicht nach. Doch ich habe es nun mal gelesen. Und ich bin zutiefst erschüttert. Am Boden zerstört.« Ursula ringt die Hände. Ihre Tränen, ihre Bestürzung scheinen echt zu sein, kein melodramatisches Schauspiel. »Zu denken, dass du dieses schreckliche Wissen die ganze Zeit allein mit dir herumgetragen hast.« Sie fängt wieder an zu weinen. Laute stoßweise Schluchzer kommen tief aus ihrer Brust.

Annie überlegt, zu ihr zu gehen, ihre Hand zu streicheln, sie in die Arme zu nehmen. Für einen wildfremden Menschen in diesem Zustand würde sie das ohne Zögern tun. Wie sonderbar, dass ihr das bei Ursula derart schwerfällt, derart widerstrebt. Annie könnte ebenso gut ein Findelkind sein, das aus Gewohnheit lieber eine Decke oder ein Kissen an sich drückt als die eigene Mutter. Sie macht einen zaghaften Schritt auf sie zu.

Ursula weint. Annie bleibt still und betrachtet sie. Als Ursulas Tränencrescendo zu gelegentlichem Schniefen abflaut, holt Annie ihr aus dem Bad ein Glas Wasser und reicht es ihr.

»Danke, Darling. Bitte entschuldige, dass ich so heftig geworden bin. Mir ist durchaus bewusst, dass ich ein kleines bisschen dazu neige, übermäßig emotional zu werden.« Sie trinkt das Wasser. »Darf ich dich etwas fragen?« Sie wirkt schon etwas ruhiger.

»Habe ich denn eine Wahl?«

»Hast du vor, ein paar Worte an deine Mutter verlesen zu lassen, nachdem …« Sie packt mit aller Kraft die Armlehnen des Schaukelstuhls. »Wolltest du mich in diesem Schriftstück auch vorkommen lassen?«

Posthum eine Nachricht an Ursula zu richten, das ist ihr noch nicht in den Sinn gekommen. Sie überlegt, wo sie Ursula im Text erwähnt hat: Nur bei ihrem Vorschlag, sich von ihr Geld zu leihen, ihre Geschenke bei eBay zu verkaufen und bei den Beschwerden über ihre dominante Art. Nichts, was Ursula – oder irgendjemand – über sich selbst gern lesen würde. Sie betrachtet die tapfere, hoffnungsvolle Miene in ihrem nass geweinten, ruinierten Gesicht. Annie wird weich. »Natürlich.«

Ursula wird nachdenklich. »Wie schade, dass ich nach einem so schönen Tag durch einen tragischen Zufall eine so niederschmetternde Nachricht erfahre.«

Jetzt geht's los. *Plus ça change* … Egal, was passiert, es geht immer nur um Ursula. Soll Annie ihr unter die Nase reiben, dass sie auf die »niederschmetternde Nachricht« nur deshalb gestoßen ist, weil sie in ihren persönlichen Dingen herumgeschnüffelt hat? Soll sie erwähnen, wer daran schuld ist, dass der Tag mit Tränen endet? Sie entscheidet sich, das Richtige zu tun. »Ich glaube, es gibt keinen passenden Zeitpunkt für solch eine Nachricht.«

»Natürlich nicht, Darling«, ruft Ursula aus. »Was habe ich mir nur dabei gedacht? Ich habe wohl zu viel Wein getrunken. Ich konnte nie viel vertragen.« Sie steht auf und kommt mit ausgestreckten Armen auf Annie zu. Gerade als sie ihre Tochter an sich drücken will, bemerkt sie, dass Annie eine kaum wahrnehmbare, abwehrende Haltung einnimmt. Vielleicht hat sich Ursulas viel gepriesene, scharfe Beobachtungsgabe eingeschaltet, denn sie greift stattdessen nach Annies Hand. »Bitte, Arabella, lass mich eine Mutter sein. Ich möchte mich um dich kümmern.«

Auf einmal passiert alles ganz schnell.

Nach der Tränenflut und den Wehklagen – mein armes kleines Mädchen – setzt bei Ursula plötzlich der Tatendrang ein. Innerhalb einer Stunde, einer *späten* Stunde, hat Ursula ihr einen Flug gebucht und einen Termin bei einem Onkologen von Weltrang beschafft, einem ihrer Bewunderer, dessen geheime Telefonnummer nur einem geheimen Kreis engster Freunde bekannt ist.

»Aber ich habe schon am Donnerstag einen Termin bei

einer Onkologin in Portland«, protestiert Annie. »Die soll auch eine Koryphäe sein.«

»Ich bin sicher, die Ärztin dort ist mehr als ausreichend, Darling. Ein großer Fisch im kleinen Teich, wie man so sagt. Doch verglichen mit Manhattan …« Mit heruntergezogenen Mundwinkeln tut sie ihre Meinung über den Kiefernstaat kund, den sie zuvor noch überschwänglich gepriesen hat. »James ist ein Genie«, schwärmt sie. »Sag den anderen Termin ab.«

Annie ruft in Dr. O'Briens Praxis an. Entschuldigend erklärt sie, dass sie jemanden in New York konsultiert, dass ihre Mutter darauf besteht und dass es ihr wirklich leidtut, aber … Die Sprechstundenhilfe fällt ihr ins Wort. »Kein Problem«, versichert sie. »Dr. O'Brien bekommt ihr viertes Kind vor dem errechneten Termin. Sie wirft sie aus wie ein Pez-Spender.« Sie kichert. »Wir hätten Ihren Termin sowieso verschoben.« Annie hört sie tippen. Vermutlich löscht sie den Termineintrag. »Viel Glück«, sagt die Sprechstundenhilfe und legt auf.

Jetzt packt Annie einen Koffer für New York. »Nur das Nötigste«, sagt ihre Mutter. »Wir können dir dort alles besorgen, was du brauchst.«

Zu dem Nötigsten gehört vermutlich nicht die extravagante neue Unterwäsche, die jetzt zusammengefaltet und mit den Lavendelsäckchen ihrer Mutter in der Schublade liegt, um das Geheimnis des Leitfadens zu hüten.

»Ich verstecke auch alles, was niemand sehen soll, am Grund der Schublade, in der meine *dessous féminins* liegen«, vertraut Ursula ihr an. »Dahin würde sich kein Mann vorwagen.«

Einen Moment lang fragt sich Annie, welche Geheimnisse unter Ursulas Spitzenwäsche liegen mögen. Besser, sie erfährt es nicht. Sie packt eine Bluejeans in den Koffer, holt sie wieder heraus und ersetzt sie durch eine schwarze Hose, dann legt sie die Jeans doch noch obendrauf. Sie dreht sich zu ihrer Mutter um, die auf dem Bettrand sitzt und Annies Kleiderwahl untypisch ignoriert. »Was soll ich Sam sagen? Er hat mir gerade geschrieben, dass er in einer halben Stunde zu Hause ist.«

»Dass sich im Terminkalender deiner Mutter eine der seltenen Lücken aufgetan hat und sie dich ganz spontan im freudigen Überschwang zu einem bindungsfördernden Mutter-Tochter-New-York-Trip mitnimmt. Sam wird das verstehen.«

»Das glaube ich nicht. Er braucht mich im Geschäft.«

»Er kann eine Aushilfe einstellen. Ich hörte vom Bürgermeister – ein charmanter Mann –, dass die Arbeitslosenquote in Passamaquoddy erschreckend hoch ist. Sam tut damit ein gutes Werk.«

»Trotzdem muss er dann Lohn zahlen, den er nicht einkalkuliert hat.«

Ursula seufzt ungeduldig. »Ich werde gern alle Kosten übernehmen.«

»Wir würden nie …« Annie stockt. Doch, haben sie schon. Sam zumindest. Sie versucht es noch einmal anders. »Er wird sich ohne mich verloren fühlen. Du sagst selbst, dass er in vielem nicht besonders geschickt ist …«

»Nur weil du deinem armen Mann keine Chance lässt. Kein Wunder, dass er im Hinblick auf Selbstständigkeit eingerostet ist.«

»Das ist nicht wahr. Er ist über meinen Rat immer froh.«

»Das weiß ich. Du erteilst ihm in deinem Leitfaden reichlich viele Ratschläge.« Sie zieht ein Taschentuch mit Spitzenrand aus dem Ärmel und putzt sich die Nase. »Du könntest überrascht sein, wie gut er zurechtkommt, wenn du nicht mehr da bist.« Sie fängt sich gerade noch. »Wenn du in New York bist, meine ich.«

»Das bezweifle ich. Wir waren praktisch noch nie getrennt.«

»Dann wird es höchste Zeit. Die Liebe wächst mit der Entfernung. Wie man an Ambrose und mir sieht.« Ursula tätschelt Annie das Knie. »Sieh es mal so. Wie würde es Sam wohl gehen, wenn du es ihm gesagt hast und er feststellt, dass du einfach in diesem Nest geblieben bist, dich aus Trägheit oder Angst oder Unwissenheit mit der provinziellen medizinischen Behandlung begnügt und nicht bemüht hast, dich nach wirksameren Methoden umzusehen?«

»Ich hätte es getan. Dr. Buckley hat es vorgeschlagen …«

»Vorgeschlagen, aber nicht darauf bestanden? Ambrose ist ein wunderbarer Arzt und ein großartiger Mann. Aber er ist in einem gewissen Alter …«

»Deinem Alter.«

»Nicht genau.«

»Jünger?«

Ursula sieht sie böse an. »Nein. Und das heißt, er ist hinsichtlich der medizinischen Entwicklung nicht auf dem neuesten Stand. Er ist zwar ein begnadeter Arzt, aber eben kein Facharzt.«

»Er hat meinen Befund zu einem Facharzt in Portland geschickt, der die Ärztin vorschlug, der ich gerade abgesagt habe.«

»Nichts gegen das herrliche Maine und den Schauplatz meiner Preisverleihung. Aber ganz ehrlich, nur in New York findet man geniale Mediziner. Vielleicht noch in Boston, aber da habe ich kaum Kontakte. Außerdem, wie würde Sam reagieren, wenn du nicht alles Menschenmögliche tust, um diese … diese unglückliche Situation in den Griff zu bekommen?«

»Hoffnungslose Situation, wolltest du wohl sagen?«

»Unsinn! Ich kann nicht glauben, dass meine Tochter das Handtuch wirft, bevor sie alle Möglichkeiten ausgeschöpft hat.«

»Außer wenn klar ist … außer wenn die Röntgenaufnahmen …«

»Röntgen! Was könnte rückständiger sein als das? Du kannst dir gar nicht vorstellen, wie viel brandneue Technologie ein bedeutendes Lehrkrankenhaus anwendet.«

»Ich hatte auch Kernspinuntersuchungen.«

»Aber nicht in New York.«

»Was sich genauso als nutzlos erweisen kann.«

»Arabella! *Mon Dieu!* Hier geht es um Leben und Tod. Das entnehme ich jedenfalls deinem düsteren Leitfaden.« Angewidert schnalzend stößt Ursula ein hochgeschlossenes Flanellnachthemd auf den Boden. »Ich will aber gleich einräumen, dass du gut daran getan hast, Sam nicht einzuweihen.«

Verwundert starrt Annie ihre Mutter an. »Dr. Buckley, der begnadete Dr. Buckley, sieht das anders. Bei jedem Termin drängt er mich, Sam reinen Wein einzuschenken.«

»Nur weil Ehrlichkeit zu seiner Arbeit gehört. Ein Arzt muss immer bei der Wahrheit bleiben. Ich bin sicher, so verlangt es der hippo… hippo…«

»…kratische …«

»… hippokratische Eid. Aber Frauen denken da anders. Es ist angebracht, das als vertrauliche Angelegenheit zwischen

Mutter und Tochter zu behandeln. Männer können mit solchen Dingen nicht umgehen.«

Annie schließt den Koffer. »Fertig.«

»Jetzt bin ich schon viel optimistischer als vorhin«, bekennt Ursula.

»Ich wünschte, ich könnte das auch behaupten.« Annie legt den Koffer auf die Bank am Fußende des Bettes. Sie sieht auf die Uhr. Es ist fast Mitternacht. Sie möchte nur noch unter die Decke kriechen und alles vergessen. War das der anstrengendste Tag ihres Lebens?

Von unten hört sie den Schlüssel im Schloss, dann die Tür. »Hallo! Hallo! Wo seid ihr denn?«, ruft Sam.

Ursula sieht Annie an und greift nach ihrem Handgelenk. »Er ist zu Hause.«

»Wir sind im Schlafzimmer«, ruft Annie.

Sams Schritte auf der Treppe klingen schleppend, ein Zeichen, dass er genauso müde ist wie Annie. Er wird nicht froh sein, Ursula auf dem Bett sitzen zu sehen, in das er jetzt reinfallen möchte. Er wird auch nicht froh sein, den alten Koffer zu sehen, der nicht Ursula gehören kann.

Er steht in der Tür. Er deutet auf die Bank. »Was ist das?«

»Ich nehme meine Tochter zu einem Kurzurlaub mit«, erklärt Ursula.

Sam runzelte die Stirn. Sein Hemd ist mit Senf bekleckert, seine Hose an den Knien mit Mehl bestäubt. Er hat dunkle Schatten unter den Augen und lässt die Schultern hängen. Der Zeitpunkt ist nicht der beste, so viel ist Annie klar. Aber wann ist er das je? »Was ist hier los?«, fragt er.

»Arabella begleitet mich nach New York. Morgen.«

»Morgen!« Sam dreht sich zu Annie. »Ist das wahr?«

Annie nickt.

»Aber wieso?«

»Deine Frau braucht Urlaub«, stellt Ursula klar.

»Mir wäre nichts lieber, als wenn du mitkämst, Sam«, sagt Annie. »Aber einer von uns muss sich ums Geschäft kümmern.«

»Und das wurde heute Abend beschlossen?« Er sieht auf die Uhr. »Alles zwischen zehn und zwölf?«

Annie nickt.

»Das war wohl Ursulas Idee, nehme ich an. Und du beugst dich einfach ihren Wünschen?«

»Das nicht, Sam. Ich denke, es wäre schön ...«

»Schön!«, ruft Sam aus.

»Na ja, es wird Spaß machen ... also ...«

»Du allein?«

Ursula greift ein. »Sie wird nicht allein sein. Ich habe bisher kaum Zeit mit meiner Tochter verbracht, wie du sehr gut weißt, Sam. Jetzt hat sich die Gelegenheit ergeben, und ich konnte etwas für uns arrangieren.«

»Wie lange?«, fragt Sam seine Frau.

»Nicht lange«, sagt Annie aufmunternd. »Wenn du nichts dagegen hast ...«

Sam seufzt. Er zuckt resigniert mit den Schultern. »Tut mir leid, dass ich so schroff reagiert habe. Mein Magen ist ein wenig in Aufruhr. Außerdem ist es spät. Ich bin fix und fertig, und du hast mich damit überfallen.«

»Wir haben das spontan beschlossen. Ich war ebenso wenig darauf vorbereitet wie du.«

»Wenn du es so willst. Wenn das dein eigener Wunsch ist.«

»Ich habe deine Frau nicht dazu überredet, falls du das vermutest«, wirft Ursula ein.

»Ja, ich will das«, bekräftigt Annie. »Ich habe mich dazu entschieden. Auch wenn es mir leidtut, dass ich dich hängen lasse.«

Sam lenkt ein. »Mach dir keine Gedanken. Vielleicht ist Megan bereit, mehr Stunden zu arbeiten. Wenn nötig, stelle ich eine Aushilfe ein.« Sein Gesicht hellt sich auf. »Hey, du kannst dir in New York Sandwichläden ansehen, sie mit dem Handy fotografieren, Ideen sammeln für unsere Erweiterung.«

»Ihr wollt euch vergrößern?«, fragt Ursula. »Bei dem Empfang hat jeder von euren Horsd'oeuvres geschwärmt. Leider konnte ich selbst keine essen. Ich habe furchtbares Lampenfieber, sogar ein bisschen posttraumatischen Stress. Man sollte meinen, dass nach all den Jahren …«

Sam fällt ihr ins Wort, bevor sie sie mit dem üblichen Wortschwall über ihre Nervosität und beruhigende Rituale vor Auftritten überschwemmen kann. »Wir wollen in Zukunft einiges verändern. Annie und ich haben unsere Pläne … für die Zukunft.«

»Aber natürlich«, sagt Ursula.

Sam wendet sich seiner Frau zu. »Offen gestanden kamst du mir in letzter Zeit deprimiert vor. Müde. Vielleicht wird es dir guttun, mal rauszukommen.« Er streift sich die Schuhe ab. »Versprich mir nur, dass du zurückkommst.«

»Das verspreche ich, Sam.«

Als sie im Bett liegen, zieht Sam sie an sich. Er knöpft das Flanellnachthemd auf und schiebt es ihr über den Kopf. Behutsam legt er sich auf sie. Eingespielter ehelicher Sex hat etwas ungemein Tröstliches, ist so angenehm, staunt Annie. Durch jahrelange Praxis perfektioniert, die Stellungen, das Seufzen und Stöhnen, die Gerüche so vertraut. Wie wunderbar, den Körper des anderen so gut zu kennen wie den eigenen. Sogar besser als den eigenen, denkt sie, da ihr ihr einst zuverlässiger Körper neuerdings fremd erscheint.

Später schmiegt sie den Kopf unter Sams Kinn. Er streicht ihr die Haare hinter die Ohren. »Du wirst mir fehlen. Waren wir je getrennt, seit wir verheiratet sind?« Er stutzt. »Außer an …«

»An dem Wochenende, als du bei der Lebensmittelmesse warst.«

»Motel Six. Es war furchtbar.« Er rollt sich auf den Rücken. »Tja, wir werden sehen, ob die Liebe mit der Entfernung wächst.« Er lacht. »Aber wenn du rund um die Uhr mit deiner Mutter zusammen bist, sitzt du vielleicht schon nach zwei Tagen wieder im Flugzeug.«

Bevor Sam am nächsten Morgen das Haus verlässt, muss er sich damit abfinden, dass Dr. Buckley Annie und Ursula zum Flughafen fährt. »Wegen ihrer angehenden Romanze«, argumentiert Annie. Da Ursula so früh beim Frühstück erscheint, dass sie die Zeitung hereinholen kann, können sie sich nicht so leidenschaftlich voneinander verabschieden, wie Paare es tun, wenn einer in den Krieg zieht. Annie drückt ihn fester, klammert sich länger an ihn, gibt ihm mehr Küsse auf die Wange als sonst und hofft, dass es ihm nicht auffällt.

»Ich muss dann mal los«, sagt er. »Viel Spaß, ihr zwei.«

»Den werden wir ganz bestimmt haben«, meint Ursula. Sie studiert die Zeitung, in der es von Fotos und Artikeln über das illustre Event vom vorigen Abend wimmelt – wofür sie eigens so früh aufgestanden ist, vermutet Annie. »Ich muss zugeben, ich sehe gar nicht mal so grässlich aus.«

Annie beugt sich zu ihr hinüber, um die vielen Fotos ihrer Mutter zu bewundern, auf denen sie die Gedenktafel in den Händen hält und sich möglichst vorteilhaft der Kamera präsentiert. »Schön«, sagt sie.

Sowie Ursula geht, um sich ein Bad einzulassen, ruft Annie Rachel an.

»Du scherzt!«, ruft Rachel, nachdem Annie ihr das Neueste erzählt hat. »Mit Ursula? Der Ursula, die du kaum einen Tag ertragen konntest, als sie hier war?«

»Genau der.«

»Aber warum?«

»Sie hat mich eingeladen.«

»Und das ist für dich ein Grund?«

»Na ja, es ist New York.«

»Das stimmt natürlich. So kommst du mal ins Theater und kannst shoppen gehen. Wie schlimm kann das sein?«

»Ganz meine Meinung.«

»Trotzdem bin ich überrascht. Wie lange bleibst du?«

»Eine Woche.«

Rachel räuspert sich. »Verzeih, wenn ich frage, Annie, aber …«

»Ja?«

»Ist zwischen dir und Sam alles in Ordnung?«

»Sei nicht albern. Alles ist bestens wie immer. Wie kommst du denn darauf?«

»Weil dir das gar nicht ähnlich sieht.«

»Ich bin bloß mal eine Woche in New York. Das ist doch keine große Sache.«

»Du hast recht. Entschuldige. Obwohl ich mir nicht vorstellen kann, wie Sam ohne dich überlebt.«

»Genau deshalb rufe ich an. Würde es dir sehr viel ausmachen, mal nach ihm zu sehen?«

»Nicht das Geringste. Das tue ich sehr gern.«

»Und falls ihr ins Kino oder essen gehen wollt …«

»Ja, dann nehmen wir ihn mit. Megan und ich werden ihn zu uns einladen. Megan macht eine klasse Lasagne. Außerdem haben Sam und ich noch einiges an der Kühlschrankfront zu tun.«

»Großartig. Vielleicht fällt dir noch was anderes ein, das ihr zusammen machen könnt. Ich fände es wirklich schön, wenn ihr euch besser kennenlernt.«

»Was redest du da? Wir kennen uns doch schon ewig.«

»Aber du hast ihn immer nur mit mir zusammen erlebt.«

»Selbstverständlich. Worauf willst du hinaus?«

»Ach, nichts weiter. Ich meinte ja nur.« Annie wechselt das Thema. »Aber vielleicht kannst du ihn ermuntern, mit den Jungs aus unserem Laden abzuhängen?«

»Du meinst die komischen Käuze, die immer am selben Tisch sitzen?«

»Er braucht ein paar Kumpel. Er braucht mehr Kontakt. Ich werde ihn erinnern, dass er Bob Bernstein anruft.«

»Den Anwalt, der den Vertrag für eure Bunyans vermasselt hat?«

»Das war nicht sein Fehler. Die beiden könnten doch mal was trinken gehen.«

»Meinst du nicht, dass Sam selber in der Lage ist, sich etwas vorzunehmen?«

»Ich will nicht, dass er sich einsam fühlt.«

»Du bleibst nicht etwa ein Jahr lang weg, oder?«

»Natürlich nicht.«

»Er wird schon klarkommen. Und ich bin immer froh,

einen gutaussehenden Mann bei mir zu haben. Selbst wenn er nur eine Leihgabe von meiner besten Freundin ist.«

»Apropos Mann …«

»Frag nicht.«

»So schlimm?«

»So schlimm. Du hast wirklich Glück, Annie. Ich hoffe, du weißt das.«

»Und ob ich das weiß.«

Als sie nach oben geht, hört sie Ursula im Badezimmer summen. *I've got you under my skin.* Sie ist froh, dass sie vorher ausländische Badezusätze, Bodylotions und Seifen gekauft hat, ohne sich vom Preis abschrecken zu lassen. Der Duft von Ursulas Jasminkerze dringt unter der Tür durch. All das gewährleistet, dass sie lange in der Wanne bleibt.

Use your mentality, step up to reality, singt Ursula, während Annie sich ins Arbeitszimmer schleicht und den Computer einschaltet. Sie öffnet den Leitfaden. Warum ich nach New York geflogen bin, tippt sie als Überschrift, da ihr nichts Knackigeres einfällt.

Wenn du das liest, Sam, dann war mein Ausflug nicht von Erfolg gekrönt. Nicht dass ich wirklich daran geglaubt hätte. Aber ausnahmsweise finde ich, dass Ursula recht hat und ich alle Möglichkeiten ausschöpfen sollte, Spezialisten konsultieren, mich gründlich untersuchen lassen. Du warst überrascht, weil ich dir das so spät am Abend und Knall auf Fall eröffnet habe. Und du warst wohl auch ein wenig verärgert, aber doch kein Spielverderber, obwohl ich dich allein im Haus und mit mehr Arbeitsbelastung im Geschäft zurücklassen wollte. So gern ich bei dir geblie-

ben wäre, wollte ich doch nichts unversucht lassen, um mit dir alt werden zu können. Ich wollte nichts bereuen müssen. Du sollst wissen, dass ich alles versucht habe.
Ich will nicht, dass du dich im Geringsten schuldig fühlst – du warst in jeder Hinsicht wunderbar, mir gegenüber immer aufmerksam – ich bin ungeheuer dankbar für jeden Augenblick, den wir miteinander hatten.
Ich muss zugeben, dass ich eine enorme Erleichterung empfinde bei der Aussicht, nach New York zu fliegen, nicht jeden Tag lügen zu müssen, mich nicht wie ein Feigling zu fühlen, sobald ich dich ansehe.
Ja, Ursula weiß es, aber glaub mir, sie weiß es nicht von mir. Sie hat in meiner Kommode herumgeschnüffelt, als sie die albernen Dessous wegpackte, und den Leitfaden gefunden. Natürlich hat sie ihn gelesen. In gewisser Hinsicht war das ein Segen, denn sie hat sofort den Flug gebucht und mir den Termin bei dem Onkologen beschafft (ein Freund von ihr, was sonst). Also sollte ich ihr danken – auch weil es keinem von uns leidtun muss, wenn er nicht an alles denkt.
Jetzt zum schwierigen Teil: Warum ich dich belogen habe. Oder vielmehr, warum ich dir nicht gleich zu Anfang die Wahrheit über meine Erkrankung gesagt habe. Ich habe es ein Mal versucht. Wahrscheinlich weißt du das nicht mehr. Es war in der Küche, gleich nachdem ich von meinem Termin bei Dr. Buckley zurückgekommen war. Ich habe schließlich aufgegeben. Vielleicht hast du gespürt, dass ich dir eine schlechte Neuigkeit erzählen wollte, und wolltest sie nicht hören. Ich beschloss, es später noch mal zu versuchen. Aber mir wurde klar, dass ich die Zeit, die uns noch bleibt, nicht verderben will. Ich weiß, dass es dich

fertigmacht, wenn jemand, den du liebst, krank ist. Ich muss noch immer an die Woche denken, die du im Krankenhaus verbracht hast, nachdem wir unser Baby verloren hatten – da will ich das Risiko nicht eingehen, dass es diesmal vielleicht noch schlimmer wird. Ich kann es nicht ertragen, dich traurig zu sehen. Ganz sicher hättest du verlangt, dass wir keine Wege und Kosten scheuen, um eine Behandlung für mich zu bekommen, die dann doch nichts bringt. Bestimmt hättest du bei jeder Behandlungsmöglichkeit insistiert, um ein paar kurze schmerzvolle Wochen mehr für uns zu gewinnen. Ich wollte nicht, dass wir mit der ständigen Todesdrohung leben müssen. Ich habe befürchtet, du würdest Symptome entwickeln als Reaktion auf meine Diagnose. Das wollte ich dir ersparen. Ich habe gehofft, dass unser Leben wie gewohnt weitergeht, dass es zwischen uns möglichst lange so bleibt wie immer, so schön wie immer. Und natürlich wollte ich es dir sagen, sobald die Diagnose wirklich feststand – ich hatte einen Termin in Portland, den ich abgesagt habe, um Ursulas Freund zu konsultieren.

Es bedeutet mir alles, dass wir uns gestern Nacht geliebt haben. Manchmal kann der Körper mitteilen, was Worte nicht ausdrücken können. Der Sex in unserem Leben war für mich immer ein Trost und eine Freude.

Ich habe Rachel gebeten, sich um dich zu kümmern, solange ich weg bin, weil ich hoffte – ich geb's zu –, dass du sie lieben lernst, nicht nur als gute Freundin. Unternimm etwas mit ihr – Kino, Restaurant, Schlittschuhlaufen. Man kann mit ihr über alles reden, nicht nur im therapeutischen Sinn. Es würde mich glücklich machen, wenn sie und Megan deine Familie würden, nachdem die Trauer vorbei ist (und sie wird vorbeigehen). Es tröstet mich, daran zu glauben, dass es wieder eine Frau in deinem Leben geben wird, eine, die du liebst und die dich genauso sehr liebt wie ich. Na ja, fast so sehr wie ich.

Bitte verzeih mir – und Ursula und Dr. Buckley, der mir schwören musste, es dir nicht zu sagen, und der durch seine Schweigepflicht daran gebunden ist. Und bedenke, dass alles, was ich tat, und mein Schweigen, wie falsch das rückblickend auch gewesen sein mag, nur aus tiefer Liebe geschehen ist. Ich bedaure nichts und will, dass du auch nichts bedauerst.

Ich hoffe, du richtest dich nach meinem Leitfaden, auch wenn dich manche Anweisung vielleicht ärgert und obwohl sie meine rechthaberische Art widerspiegelt. Es mag anmaßend erscheinen, aber meine Absicht war es, dir zu helfen, wenn ich nicht mehr da bin, um meinen Teil zu unserer Partnerschaft beizutragen. Ich wünsche dir ein erfülltes, glückliches Leben (wie ich es mit dir hatte, nur leider nicht lange genug) und hoffe, du behältst mich in liebevoller Erinnerung. Du wirst auf irgendeine Weise immer bei mir sein.

xoxo A.

Kapitel 16

> Schaff dir einen Hund an. Einen Rettungshund. Einen, der dir nachts nicht die Bettdecke klaut. Weißt du noch, wie sehr du Binky vermisst hast?

Im Flugzeug sucht Annie ihre Reihe und setzt sich auf den Gangplatz. Der mittlere Platz ist nicht vergeben, und der Mann am Fenster hat sich die Red-Sox-Kappe tief ins Gesicht gezogen und schläft noch vor dem Start ein. Ursula sitzt natürlich vorn in der ersten Klasse. Sie habe den Flug schon vorher gebucht, sagte sie, und der Preisunterschied sei so enorm, gemessen an der kurzen Reise, ob es Annie etwas ausmacht, zweiter Klasse zu fliegen? Annie macht das gar nichts aus. Sie ist glücklich, ein wenig Ruhe vor ihrer Mutter zu haben, eine Weile zwischen ihrer Vergangenheit und der noch unklaren Zukunft zu hängen. Wie angenehm, in der Luft zu sein, wenn alles in der Schwebe ist, und jemanden am Steuer zu wissen, wenn man selbst keinen Plan, kein Radar, kein Signal hat, das in die richtige Richtung lenkt. Im Moment braucht sie nichts weiter zu tun, als die sieben eingeschweißten Erdnüsse (sie hat sie gezählt) zu knabbern und die Miniaturdose Diätcola zu trinken.

Von hinten dringt der unverkennbare Geruch der Paul Bunyans zu ihr. Als sie sich umdreht, sieht sie drei Reihen weiter die verräterische Tüte unter zwei benachbarten Sitzen liegen. Sie ist auch in Versuchung gewesen, Passamaquoddys beliebtestes Erzeugnis zu exportieren und Ursulas Kühlschrank damit zu füllen, in dem sonst nur Perrier und verschrumpelte Zitronen liegen. Aber ihre Mutter hat sicher erst mal genug von ihren Sandwiches. Und sie selbst vielleicht auch, denkt sie treulos.

Am Gepäckband lässt sich Ursula von einer Reisenden in ein Gespräch verwickeln. »Sie sind der Schauspielerin Ursula Marichal wie aus dem Gesicht geschnitten. Hat Ihnen das schon mal jemand gesagt?«

Ursula lächelt, winkt einem Gepäckträger und deutet auf ihre Koffer. »Das finden viele Leute, und ich nehme das als Kompliment, denn ich bin auch ein Fan von ihr.«

»Aber sie ist ein wenig größer. Ich frage mich … ist sie eigentlich noch am Leben?«

Ursulas Lächeln schrumpft zusammen wie ein angestochener Ballon. »Das bezweifle ich«, grummelt sie. Dann hellt sich ihr Gesicht auf, als sie den Chauffeur entdeckt, der ein Schild mit dem Namen der Totgeglaubten hochhält.

Nach ein paar Augenblicken ist das Gepäck eingeladen, und sie werden auf weichen Lederpolstern und, mit Brahms beschallt, zur Upper East Side gefahren. Vor Ursulas Wohnhaus, einem mit Buchsbaumkugeln und Markise, empfängt sie der Portier, nimmt sich des Gepäcks an und drückt den Aufzugknopf für den vierunddreißigsten Stock.

Annie staunt, welche Mühen den Privilegierten abgenommen werden. Zu Ursulas Helfern gehören nicht nur Gepäckträger, Chauffeure und Portiers, sondern auch Reinigungskräfte, Pflanzenpfleger, Maniküren, Leute, die ihr die Augenbrauen zupfen, für sie einkaufen, ihre Workouts zusammenstellen, außerdem Schönheitschirurgen, Therapeuten, Spezialisten für Zahnästhetik und Masseure. Sie hat gehört, dass es Jamaikanerinnen gibt, die Läuse aus Haaren entfernen, Polinnen, die ungewollten Haarwuchs besiegen, und Japanerinnen, die dünnes Haar verdichten. Was noch besser ist, Ruhm und Reichtum können im Kalender eines Superstars der Medizin, der ein Jahr im Voraus ausgebucht ist, Platz schaffen und schon für den nächsten Vormittag einen Termin besorgen.

Doch leider kann das alles einem nicht unbedingt das Leben retten.

Der Aufzug öffnet sich direkt in Ursulas Foyer, wo auf einem goldenen Tisch eine chinesische Schale mit Pfingstrosen steht, und daneben ein silbernes Tablett, auf dem ein Haufen Post, Zeitungen und Zeitschriften liegen. Annie sieht sich in der Wohnung um, die einmal für den *Architectural Digest* und die *New York Times* fotografiert wurde. Ihre Mutter hat die hohen Räume im Zuge der Scheidung von dem Mann gekauft, der vor Henry Stevens und nach jenem kam, über den sie »lieber nicht reden möchte«. Wenn die Ehe uns eine Fünf-Zimmer-Altbauwohnung an der Park Avenue verschafft, weil wir den richtigen falschen Mann gewählt haben, uns aber keinen liebenden Partner wie Sam garantieren kann, dann ist das doch traurig, findet Annie.

Sie hat schon zwei SMS von ihm erhalten. Du fehlst mir, steht in der einen und in der anderen: *Weißt du, wo ich meinen dunkelblauen Rollkragenpullover hingepackt habe?*

Du fehlst mir auch, schreibt sie zurück. *In der zweiten Schublade von unten, rechte Seite.*

Ursula entschuldigt sich, um ihren Agenten und ihren Geschäftsführer anzurufen, Restaurantreservierungen zu sichern, Theaterkarten zu kaufen und den morgigen Arzttermin zu bestätigen. »Ich sollte wirklich einen Privatsekretär einstellen. Aber gewisse Dinge erledige ich lieber selbst.« Sie fasst sich ans Herz. »Das liegt wohl an meiner Verbundenheit mit Maine.«

Annie verzichtet darauf zu widersprechen. Das Einzige, was ihre Mutter mit Maine verbindet, sind Annie und der Ehrenbürgerpreis von Passamaquoddy, der jetzt an zentraler Stelle auf dem Kaminsims steht, wo der Spiegel seine Größe verdoppelt und seine Bedeutung vervierfacht.

Im Gästezimmer – Frette-Bettwäsche, frische Blumen in Lalique-Vasen, eine Chaiselongue voller Kissen mit aufgestickten Slogans: A Star Is Borne, Broadway Baby, Love in Bloom, Happy End – packt Annie ihre spärliche Garderobe aus und hängt ein Kleid und zwei Blusen auf rosa satingepolsterte Bügel. Sie legt ihre zweckmäßige Unterwäsche in eine Schublade, die mit Toile ausgekleidet ist und nach Zedernholz duftet. Sie lässt sich auf die Chaiselongue plumpsen und greift nach der neuesten Vogue. Sie entscheidet, dass sie nichts lesen will über die Scheidung einer Prominenten oder die Gewichtszunahme eines Models oder die beruflichen Sorgen eines Couturiers oder das von einem Architekten gestaltete Atelier eines Künstlers am Long Island Sound. Wie will sie die Zeit bis zu ihrem Arzttermin verbringen?

Wie sich zeigt, ist das gar nicht so schwierig. Dank ihrer Mutter.

»Bist du fertig, Darling?«, ruft Ursula. »Ich habe einen Wagen bestellt.« Sie schlüpft bereits in ihren bodenlangen Nerz.

»Jetzt?«, fragt Annie.

»Es ist erst zwei. Wir haben den ganzen Nachmittag und den Abend vor uns.«

»Aber ich dachte …«

»Was? Dass wir herumsitzen, über den Arztbesuch grübeln und traurig und bedrückt umherschleichen? Man sollte sich nicht von Dingen beeinträchtigen lassen, die man nicht ändern kann. Erwarte immer das Beste. Geh einen Tag nach dem anderen an. Genieß die Gegenwart. Lebe im Augenblick. Gönn dir Spaß.«

Lauter Mottos für Stickkissen, denkt Annie. »Du klingst wie ein Selbsthilfebuch.«

»Und was ist daran falsch? Ha, vielleicht werde ich sogar eines schreiben. Meine Lebensphilosophie und wie ich zu der Frau wurde, die ich bin.«

»Bestimmt ein Bestseller.«

»Hegst du einen Groll gegen das Glücklichsein?«

»Natürlich nicht. Aber …«

Ursula beäugt ihre Tochter. »Arabella, wir sind nicht mehr in Kansas.« Sie seufzt. »Vielleicht möchtest du dir überlegen, ein Kleid anzuziehen und ein paar halbwegs anständige Schuhe, die für Manhattan geeignet sind.«

Annie zieht das Kleid an, das sie zur Preisverleihung getragen hat, und steigt in die schlichten, halbhohen schwarzen Pumps. Sie greift nach ihrem Daunenmantel.

Ursula schaudert. »Nicht den.« Schwungvoll öffnet sie den Flurschrank und holt einen zweiten Nerzmantel heraus, der kürzer, heller und dezenter ist als der Pelz, in den sie eingehüllt ist. »Den.«

»Unmöglich«, wehrt Annie ab.

»Unsinn. Nichts fühlt sich auf der Haut so luxuriös an.« Sie wirft einen verächtlichen Blick auf Annies bauschigen unförmigen Parka in dem unvorteilhaften Grünton. »Du gehörst doch nicht etwa zu diesen Tierschützern, oder? Die haben mich einmal, als ich zum Theater unterwegs war, mit Senf beworfen. Kannst du dir so eine Grobheit vorstellen?«

Annie nickt mitfühlend, obwohl sie eine Waschbärmütze kaum ansehen kann, ohne an die arme Kreatur zu denken, die ihren Schwanz dafür hergeben musste. »Nicht mein Stil«, versichert sie entschuldigend.

»Du hast gar keinen Stil, Arabella. Aber das werden wir ändern.« Noch einmal greift Ursula in den Schrank und holt einen schwarzen Wollmantel hervor. »Probier ihn an.«

Annie zieht ihn über. Einen so weichen und warmen Mantel hat sie noch nie getragen.

»Kaschmir«, erklärt Ursula. »Er gehört dir.«

»Das kann ich nicht annehmen.«

»Doch, natürlich. Das ist mein Alltagsmantel. Nichts Besonderes. Den trage ich, nun ja, wenn ich den Müll rausbringe.«

Als ob Ursula das je täte.

»Ich würde ihn sowieso meiner Hausangestellten geben, die schon einiges Ausrangierte von mir geerbt hat.«

Annie schiebt die Hände in die tiefen, seidengefütterten Taschen, schlägt den breiten, kuschligen Kragen hoch. Der Mantel ist tailliert geschnitten und bekommt durch raffinierte Falten ab Kniehöhe eine schwingende Weite. Sie mustert ihren Polyesterparka und lenkt ein. »Also gut.«

Vor dem Haus wartet der Wagen in zweiter Reihe mit eingeschaltetem Warnblinker.

»Ich werde dich verwöhnen«, sagt Ursula.
Und das tut sie.

Sie unternehmen eine Rundfahrt, die eine Beschreibung im Reiseteil der *New York Times* verdient hätte. Anstelle des üblichen *Sechsunddreißig Stunden* in _____ (London, Paris, Peking, bitte einfügen) lautet die Überschrift: Acht Stunden in Manhattan (mit Ursula). Annie öffnet ihren Laptop und googelt die Schrift der *New York Times*, stellt auf Georgia um und fängt an zu tippen.

Acht Stunden in Manhattan (mit Ursula)
von Annie Stevens-Strauss

Ursulas Manhattan ist anspruchsvoll und verköstigt die Schickeria, die einen roten Teppich und erstklassigen Service erwartet und bei der Tischvergabe bevorzugt werden will. Während dieser acht Stunden wagen sich keine urbanen Missstände in unser Blickfeld. Falls sich irgendwo ein Schandfleck andeutet, Abfall über den Bürgersteig weht oder Graffiti an Hauswänden erscheinen, weigert sich Ursula, sie zu sehen. »Verderben wir uns den Ausflug nicht mit solch unerfreulichen Dingen«, sagt sie und fährt das Autofenster hoch. Wogegen sie jedoch nichts tun kann, ist der stockende Verkehr. Aber in dem gepolsterten Fond einer Limousine, in dem es Zeitungen, Champagnerfläschchen und eine Rose in einer Langhalsvase gibt, ist es leicht, das Hupen und den Abgasgestank zu ignorieren. Für ein Landei, das sie unter ihre seidenen Fittiche nimmt, vertreibt die impulsive Macht ihrer Persönlichkeit alle Sorgen.

14.30 Uhr

1) Zur Verschönerung zu Bergdorf's

Die graue Landmaus wird zum Schminktisch gezogen, auf einen hohen Stuhl gesetzt, mit einem Papierumhang versehen und von einer nach Patchouli duftenden Frau bedient. Ihre Stirn ist bronzefarben, ihre Lippen sind ungemein rot, ihre Wimpern ungemein dicht, und ihre Lider schimmern von so viel Gold, dass man sie in Passamaquoddy für eine Bordsteinschwalbe oder – genauso befremdlich – für eine Ausländerin halten würden. Zum Glück beweist sie bei einem fremden Gesicht einige Zurückhaltung. Und zum Glück sitzt Ursula auf dem Stuhl daneben und gibt permanent Anweisungen: »Hier ein bisschen weniger«, »Dort ein bisschen mehr«, »Wow, sie hat Wangenknochen!« Nicht alles ist eine Katastrophe, denn die Kosmetikerin findet die Frisur der grauen Maus »sehr vorteilhaft«. (Hut ab, Dee Dee von Cutting Edge.) Sie stellt Tuben, Stifte, Pinsel und bunte Salben zusammen und legt eine illustrierte Schminkanleitung dazu. Trotz lauten Widerspruchs gibt Ursula der Frau ihre Platin-Kreditkarte. Die Tochter, nun mit blühenden Wangenknochen, hat sich aus einer Provinzpflanze in eine urbane Ikone verwandelt, die an keinem Spiegel vorbeigehen kann, ohne sich prüfend zu betrachten. Sieht hier jemand einen Narziss? Die Kosten? Unbezahlbar. Astronomisch.

16.00 Uhr

2) Fashionista

In den Aufzug und hinauf zu Designer Clothes. Ein gedämpfter Sakralraum mit dickem Teppichboden, sanftem Licht und ausladenden Sofas. Dürre Verkäuferinnen (nehmen sie

Nahrung zu sich?) in Schwarz sind gehalten, jeden Wunsch zu erfüllen. Ursulas persönliche Verkäuferin – Aurelie, fünf Sterne – bringt ihnen eine Sektflöte mit Prosecco. Sie bittet Annie aufzustehen und mustert sie wie einen Preisochsen auf der Bauernkirmes. Aber Aurelie ist diskret. »Nicht hoffnungslos. Pas du tout«, flüstert sie Ursula zu.
Bis sie den Prosecco ausgetrunken haben, kommt Aurelie mit einer Handvoll Kleider zurück. Sie führt Annie zu einem verspiegelten Umkleidezimmer. Ursula besteht darauf, sie zu begleiten, und Annie bereut, dass sie den BH-Träger nicht angenäht, sondern mit einer Sicherheitsnadel festgesteckt hat. Ein Blick, und Aurelie weiß, was ihr passt, was ihr steht, was etwas hermacht. Annie dreht sich hin und her. »Du bist wie verwandelt«, staunt Ursula. »Wir nehmen sie alle.«
Aurelie veranlasst, dass die Kleider nach Hause geliefert werden, damit die geschätzten Kundinnen (sie spricht von Stammkundinnen) ihre Tüten nicht zur wartenden Limousine tragen und ihre zierlichen Arme überanstrengen müssen.

17.00 Uhr

3) Tea for two

Ursula geht mit Annie über die Straße zum Peninsula Hotel. Vorschlag: Bitten Sie um eine Polsterbank am Fenster, durch das man auf die Fifth Avenue blickt und die eleganten New Yorker zwischen turnschuh- und rucksacktragenden Touristen beobachten kann. Doch vielleicht muss man Ursula sein, um solch einen erstklassigen Platz zu garantieren. Solchermaßen verwöhnt, halten Sie vielleicht ganz Manhattan für so luxuriös und glauben, dass der Sensenmann für Sie genauso fern ist wie die Zerlumpten, die Uneleganten und die Landeier. Von einer dreistöckigen silbernen Etagere verzehren

Mutter und Tochter Gurken-Kresse-Sandwiches ohne Rinde und schottischen Räucherlachs mit Kaviar. Sie trinken Darjeeling aus hauchdünnem Porzellan. Es ist unmöglich, über die finsteren Seiten des Lebens nachzudenken, wenn sich vor einem Scones, Clotted Cream, Torteletts und Lemon Curd türmen. »Das ist das Leben.« Annie seufzt. »Das ist Leben«, erwidert Ursula.

19.30 Uhr

4) Broadway: The Book of Mormon

Die perfekte Wahl für jemanden, dessen Theatererfahrung sich auf die Highschool-Aufführung eines Schauspiels (Eine kleine Stadt) und einer Oper (Die Piraten von Penzance) beschränkt, die alljährlich von den falsch singenden Passamaquoddy Savoyards aufgeführt wird. Trinken Sie zuerst ein Glas Wein im Foyer, umgeben von Stammgästen, die Ihre Mutter seinerzeit – es ist nicht nötig, das Jahr zu nennen – als Blanche DuBois gesehen haben. Dritte Reihe Mitte – Personalplätze natürlich. Annie schwört, dass der Schauspieler, der den Elder Cunningham spielt, Ursula von der Bühne aus zuzwinkert. Das Musical ist urkomisch, respektlos, freudvoll. Wie könnte man über Krankheit nachdenken bei solch einer unterhaltsamen Bejahung des menschlichen Geistes? In der Pause kauft Ursula die CD für Annie und eine empörend teure Dose Pfefferminz. Ein Rat: Bringen Sie sich welche von zu Hause mit.

22.00 Uhr

5) Abendessen nach dem Theater: Daniel's

In dem führenden Restaurant Manhattans wähnt man sich in Paris. Schiere Schönheit, schierer Luxus, schiere Feinschme-

ckerbegeisterung. Ursula und ihre Tochter werden vom Restaurantchef persönlich begrüßt, der ihnen Küsschen auf beide Wangen haucht und sie zum besten Tisch führt. Ich möchte kein Spielverderber sein, aber Ursulas Gesellschaft kann Ihnen den Hang zur Einfachheit leicht verderben.
Womit beginnen? Zunächst nimmt Annie das Waldpilzfrikassee mit Wachteleiern und Spargelspitzen-Tempura, Ursula die Froschschenkel – ein bisschen zu menschenähnlich für Annies Geschmack, doch Ursula verschlingt sie. Dem folgt die Seezunge für Annie und für Ursula geschmorte Kalbsbäckchen mit kross gebratenem Bries. Zum Nachtisch teilen sie sich die Schnee-Eier in Passionsfrucht-Confit mit einer schwarzen Sesampraline.
Hat sie je etwas Himmlischeres gegessen? Obwohl Annie protestiert – Woher bekäme sie denn die Zutaten? Wo soll sie denn die Zeit, das Können, die Ausdauer hernehmen? –, kauft Ursula ihr Daniel Bouluds Kochbuch. Chefkoch Boulud schenkt Ursula seine Memoiren, Brief an einen Jungkoch, die er für sie signiert mit lauter amour und bisous. »Schade, dass Sam das Essen nicht erlebt hat«, sagt Annie. »Beim nächsten Mal«, sagt Ursula, und Annie hat nicht das Herz zu widersprechen.

Mitternacht

6) Und nun ins Bett

In den wartenden Wagen und zurück zu Ursulas Wohnung. Es sind noch immer scharenweise Leute unterwegs. Im Gegensatz zu Passamaquoddy kennt diese Stadt keinen Schlaf. Annie zieht ihr Flanellnachthemd an. Ursula hüllt sich in ein Negligé mit Marabufedern. Sie gibt ihrer Tochter einen Gutenachtkuss. »Träum schön«, sagt sie. »Danke für alles«, sagt

Annie, und weil das so unangemessen klingt, sagt sie noch: »Merci beaucoup.«

»Mon plus grand plaisir«, antwortet Ursula.

Annie kriecht ins Bett und checkt ihr Handy. Sie hat mehrere SMS von Sam bekommen: *Wo bist du? Was ist los? Mensch, es ist furchtbar spät. Was hat Ursula mit dir angestellt? Kannst du überhaupt Nachrichten empfangen?*

Sie hört drei Sprachnachrichten ab. *Hey, wo bist du?* Dabei wird er immer lauter. *Anscheinend hast du dein Handy abgeschaltet.* Dann in wenig überzeugendem Ton: *Ich hoffe, du hast Spaß.*

Sie öffnet die E-Mails. Natürlich hat sie eine von Sam.

Hallo, Annie. Du fehlst mir schon mächtig. Das Bett wird heute Nacht einsam sein, auch wenn ich mich darin ausbreiten und nach Herzenslust schnarchen kann. Während du dich im Big Apple amüsierst, haben Rachel und ich Kühlschränke erforscht. Du wirst dich freuen zu hören, dass sie sich endlich für einen entschieden hat. Sie nimmt den Amana. Der hat ein paar tolle Extras, zum Beispiel einen Eiswürfelspender und einen Wasserfilter, und er wird nächste Woche geliefert. Hinterher haben wir im Pat's eine Pizza gegessen. War nicht toll, aber sogar ich konnte keinen Bunyan mehr sehen. Mit Rachel macht alles Spaß. Kein Wunder, dass sie deine beste Freundin ist. Übermorgen findet das Konzert in der Aula statt, für das du Karten besorgt hattest. Ich nehme an, du hast nichts dagegen, wenn ich mit Rachel hingehe. Es ist schön, sie dabeizuhaben. Vielleicht gehen wir später noch ins Kino. Wir haben Megan eingeladen mitzukommen, aber anscheinend hat sie einen neuen Freund, ein Student von der Bowdoin. Rachel ist froh, dass es kein tätowierter, gepiercter Zeitgenosse ohne Bildungsbewusstsein ist. Im Bijou läuft ein neuer Clint Eastwood. Du magst ihn ja nicht besonders, aber Rachel ist bereit, mit mir hinzugehen. Sie ist ein prima Kumpel. Übrigens glaube ich, dass Mr Aherne sein Haus nun wirklich verkaufen will. Ich habe noch mehr Pläne für unseren Anbau skizziert. Das macht mir Spaß, das Zeichnen und Gestalten. Vielleicht belege ich einen Kurs in Architektur und Entwurfszeichnung oder wie das heißt. Einer der Jungs, Jimmy, der kleine Rothaarige in Overall und Holzfällerjacke, hat eine Nichte, die alleinerziehende Mutter ist und Arbeit braucht. Vielleicht lade ich sie zu einem Vorstellungsgespräch ein. Ich bezweifle, dass Megan ihr Leben lang an unserer Kasse stehen will. Kurz nach deiner Abreise habe ich mir den Rücken gezerrt, aber ich habe abwechselnd Eisbeutel und das Heizkissen draufgelegt und fühle mich schon wieder so gut wie neu. Wie lange hast du vor, bei Ursula zu bleiben? Ruf mich an. Ich werde spätestens um neun vom Kino zurück sein. Außer, Rachel und ich gehen hinterher noch was trinken – na ja, wohl kaum. Wo könnte man hier so spät noch hingehen? Fühl dich gedrückt, xxxoooxxxooo, Sam

Annie ist so müde, dass sie nur kurz antwortet. *Ich erzähl dir alles später. Ursula hat mich geschafft. Schieb dir zwei Kissen unter den Rücken. Ich vermisse dich auch.* Dann setzt sie dieselbe Anzahl von X und O darunter wie er. Sie legt das Handy auf die Ladeschale, zieht sich die Decke unters Kinn und macht das Licht aus. Morgen ist der Arzttermin. Morgen muss sie der Wirklichkeit ins Auge sehen. Aber sie ist ihrer Mutter dankbar für die märchenhafte Ablenkung. Und froh, dass es zu spät ist, um zu Hause anzurufen. Sie hat ein schlechtes Gewissen, weil sie sich einen schönen Tag gemacht hat. Und sie schämt sich, weil sie in den vergangenen acht Stunden – acht Stunden in Manhattan (mit Ursula) – kaum an Sam gedacht hat.

Kapitel 17

Lass nicht die Schlüssel, Bücher, Hemden und so weiter auf dem Autodach liegen.

Annie liegt in einer Vorhangkabine im Krankenhausbett und wartet auf ihre offene Lungenbiopsie. Sie trägt ein Klinikhemd mit passender Kordelzughose, die beide riesig sind. Ursula hat das Hemd kimonoartig um sie gewickelt und zugebunden, die Hosenbeine ein paarmal umgekrempelt. Annie fürchtet, dass das weniger nach Japan, sondern mehr nach dieser Figur aus einem Gedicht von T. S. Eliot, *The Love Song of J. Alfred Prufrock* – in Rente –, aussieht. »Eine Einheitsgröße, die jedem passen soll«, spottet Ursula. Aber nicht ihr und ihrer Nachkommenschaft.

In Wirklichkeit ist das Geruchsempfinden ihrer Mutter irritiert, durch die duftfreie Umgebung eingeschränkt – kein Parfum, keine Haarpflegemittel, kein vanilleduftender Lippenstift, keine Fliederhandcreme, keine Gesichtscreme, kein Puder, nicht mal ein Deodorant.

Eine unparfümierte Ursula sitzt nun auf einem geflickten Kunstlederstuhl an Annies Bett. Aus ihrer Hermès-Tasche lugen eine Handvoll Modezeitschriften und ein Drehbuch heraus. Sie hat sich vorgenommen, während Annies OP einiges zu erledigen. Vielleicht geht sie sogar auf die andere Straßenseite zu der neu eröffneten Boutique. »Shoppen tröstet«, behauptet sie. Annie braucht sich keine Sorgen zu machen – natürlich nicht –, denn Ursula kann innerhalb einer Minute herbeieilen, wenn sie gebraucht wird.

Ursula *wird* gebraucht. Ohne sie hätte Annie es nie geschafft, die vielen Voruntersuchungen zu überstehen – Röntgen, Ultraschall, Blutabnahme, Lungenfunktionstest, EKG. Sogar ihre Zähne wurden auf festen Sitz geprüft. »Zähne können bei einer schwierigen Intubation abbrechen«, erklärt der Anästhesist.

Wäre Ursula nicht bei ihr gewesen, hätte Annie das Gespräch mit dem Chirurgen nicht durchgestanden. Ursula nahm ihre Hand, während Dr. Albright die gesetzlich vorgeschriebenen Hinweise für den Patienten verlas, mit der sich die Klinik gegen alle Eventualitäten absichert – die Lunge könne kollabieren, das Herz durchstochen werden, bislang unentdeckte Metastasen können ein sofortiges Entfernen von Teilen des Organs erforderlich machen, das Risiko bei der Narkose, bei der Intubation, Aspiration, Pneumothorax, Ösophagusperforation …

»Unsinn«, warf Ursula ein.

Dr. Albright, der monoton und ohne Pause vorlas, blickte nicht auf, sondern ignorierte sie beide. … *besteht die Möglichkeit einer Infektion, einer akuten Hämorrhagie mit anschließender respiratorischer Beeinträchtigung, eines Blutgerinnsels im Gehirn …*

»Erschießen Sie mich einfach«, sagte Annie.

Ursula legte ihr beruhigend eine Hand aufs Knie. »Wirklich albern, was im Gesundheitswesen heutzutage läuft. Wenn man sich nur einen Splitter ziehen lassen will, drohen sie schon mit einer Amputation.«

Jetzt stehen Mitarbeiter mit Klemmbrett und Einwilligungsbögen an ihrem Bett. Will sie ihren Leidensgenossen helfen und ihr frisch entnommenes Gewebe der Wissenschaft zur Verfügung stellen? Erlauben, dass ihr wöchentlich Blut entnommen wird? Die Beobachtung ihrer Lunge? Alles für eine neue Studie.

Was für ein Mensch würde nicht gern freiwillig seinen Körper der Wissenschaft zur Verfügung stellen?, fragt sich Annie. Was für ein Mensch würde es vorziehen, in Ruhe gelassen zu werden? Die Antwort ist klar: jemand wie sie. Jemand ohne soziales Gewissen und Verantwortungsgefühl für seine Mitmenschen.

Ursula schaltet sich ein. »Sag einfach Nein, Arabella.«

Eine andere Krankenschwester nähert sich mit einem weiteren Stoß Unterlagen. »Haben Sie ein Testament gemacht?«, fragt sie.

»Lassen Sie meine Tochter in Ruhe«, verlangt Ursula.

Sobald die Störer gegangen sind, bemerkt Annie, als sie zu dem breiten Spalt unterhalb des Vorhangs schaut, mehrere Paar Füße in der benachbarten Kabine. Sie hört Stimmengemurmel, dann spricht jemand lauter. »Sorge dich nicht, denn du bist in Gottes Hand.«

»Gib dich ihm hin«, rät ein anderer.

»Alles geschieht aus einem bestimmten Grund«, meint ein Dritter.

»Grundgütiger!«, flüstert Ursula vernehmlich, aber nicht

laut genug, um gegen den Ersten Zusatzartikel der Verfassung zu verstoßen.

Wie in einem Kaleidoskop gruppieren sich die braunen Schnürschuhe, weißen Turnschuhe, schwarzen Clogs, roten Stiefel und braunen Mokassins um und bilden einen Halbkreis. Zum Gebet offenbar, denn Annie hört das Vaterunser. Als der Sprecher beim Amen ankommt, hofft sie, dass der Besuch nebenan zu Ende ist.

Doch da hat sie Pech. Der Sprecher betet weiter: »O du mein Gott, ich vertraue auf deine unendliche Gnade und Liebe, gewähre dem Verlassenen Leben und gute Gesundheit und verwandle die Diagnose und verleihe den Heilern ruhige Hände.«

Annies Puls rast. Der Sprechgesang aus der Nachbarkabine lenkt den Blick auf das Lebensende, und zwar viel wirkungsvoller als ein Chirurg, der unheilvolle Folgen und Zwischenfälle herunterleiert. Warum unterzieht sie sich dieser Tortur? Ihr fällt das jüdische Gebet ein, das bei dem Begräbnis von Sams Tante Edie gesprochen wurde, eine Klage ihrer Schwiegermutter als Akt der Liebe, um der Seele beim Aufstieg in den Himmel zu helfen. Annie will nicht in den Himmel aufsteigen, sondern lieber so lange wie möglich auf der Erde bleiben. »In deine Hände befehle ich meinen Leib und meine Seele, während die Bäume auf dem Feld Beifall spenden, und ich werde hingehen in Freude. Amen.«

»Herr im Himmel!«, murmelt Ursula.

Wie aufs Stichwort zieht ein Mann mit dunklem Anzug und Krawatte den Vorhang zur Seite und tritt halb in ihre Kabine. »Ich bin der Kaplan.«

»Gehen Sie weg«, befiehlt Ursula.

»Sind Sie sicher?«

»Ich war mir nie sicherer.«

»Sie könnten das bereuen …«

»Gehen Sie!«

Der Kaplan wendet sich zum Gehen. »Aber bedenken Sie« – er lächelt selig über seine klerikale Schulter – »Gott kommt auch ungebeten.«

Als die Aufnahmeschwester Annies Blutdruck misst, ist er »schwindelerregend hoch«. »Ich gebe Ihnen etwas, damit Sie sich beruhigen«, bietet sie an und legt ihr einen intravenösen Zugang.

Nach wenigen Augenblicken begreift Annie, warum Menschen drogensüchtig werden. Wärme und Frieden hüllen sie ein. Das Krankenhausgetriebe verblasst. Ursula verschwimmt. Nebenan geht der Stimmenchor in ein himmlisches Piano über. Die Vorhänge wehen sanft wie Palmenwedel in einer leichten Brise. In der Ferne hört sie Räder rollen, Geräte piepen, Gummisohlen quietschen. Jemand lacht. Steigt ihre Seele zum Himmel auf? Wenn ja, dann ist das gar nicht so übel. Annie kichert.

In das Nirwana tritt Dr. Albright, der Realitätsanker. Er trägt einen Chirurgenkittel in demselben giftigen Grün wie Annies Klinikhemd. Er riecht nach Chlorbleiche und Ammoniak. Der Operationssaal ist für sie bereit.

Plötzlich sieht sie Sam vor sich. Sam! Er scheint so weit weg zu sein. Er *ist* so weit weg. Zum ersten Mal seit zwei Jahrzehnten weiß er nicht, was mit ihr passiert.

Wie traurig, dass es dazu gekommen ist. Sie liegt in einem New Yorker Krankenhaus und sieht dem Tod ins Auge, während Sam in Maine Kühlschränke beurteilt. Wenigstens hat sie ihm den Leitfaden dagelassen. Als Verfügung der nicht mehr lebenden Patientin. Wenn sie jetzt ihren Laptop bei sich hätte, würde sie ihm auch die Gebete für ihr Begräbnis schreiben. Ihn bitten, ihr zu verzeihen, und ihn anweisen, mit Freude weiterzuleben. Amen.

»Wie bald wirst du es wissen, James?«, fragt Ursula den Arzt.

»Die Schnellschnittbiopsie wird erste Erkenntnisse geben. Die pathologische Untersuchung wird eine Woche beanspruchen.«

»Aber du wirst uns die ersten Erkenntnisse mitteilen?«

Er nickt. »Um ganz sicher zu sein, müssen wir allerdings den vollständigen Bericht abwarten.«

Dann tut er etwas, das Annie sich mit ihrem drogenbenebelten Kopf vielleicht einbildet: Er drückt ihre Hand. Eine mitfühlende Geste? Ein Zeichen von Bedauern? Ein stilles »Auf in den Kampf«? Ein Abschiedsgruß?

Sie erwacht in einem anderen Krankenhausbett in einer anderen Vorhangkabine. Ihr erster Gedanke: Ich lebe noch. Ihre Kehle ist wund, ihr Brustkorb tut weh, dumpfe Schmerzen unter Schichten von Zement. Sie vermutet, dass die Betäubung noch nicht ganz nachgelassen hat. Sie fährt sich mit der Zunge über die Zähne. Es sind noch alle vorhanden. Am Fuß des Bettes stehen zwei Gestalten: Ursula und der Chirurg. Sie sind entweder die Masken der Komödie und der Tragödie oder ein vertauschtes Paar von zwei verschiedenen Hochzeitstorten.

»Das ist die beste Nachricht der Welt.« Ursula schlägt jubelnd die Hände zusammen.

Dr. Albright bleibt vorsichtig. »Nicht so voreilig.«

Annie sieht von einem zum anderen.

»Sag du es ihr«, bittet Ursula.

Dr. Albright nimmt ein Klemmbrett in die Hand. Er trägt

noch seine grüne Chirurgenkluft, aber ohne die Mütze. Ich kann ihn nicht leiden, befindet Annie in ihrer Tötet-den-Boten-Verzweiflung. Sie zwingt ihre schweifenden Gedanken, zu den Worten zurückzukehren, die aus seinem Mund strömen.

»Dem vorläufigen Befund zufolge, und ich betone, es ist ein vorläufiger, gibt es keine Anzeichen für Malignität.«

Sie versucht, den Kopf zu heben. »Können Sie das bitte noch mal sagen?«

»Keine Anzeichen für Malignität. So weit. Um ganz sicher zu sein, müssen wir den endgültigen Bericht in einer Woche abwarten.«

»Und das heißt?«

»Ich nehme an, dass er die Diagnose bestätigt.« Er wendet sich Ursula zu und lächelt. »Aber nimm mich erst mal nicht beim Wort.«

Annie muss wohl unverschämt wankelmütig sein, denn jetzt findet sie Dr. Albright ganz sympathisch. Er hat ein hübsches Kinn, fällt ihr auf, mit einem schwach ausgeprägten Grübchen. »Heißt das etwa …?«

»Ja, das heißt es.«

Sie holt scharf Luft. Das Einatmen tut weh. Und obwohl die Schmerzen im Brustkorb stetig stärker werden, durchströmt warme Erleichterung sie, vom Scheitel bis zu ihren fröhlich wackelnden Zehen. Ihr ganzer Körper entkrampft sich und wird ungeheuer leicht. Ich muss es Sam sagen, ist ihr erster Gedanke, und ihr zweiter: Ich kann es ihm nicht sagen, weil ich ihn gar nicht eingeweiht habe.

»Jedoch haben Sie zwei Granulome in der Lunge, die auf Sarkoidose hindeuten.«

Jetzt kommt's.

»Es scheint auf die Lunge beschränkt zu sein und ist der

Grund für Ihren trocknen Husten und die Lymphadenopathie als auch die Myalgie …«

»Verzeihung?«

»Vergrößerte Lymphknoten und Muskelschmerzen. Der Anlass für die Besorgnis Ihres« – sein hübsches Kinn deutet Verachtung an – »heimischen Arztes. Laut unseren Untersuchungen handelt es sich um eine kleine Entzündung. Wir können sie mit Prednison behandeln. Oft bessern sich die Symptome sogar ohne Behandlung.«

»Sie meinen, ich werde weiterleben?«

»Sehr wahrscheinlich.«

»Unbeeinträchtigt?«

»Wahrscheinlich.«

»Wodurch habe ich das bekommen?«

»Wir kennen den Grund nicht. Das kann chronisch sein oder einfach wieder weggehen. In ihrem Fall scheint es leicht behandelbar zu sein. Wir werden Ihnen einen Lungenfacharzt empfehlen. Sie müssen sich jährlich untersuchen lassen, um neue Ausbrüche zu verhindern.«

Annie sinkt zurück auf ihr Kissen. »Ich dachte, ich hätte Lungenkrebs.«

»Das lässt sich nur anhand von Röntgenaufnahmen und MRTs nicht erkennen. Vor allem, wenn das nicht weiter untersucht wird und lediglich ein Kollege ohne Fachkenntnis wie ein Allgemeinmediziner den Patienten betreut.«

»Aber er ist ein sehr erfahrener, fürsorglicher Hausarzt«, erwidert Ursula indigniert.

Und Annie springt ihr bei. »Der meine Aufnahmen zu einem Thoraxchirurgen geschickt hat, der mich an eine Onkologin überwiesen hat.«

»In Maine?« Dr. Albright wartet die Antwort nicht ab. »Offenbar wurde dort nicht die modernste Technik genutzt. Zum Glück sind Sie aber zu mir gekommen, in unsere Klinik.«

»Und du wirkst wahre Wunder, James«, erklärt Ursula. »Sobald Arabella in ihrem Zimmer liegt, werde ich Ambrose anrufen und ihm die gute Neuigkeit mitteilen.«

Die Betäubung lässt offenbar nach, denn Annie fühlt sich allmählich mies, wenn auch freudig erleichtert. Im Vergleich zu ihrem Verdacht klingt die neue Diagnose nicht so schlimm. Sie fragt sich, ob Gott zugunsten des Patienten in der Nachbarkabine eingegriffen hat, ob die Gebete gewirkt haben. Vielleicht hat Gott auch zugunsten von Annie Stevens-Strauss eingegriffen, wenn auch ungebeten. »Was ist mit dem Patienten, der vorhin neben …?« Sie stockt, weil ihr das ärztliche Schweigegebot einfällt, das sie selbst für sich in Anspruch genommen hat. »Wann darf ich nach Hause?«, fragt sie stattdessen.

»Sie werden ein paar Tage bei uns bleiben. Dann übergeben wir Sie in die Obhut Ihrer Mutter.« Er nickt Ursula zu.

Dr. Albright tritt ans Bett und tätschelt Annies von der Bettdecke verhülltes Bein. »Sie dürfen mindestens zwei Wochen nicht reisen.«

Sie ist zu müde, um zu protestieren. »Danke«, sagt sie schwach. »Vielen Dank.« Sie nimmt sich vor, ihm ein halbes Dutzend Bunyans zu schicken und eine Schachtel Whoopie Pies zum Zeichen ihrer Dankbarkeit. Im Moment will sie jedoch nur schlafen.

»Ich habe für dich ein Einzelzimmer besorgt, Darling«, sagt Ursula.

»Das ist gar nicht nötig.«

»Mit Blick auf den Hudson River«, fügt Ursula hinzu. »Und Restaurantlieferservice.«

Kapitel 18

Wäsche – unbedingt Dunkles und Helles getrennt waschen, kein Kleingeld in den Taschen lassen, die Hosen nicht zu heiß trocknen, sonst reichen sie dir nur noch bis zu den Knien, und das Flusensieb nach jeder Waschladung reinigen. Aber das brauche ich dir nicht zu sagen, stimmt's?

Annie hat wieder Ursulas Gästezimmer bezogen, wo sie von Luxus umgeben ist. Allerdings war das Einzelzimmer in der Klinik auch kein Härteposten. Sie ist entlassen worden, weil Ursula versprochen hat, sich hingebungsvoll um sie zu kümmern, und dank Annies guter Führung, das heißt, Wasser lassen, spazieren gehen, rasselfreie Atmung, bereitwillige Akzeptanz von Spritzen, Tabletten und Salzlösungsinfusionen, gesunder Appetit trotz Wackelpudding oder Tapiokapudding und obwohl sie noch Halsfreundliches, leicht Verdauliches vorzieht. Was ihre Entlassung ebenfalls förderte, war eine Entourage aus Dubai, die den ganzen Flur gebucht hatte und ihr Zimmer für den Vorkoster benötigte.

Ursula hat sich zu einer Florence Nightingale entwickelt, die stehende Ovationen verdient. Lackschalen mit Bouillon erscheinen zu jeder Stunde auf Annies Nachttisch. Kissen werden zu Daunenwolken aufgeschüttelt, sowie sie das Bett verlässt, um ins Bad zu gehen, wo das Badewasser eingelassen und mit Duftöl versetzt ist, wo Kerzen auf dem Wannenrand brennen, Handtücher so dick und weich wie Ursulas Nerzmantel bereitliegen. Ursula hat auch zwei Einkaufstaschen voller Bestseller und neuer DVDs mitgebracht, aber Annie möchte nur schlafen und eines der köstlichen, halsschonenden Gerichte essen, die Ursula von Restaurants bestellt, die bei der Zagat-Bewertung mindestens zweiundzwanzig Punkte vorweisen.

Eines Abends liest Ursula ihr aus einer Kurzgeschichtensammlung von Alice Munroe vor. Die Satzmelodie ihrer Mutter weckt ferne Erinnerungen. Hat sie als Kind dieselbe Stimme von Eloises Streichen im Plaza erzählen hören, von Wilburs Vermächtnis an Charlotte oder Marmees Rat an Jo, Amy, Beth und Meg? Nein, die Medikamente und die Schönheit ihres Krankenzimmers müssen sie verwirrt haben. Es war ihr Vater, der ihr immer vorgelesen hat, der sie bei Halsentzündung, Lungenentzündung und ihrer Genesung nach der Blinddarmoperation umsorgte, der ihr die Verse von Dr. Seuss und die Abenteuer von Winnie Puh vorspielte.

Nun bringt Ursula auf einem Silbertablett ein Glas frisch gepressten Orangensaft.

»Du kümmerst dich so gut um mich.«

»Ich bin nun mal deine Mutter.«

»Und eine Mutter Teresa.«

»*Au contraire.* Unförmige Gewänder und kein bisschen Make-up und dazu das viele Beten, Umarmen und Segnen …« Ursula zieht eine Ecke des Bettlakens stramm und schiebt die Decke unter Annies Knie. »Aber ich freue mich über das Kompliment.« Sie mustert ihre Tochter. »Möchtest du mal nach deinen E-Mails sehen? Dein Mann hat vermutlich schon den Posteingang überfüllt, ganz zu schweigen von deinen Handynachrichten. Gott sei Dank gibt es das Anklopfen und die Mailbox. Andernfalls würden mir Bühnenangebote entgehen, und Journalisten, die mich interviewen wollen, würden mich nicht erreichen.«

Annie ist zu wacklig und benommen. Den Laptop zu öffnen und auf der Tastatur zu tippen ist eine unbezwingbare Aufgabe. »Nicht jetzt. Vielleicht morgen, wenn ich mehr Energie und nicht mehr so viel Watte im Kopf habe.« Sie legt ihren Wattekopf auf die Daunenwolke und schließt die Augen. In den Tagen vor der OP hat sie Sam oft Reiseberichte geschickt, zusammen mit Selfies von ihr und Ursula vor Wolkenkratzern und Autoschlangen mit Kommentaren wie »Wir sind nicht mehr in Passamaquoddy« und mit zwinkernden, lächelnden Smileys. Doch da sie nun aus dem Krankenhaus zurückgekommen ist, sticht der Signalton der eingehenden Nachrichten wie ein weiterer OP-Schnitt, der Schuldgefühle absondert und auf Pflichten hinweist, die ihre momentanen Kräfte übersteigen. Was sie sagen, wie sie es erklären soll, stellt eine größere Herausforderung dar als die quälenden Übungen – recken, strecken, beugen, tief atmen –, die die Krankenschwester bei der Entlassung für sie ausgedruckt hat. Doch selbst Ursula, der Königin der kleinen und der ausgewachsenen Lügen, fiel am Ende kaum noch Überzeugendes ein. *Sie ist spazieren gegangen. Sie ist gerade unter der Dusche. Sie ist im Theater. Sie ist spontan ins Metropolitan gegangen. Ich habe sie zu Saks geschickt, um etwas abzuholen. Ach du je, du hast sie gerade verpasst. Sie lässt sich die Haare machen.*

Da Annie sich nicht überwinden kann, auf Sams Nachrichten auf ihrem Handy, Ursulas Handy und Ursulas Anrufbeantworter zu reagieren, klingt er zunehmend besorgt und verärgert. Das kann sie ihm kaum vorwerfen. Doch sie kann ihn nicht anrufen. Ihre heisere Stimme und das mühsame Atmen sind zu verräterisch. Wenn er sie nur ein Mal hört, sitzt er gleich im nächsten Flugzeug. Und was dann? Dann sähe er sie in ihrer nachoperativen Kraftlosigkeit, dem bettlägerigen Beweis ihres – und nun auch Ursulas – Täuschungsmanövers. Seine Kränkung und sein hypochondrisches Schwarzmalen wären für sie beide ein Rückschlag.

Ursula verspricht, sie zu trainieren, hat vorgeschlagen, mit ihr das Zwerchfell zu dehnen und Tonleitern zu singen, mit denen Opernsänger ihre Stimme aufwärmen. Sie hat angeboten, den Stimmtrainer zu engagieren, mit dessen Hilfe Julie Andrews wieder sprechen konnte. Annie vermutet aber, dass die Übungen nichts bewirken, weil ihre Lunge noch nicht verheilt ist. Sie haben es mit Hustensaft und verschreibungspflichtigen Halspastillen probiert, um ihre Heiserkeit zu lindern, aber sie klingt noch immer nicht wie sie selbst. »Du musst Sam anrufen«, sagt Ursula.

»Nicht, solange ich krächze.«

»Sag ihm die Wahrheit.«

»Dass ich gelogen habe? Das würde er mir nie verzeihen.«

»Wenn er begriffen hat, dass du aus dem Tal des Todes zurückgekehrt bist …«

»Ich werde es ihm sagen, sobald wir uns persönlich gegenüberstehen, wenn ich weiß, wie ich es am besten verpacke …«

»Wie wär's damit: Du könntest erst einmal behaupten, dass du eine schlimme Erkältung hast. Und jetzt eine Kehlkopfentzündung dazugekommen ist. An der du ja tatsächlich leidest. Es ist allgemein bekannt, dass man in Flugzeugen sogar in der ersten Klasse schlechter Luft und Krankheitserregern ausgesetzt ist. Viele Schauspieler tragen im Flugzeug tatsächlich eine Maske, um ihre Stimme zu schützen, besonders vor einem Auftritt. Offen gestanden fallen mir schon keine Ausreden mehr ein.«

»Kannst du das für mich tun?«, fragt Annie brutal feige und ist über sich selbst entsetzt, weil sie die heiße Kartoffel so schnell ihrer Mutter zuwirft. »Ihm schreiben, dass ich nicht sprechen kann? Dass ich anrufe, sobald ich wieder Stimme habe?«

»Gibt es etwas, das ich nicht für dich tun würde, Darling? Und ich nehme an« – sie legt wie zum Treueschwur die Hand aufs Herz – »ich soll auch liebe Grüße ausrichten und schreiben, dass du ihn vermisst?«

»Ja, bitte.« Natürlich vermisst sie ihn. Aber auf eine abstrakte Art, wie durch einen Nebel. Von ihrem Krankenbett aus gesehen, wo die Lichter Manhattans vor ihrem Fenster funkeln, wo Ursula ihre mütterliche Anteilnahme verströmt, sei sie nun echt oder gespielt, befindet sich Sam in einer anderen Welt. »Aus den Augen, aus dem Sinn«, sagt Annie und seufzt.

»Unsinn. Viel eher hast du nicht alle Sinne beisammen.« Ursula runzelte die Stirn. »Vielleicht hat James deine Lunge verfehlt und dir ins Gehirn geschnitten.«

»Ha. Sehr witzig.«

Im Augenblick ist sie auf das Unmittelbare konzentriert: schlafen, Schmerzen, wie schwach sie auf den Beinen ist, die vielen Tassen voll linderndem Tee mit Honig, die Ursula ihr an die Lippen hält, wenn sie selbst zu kraftlos ist, um sie zu heben, ihre mühsamen Versuche zu sprechen, ohne zu krächzen, ihre immense Erschöpfung. Sogar nach der Geburt ihres

Töchterchens, als sie in ein schwarzes Loch fiel, als der Erdboden sie verschluckte, hat sie nicht so eine Erschöpfung erlebt, eine Müdigkeit, die für Sam wenig Raum lässt.

Doch sie hält sich vor Augen, dass sie von Glück reden kann, weil durch den gegenwärtigen Nebel eine heitere Zukunft scheint, die auf eine normale Lebensspanne mit ihm hoffen lässt.

Das Telefon klingelt. Nicht Sam diesmal, sondern Ambrose. Nachdem Ursula ihm den Befund mitgeteilt, er sich entschuldigt hat und sie wiederum – mit Annies voller Zustimmung – beharrlich erwidert, das alles sei nicht sein Fehler, wendet sich die Unterhaltung der beiden von medizinischen Fragen ab und wird privat. An diesem Nachmittag döst Annie ein, während sie ihre Mutter mit rauer Marlene-Dietrich-Stimme *j'adore* und *bisous* flüstern hört.

Als sie wieder wach wird, ist es dunkel. Sie hat sechs Stunden lang durchgeschlafen. Ursula sitzt mit untergeschlagenen Beinen im Ohrensessel gegenüber dem Bett und liest im Schein einer jener Miniaturklemmleuchten, die auf der Rückseite des *New Yorker* beworben werden, ein Drehbuch. In dem großen Sessel wirkt Ursula winzig wie eine geschrumpfte Alice im Wunderland.

»Kannst du überhaupt etwas sehen?«, fragt Annie.

»Oh, du bist wach.« Ursula knipst das Lämpchen aus, klappt das Drehbuch zu und schaltet neben sich die Stehlampe ein. »Die Lämpchen sind genial. Man kann damit im Bett lesen, während der Geliebte schlummert. Wie fühlst du dich, Arabella?«

»Besser.«

»Du hast viel mehr Farbe als gestern. Ich muss gestehen, ich war ziemlich beunruhigt, denn du warst blasser als meine weißeste Bettwäsche.« Ursula rückt den Sessel näher zu Annie und schiebt ihr die Kissen unter dem Kopf zurecht. Sie setzt sich auf den Bettrand. Annie riecht ihre teuren Cremes und Parfums und ist dankbar, sie bei sich zu haben. »Hättest du gern noch einen Tee? Oder Perrier? Ich habe himmlisches, weiches Gebäck von Fauchon mitgebracht. Abendessen gibt es in einer Stunde.«

»Danke, ich brauche nichts.« Annie betrachtet ihre Mutter, die ihr schon vor der Operation beigestanden hat und all die Tage, inzwischen anderthalb Wochen, nicht von ihrer Seite gewichen ist. »Das muss furchtbar langweilig für dich sein, mit mir zu Hause festzusitzen.«

»Überhaupt nicht. *Pas du tout.*« Durch die Schichten italienischer Bettwäsche aus ägyptischer Baumwolle von höchster Fadendichte drückt sie Annies Knie. »Zum ersten Mal seit Ewigkeiten habe ich mein kleines Mädchen ganz für mich allein.«

Annie möchte ihr entgegenhalten, dass sie kein kleines Mädchen mehr ist und dass Ursula sie in Wirklichkeit zum *allerersten* Mal für sich allein hat. Aber nach allem, was sie ihrer Mutter verdankt – ihr Leben, ihr Glück, ein Manhattan-Idyll, ihre Fünf-Sterne-Genesung, eine Bergdorf-Garderobe, neu entdeckte Wangenknochen, himmlische Speisen –, wäre das wohl grob unhöflich.

»Darling, fühlst du dich kräftig genug für eine kleine Unterhaltung?«, fragt Ursula.

Eigentlich nicht, möchte Annie antworten. Die »kleine Unterhaltung« wird sicher nicht klein sein, so viel ist klar. Sie würde lieber *Top Chef* und *Kitchen Nightmares* gucken und dann schlafen. Doch da sie weiß, dass Ursula das Reden allein übernehmen wird, bejaht sie dankbar.

Ihre Mutter faltet die Hände im Schoß und schlägt die Beine an den Knöcheln übereinander, ihre sittsame Mädchen-vom-Land-Haltung, die ihr funkelnder Cocktailring Lügen straft, übrigens ein Geschenk ihres abgereisten/abgeschobenen brasilianischen Liebhabers, der etwas mit Bergbau zu tun hatte. »Während du geschlafen hast, habe ich die Zeit genutzt und nachgedacht.«

»Über?«

»Über Sam.«

»Nicht schon wieder.«

»Es gibt noch andere Probleme, außer der immer schwereren Bürde, die Fakten vor ihm geheim zu halten. Ernstere Probleme.«

»Nämlich?«

»Es macht mir Sorge, dass du ihn für selbstverständlich nimmst.«

Annie stöhnt. »Du brauchst dir keine Sorgen um uns zu machen. Wie gesagt, ich kenne meinen Mann.«

»Ich glaube dir, dass du davon überzeugt bist.«

»Was willst du damit sagen?«

»Man kann glauben, jemanden zu kennen, Arabella, aber man kann nie wirklich wissen, was in einem Menschen vorgeht.«

»Außer bei Sam.«

Ursula greift nach ihrer Hand. Obwohl sich der Ring des Brasilianers unangenehm in die Haut drückt, rät ihr ein Instinkt, sie nicht wegzuziehen. »Als deine Mutter mache ich mir Gedanken. Ich möchte dich daran erinnern, dass ich deinen Leitfaden gelesen habe, Darling.«

»Der nicht für deine Augen bestimmt war. Daran möchte *ich* dich erinnern.«

»Schnee von gestern.« Ursula neigt den Kopf zur Seite. »Oder heißt es, von vorgestern? Ich bin mir nie sicher.« Sie legt die andere Hand noch oben drauf. »Aber ich bin froh, dass ich ihn gelesen habe. Denn sonst …«

»Und ich bin dir zu Dank verpflichtet, weil sich daraus etwas Gutes ergeben hat«, räumt Annie ein. »Aber nicht wegen der Art, wie du an die Information gelangt bist.«

Ursula lässt das so stehen. Sie hat Wichtigeres zu besprechen. »Sam …«

»Ja?«

»Mir scheint, als du dachtest, du würdest sterben – ach, wie habe ich geweint bei diesen Passagen, Darling. Der Trevi-Brunnen ist nichts dagegen. Nun, jedenfalls hast du dich entschieden, ihm Rachel aufzudrängen.«

»Das ist wahr …«

»Aus den edelsten, uneigennützigsten Gründen. Und aus tiefer Liebe. Aber jetzt?«

»Ah, du hast Angst, Rachel und Sam haben hinter den vielen Kühlschränken heimliche Schäferstündchen?«

»Das ist nicht ganz …«

»Oder bei Rachel zu Hause? Oder im Kino in der letzten Reihe? Oder in unserem Ehebett?«

»Du bist sehr direkt, Arabella. Ich hätte mich nicht so unverblümt ausgedrückt. Trotzdem hast du gewisse Dinge in Bewegung gesetzt, ohne dass Sam den Leitfaden gesehen hat.«

»Worauf willst du hinaus?«

»Dein Vorschlag, mit ihr in das Konzert und ins Restaurant zu gehen und diesen Kühlschrank zu kaufen …«

»Du belauschst also auch meine Telefonate?«

»Deine Stimme trägt, Darling. Das hast du von mir geerbt.«

Annie macht sich nicht die Mühe zu erwidern, dass ihre Stimme derzeit nicht mal über das Frühstückstablett hinweg trägt. »Es ist nichts dabei, wenn Freunde unterschiedlichen Geschlechts sich zusammen einen Film ansehen und miteinander zu Abend essen. Bei einem platonischen Verhältnis. Was ich im Sinn hatte, sollte in der Endphase meiner Krankheit und nach meinem Tod passieren. Wenn Sam Witwer und wieder zu haben wäre. Das ist er aber nicht. Ich werde nicht sterben …«

»Was sicherlich wunderbar ist«, wirft Ursula ein.

»… und deshalb kann ich nicht glauben, dass in dieser kurzen Zeit etwas …«

»Was für den einen eine kurze Zeit ist, kann für den anderen eine Ewigkeit sein, glaub mir. Sam muss annehmen, dass du zu deinem Vergnügen in New York bist, und das schon viel zu lange. Ganz zu schweigen davon, dass du nicht mit ihm kommunizierst. Er wird sich zweifellos verlassen fühlen und verärgert sein. Er ist attraktiv, charmant und ein wenig unbedarft. Die perfekte Kombination. Wenn die Katze aus dem Haus ist …«

»Nicht Sam! Und nicht Rachel. Sie ist meine beste Freundin.«

Ursula hebt das Kinn. »Ha!«

»Glaub mir, wenn eine Frau mit Sam flirtet, geht er garantiert nicht darauf ein. Wenn ihm jemand zu nahe kommt, ist seine einzige Reaktion die Angst vor Krankheitserregern.«

»Sei dir nicht so sicher. Rachel ist geschieden. Sam ist allein und in gewisser Weise hilflos. Du musstest ihm erklären, wie man Wäsche wäscht und tausend Dinge im Haushalt erledigt, die jeder andere erwachsene Mann selbstverständlich beherrscht.«

»Auch du weißt nicht, wie man einen Haushalt führt.«

»Dafür habe ich Leute, die ich bezahle. Sam aber nicht. Und Rachel ist attraktiv und tüchtig, wenn auch nicht so attraktiv und tüchtig wie du, natürlich.«

»Im Gegenteil«, widerspricht Annie, »aber Sam würde das gar nicht auffallen.«

»Sei dir nicht so sicher«, sagt Ursula noch einmal. »Du arrangierst hier kein Spieltreffen für Kinder.«

»Das Leben, das du führst, hat dich zynisch gemacht. Aber solch ein Leben führe ich nicht. Ich vertraue Sam voll und ganz. Er würde nie etwas hinter meinem Rücken tun, selbst dann nicht, wenn er ein bisschen sauer auf mich ist.«

»Du kannst unmöglich wissen, was in seinem Kopf vorgeht.«

»Doch. Er denkt an Sandwiches und Espressogeräte und die Erweiterung unseres Geschäfts.«

»Die Versuchung ist …«

»Ich widerspreche dir wirklich ungern, aber da gibt es keine Versuchung. Keine nicht jugendfreien Ereignisse. Abgesehen von seiner Hypochondrie und einer gewissen Unbeholfenheit ist er ein Schatz. Wie Daddy.«

»Wie dein Vater?« Ursula reißt die Augen auf, zieht die Brauen hoch. »Du hast ja keine Ahnung.«

»Was soll das heißen?«

Ursula rückt einen Ohrring zurecht, lockert ihre Haare auf, lauter Bühnentricks, um dramatische Spannung zu erzeugen. Sie räuspert sich. »Vielleicht ist das der richtige Moment, um dir ein paar unangenehme Tatsachen beizubringen, Arabella.«

»Über deine Liebhaber? Deine Ehemänner? Deine eigene Untreue? Deine ungewollten Schwangerschaften? Dein Verhalten gegenüber meinem Vater? Deine ständige Abwesenheit?« Es sprudelt aus ihr heraus. Annie holt scharf Luft, geschockt über ihre Kaltblütigkeit, beschämt, weil sie sich so undankbar zeigt. Ihre OP-Wunde zieht plötzlich.

Unter ihrem fachkundig applizierten Make-up ist Ursula blass geworden. Ihre Mundwinkel sind traurig herabgezogen. »Mea culpa, mea culpa«, bekennt sie. »Aber das ist nur eine Seite der Geschichte.« Sie steht auf, schwankt auf ihren hohen Absätzen. »Ich fürchte, ich rege dich auf. Das ist nicht gut für deine Genesung.«

»Mir geht's gut. Sprich weiter.«

Ursula stöckelt bis zur Tür und hält inne. »Zuerst hole ich uns eine Kleinigkeit.«

Annie hört Gläser klirren, eine Schranktür knallen, eine Schublade quietschen. Ursula kommt zurück mit zwei Cognacschwenkern und einer Flasche Courvoisier. Sie gießt ein Schlückchen für Annie ein und einen großen Schluck für sich, leert ihr Glas auf einen Zug und schenkt sich nach, dann setzt sie sich wieder auf die Bettkante. »Wo war ich?«

Annie ist klar, dass das eine rhetorische Frage ist. Ursula kann sich sehr gut merken, bei welcher Silbe sie aufgehört hat. Sie will Zeit gewinnen. Annie nippt an ihrem Cognac und behält ihn ein paar Augenblicke lang auf der Zunge. »Bei meinem Vater.«

Ihre Mutter dreht den Cocktailring am Finger hin und her. »Wie ich schon sagte, Darling, man kann nie wirklich wissen, was …«

»Können wir uns darauf einigen, dass wir unterschiedlicher Ansicht sind?«

Ursula klopft auf das Fußende des Bettes zum Auftakt ihrer Rede. »Erst einmal muss ich erklären, dass dein Vater meine große Liebe war. Ich habe ihn so sehr geliebt, dass ich nach Passamaquoddy zog, nur damit ich mit ihm zusammen sein konnte. Obwohl das kraftraubend war, denn ich musste arbeiten.«

»Du meinst, du wolltest arbeiten. Du meinst, das Theater war dein Leben und du konntest gar nicht schnell genug wieder weg sein.«

»Nein, ich musste. Ich war der Geldverdiener von uns beiden.«

»Das ist nicht wahr. Daddy hatte eine wichtige Position.«

»Er hat das Geschäft an die Wand gefahren.«

»Das glaube ich dir nicht. Sein Büro war riesig und elegant …«

»Ich habe meinen Innenausstatter hingeschickt. Dein Vater suchte sich die Sachen aus dem Katalog von Sotheby's aus. Er hatte einen guten Geschmack. Einen teuren Geschmack.« Sie schweigt für einen Moment. »Hast du dich nie gewundert, wieso er keine Mitarbeiter, keine Sekretärin hatte?«

»Weil er Perfektionist war. Weil er lieber alles selbst tat.«

»Nein! Weil er sich keine leisten konnte, weil es für eine Sekretärin kaum etwas zu tun gegeben hätte, weil er irgendwo die Grenze ziehen musste. Seine Stelle war nur Blendwerk, Darling.«

Annie erinnert sich, wie sie ihren Vater als Kind im Büro in der Innenstadt besuchte. Er setzte sie immer an einen imposanten Schreibtisch, gab ihr Schere und Papier und die gespitzten Bleistifte in dem silbernen Stiftbecher. »Du kannst meine Sekretärin sein«, sagte er. Sie blickte auf düstere Ölporträts irgendwelcher Vorfahren, alte Urkunden hinter antikem

Glas, auf die Diplome und Auszeichnungen ihres Vaters, ihre gerahmten Babyfotos auf den verschiedenen Beistelltischen, die Zeichnung des Cartoonisten Al Hirschfelds von Ursula – neun Ninas versteckt in ihren Haaren und ihrem Chinchilla-Kragen –, das Erste, was man sah, wenn man das Büro betrat. Sie wartete darauf, dass das Telefon klingelte, und übte mit dunkler Stimme ihre Begrüßung: »Henry Stevens Versicherungen. Was kann ich für Sie tun?«

Aber das Telefon klingelte selten, und wenn, dann war es ihr Vater aus dem Nebenzimmer, um zu fragen, ob sie mit ihm zum Lunch gehen möchte.

Ihre Mutter bekommt feuchte Augen. »Tatsächlich habe ich ihn so sehr geliebt, dass ich mit ihm ein Kind bekommen wollte, und nur mit ihm.«

Annie schweigt. Sie weiß, dass Ursula sie nicht haben wollte, dass sie die Schwangerschaft zu spät bemerkte, um noch abtreiben zu können, dass sie über ihren wachsenden Bauch unglücklich war, weil sie fürchtete, keine jugendlichen Rollen mehr zu bekommen, in Schwangerschaftskleidung hässlich auszusehen, und weil sie sich fragte, wie sie die Schwangerschaftspolster loswerden würde, und weil ihre Arbeit nach wie vor das Wichtigste für sie war. Nicht dass ihr Vater all das jemals erwähnt hätte. Doch während ihre Mutter Zeilen auswendig lernte, lernte Annie, zwischen den Zeilen zu lesen, denn sie war das einzige Kind eines Paars, das nicht zusammenpasste.

»Ich hatte Angst, keine gute Mutter sein zu können, mein Baby allein lassen zu müssen. Ich habe zwar Mütter gespielt – Gertrude, Medea, Amanda Wingfield, Mary Tyrone –, hatte in meinen Rollen aber keine guten Vorbilder. All das hat sich auf mich ausgewirkt, auf meine damaligen Entscheidungen.

Ein Zigeunerleben ist nichts für ein Kind, und schon gar nicht, wenn die Mutter auch noch – wie soll ich es ausdrücken? – zweifelhafte Beziehungen eingeht. Doch dann lernte ich deinen Vater kennen. Er war der Fels in der Brandung, den ich mir immer gewünscht hatte.«

Ja, Annie pflichtet ihr bei. Ihr Vater war ein standhafter, zuverlässiger Mensch, der einzige Halt in ihrem ständig wechselnden, unvorhersehbaren Alltag.

»Als du schließlich da warst, das schönste Baby der Welt, ein Wunder, hast du deine kleinen Finger um meinen Zeigefinger geschlungen und ihn festgehalten. Ich war im siebten Himmel.« Ursula zieht ein Taschentuch hervor und wischt sich die Tränen ab. »Henry wollte dich Abigail nennen. Das bedeutet: Vaters Freude. Aber ich habe auf Arabella bestanden, das heißt: die Schöne. Denn fairerweise muss man sagen, dass du auch die Freude deiner Mutter warst. Dann hat die Säuglingsschwester dich deinem Vater in den Arm gelegt. Du hast seine Augen. Du hast ihn angesehen, er hat dich angesehen, und das war's. Ich war das fünfte Rad am Wagen, der ungebetene Gast.«

»Weil du immer weg warst, immer auf Reisen, immer auf einer Bühne oder am Set.«

»Aus Notwendigkeit. Um dich zu ernähren, zu kleiden, auf eine Schule zu schicken, dir Klavierstunden zu ermöglichen und Spielzeug zu kaufen. Und später natürlich, weil ich meinen Beruf liebte. Ja, ich habe meine Arbeit geliebt, und ich musste weg von …«

»Von einem Baby, das dich rund um die Uhr beanspruchte.«

»Ach, Darling, nicht weg von dir, niemals. Ich habe stets der Versuchung widerstanden, deinen Vater von dem Podest zu stürzen, auf das du ihn gehoben hast. Aber vielleicht ist es an der Zeit, sich den Tatsachen zu stellen.«

Annie reicht es jetzt. Warum kann sie sich nicht einfach unter die Decke verkriechen und sich das Kissen auf die Ohren drücken? »Ich will nichts weiter davon hören.«

»Das überrascht mich nicht. Trotzdem musst du das nun zur Kenntnis nehmen. Ich habe das Thema lange genug ausgeklammert. Ich werde jetzt alles aufs Tapet bringen, bevor ich die Nerven verliere.«

Als ob Ursula das je passieren würde. »Na schön, tu, was du nicht lassen kannst. Aber das heißt nicht, dass ich dir glauben werde.«

»Das alte Lied.« Ursula seufzt. »Hortense war meine beste Freundin und meine einzige in Passamaquoddy – es widert mich an, wie klischeehaft das war. Im Nachhinein betrachtet verstehe ich, dass ihr Reiz für mich hauptsächlich von ihrem Namen ausging. Hortense und Ursula in einer Welt der Peggys und Bettys und Sues. Dummerweise bat ich sie, sich um Henry zu kümmern, wenn ich weg war.«

»Was naheliegend ist.«

Ursula zuckt mit den Schultern. »Das glaubst du, nicht wahr? Die Schecks, die ich für die Passamaquoddy Community Players ausstellte, all die langweiligen, peinlich schlechten Aufführungen, die ich besuchte. Hortense war eine furchtbar hölzerne *Tolle Tante*, doch das behielt ich immer für mich. Stattdessen habe ich sie unterrichtet, was sie mir jedoch nicht im Geringsten gedankt hat. Vielmehr ignorierte sie meine Anweisungen. Sie war sehr dilettantisch.« Ursula gießt sich noch einen Cognac ein und deutet auf Annies Glas.

Annie hält die Hand darüber. »Ich habe schon genug getrunken.«

»Nicht nur du«, stöhnt ihre Mutter, ein Bild der Weltverdrossenheit. »Und dennoch habe ich es genossen, mit Henry für eine Zeit lang zu einer Gemeinde zu gehören, eine respektable Mutter und Ehefrau zu sein, so bezaubernd normal. Eine Frau wie andere, mit einer besten Freundin, Nachbarn und Rosensträuchern im Vorgarten und Tomatenstöcken hinter dem Haus. Natürlich hätte ich den Garten gern selbst gepflegt, aber eine Schauspielerin muss ihre Hände schonen.«

Sie hält ihre beringten, verwöhnten Hände hoch, die vor dem Schlafengehen in Lotion getaucht und in weiße Baumwollhandschuhe gesteckt werden, die das Tageslicht scheuen wie Vampire, die seidenweich und blass sind, deren perfekt ovale Fingernägel dreimal wöchentlich rot lackiert werden und die noch nie einen Rosenstrauch geschnitten oder Tomatensetzlinge gepflanzt haben.

»Ich war verliebt«, sagt Ursula. »Blind vor Liebe.«

»Worauf willst du hinaus?« Annie eilt der Erzählung voraus. Obwohl sie hartnäckig leugnet und ihre Mutter gern überdramatisiert, ahnt sie die Pointe. Sie erinnert sich gut an Hortense, eine gedrungene, geistlose Person, eine schreckliche *Tolle Tante*, eine schmeichlerische falsche Schlange. Du kannst Tante Hortense zu mir sagen, forderte sie Annie immer wieder auf, die sich jedoch nie überwinden konnte, ein Tante vor das Hortense zu setzen.

»Es ist geradezu peinlich, wie gewöhnlich die Sache ausging. Dieselbe alte Szene, die ich jahrelang auf der Bühne vor Augen hatte. Doch ich sah es nicht kommen, so als verkörperte ich auch im Leben die jugendliche Naive. Hortense ging mit Henry aus, sie nahm dich zu ihren Proben mit, ließ dich mit ihrem verzogenen kläffenden Terrier spielen, schenkte dir Lutscher.«

»Rachel ist nicht Hortense«, beharrt Annie. »Sie haben überhaupt nichts gemeinsam.«

»Wie kannst du da so sicher sein?«

Annie schneidet ihr das Wort ab. »Ich konnte Hortense nie leiden. Obwohl ich noch ein Kind war, habe ich ihre Falschheit erkannt.«

»Und ganz richtig. Das warst ein kluges Kind. Wie ich, und trotzdem hatte ich keinen Verdacht. Aber wer kann wissen, was im Kopf eines anderen Menschen vorgeht? Ich dachte, ich wüsste es.«

Haben Hortense und ihr Vater auch Kühlschränke angesehen?, fragt Annie sich. Fängt es immer mit Küchengeräten an und geht dann weiter mit Matratzen, die ausprobiert und schließlich gemeinsam benutzt werden?

Ursula klopft ihrer Tochter liebevoll aufs Knie, das unter der Daunendecke angewinkelt ist. »Es kommt noch schlimmer«, warnt sie. »Ich habe auch nicht geahnt, was für ein verkrachter Geschäftsmann Henry war. Warum? Weil er offen gesagt genauso gut schauspielen konnte wie ich. Ist mir jemals in den Sinn gekommen, ich würde diesen Mann finanziell stützen müssen, der in seinem Beruf so etabliert zu sein schien? Nie! Leider hatte er keinen Sinn fürs Geschäftliche, aber den Kopf voll mit anderen Dingen, die ich lieber nicht benennen möchte.«

»Ursula!« Annie windet sich vor Scham wie ein Teenager.

»Mir ist klar, wie hart das für dich ist, Darling. Trotzdem ist es besser, wenn du alles erfährst. *Alors*, ich habe ihm dezent unter die Arme gegriffen, aus dem Hintergrund – niemand bekam das mit. Seine Fassade war beeindruckend. Er galt als große Nummer in der Handelskammer und den anderen albernen Herrenclubs mit ihren geheimen Absprachen und pubertären Ritualen. An seinen Wänden hingen ebenso viele Auszeichnungen, wie Preise auf meinem Kaminsims standen.«

»Weil er anerkannt war.« Annie fühlt sich verpflichtet, das herauszustreichen. »Weil er sie verdient hatte. Ich habe sie als Kind abgestaubt. Wenn ich ihn im Büro besuchte. Wenn er mich Sekretärin spielen ließ und zum Lunch mitnahm.«

Ursula senkt die Stimme zu einem Flüstern. »Wie hätte ich darauf hinweisen können, dass der Kaiser nackt ist?« Sie drückt Annies Knie. »Ich mache mir Vorwürfe. Ich liebte das Reisen. Ich war Maine leid. Ich sehnte mich nach meiner New Yorker Wohnung. Und ich hatte das Theater. Henry gefiel es, mit einer Schauspielerin verheiratet zu sein, ihm gefiel mein hoher Kontostand, meine Berühmtheit, und mit der Zeit gefiel ihm auch, dass ich so oft weg war. Natürlich spielte sich alles ab, während du in der Schule warst. Dein Vater hat dich immer beschützt.«

Annie hält sich die Ohren zu. »Es reicht.«

Doch ihre Mutter ist nicht mehr zu bremsen. »Ich habe Hortense nicht mal darauf angesprochen. Wie ich später erfuhr, ist sie mit einem Baumchirurgen nach Kanada abgehauen. Stell dir das mal vor!« Sie schüttelt den Kopf. »Mir blieb nichts anderes übrig, als zu gehen. Obwohl« – sie streicht ihrer Tochter übers Haar – »obwohl du, meine Tochter …« Ihre Stimme versagt.

»Es spielte keine Rolle. Wie Daddy sagte, wir zwei waren eine vollständige Familie.«

»Natürlich spielte das ein Rolle. Wenn du nur …« Ursula richtet sich auf. »Ich habe zu viel für ihn getan, anstatt ihn seine Probleme selbst in die Hand nehmen zu lassen, und ich habe den Fehler begangen, ihm Hortense ins Haus zu schicken. Ich war ein Enabler, wie die Psychologen sagen. Ich habe ihm alle Verantwortung abgenommen.« Sie hält inne, wartet einen Moment lang, sieht Annie an. »So, wie du jetzt Sam die Verantwortung abnimmst.«

»Das ist nicht wahr«, sagt Annie.

»Ich habe Hortense deinem Vater in die Arme geschubst, und du tust das jetzt mit Rachel und Sam.«

Annie schlägt sich die Hand vor den Mund und dreht den Kopf zu den Fenstern, durch die sie in eine Märchenwelt funkelnder Lichter blickt.

Eine ganze Weile schweigen sie beide. Im Flur schlägt die Standuhr. Die Heizungsrohre klopfen. Der Aufzug hält auf ihrer Etage. Ihre Mutter atmet mit der antrainierten Technik.

Ursula bricht das Schweigen. »Es ist in Ordnung, Darling, du brauchst nichts zu sagen. Dein Gesicht spricht Bände.«

Wie aufs Stichwort ertönt die Klingel des Portiers. Ein Deus ex machina erlöst sie aus der unbehaglichen Situation. Ursula geht in den Flur. Annie hört gedämpfte Stimmen, das Klirren von Besteck. Die Tür fällt ins Schloss. In der erleuchteten Wohnung auf der anderen Straßenseite kann sie eine Familie am Esstisch sitzen sehen, unter einem Kronleuchter. Eine vier- oder fünfköpfige Familie. Eine normale Familie mit zwei Eltern und mehreren Kindern. Lachen sie? Beendet einer die Sätze des anderen? Sprechen sie über Schulaufgaben? Erzählt jeder, was er tagsüber erlebt hat? Sie kann es zwar nicht sehen, aber sie stellt sich vor, dass im Kamin ein Feuer prasselt, ein Hund auf seiner Decke liegt, ein selbst gemachter Apfelkuchen im Backofen steht und den Duft von Muskat und Zimt verbreitet.

Ursula kommt zurück. »*Voilà!*«

Annie dreht sich zu ihr um. Das Tablett, das sie hereinbringt, ist beladen mit appetitlich geschichteten Hamburgern und sündhaften, himmlisch knusprigen Pommes frites.

Ursula stellt das Tablett ab. Sie fährt herum, schnippt mit den Fingern. »Hab die Pâté und die Quenelles vergessen. Manchmal braucht man einfach eine Aufmunterung.«

Später, als das letzte Pommesstäbchen durchgeweicht in der Ketchup-Lache liegt, nachdem Ursula zwei ihrer mit Zahnstochern zusammengehaltenen Burgerviertel gegessen und bewiesen hat, dass sie alles mit Eleganz tut, und nachdem Annie ihren Burger ganz verzehrt hat, stapelt Ursula Reste und Geschirr auf das Tablett und stellt es in den Flur vor die Schlafzimmertür, so als käme der Zimmerservice und nähme es mit. Erneut setzt sie sich neben Annies angezogene Knie und greift nach ihrer Hand. »Geht es dir gut?«

»Schätze, ja. Nichts, was ein Hamburger und Pommes nicht kurieren könnten.« Ihr Ton verrät, dass sie kein Spielverderber sein will und dass sie ihrer Mutter nicht nur für das leckere Essen dankbar ist. Ob es ihr gut geht? Sie ist sich nicht sicher. Was ist mit Sam? Und Rachel? Zwar ist sie nach wie vor überzeugt, dass die beiden niemals … Nein, oder?

Doch da ist das Rätsel mit ihren Eltern. Bisher glaubte sie immer, genau zu wissen, wer von den beiden der Gute und wer der Böse ist.

»Ach, Arabella«, sagt Ursula, als hätte sie die Gedanken ihrer Tochter gelesen. »Du fühlst dich sicher wie erschlagen. Besonders nach dem, was du gerade durchgemacht hast. Es ist schrecklich für mich, dir das zu erzählen. Einen Schatten über das strahlende Bild deines Vaters zu werfen. Doch das war nun mal unerlässlich. Mir erscheint es offensichtlich, dass deine Ehe in Gefahr ist, dass du – ja – den Rat deiner Mutter brauchst.« Ursula rückt näher und schließt Annie in die Arme. »Mein lieber Schatz«, säuselt sie. »Meine Anwälte versicherten mir damals, dass ich das Sorgerecht erhalten kann. Wonach ich mich gesehnt habe, du weißt gar nicht, wie sehr.«

Annie schaut ihre Mutter an, in deren Gesicht sich dieselben Spuren von Trauer eingegraben haben wie bei ihrer Nora, die sie im *Puppenhaus* so vortrefflich verkörperte, die gezwungen wird, ihr Kind zu verlassen, und glaubt, es sei zu seinem Besten.

»Aber wie hätte ich meine Tochter von ihrem geliebten Vater wegholen können?«, plädiert Ursula.

Kapitel 19

> Ernähre dich nicht von Paul Bunyans. Iss Gemüse. Essiggurken sind kein Gemüse. Das Heidelbeerkuchenrezept deiner Mutter findest du in meinem Rezeptkasten – du schaffst das!

Zum ersten Mal seit der Operation vor zwei Wochen hat Annie beim Aufwachen keine Schmerzen und fühlt sich auch nicht benommen, ein gutes Zeichen, denn heute hat sie den Nachsorgetermin bei Dr. Albright. Wenn er es für unbedenklich hält, kann sie nach Hause fliegen. Als sie den Kopf zur Seite dreht, sieht sie überrascht ein Frühstückstablett auf ihrem Nachttisch stehen. Sie riecht frischen Röstkaffee, bewundert den gebutterten Toast in dem silbernen Ständer, den das Personal vom Connaught Ursula geschenkt hat, als sie aus der Grosvenor Suite auscheckte, und freut sich an den Gewächshaustulpen in der Kristallvase.

Der Streifen Eis in ihrem Herzen beginnt zu tauen. Nicht dass Ursula sich zu einer Marmee oder Ma Ingalls entwickelt. Hat sie je einen Knopf angenäht oder sie mit anderen Kindern zusammen zur Schule gefahren oder einen Schülerausflug begleitet oder einen Kürbis ausgehöhlt? Ist sie mal eine ganze Nacht aufgeblieben, um ihr Fieber mit kalten Umschlägen zu senken? Nun ja, niemand ist perfekt. Auch nicht ihr Vater, wie sich herausgestellt hat.

Aber Sam. Er ist, von ein paar kleinen Fehlern abgesehen, der einzige perfekte Mensch in ihrem Leben. Was an ihm zu beklagen ist – dass er keine Ordnung hält, vieles vergisst, nicht auf Details achtet, ein Hypochonder ist, klammert, hin und wieder überempfindlich reagiert –, das ist angesichts ihrer veränderten Lebensumstände unmaßgeblich. Vielleicht hat sie sich von ihrem Groll befreit, indem sie den Leitfaden schrieb. Ihre Krankheit und Rückkehr von den Toten hat ihr einen neuen Blickwinkel verschafft. Neuerdings hat sie ihr Augenmerk auf all die guten Dinge gerichtet, die großen wie Liebe und Freundschaft, Werte, Grundsätze und Freundlichkeit, und die kleinen süßen Moment wie zum Beispiel, als er ihr ein Gedicht von einem Kalligrafen auf Pergament schreiben ließ und ihr eingerahmt zum Valentinstag schenkte und als er die Uhr ihres Vaters reparieren und mit einem schmaleren Armband versehen ließ, damit sie sie tragen konnte, und als er heimlich die Babyausstattung zusammenpackte und an einen Kinderhilfsverein spendete.

Sie räuspert sich und versucht, sich an der Präambel der Verfassung: *Von der Absicht geleitet, unseren Bund zu vervollkommnen.* Sie ist recht gut zu hören. Ihre Stimme klingt kräftiger, wenn auch noch nicht wie vor der Operation. Das ist der richtige Augenblick, um Sam anzurufen. Sie greift zum Telefon – und zieht die Hand abrupt zurück. Soll sie besser warten, bis sie das Okay des Arztes hat? Bis sie alle Fakten kennt? Sie springt aus dem Bett und hüpft auf der Stelle auf und ab. Keine Brustschmerzen. Keine Kurzatmigkeit.

Sie will, nein, sie muss Sams Freude hören, wenn sie ihm sagt, dass sie nach Hause kommt. Die wahre Geschichte wird sie ihm erst erzählen, wenn sie vor ihm steht und ihm ins Gesicht sehen kann. Er wird wütend sein, weil sie den Untersuchungsbefund vor ihm verheimlicht hat. Aber wenn sich Dr. Albrights Diagnose bewahrheitet, wird Sam nicht anders können, als sich über das Ergebnis zu freuen. Ursula hat recht. Wer durch das Tal des Todes gegangen ist, dem sollte verrücktes Verhalten verziehen werden. Und wer würde unter solchen Umständen nicht auf verrückte Gedanken kommen? Wer würde nicht in Panik geraten und sich unlogisch verhalten? Sam wird das verstehen. Oder nicht? Sie vermisst ihr eigenes Bett mit der Mulde in der Mitte, in der sie und Sam nachts zueinanderrutschen. Sie vermisst ihre Arbeit, die Nachbarn, Freunde, Kunden, den Wagen, die freien Straßen, die nächtliche Stille, die vereisten Bürgersteige und matschigen Schneewälle. Sie würde jederzeit Ursulas Daunenkissen und Duftkerzen und Eau de Cologne gegen Sams Geruch eintauschen.

Es ist nicht so, als würde sie etwas aufgeben. Sie ist sicher, dass sie und Sam in Zukunft Ursula besuchen werden, sich Broadway-Stücke ansehen und Elsässer Sauerkrautplatte, Sushie und Tandoori-Lamm essen, Rothkos und Sargents bewundern, ins Ballett und durch den Central Park gehen, die High Line entlangschlendern. Sie werden über jene Wochen lachen, in denen sie getrennt waren. Und dann werden sie nach Hause zurückfliegen.

Immer nach Hause.

Sie beschließt, es nicht weiter hinauszuschieben. Sie nimmt das Telefon, ein creme- und goldfarbenes französisches Modell mit Wählscheibe, ein Requisitenstück, das funktionstüchtig gemacht worden war. Ihre Finger schnellen zur Wählscheibe, als wären sie schon auf dem Sprung gewesen.

Nach fünfmaligem Klingeln schaltet sich der AB ein. Sie sieht auf die Uhr. Offenbar ist er früher zur Arbeit aufgebrochen als sonst. »Hallo, ich bin's«, sagt sie in den Hörer und stellt fest, dass ihre Stimme immer noch sehr heiser klingt. »Es tut mir leid, dass ich nicht zurückgerufen habe. Deshalb hat Ursula dir geschrieben. Ich war mit meiner Erkältung« – sie hustet – »ans Bett gefesselt. Die muss ich mir im Flugzeug geholt haben. Sie hat sich zu einer Kehlkopfentzündung entwickelt, sodass ich nicht sprechen durfte. Aber jetzt bin ich aus dem Gröbsten raus. Ich liebe dich. Ich rufe später noch mal im Laden an.«

Als sie gefrühstückt hat, zieht sie sich einen von Ursulas Morgenmänteln mit den kitzelnden Marabufedern an und öffnet den Laptop.

> Liebster Sam, ich habe versucht, dich anzurufen. Ich kann tatsächlich wieder sprechen. Fühle mich schon viel besser und hoffe, bald nach Hause zu kommen. Lass uns darüber reden, sobald wir telefonieren können. Inzwischen läuft hier viel an Mutter-Tochter-Beziehung, und es läuft gut. Wenn ich wieder zu Hause bin, erzähle ich dir alles. Ich vermisse dich ganz schrecklich. Wahrhaftig, wie verrückt, zutiefst. Habe überlegt, was für ein New-York-Souvenir dir gefallen könnte, aber ich hoffe, das beste Mitbringsel bin ich. xxxooo Annie

Sie tippt auf *Senden*, dann schleicht sie sich ins Wohnzimmer. Ihre Mutter ist eine Nachteule und schläft immer bis Mittag, verwöhnt durch Verdunkelungsvorhänge, ihre schwarzseidene Augenmaske und Meeresrauschen vom Band.

Überraschung! Ursula sitzt fertig angezogen, frisiert und geschminkt auf dem Sofa und liest die *New York Times.* »Anscheinend sind Hosen mit weitem Bein wieder in Mode«, informiert sie ihre Tochter. »Ich finde sie furchtbar unvorteilhaft.« Sie zieht angewidert die Nase kraus. »Hier werden sie mit bauchfreien Tops kombiniert. Wirklich, wer kann das tragen außer vielleicht junge Mädchen?« Sie blickt auf. »Gut geschlafen?«

»Sehr gut sogar. Es geht mir viel besser. Und dir? Du bist früh aufgestanden.«

»Ich weigere mich, unsere Mutter-Tochter-Zeit in Morpheus' Armen zu vergeuden. Außerdem gehe ich, seit du hier bist, früher schlafen als sonst.«

»Das tut mir leid.«

»Braucht es nicht. Tatsächlich verdanke ich es dir, dass die schrecklichen Tränensäcke unter meinen Augen verschwunden sind. Dadurch brauche ich mir nicht mehr jeden Tag eine Stunde lang Gurkenscheiben auf die Lider zu legen.« Sie faltet die Zeitung zusammen und wirft sie auf den Beistelltisch. »Es ist recht mild draußen für Ende Februar. Wie wäre es mit einem flotten Spaziergang im Park – entsprechend deinem Tempo –, bevor wir uns auf den Weg zu James machen.«

Obwohl New York sechshundert Kilometer südlicher liegt als Passamaquoddy, packt Annie sich so warm ein, als wäre sie in Maine: Rollkragenpullover, Strumpfhose, Cordhose, zwei Paar Socken. Während Ursula sich auch mit Kleiderfragen auseinandersetzt – welcher Schal zu welchen Handschuhen zu welchem Hut passt –, geht Annie noch mal ins Schlafzimmer und ruft Sam im Laden an. Doch nicht er meldet sich mit »Annie's Samwich Shop«, sondern Megan. Annie lässt enttäuscht die Schultern hängen. Sie lehnt sich gegen das

Bett. Im Hintergrund hört sie Geschirr klappern, die Kaffeemaschine fauchen, die Stammgäste plaudern.

»Hallo, Fremde«, sagt Megan. »Du klingst erkältet.«

»Bin ich. Es war ziemlich übel. Aber jetzt bin ich auf dem Weg der Besserung. Kann ich mit Sam sprechen?«

»Ups. Du hast ihn gerade verpasst.«

»Wo …« Sie stockt. Megan soll nicht glauben, sie wäre eine dieser Ehefrauen, die ihren Mann ständig kontrollieren. Oder klammern wie Sam. »Ich rufe an, um ihm zu sagen, dass ich Ende der Woche nach Hause komme.«

»Puh. Das ist eine gute Nachricht.« Gedämpft hört Annie sie mit einem murrenden Kunden sprechen: »Augenblick, ich bin gleich bei Ihnen. Er wird total erleichtert sein«, sagt sie dann zu Annie.

»Das hoffe ich. Wie läuft das Geschäft?«

»Wir halten uns tapfer. Aber ohne dich sind wir verloren.«

Bevor Annie sich über den Satz freuen oder grübeln kann, warum sie wir statt er sagt, ruft eine Frau: »Drei Kaffee mit Milch. Die Kunden haben es eilig.« Dabei klirrt Geschirr, Schritte poltern, die Messerklinge klopft auf das Schneidbrett.

»Entschuldige, Annie«, sagt Megan. »Gerade kommt die halbe Stadt in den Laden.«

»Dann lasse ich dich mal arbeiten. Kannst du Sam ausrichten, dass ich angerufen habe?«

»Gern. Bis bald.«

»Und liebe Grüße«, fügt sie noch hinzu, aber da hat Megan schon aufgelegt.

Als sie mit Ursula das Haus verlässt, fühlt sie sich wie ein Tier, das aus der Gefangenschaft in die Freiheit entlassen wird. In Wolle und Nerz gehüllt, laufen sie untergehakt Seite an Seite.

Sie überqueren die Fifth Avenue und gehen bei der Schlittschuhbahn in den Park. »Sollen wir eine Weile zugucken?«, schlägt Ursula vor.

Annie stimmt freudig zu. Früher zur Highschool-Zeit ging sie mit Sam Schlittschuh laufen, wenn der alte Schulparkplatz mit Wasser geflutet und gefroren war. Sie waren beide gleich gut, glitten Hand in Hand übers Eis, während aus den Lautsprechern Oldies mit tiefsinnigen Texten dröhnten, die ihnen auf den Leib geschrieben waren: *Love Makes The World Go Round, Love Me Tender, I Can't Stop Loving You*. Später teilten sie sich einen heißen Kakao hinter dem Karussell, und Sam wärmte ihre Hände, die trotz ihrer Fäustlinge kalt waren. »Ist das nicht herrlich?«, sagte er dann.

Alles wird wieder genauso schön wie vorher, tröstet sie sich jetzt. Sobald sie wieder bei ihm ist. Durch den neuen Auftrieb in ihrem Leben wird ihre Ehe noch besser als vorher. Vielleicht sollten sie ihr Ehegelübde erneuern, eine Party feiern, die Stadthalle mieten … Sie denkt an Champagner und Mini-Bunyans, die diesmal stabiler zusammengesteckt werden, und an eine mehrstöckige Buttercremetorte.

»Ist das nicht herrlich?«, ruft Ursula und reißt Annie aus ihrem Tagtraum. Sie stehen am Rand der Eisfläche, die Skyline von New York erstreckt sich vor ihnen. Menschen kommen und gehen, Schlittschuhläufer halten sich an der Bande fest, einige drehen Kreise mit der Anmut der Profis in Ice Capades, die jeden Januar im Stadion von Passamaquoddy stattfinden. Eine Frau springt einen geschmeidigen Axel. Ein junger Mann nimmt sie bei der Hand und tanzt mit ihr übers Eis. Aus den Lautsprechern tönt »Yesterday«. Annie hält ihr Handy hoch und macht ein Foto, das sie Sam schicken will.

Ein kleines Kind drängt sich neben sie in die vorderste

Zuschauerreihe, ein niedliches Mädchen mit rosigen Wangen von vier oder fünf Jahren. Sie ist in einen roten Wollmantel mit Samtkragen und rote Strumpfhosen eingepackt wie auf einem Gemälde aus dem neunzehnten Jahrhundert. »Mummy, ich kann sehen«, ruft sie.

»Das ist großartig, Annie.«

Annie dreht sich um. Direkt hinter ihr steht eine Frau und klopft einem schlafenden Baby auf den Rücken, das sie in einem Babygestell vor dem Bauch trägt. Annie besitzt die gleiche Trage, aber sie liegt in der ungeöffneten Verpackung im Schrank verstaut. »Sei nur vorsichtig. Und belästige die anderen Leute nicht«, sagt die Mutter.

»Sie stört nicht«, versichert Annie und geht neben dem Mädchen in die Hocke. »Weißt du, was? Ich heiße auch Annie.«

Die Kleine reißt die Augen auf. »Wirklich?«

Annie nickt. Sie lächelt zu der Mutter hoch, die das Lächeln erwidert und anscheinend nicht befürchtet, dass sich fremde Leute als Entführer oder Pädophile entpuppen könnten. Vielleicht hat sie Ursula erkannt und nimmt an, dass eine so berühmte Person über jeden Verdacht erhaben ist. Allerdings lässt sie sich, wie unter gebildeten Bewohnern Manhattans üblich, nicht anmerken, dass sie weiß, wer vor ihr steht.

»Ich habe eine Schwester bekommen«, erzählt die kleine Annie.

»Das sehe ich. Wie heißt sie denn?«

»Esmé. Nach einer Geschichte.«

»Die habe ich gelesen.«

»Ich wurde auch nach jemandem genannt. Nach meiner Großmutter. Die heißt eigentlich Ann.«

Annie beugt sich weiter zu dem Mädchen hinab und

spricht leiser. »Dann verrate ich dir ein Geheimnis. Ich heiße eigentlich Arabella.«

»Das ist albern.«

»Ja, nicht wahr? Annie finde ich viel schöner.«

»Nächste Woche lerne ich Schlittschuhlaufen. Ich werde das sehr gut machen.«

»Alle Annies können gut Schlittschuhlaufen.«

»Ich weiß.« Die Kleine zeigt auf einen Schneehügel. »Der ist zu klein, um einen Schneeengel zu machen. Machst du gern Schneeengel?«

»Und wie. In Maine, wo ich herkomme, ist es so kalt und verschneit, dass man viele Monate Schneeengel machen kann.«

»Dann ist es schön, da zu wohnen.«

»Das stimmt.«

In dem Moment fängt die kleine Esmé an zu weinen.

Die Mutter will das Kind aus der Trage heben, aber der Gurt verfängt sich an ihrem Mantelärmel.

»Kann ich helfen?«, fragt Annie.

»Das wäre wunderbar. Könnten Sie sie halten, während ich das Ding zurechtrücke?« Sie gibt Annie das Baby. »Aber ich muss Sie warnen. Sie ist ein Heuler.«

Esmé wird ihrem Ruf gerecht und brüllt los. Das Geschrei geht allen durch Mark und Bein und ruft finstere Blicke der Umstehenden hervor. Das Baby läuft rot an, kneift die Augen zu, und heiße Tränen kullern ihm über die Wangen.

Annie drückt es an ihre Brust, streicht ihm über den Rücken. Das Baby beruhigt sich. Annie streichelt die seidige Wange, den seidigen Flaum, der unter der Kapuze hervorlugt. Esmé seufzt, lässt den Kopf an Annies Brust sinken und schläft ein.

»Sie sind ein Babyflüsterer«, sagt die Mutter. »Sie haben sicher auch Kinder.«

Annie nickt. Was für eine Schwindlerin sie doch ist, zu behaupten, sie hätte ihre Beruhigungskünste durch Erfahrung mit ihren eigenen Kindern gelernt. Klare Anzeichen eines Hochstaplersyndroms. Gibt es eine ungetrübtere Seligkeit, als ein schlafendes Baby im Arm zu halten?

»Vorsicht«, sagt Ursula, »sonst wird sie wach.« Sie sieht Annie aufmerksam ins Gesicht. Was sich hinter dem Blick verbirgt, ist schwer zu sagen.

Endlich hat die Mutter die Gurte passend eingestellt und streckt die Hände nach ihrem Kind aus. Annie fällt es schwer, die kleine Esmé wieder abzugeben.

»Vielen Dank.« Die Mutter lächelt sie an. »Annie, sag der netten Dame auf Wiedersehen.«

Das kleine Mädchen dreht sich zu Annie und streckt ihr die Hand hin, die in einem flauschigen Angorafäustling steckt. »Es war sehr schön, dich kennenzulernen«, sagt sie und knickst.

»Und für mich war es schön, dich kennenzulernen«, erwidert Annie.

»Vielleicht kannst du mal wieder hierherkommen und mir zusehen, wie ich Schlittschuhlaufen lerne.«

»Das würde mir gefallen.«

»Aber ich glaube nicht, dass Esmé das gut können wird.«

Annie lacht. »Weil sie eben keine Annie ist. Nur Annies haben das besondere Talent.«

Im Sprechzimmer hört Dr. Albright Herz und Lunge ab und sieht sich ihre Narbe an. »Hervorragend verheilt«, sagt er, sehr mit sich zufrieden. »Man sieht die Naht kaum noch.«

Ursula, die ohne zu fragen einfach mit hereingekommen ist, pflichtet ihm bei. »Deine Nähte können mit den besten Pariser Couturiers konkurrieren, James.«

»Das werde ich mir merken«, scherzt er, »für den Fall, dass sich mein Job nicht mehr bezahlt macht.«

Er klemmt die kurz zuvor angefertigte Röntgenaufnahme an den Leuchtkasten. »Wie ich vorhergesagt habe. Kein Anzeichen für Sarkoidose. Sie können die Medikamente absetzen. Sie dürfen einen Monat lang nicht schwer heben.«

»Also ein makelloses Gesundheitszeugnis«, jubelt Ursula.

»So makellos wie frisch gefallener Schnee. Ich überweise Sie an den Lungenfacharzt, der gleich den Gang hinunter sein Sprechzimmer hat, eine Koryphäe auf seinem Gebiet. Er soll dafür sorgen, dass es so bleibt. Sie sollten regelmäßige Kontrollen vereinbaren, zunächst alle sechs Monate, dann jährliche.«

»Ein perfekte Ausrede, um mich zu besuchen«, sagt Ursula.

»Ich brauche keine Ausrede.«

»Dann werden wir uns von nun an häufiger sehen – bei deinen Trips nach New York.« Sie richtet ihren Schal. »Und bei meinen Ausflügen nach Passamaquoddy …«

Annie starrt sie an. Ist ihr etwas entgangen?

Ursulas Lider flattern, dann wirft sie ihr ein wissendes Grinsen zu.

Annie wendet sich an Dr. Albright. »Es gibt doch sicherlich auch Lungenärzte in Maine, nicht wahr?«

Ursula antwortet an seiner Stelle. »Sicher keinen besseren als in dieser Klinik. Dem wirst du vermutlich zustimmen, Darling, nachdem der brillante James dir das Leben gerettet hat.«

»Da hast du recht«, räumt Annie ein und meint es ehrlich. Bei ihrer Gesundheit geht sie kein Risiko mehr ein. Sie wird bei dem Krankenhaus bleiben. Gott mag auch mal ungebeten eingreifen, aber meistens muss man das selbst tun.

»Also wirst du nach New York zu dem Lungenarzt fliegen, und der gute Ambrose kann sich zu Hause um die kleineren Probleme kümmern«, bemerkt Ursula abschließend.

Zu Hause. Nun da sie die Du-kommst-aus-dem-Krankenhaus-frei-Karte gezogen hat, kann sie über Los gehen, das Gesundheitsattest einziehen und nach Hause fliegen.

»Dann sind wir hier wohl fertig.« Dr. Albright begleitet sie zur Tür.

»Ich weiß gar nicht, wie ich Ihnen danken soll«, sagt Annie.

Er schüttelt ihr die Hand. »Ich bin froh über das gute Ergebnis.«

Annie will gerade den Raum verlassen, da hält Ursula sie am Ellbogen auf. »Nur eines noch …«

»Ja?«, sagt der Arzt.

Ohne Vorrede, ohne behutsame Vorbereitung, ohne Erlaubnis der Betroffenen sagt Ursula: »Meine Tochter wünscht sich ein Baby.«

»Ursula!« Annie ist verblüfft und entsetzt, peinlich berührt und erschrocken. Energisch schüttelt sie die Hand ihrer Mutter ab. »Wir gehen.«

Ursula rührt sich nicht vom Fleck. »Sie hatte mehrere Fehlgeburten. Wie viele, Darling?«

»Das spielt jetzt keine Rolle«, murmelt Annie. »Dr. Albright ist Lungenchirurg.«

»Und eine Totgeburt. Es bricht einem das Herz.« Ursula betupft sich die Augen.

Dr. Albright hat bereits eine Nummer gewählt. Benommen vor Zorn kann Annie nur vereinzelte Worte und Satzfetzen erfassen: *Sonntag … Spiel der Knicks … einen Gefallen … Tochter von Ursula Marichal … ja, genau die … finde die Zeit … bin dir was schuldig.*

»Stanley. Dr. Stanley Feld, Facharzt für Reproduktionsmedizin, im zweiundzwanzigsten Stock, wird Sie nächste Woche empfangen. Auf dem Weg nach draußen wenden Sie sich an meine Krankenschwester, sie gibt Ihnen das Terminkärtchen.«

Im Taxi auf dem Heimweg legt Ursula einen Arm um ihre Tochter. »Die Krankenschwester hat mir erzählt, dass dieser Reproduktionsmediziner auf Jahre ausgebucht ist«, frohlockt sie. »Selbst Prinzessinnen aus Kuwait und Olympiasiegerinnen müssen sich hinten anstellen.«

»Die Macht einer Ursula Marichal«, sagt Annie. »Sie reißt Leute vom Rand des Todes zurück, um ihnen bei Ärzten Termine zu verschaffen, die weder gewöhnliche Sterbliche noch Majestäten bekommen.«

»Unsinn«, widerspricht Ursula mit gespielter Bescheidenheit. »Doch es ist wirklich erstaunlich, wie schnell wir bei James drangekommen sind und jetzt bei diesem angesehenen …« Sie zieht das Kärtchen aus der Manteltasche, das sie Annie nicht anvertrauen wollte. »Dr. Feld.«

»Aber ich habe Sam versprochen, am Wochenende zu Hause zu sein.«

»Arabella, was sind schon ein paar Tage mehr, wenn …«

»Es ist doch sowieso zwecklos.«

»Ganz und gar nicht.«

Annie denkt an Esmé. Es ist, als spürte sie das Baby in ihren Armen immer noch. Körpergedächtnis. Kann dieser Arzt ein Wunder bewirken?

»Erzähl Sam wenigstens von dieser neuen Entwicklung«, drängt Ursula.

»Noch nicht.«

»Es ist deine Ehe, Arabella. Ich will dir da nicht reinreden und zu irgendetwas raten.«

»Ja, du geizt geradezu mit deinem Rat.« Annie blickt zu der peppigen Wetterfrau auf dem Bildschirm unterhalb der Trennscheibe des Taxis. Von Norden her zieht ein Sturm auf, kündigt sie an. Annie denkt an Sams Nervenzusammenbruch nach dem Verlust ihres Babys. »Nach allem, was schon passiert ist, wäre es grausam, ihm Hoffnungen zu machen, die dann zerstört werden. Stell dir nur vor, wie niedergeschlagen er wäre.« Sie muss persönlich mit ihm sprechen, in das geliebte Gesicht blicken und ihre Worte nach seiner Mimik richten, die nur sie entschlüsseln kann. Sie schaut auf die Wetterkarte von der eingeschneiten Ostküste. »Mit ein wenig Glück kann ich es aufs Wetter schieben.«

»Meiner Ansicht nach ist das Wetter unzuverlässiger als eine Genesung von Bronchitis oder Lungenentzündung«, erwidert Ursula.

Sobald Annie sicher ist, Sam zu Hause nicht mehr anzutreffen, spricht sie ihm eine Nachricht auf den AB. »Ich bin's. Ich werde wohl später als geplant zurückkommen. Das ist kein Grund zur Sorge, aber meine Erkältung hat sich verschlechtert. Und gerade wurde ein Sturm angekündigt. Ich melde mich sofort, wenn ich den Flug umgebucht habe. Du fehlst mir. Ich liebe dich.«

Eine halbe Stunde später ruft Sam sie an.

»Wo bist du?«, fragt sie.

»Wie geht es dir?« Er weicht aus und redet gleich weiter.

»Folgender Plan: Buche einfach den nächsten Flug. Er dauert nur zwei Stunden, und ich hole dich in Bangor ab. Nach ein wenig liebevoller Pflege von deinem Ehemann fühlst du dich wie neugeboren, versprochen.«

Annie ist hin- und hergerissen. Sie sehnt sich nach ihm. Sie sehnt sich nach ihrem Zuhause. Sie möchte nachgeben. Ist es egoistisch, mehr zu wollen? Warum sich nicht dankbar mit dem begnügen, was sie hat?

Wieder denkt sie an Esmé und deren große Schwester. Wie könnte sie diese einmalige Gelegenheit sausen lassen, so schlecht die Chancen auch stehen mögen? »Ach, wenn ich es nur könnte.« Die Lügen kommen ihr immer geschmeidiger über die Lippen. Übung macht den Meister. »Die Bronchitis ist zu schlimm.« Zum Beweis hustet sie ein paarmal kräftig. »Ursulas Arzt hat schon einen Hausbesuch bei uns gemacht, um mich abzuhören.«

»Nimmst du Antibiotika?«

»Penicillin.«

»Das sollte das Problem beheben. In vierundzwanzig Stunden bist du wieder fit und kannst fliegen. Ich komme hin, und wir fliegen zusammen. Die Sache wird mir allmählich zu dumm.«

»Der Arzt will nicht, dass ich mich ins Flugzeug setze.«

»Dann fahren wir mit dem Auto.«

»Bis nach Maine bei diesem Wetter? Der Arzt fürchtet, dass die Bronchitis in eine Lungenentzündung übergeht. Ich brauche Bettruhe.«

Er raschelt mit Papier. Sein Kalender? »Also gut. Wenn das so ist, fliege ich nach New York und bleibe bei dir. Ich bin bestimmt eine bessere Krankenschwester als Ursula.«

»Das ist lieb von dir, aber unnötig. Du wärst überrascht,

wie fürsorglich sie ist. Sie bedient mich von vorn bis hinten. Ihr scheint die Rolle zu gefallen. Also, warum sie ihr wegnehmen?« Sie geht zu einem koketten Ton über. »Obwohl ich eine ganz spezielle Pflege von dir sehr vermisse. Aber du bist ja auch im Geschäft voll eingespannt.«

»Zum Teufel damit. Gib mir den Namen von Ursulas Arzt. Ich bitte Ambrose, ihn anzurufen und sich deinen Fall vorzunehmen.«

»Das führt nur zu Durcheinander. Außerdem könntest du dich bei mir anstecken. Ich will nicht, dass du …«

»Für dich gehe ich das Risiko ein.«

»Es sind doch bloß noch ein paar Tage, Sam.«

Er seufzt. »Ich will jetzt nicht länger mit dir streiten, Annie.«

Nachdem sie sich verabschiedet haben, versucht Annie, nicht darüber nachzudenken, wie schnell Sam aufgegeben hat.

Kapitel 20

Du magst keine gestärkten Hemden, und geringe Stärkegrade sind ein Mythos. Obwohl Flanell rau und männlich wirken kann, siehst du hinreißend aus, wenn du dich schick gemacht hast.

Annie liegt in Ursulas jachtgroßer Badewanne bis zum Kinn im Schaum. Sie hat alle Luffahandschuhe, Naturschwämme, Bürsten mit Wildschweinborsten und Fäustlinge aus türkischem Frottee ausprobiert. Umgeben von Dampf und Wärme und Cremes, auf deren Etiketten alle möglichen Vorteile für Leib, Leben und die gestresste Seele versprochen werden, lässt sie sich ein wenig tiefer ins Wasser sinken. Sie betastet ihre Narbe, die sie, sobald sie aus der Wanne gestiegen ist, mit Ursulas Anti-Schwangerschaftsstreifen-Salbe einreiben will.

Wenn doch nur Sam neben ihr im Schaum läge! In der Anfangszeit ihrer Ehe badeten sie oft zusammen in einer freistehenden alten Wanne mit geschwungenen Füßen, die viel zu klein war. Trotzdem schafften sie Bravourstücke akrobatischer Liebesspiele, ihre Schlangenmenschpositionen führten garantiert zu Gekicher und Seife in den Augen, und an den abgeplatzten Stellen der Emailleschicht holten sie sich Schürfwunden. Damals teilten sie sich ein Einzelbett, einen Schreibtisch und beim Fernsehen einen Ohrensessel. Später, als ihnen mehr Fläche zur Verfügung stand, war es eine Matratze von eins fünfzig Breite, ein großes Sofa und die Toilettenartikel.

Die Distanz zwischen ihr und Sam ist deutlich zu spüren, und die kann sie nicht allein auf die geografische Entfernung schieben. Auf ihre Nachrichten antwortet er einsilbig. Vielleicht hat er ihren vorgetäuschten Husten und die künstliche Heiserkeit durchschaut, schließlich ist er ein erfahrener Beobachter von Krankheitssymptomen. Hat er mit der kameradschaftlichen Rachel mehr Spaß als gedacht? Unmöglich. Vielleicht hat er einfach die Nase voll? *Welche Netze wir doch spinnen, wenn einmal wir auf Täuschung sinnen*, pflegte Miss Mullen im Englischunterricht zu sagen, ein Zitat von Sir Walter Scott, das sie Shakespeare zugeschrieben hätten. Alles wird wieder gut, denkt Annie. Sie kann das Lügengespinst auflösen. Sie kann es riskieren, ihre Ehe bis nächste Woche warten zu lassen. Sobald sie mit ihrer Kinderlosigkeit ihren Frieden gemacht hat, kann sie nach Passamaquoddy zurückkehren und ihr altes Leben wiederaufnehmen. Aber jetzt ist es besser, alle Möglichkeiten auszuschöpfen, bevor ihre biologische Uhr zu ticken aufhört.

Sie steigt aus der Wanne auf das Seerosenmuster der Badematte und cremt sich die Narbe ein, die Salbe überrascht sie mit Lakritzgeruch. Sie wickelt sich in Ursulas flauschige Handtücher, die von den Heizstangen angewärmt sind. Es ist Zeit, etwas zu unternehmen. Wenn gute Taten Schuldgefühle lindern können, dann weiß sie, was sie tun muss. Im Schlafzimmer zieht sie sich Jeans und Sneaker an und sucht im Internet nach familiengeführten Sandwichläden. Verblüfft findet sie die Diner nicht in Manhattan, sondern in Greenpoint. Von dem Viertel hat sie noch nie gehört, aber wie sich herausstellt, kann sie ganz leicht hingelangen. Sie sieht sich auf Google maps den Stadtplan an, sucht nach U-Bahnhöfen und Verbindungen.

Als sie ins Wohnzimmer kommt, blickt Ursula von ihrem Drehbuch auf. »Darling, du hast dich angezogen, als wolltest du Rinder zusammentreiben.«

»Ich will einiges erledigen«, erklärt Annie. Sie nimmt sich den Kaschmirmantel aus dem Garderobenschrank. Wenn Ursula nur den Parka nicht weggegeben hätte! Mit dem wäre sie besser gerüstet, um Brooklyn zu Fuß abzuklappern.

»Soll ich dich begleiten, Arabella? Ich kann in einer halben Stunde fertig sein.« Ursula knickt die Ecke der Seite um, die sie gerade liest. »Führen dich deine Erledigungen auch zu Bergdorf's?«, fragt sie.

»Nur nach Greenpoint.«

»Wie mutig. Da bin ich noch nie gewesen. Liegt das nicht in einem« – sie verzieht das Gesicht – »Randbezirk?«

»Anscheinend. Ich bleibe nicht lange weg.«

Ursula wendet sich wieder ihrem Text zu, unterstreicht ein paar Zeilen mit ihrem Füller aus Lapislazuli und Gold. »Für solche Terra incognita solltest du meinen Fahrdienst in Anspruch nehmen, Darling.«

Annie nimmt die U-Bahn. Mithilfe ihres Stadtplans und der Navi-App schlendert sie zur 86th Street, wo die Schnellbahn zur Grand Central Station fährt. Schulkinder in Blazer und karierten Faltenröcken tollen auf der Treppe und dem Bahnsteig herum, schleppen Rucksäcke und Instrumentenkoffer.

Wenn Achtjährige mit öffentlichen Verkehrsmitteln fahren können, braucht sich eine über dreißigjährige Landpomeranze auch nicht abschrecken zu lassen.

Ihr Blick fällt auf einen großen rothaarigen Mann, der auf die Bahn wartet. Sie hält den Atem an. Kann das Charles sein? Mit dem sie damals die Sommeraffäre hatte? Der sie in seinem Loft so virtuos entjungfert hat? Eine Reihe spekulativer Fantasien gehen ihr durch den Kopf, die sie – in Anbetracht der Spannungen zwischen ihr und Sam – nicht überraschen. Sie sieht es noch vor sich, wie elegant Charles einen Martini in der Hand hielt, wie er ein Taxi lediglich mit einer Kopfbewegung heranrief. Doch als der Mann den Kopf über seine Zeitung beugt, kommt sein Profil Annie fremd vor. Natürlich ist er es nicht. Und wahrscheinlich wird sie ihn nach den zwanzig Jahren ohnehin nicht wiedererkennen. Er könnte inzwischen eine Glatze haben, einen Bierbauch, einen Vollbart.

In der nach Queens fahrenden Nummer 7 fragt sie einen Jugendlichen, der sich an einer Halteschlaufe festhält, nach dem Weg. Er hat die Nase in *Wer die Nachtigall stört* gesteckt, ohne sich vom Ruckeln der Bahn und den rempelnden Ellbogen der Mitpassagiere irritieren zu lassen. Sie erfährt, dass sie Vernon/Jackson aussteigen muss und über die Pulaski Bridge nach Greenpoint gelangt.

»Ist Atticus Finch deine Lieblingsfigur?«, fragt sie.

Er rollt die Augen. »Boo Radley.« Er liest sofort weiter.

Annie verläuft sich nicht. Sie überquert die Pulaski Bridge, deren Name für das Wesen des Schmelztiegels steht. Verglichen mit Manhattan wirkt der »Randbezirk« beinahe ländlich. Die niedrigen Holzhäuser, von denen die Farbe abblättert, die Maschendrahtzäune, die angenehm breiten Gehwege, die gemütliche Schäbigkeit rufen bei ihr Heimweh hervor, obwohl nirgends eine Kiefer aus dem Asphalt gewachsen ist, einen Vorgarten beschattet oder mit ihren Nadeln ein Abflussgitter verstopft.

Nach einem Umweg, den sie ihrem schwächelnden Geschick beim Stadtplanlesen zu verdanken hat, findet sie die Franklin Street, an der sich die vielen Sandwichläden befinden. Das Ziel ihrer Pilgerfahrt!

Beim ersten Geschäft ist die Schrift auf dem zerkratzten Schild so klein, dass sie die Nase fast an das Blech drücken muss, um den Namen lesen zu können: Little Hanoi. Eine Reinigung? Ein Waschsalon? Sie geht hinein und betrachtet das Interieur: klapprige Metalltische und rückenfeindliche Hocker, an den Wänden rissige Kalenderblätter mit vietnamesischen Radfahrern und Fischern.

Hinter der sehr kurzen Theke nehmen ein Mann und eine Frau Bestellungen entgegen – ein Ehepaar? Auf dem Zwei-Platten-Herd köchelt etwas, und daneben steigt Qualm aus einer Grillpfanne auf. Auf einem Tisch neben einem halbhohen Kühlschrank steht ein Grillofen, auf einem Tablett sind Baguettes aufgeschichtet. Der ganze Raum ist angefüllt mit betörenden Gerüchen, deren Komponenten Annie nicht bestimmen kann, aber es riecht köstlich. Plötzlich hat sie einen Bärenhunger. Sie stellt sich ans Ende der Kundenschlange hinter eine Frau in Jeans und einem Duplikat ihres betrauerten Daunenparkas. »Entschuldigen Sie.« Sie tippt der Frau zaghaft auf die Schulter.

Die Frau dreht sich um. Sie ist etwa in Annies Alter, eine nüchterne Person mit Brille, keiner Spur Make-up im Gesicht und einem Pferdeschwanz mit einem Haargummi, das selbst Annie als hausbacken empfindet.

»Welches Sandwich ist am besten?«, fragt Annie.

»Zum ersten Mal hier?«

Annie nickt.

»Aber Sie haben schon mal Banh mi gegessen?«

»Ich fürchte, nein.«

Sie bestaunt Annie wie einen Marsmenschen. »Sie wohnen nicht in der Gegend?«

»In Maine.«

»Dann nehmen Sie das klassische Banh mi«, rät die Frau. »Ich war mal in Bar Harbor. Sie kriegen in New York ein besseres Hummerbrötchen als dort.«

Annie beherzigt den Rat. Ein Mann, der gerade bezahlt hat, bietet ihr seinen Platz an. Die übrigen Gäste an dem Tisch sind drei Frauen, die sich lebhaft unterhalten, vermutlich auf Vietnamesisch. Das schließt Annie aus den Nasalkonsonanten und der melodischen Betonung, und es klingt nach Streit, obwohl die Frauen lächeln. Sie wertet es als gutes Zeichen, dass auch Vietnamesen in diesem Laden essen.

Sie holt das Handy hervor und fotografiert ihr Sandwich, bevor sie es kostet. Beim ersten Bissen staunt sie über die ungewohnte, aber köstliche Zusammenstellung von Aromen. Gegen Blicke abschirmt, nimmt sie das Sandwich auseinander und begutachtet die Zutaten. Das Brot wurde ausgehöhlt, um Platz zu schaffen für Leberpastete, Salatgurke, scharfe Paprikaschote, Jalapeños, dünne Scheiben Schweine- und Rinderbraten, Daikon-Rettich, Essiggurken und Karottenscheiben. Die Schichtung folgt einer gewissen Logik, die mit optischem Reiz und geschmacklichen Gegensätzen zu tun hat. Wie bei ihrem Paul Bunyan.

Sie fügt das Banh mi wieder zusammen, bemüht, die richtige Reihenfolge einzuhalten. Das Sandwich können sie zu

Hause nachmachen, verschiedene Rezepte aus dem Internet ausprobieren und sich eine eigene Variante ausdenken. Das wird so schön wie damals, als sie den Bunyan rekonstruieren mussten. Als sie noch sehr ineinander verliebt waren. Geschichte kann sich wiederholen. Warum nicht die Speisekarte um das Banh mi erweitern und die veränderungsunwilligen Mainer allmählich auf den Geschmack bringen? Sie geht davon aus, dass Sam in seiner Expansionslaune auch das Speisenangebot erweitern will. Und zumindest wird er ihre Recherche begrüßen und dass Ursulas Fresstempel sie nicht für asiatisches Street Food verdorben haben oder dass sie bei aller Ablenkung nie aufhört, ans Geschäft zu denken.

Annie steckt sich einen Speisekartenflyer ein. Mit Erlaubnis der Besitzer fotografiert sie die Theke, die minimalistische Küchenausstattung und die Besitzer selbst, die mit zwei Fingern das Victory-Zeichen machen. »Sie *New York Time?*«, fragt der Mann

»Leider nein«, sagt Annie.

»Ist okay. *New York Time* gibt vier Stern.«

Bis Annie das Meatball Magic betritt, hat sie bei ihrer kulinarischen Ermittlung schon eine gewisse Routine. Sie bestellt sich das Haussandwich, fotografiert es und begutachtet die Bestandteile. Welcher geniale Koch ist auf die Idee gekommen, ein Fleischklößchen-Sandwich mit einem Brioche, Mangochutney und Spiegelei zu machen? Die Kombination ist eine Offenbarung. Sie wickelt das Sandwich ein und geht. Draußen schenkt sie es einem Obdachlosen, der fragt: »Haben Sie nicht auch einen Pinot Noir dabei?«

Sie besucht weitere Läden und spricht mit den Inhabern. Sobald sie ihr Geschäft erwähnt und den Bunyan beschreibt, erlebt sie eine Kollegialität, von der sich die Doughboys eine Scheibe abschneiden könnten. Man gibt ihr Zubereitungstipps und drängt ihr Kostproben von hausgemachtem Mozzarella, gebratener Aubergine, gegrilltem Schweinefleisch, Putenbraten, überbackenem Thunfisch, Hähnchenlasagne und Cashewpesto auf, bis sie die obersten zwei Jeansknöpfe öffnen muss.

Am Ende des Nachmittags hat sie den Kopf voller Ideen und die Tasche voller Speisekarten und viele Fotos von ungewöhnlichen Leckerbissen. Eine Goldgrube neuer, aufregender Möglichkeiten, mit denen sie Sam überraschen kann.

Gerade will sie zur Pulaski Bridge hinübergehen – oder vielmehr trotten –, als sie an der Straßenecke noch ein Café entdeckt. Laut Yelp handelt es sich um *Joe and Mary's Café* und rangiert auf allen Feinschmeckerlisten unter den ersten fünf.

Dennoch geht kein Kunde hinein, keine Kreidetafel steht auf dem Bürgersteig und preist das Tagesangebot an, keine laminierten Restaurantkritiken kleben an der Ladentür. Als sie durch die Scheibe späht, sieht sie leere Tische und Stühle, und in einer Ecke lehnt ein Besen. Ein Mann in einem abgenutzten Hemd sitzt mit hängenden Schultern auf einem Hocker vor der Theke. Obwohl neben einem Stapel Kartons ein moderner Espressoautomat steht, hält er einen Styroporbecher von einem Konkurrenten in der Hand.

Er bemerkt sie und bedeutet ihr hereinzukommen.

Nach kurzem Zögern öffnet Annie die Tür. »Entschuldigen Sie. Es sieht aus, als hätten Sie geschlossen.«

»Das kann man wohl sagen.«

»Ich habe die schwärmerischen Kritiken über das *Joe and Mary's* gelesen. Deshalb wollte ich es mir ansehen. Mein

Mann und ich haben in Maine einen Sandwichladen und wollen unser Angebot erweitern.«

»Dann wünsche ich Ihnen viel Glück. Ich würde Ihnen ja einen Kaffee anbieten, aber das Espressogerät wurde schon verkauft. Ich warte gerade darauf, dass es abgeholt wird.« Er bietet ihr den anderen Hocker an und wirkt dabei so einsam wie der Besen in der Ecke. »Ich bin übrigens Joe. Der Joe von *Joe and Mary's*.«

»Ich wollte Sie eigentlich nicht stören.«

»Ich freue mich über Ihre Gesellschaft.« Er reibt sich über das Stoppelkinn. »Sie führen also mit Ihrem Mann ein Geschäft?«

»Ja.«

»Und das läuft gut?«

»Bisher jedenfalls.«

»Und Sie arbeiten Tag und Nacht zusammen, Seite an Seite, ein eingespieltes Team, das nur auf ein Ziel konzentriert ist?«

»So könnte man es ausdrücken.«

Er zieht die Brauen zusammen. »Anfangs scheint immer alles prächtig zu laufen.«

»Das tut es noch«, beharrt Annie, obwohl sie ihre Hand dafür nicht ins Feuer legen würde.

»Mary und ich …« Er hält kurz inne. »Wir waren ein Herz und eine Seele.«

»Und dann?«

Er dreht den Kopf weg. »Das Leben kann wirklich grausam sein.«

Unsicher, was sie sagen soll, wartet sie erst mal ab.

»Sie ist gestorben.« Er hält sich den Becher vor den Mund, was seine Stimme dämpft. »Krebs.«

Annie erschrickt.

»Wir dachten, wir hätten ihn besiegt.«

Sie hört, wie leer das »wir« klingt. Jetzt fällt ihr auf, dass er kaum älter ist als sie und Sam. Sie sieht ihn die Hände ineinanderlegen, eine traurige Erinnerung an die vergangene Zweisamkeit.

»Wie schrecklich. Das tut mir leid.«

»Wir waren schon auf der Highschool ineinander verliebt und waren nie getrennt, nicht mal für einen Tag.«

»Bewundernswert …« Genau wie wir, denkt Annie.

Ein paar Minuten lang sitzen sie in stillem Einvernehmen da. Annie schaut über die staubigen Flächen und Fenster, die zu Marys Lebzeiten sicher geglänzt haben. Eine rosa Schürze mit Cupcake-Muster hängt an einem Haken an der Hintertür.

Er beendet das Schweigen. »Sie hätte gewollt, dass ich das Geschäft weiterbetreibe. Unsere Arbeit fortführe. Ich musste es ihr sogar versprechen.« Er schüttelt den Kopf. »Aber ich kann das nicht.«

»Ich verstehe das.« Sie könnte ihren Sandwichladen auch nicht ohne Sam betreiben. Sie würde sich fühlen, als hätte sie einen Arm oder ein Bein verloren. Jeder Schritt, jeder Handgriff würde ins Leere gehen, jeder Löffel, jede Tasse, jeder Geruch würde einen scharfen Schmerz hervorrufen, unerträgliche Erinnerungen.

»Ich war nicht mehr mit dem Herzen dabei. Es hieß Joe und Mary. Ein Paar wie uns kann man nicht in der Mitte durchschneiden wie ein U-Boot-Sandwich.«

»Haben Sie Kinder?«

»Dazu sind wir nicht gekommen. Hätte ich nur …« Er reibt sich die Augen. »Es macht mir schwer zu schaffen, dass ich ihr etwas versprochen habe, was ich nicht halten kann.«

»Ich bin sicher, sie würde das verstehen.«

Er zuckte mit den Schultern. »Jetzt ist alles belanglos. Sie können es mir glauben. Man kann nie wissen, was kommt. Alles scheint bestens zu laufen und dann … bumm.« Er sieht Annie an. Vielleicht war ihr etwas anzumerken, denn er bekommt einen weichen Gesichtsausdruck. »Es tut mir leid, dass ich Ihnen die gute Laune verdorben habe.«

Sie schaut sich um. Ein Café wie in einer Geisterstadt. »Was werden Sie jetzt tun?«

»Darüber bin ich mir noch nicht im Klaren. Erst mal muss ich das Geschäft abwickeln, das Inventar verkaufen. Hey«, sagt er etwas lebhafter, »können Sie etwas davon gebrauchen?«

»Eigentlich nicht.«

»Warten Sie nur, bis Sie meinen Kombi gesehen haben. Der Cadillac unter den Herden. Der macht alles für Sie – Dampfgaren, Backen, Flambieren, Sousvide …«

»Sousvide?«

»Ja und Grillen, Auftauen, Schockkühlen. Alles gelingt, ob Éclair, Pizza oder Braten. Sie können sogar Fleisch und Fisch selber räuchern, Obst dörren, frittieren, im Wasserbad garen – alles todsicher. Nur eines nimmt er Ihnen nicht ab: die Sandwiches einwickeln und ausliefern. Das Gerät ist ein Meisterwerk deutscher Technik.«

»Wie diese Wahnsinnsautos?«

»Besser. Mary und ich haben ihn bestellt, kurz bevor sie starb. Ich mache Ihnen einen großartigen Preis.«

»Ich bin mir nicht sicher …«

»Sie können nichts falsch machen. Sie sparen damit so viel Arbeit ein, dass sie auf die Hälfte Ihrer Angestellten verzichten können. Mary wollte immer in Maine Urlaub machen. Sie würde sich freuen, wenn der Kombi dort landet.«

Joe nimmt sie in die Küche mit. »Da steht er, eine wahre Augenweide!«

Annie blickt auf ein herrliches glänzendes Gerät. Da hat sich ein wahres Genie ausgetobt. Joe zeigt ihr sämtliche Funktionen, alle mit Elektronik. Er drückt Knöpfe und dreht. Er erklärt die gigantische Menge an Zubehör und reicht ihr eine enzyklopädische Bedienungsanleitung. »Er hat auch Selbstreinigung. Sie brauchen nur auf einen Schalter zu drücken.«

Annie ist begeistert. Ursula würde sagen, das ist ein *coup de foudre,* Liebe auf den ersten Blick. Sie streicht über die kühlen, glatten Stahlflächen, greift um solide, ergonomische Griffe, öffnet Türen, die elegant auf gedämpften Kugellagern aufklappen. Liebevoll betastet sie die Einlegeböden, so viele und so durchdacht und zweckmäßig. Es ist ein wahr gewordener Traum. Ach, was sie damit alles anstellen könnten! Als verführerisches Prunkstück der neu eingerichteten Küche im Anbau würden seine herrlichen Funktionen mehr und mehr Kunden anziehen. Sie will den Herd. Sie muss ihn haben. Sie muss ihn besitzen. Außerdem würde sie einem Menschen in Not einen Gefallen tun.

»Wie viel?«, fragt sie.

»Bedenken Sie, dass Sie ihn abschreiben können«, sagt er. Er zeigt ihr die Originalrechnung mit der schockierenden Anzahl von Nullen in der Summe. »Ich hatte vor, morgen Nachmittag eine Anzeige in die Zeitung zu setzen.«

»Wie viel?«, fragt sie wieder und keucht förmlich vor Begierde.

Sie feilscht nicht. Sie sagt nicht: Darüber muss ich noch nachdenken. Oder ganz unfeministisch: Das muss ich erst mit meinem Mann besprechen. Stattdessen schreibt sie auf der Stelle einen Scheck aus, und Joe erklärt sich bereit, ihn erst einzulösen, wenn sie die entsprechende Summe auf ihr Girokonto überwiesen hat. Das ist nicht mal die Hälfte des ursprünglichen Preises, betont er.

Sie vertraut dem frisch verwitweten Mann, der sie mit seiner Begeisterung angesteckt hat, einem Mann, dessen Nachname – was für eine grausame Ironie! – Fortunato lautet, wie sie beim Ausstellen des Schecks erfährt.

Hat sie den Verstand verloren?

Joe verspricht, eine Spedition zu bestellen und das Gerät nach Maine bringen zu lassen. Sie besiegeln das mit einem Handschlag. »Ich kann nicht fassen, dass ich ihn praktisch für ein Butterbrot weggegeben habe«, gesteht er. »Mary würde mir dafür den Kopf abreißen.«

»Und ich kann nicht fassen, wie viel Geld ich gerade ausgegeben habe.«

Als Annie an der 86th Street die U-Bahn verlässt, klingelt ihr Handy. *Rachel.* Brennendes Schuldbewusstsein schneidet ihr in die Eingeweide. Ihr schlechtes Gewissen gegenüber Sam gleicht allmählich dem ersten Kreis der Hölle. Sie kann viele gute Gründe nennen, um den Anruf ihrer besten Freundin zu ignorieren. Wie kann sie die Wahrheit gestehen, wenn sie Rachel für eine Hauptrolle im Doppelspiel des Leitfadens auserkoren hat? Sie setzt sich auf die nächste Bank, breitet ihre Taschen aus, um potenzielle Sitznachbarn abzuschrecken, strafft die Schultern und tippt auf den grünen Button.

»Sieh an, es geschehen noch Zeichen und Wunder«, spottet Rachel. »Die schwer erreichbare Annie Stevens-Strauss.«

»Höchstpersönlich.«

»Megan hat berichtet, du seist erkältet. Aber du klingst ganz gesund. Ich höre Autos hupen. Darf ich annehmen, dass du das Krankenbett verlassen hast und in der Stadt herumstreunst?«

»Ja, ich bin unterwegs. Was gibt es Neues bei dir?«

»Ich rufe an, damit du nach Hause kommst.«

»Ha. Das schon wieder.«

»Und aus gutem Grund. Letzte Woche bin ich Ed Duvall über den Weg gelaufen, und er sah furchtbar aus. Anscheinend ist seine Frau nach Boston geflogen, um ihre Mutter zu besuchen, hat dort eine alte Flamme getroffen und ist in einem Pelzmantel zurückgekommen, bei dem die Scheidungspapiere aus der Tasche guckten. Du hättest Sams Gesicht sehen sollen, als er das hörte.«

»Sam weiß, dass er nichts zu befürchten hat. Am Freitag bin ich wieder da. Ich habe den Flug schon umgebucht.«

»Dann buch noch mal um.«

Annie richtet sich auf. »Ist etwas passiert?«

»Sagen wir mal, es gibt Ärger im Paradies.«

»Wie bitte?«

»Es ist die neue Aushilfe. Sie ist Anfang zwanzig, sieht super aus, alleinerziehende Mutter, bringt ihre Kleine mit zur Arbeit. Laut Megan wird da ständig geflirtet.«

»Nicht von Sams Seite …«

»Sei dir nicht so sicher. Megan ist wirklich beunruhigt.«

Annie klammert sich an die Sitzkante der Bank. »Aber …«

»Du sagst es. Laut Megan ist sie eine furchtbare Kollegin. Bringt Bestellungen durcheinander, verrechnet sich beim Wechselgeld, kommt fast jeden Tag zu spät. Megan wundert sich, dass Sam sie noch nicht entlassen hat.«

»Tut er vielleicht noch.«

»Ja, klar. Aber bisher vergeigt sie alles, und er behält sie. Ist das etwa nicht suspekt? Du musst das im Keim ersticken.«

»Sam würde nie …«

»Sei dir nicht so sicher«, sagt Rachel noch einmal. »Ich habe ihn in letzter Zeit kaum noch gesehen.«

»Nicht?«

»Nicht, seit ich den Kühlschrank gekauft habe. Er geht bowlen und zu einem Kurs im College, wo er lernt, euren Anbau zu entwerfen. Er hat wohl auch wieder Kontakt mit dem Anwalt geknüpft, der damals den Kauf eures Geschäfts betreut hat.«

»All das habe ich mir für ihn gewünscht.«

»Einiges vielleicht«, widerspricht Rachel. »Zugegeben, in gewisser Weise hat sich deine Abwesenheit positiv ausgewirkt. Sam zeigt eine enorme Entwicklung.«

»Jetzt klingst du sehr nach Seelenklempner.«

Rachel ignoriert die Bemerkung. »Menschen ändern sich. Sogar Sam. Bleib kurz dran.« Sie schreit ins Haus, wo Stimmen zu hören sind, und wendet sich Annie wieder zu. »Geh kein Risiko ein. Komm einfach nach Hause.«

Vielleicht ist das der Moment, um Rachel von dem anstehenden Arzttermin zu erzählen. Klarzustellen, dass ihr Aufenthalt in New York keine Orgie zügelloser Genusssucht ist. Immerhin ist Rachel eingeweiht in ihre Fehlgeburten und verlorenen Babys. »Ich komme nächste Woche nach Hause, wenn ich den Arzttermin hinter mir habe.«

»Aha«, sagt Rachel. »Also hat Ursula dich doch noch überredet, dir den Nasenhöcker entfernen zu lassen?«

»Den was?«

»Sie hat mich mal gefragt, ob du wohl verärgert wärst, wenn sie dir eine kleine Nasen-OP vorschlägt. Ich sagte, natürlich würdest du verärgert sein. In meinem Beruf habe ich viel mit Leuten zu tun, die ihren Körper ablehnen. Ich habe

Ursula geraten, dass es Unsinn wäre, auf ein Problem hinzuweisen, das für dich keines ist.«

»Bisher jedenfalls, vielen Dank auch.« Annie betastet ihren Nasenrücken. »Sam mag meine Nase«, erwidert sie empört.

Aber Rachel hört nicht zu. Die Stimmen im Hintergrund werden gerade lauter. »Entschuldige, ich war abgelenkt«, sagt sie. »Megan ist mit ihrem Freund hier. Mit dem ich übrigens voll einverstanden bin. Und ob du es glaubst oder nicht, ich habe nachher ein Date. Mit jemandem, den ich online kennengelernt habe. Nicht der übliche Loser. Ich halte dich auf dem Laufenden. Das heißt, falls ich dich noch mal wiedersehe.«

»Rachel!«

»Ich komme«, ruft sie Megan zu. Dann: »Nimm das bitte ernst, Annie. Sag den Arzttermin ab, und buch den nächsten Flug.«

Kapitel 21

> Lass die Socken weg. Barfuß in den Schuhen zu gehen ist der letzte Schrei für Männer, so steht es im Lifestyle-Teil der NY Times. Du hast schöne Knöchel – zeig sie (nur nicht im Februar).

Sie muss nach Hause.

Zurück in Ursulas Wohnung, stellt sie erleichtert fest, dass sie allein ist. Am Telefon klebt ein Zettel von ihrer Mutter: Bin kurz zu Bergdorf's. Annie sieht sich Zug-, Flug- und Busverbindungen an. Sie könnte den Flieger nach Boston nehmen und dort in einen Greyhound nach Passamaquoddy steigen. Sie könnte den Zug nach Brunswick nehmen, in einen Bus umsteigen, dann ein Taxi nehmen. Sie könnte sich einen Leihwagen nehmen und die acht Stunden von New York nach Passamaquoddy fahren. Sollte sie nur zwei Wochen nach der OP so eine weite Strecke allein bewältigen? Der tägliche Flug nach Bangor ist ausgebucht. Ein Flug nach Portland bringt sie nicht weit genug nach Norden. Zu dumm, wenn man in einem Ort wohnt, der weder einen Flughafen noch einen Bahnhof hat. Die Einwohner sind praktisch von der Außenwelt abgeschnitten wie die Anthropologen, die Jahre bei einem Urwaldstamm verbringen. Aber irgendwie wird sie schon hingelangen.

Sie sinkt auf ein mit Kissen überladenes Damastsofa und schließt die Augen. Nicht dass sie den Boten umbringen möchte, aber sie würde liebend gern die Botschaft löschen, die ihre beste Freundin übermittelt hat.

Man soll sich nicht vorschnell Gedanken machen, mahnte ihr Vater – Henry Stevens in seiner unrevidierten Erstfassung. Als wäre das eine Anordnung, die sie erfüllen könnte. Komisch, Sam wird gesellig, geht aus, lernt etwas Neues, richtet sich nach dem Leitfaden. Obwohl er den gar nicht gelesen hat. Nie lesen wird. Vielleicht haben sich die Zeilen in ihrer Unterwäscheschublade von selbst in Sams Gehirn übertragen, während er auf der anderen Seite des Zimmers schlief. Sie sieht die geflügelten Abschnitte entlang seiner Nervenbahnen hocken wie Vögel auf der Telefonleitung.

Und die neue Aushilfe? Wie lächerlich, sich ein Cowgirl in einem miesen Western vorzustellen, das mit einem flapsigen Gruß die Saloontür aufstößt und Sarsaparilla bestellt. Das ist eine Wendung, die nicht mal die stets misstrauische Ursula vorausgesehen hat. Aber sie ist jung, sie ist hübsch, sie flirtet mit Sam in einem Ausmaß, dass Megan sich verpflichtet fühlt, es ihrer Mutter zu erzählen. Und sie hat ein kleines Mädchen. Gerät Sam da in Versuchung? Würde der neue, weiterentwickelte Sam sich eine andere Frau nehmen wegen einer Mitgift, zu der ein schon fertiges Kind gehört? Vielleicht kennt sie ihren Mann doch nicht so gut, wie sie dachte.

Im Schlafzimmer ihrer Mutter findet sie die Überweisung, die Dr. Albrights Krankenschwester ausgefüllt hat und die Ursula unbedingt selbst verwahren wollte. Sie wählt die

Nummer der Praxis. »Praxis Dr. Feld«, sagt eine Stimme, »bitte bleiben Sie dran.«

Sie bleibt dran. Musik dudelt ihr ins Ohr. *Tea for Two* und dann *God Bless the Child.*

Sie kritzelt auf Ursulas Notizblock, auf den ihr Name gedruckt ist, darunter eine lachende und eine weinende Maske, Komödie und Tragödie. Sie zeichnet Eisbecher und Sandwiches, Spermien und Eier und einen Kombiherd, bis es in der Leitung klickt, gefolgt von einer Ansage: *Ihr Anliegen ist uns wichtig, wir sind gleich für Sie da.*

»Es kommt auf jede Minute an«, schreit sie in den Hörer. Heute kann sie ohnehin nicht mehr aufbrechen, außer sie mietet einen Privatjet – was selbst für Ursulas Verhältnisse absurd wäre, sie müsste denn schon die Geliebte eines griechischen Reeders sein. Und deshalb hofft sie, den Termin auf den nächsten Morgen verlegen zu können, bevor der erste Zug, Bus, Flieger, Schlitten oder Adler sie nach Passamaquoddy bringen kann, wo sie hingehört.

»Ihr Anliegen ...«

»Verdammt noch mal«, schreit Annie. Sie hat vier Blätter des Blocks mit Sandwichmustern vollgekritzelt, hat den lachenden und weinenden Masken Schnurrbärte verpasst und sich die Nagelhäutchen gekürzt, als endlich *Sweet Child o' Mine* von einer echten Person unterbrochen wird.

»Was kann ich für Sie tun?«, fragt die Sprechstundenhilfe.

»Hier ist Arabella Stevens-Strauss. Ich würde gern den Termin von nächster Woche auf morgen früh verlegen, falls das möglich ist. Ich muss wegen eines familiären Notfalls abreisen.«

Der Ton der Frau kühlt merklich ab. »Haben Sie überhaupt eine Ahnung ...?«

»Wovon?«

»Wie lange Patienten warten müssen, um von Dr. Feld behandelt zu werden? Sie reisen aus der ganzen Welt an. Von Thailand, von China, Saudi Arabien und Neuseeland. Dr. Feld ist bis ins nächste Jahr hinein ausgebucht.« Sie schnalzt mit der Zunge. »Bis in den April und noch weiter.«

Bis in alle Ewigkeit?, will Annie fragen, verkneift es sich aber. Sie erklärt auch nicht, dass sie ihre Ehe retten muss, denn das würde den Eiszapfen nicht beeindrucken.

Der Eiszapfen raschelt mit Papier. »Ah, ich sehe, Sie wurden von Dr. Albright überwiesen und sind die Tochter von … das spielt keine Rolle.« Offenbar reicht die Blutsverwandtschaft mit Ursula Marichal nicht aus, um bei Dr. Feld früher dranzukommen, wenn schon die Frau oder die Frauen eines saudischen Prinzen ein Jahr warten müssen, um auf dem papierbedeckten Untersuchungsstuhl ihre Beine auf die Stützen zu legen.

Annie hört sie auf der Tastatur tippen. »Aber« – die Sprechstundenhilfe klingt ein wenig freundlicher – »weil Sie von einem namhaften Kollegen zu uns geschickt wurden, kann Dr. Feld Sie vielleicht an einen seiner Schüler überweisen.«

»Ach, das wäre wundervoll.« Annie gibt sich erfreut. »Könnte Dr. Feld jemanden in Maine empfehlen?«

»Maine?« Das klingt geringschätzig. »Wie … ungewöhnlich. Bleiben Sie bitte dran.«

Annie hat das Kreuzworträtsel der *New York Times* gelöst, bis sich die Frau wieder meldet. »Sie haben Glück. Dr. Feld hat einen brillanten Gynäkologen ausgebildet, der Spezialist für Risikoschwangerschaften und Fertilitätsprobleme ist. Er praktiziert jetzt im Maine Medical Center in Portland. Ich habe Ihnen für morgen Nachmittag einen Termin gesichert.«

Annie kniet vor ihr nieder. »Ich bin Ihnen wahnsinnig dankbar.« Dann notiert sie sich den Namen und die Adresse neben ihren Zug- und Busverbindungen.

Sie ist gerade dabei, zu einem überhöhten Last-Minute-Preis einen Flug nach Portland zu buchen, um sich die Anschlüsse später herauszusuchen, als sie den Schlüssel im Schloss hört.

»*Bonjour*, Darling.« Ihre Mutter ist behängt mit Bergdorf-Tüten. »Ich habe eine höchst befriedigende Shoppingtour unternommen …« Sie stutzt, sieht ihre Tochter aufmerksam an. »Was ist los?«

Alles, was los ist, sprudelt aus Annie heraus, durchsetzt von halb erstickten Schluchzern: Dass Joes Mary so jung an Krebs gestorben ist, wie viel Geld sie für den Kombiherd ausgegeben hat, dass Sams Flehen in Verachtung umgeschlagen ist, dass Rachel angerufen hat, was die neue Aushilfe tut, dass sie den Termin abgesagt hat, dass sie um jeden Preis sofort nach Hause muss …

Ursula wird ihr bestimmt raten, die Terminabsage zurückzunehmen. Was sind schon ein paar Tage fern von zu Hause, wird sie sagen, wenn du bei einem Gynäkologen von Weltrang behandelt werden kannst? Einem Guru der New Yorker? Doch ihre Mutter überrascht sie. Sie lässt ihre Tüten fallen und eilt zum Telefon. »Natürlich musst du nach Hause, Darling. Am besten sofort. Wenn ich eines in der Ehe mit deinem Vater gelernt habe, dann, dass die Liebe nicht mit der Entfernung wächst. Auf keinen Fall sehe ich dabei zu, wie sich die Geschichte meiner Ehe in deiner wiederholt. Seit dieser bezaubernde Techniker die Nummer meines Fahrdienstes in den Kurzwahlspeicher eingegeben hat, kann ich innerhalb von Sekunden einen Wagen bestellen. Ich engagiere einen

Fahrer, der uns nach Portland und dann nach Passamaquoddy bringt.«

»Uns?«, fragt Annie.

»Natürlich. Was für eine Mutter würde dich in solch einer Krise allein lassen?«

Annie liegt die Antwort auf der Zunge: Eine wie du. Und sie möchte hinzufügen, dass sie keinen Hausgast aufnehmen kann, wenn sie ihre Ehe kitten muss. Doch Ursula hat schon vorausgedacht. »Ich werde bei Ambrose übernachten, Darling. Das ist völlig angemessen. Schließlich sind wir längst nicht mehr beim ersten Date.«

Fünfzehn Minuten vor dem Termin kommen sie am Ärztehaus auf der Congress Street an. Der Chauffeur parkt in der Ladezone und schlägt sein *Wall Street Journal* auf. Zweifellos ein Mann mit Ambitionen, der nicht sein Leben lang alternde Schauspielerinnen und ihre Töchter über die Autobahn dreier Staaten kutschieren will.

Im Foyer finden sie eine Hinweistafel, die sie zu der gynäkologischen Praxis leitet. Zieht sie den Zorn der Götter auf sich, wenn sie sich nicht damit zufriedengibt, dass ihr der Lungenkrebs erspart geblieben ist? Warum kann sie sich nicht einfach ihrem gewohnten Leben zuwenden: ihrer gefestigten Ehe, ihrem liebenswert unbedarften Ehemann, ihrer nervenaufreibenden Mutter-Tochter-Beziehung, ihren allseits beliebten Bunyans, der traurigen Kinderlosigkeit, die sie nach den fünf durchgestandenen Stadien der Trauer akzeptiert hat?

Als der Aufzug im dritten Stock anhält, erstarrt Annie.

»Arabella.« Ursula redet ihr gut zu, halb ungeduldig, wie Annie es von ihr kennt, und halb mitfühlend, was an ihr ganz neu ist.

»Ich weiß nicht, was mit mir los ist.«

»Das ist nur zu verständlich. Du hast Angst.«

»Wohl eher Muskelstarre.«

»Unsinn«, widerspricht Ursula. »Ich möchte deine Besorgnis wirklich nicht abtun, aber wir sind so weit gekommen, wir können jetzt nicht aufgeben.«

Das »wir« tröstet Annie. Es sagt ihr, dass sie nicht allein ist. Ursula schiebt sie energisch aus dem Aufzug und in den hell erleuchteten, grün-weißen Korridor, in dem sie wer weiß was erwartet.

Im Wartezimmer schaut niemand auf. Die Patientinnen meiden Blickkontakt. Sie sind hier, weil sie gescheitert sind: mit ihren Kinderwünschen, mit ihren Schwangerschaften, obwohl überall auf der Welt Spermien in Eier eindringen und Babys Kontinente bevölkern. Sie hoffen, das zu erreichen, was für ihre Geschlechtsgenossinnen mühelos, selbstverständlich, naturgewollt ist. Sie sind der kleine Prozentsatz, der ausgeschlossen ist von Kindertagesstätten, Spielplätzen, Lehrer-Eltern-Ausschüssen. Sie sind die Unberührbaren.

Und Annie ist eine davon.

Ihre medizinischen Unterlagen sind an die Praxis gefaxt worden – von Dr. Albright, Dr. Buckley, von ihrem Krankenhaus zu Hause. Eine Chronik von Katastrophen, ein mieses Zeugnis mit einer Sechs in Schwangerschaft und einer Sechs in Geburt. Und wer weiß, vielleicht auch mit einer Sechs in Ehefrauenschaft.

Sie betrachtet die Bilder an den Wänden: Segelboote, Regenbögen, Gärten, Strände, die die Untröstlichen trösten sollen. Ihr Blick bleibt bei einem Heiligenbild hängen. Der heilige Gerard Majella steht auf dem Schildchen am Rahmen.

Sein Heiligenschein reicht bis an den Himmel, seine Füße sind mit Lilien umkränzt, und statt eines Schwertes hält er einen weißen Handschuh. Ein sonderbares Motiv für eine Arztpraxis. Aber vielleicht erinnert das Bild daran, dass es mehr Dinge zwischen Himmel und Erde gibt, als die medizinische Weisheit sich träumen lässt.

Neben ihr sitzt Ursula und gibt vor, ein Drehbuch zu lesen, doch sie hat mit ihren flamingorosa Fingernägeln noch keine einzige Seite umgeblättert. Annie holt ihr Handy heraus und googelt den Heiligen. Es überrascht sie nicht: Er ist der Patron der geborenen und ungeborenen Kinder und ihrer Mütter. Einige Monate vor seinem Tod ließ er im Haus von Freunden einen Handschuh zurück. Als die Tochter ihm den Handschuh zurückgeben wollte, sagte er, sie solle ihn behalten, weil sie ihn eines Tages vielleicht brauchen werde. Und siehe da, Jahre später, als sie nahe daran war, an der Geburt ihres Kindes zu sterben, ließ sie sich den Handschuh bringen. Abrakadabra! Alle Schmerzen verschwanden, und sie gebar ein gesundes Kind.

Annie klickt auf den Link zu einem Händler, bei dem sie für sieben Dollar plus Steuer die Reproduktion eines bestickten Leinentuchs mit dem Spruch »Glaube Liebe Hoffnung« erwerben kann. Sie will gerade ihre Kreditkartennummer eingeben, als sie aufgerufen wird.

Ursula marschiert vor ihr her in das Sprechzimmer. Über ihren Wunsch, bei solch einem intimen Gesprächstermin anwesend zu sein, kann sie nicht selbst verfügen, doch sie sieht darin ein voll ratifiziertes Grundrecht.

Dr. Revere, der Spezialist für die Kinderlosen, hat ein Kindergesicht – rote Wangen, blaue Augen, offener, argloser Blick. Seine Hände sind rosig und haben Grübchen wie die der Doughboys und lösen bei Annie Assoziationen aus, seltsame Analogien zwischen der Sandwichzubereitung und gynäkologischen Untersuchungen. Sie zwingt sich, damit aufzuhören. Was hier zählt, sind Können und Wissen. Sie wird darauf vertrauen müssen, dass Dr. Feld seinen Schüler gut ausgebildet hat.

Dr. Revere steht auf und stellt sich vor. Er hat einen festen Händedruck, lächelt und entblößt dabei zwei ausgewachsene Backenhörnchen-Schneidezähne.

»Ich bin ungeheuer dankbar, dass Sie mich eingeschoben haben«, sagt Annie.

»Kein Schüler von Stanley Feld, ob ehemalig oder nicht, würde sich seinen Wünschen widersetzen.« Er nickt Ursula zu.

»Das ist meine Mutter, Ursula Marichal«, sagt Annie.

»Sie kommen mir bekannt vor.« Er schaut in die Patientenmappe, die vor ihm liegt.

»Meine Mutter ist Schauspielerin. Vielleicht haben Sie sie auf der Bühne gesehen?«

»Sie sind sicher zu sehr damit beschäftigt, Leben zu retten«, bemerkt Ursula zuvorkommend.

»Das wäre hochtrabend ausgedrückt. Leider ist es wahr, dass der Terminkalender eines Arztes für Vergnügungen nicht viel Raum lässt.« Er streicht sich eine Locke glatt, die sofort wieder hochschnellt. »Natürlich bietet eine Großstadt mehr Ablenkung als Maine. Und deshalb lebe ich hier.«

Ursula deutet auf ein gerahmtes Foto mit fünf flachsblonden Kindern. »Sind das Ihre?«

Er grinst. »Ich bekenne mich schuldig.«

Annie erinnert sich an Dr. O'Briens viertes Baby und den Pez-Spender-Vergleich. Sind Ärzte fruchtbarer als die übrige

Bevölkerung? Die Wissenschaft sollte zu dem Phänomen eine Studie herausbringen. Sie überlegt, ob es nicht unangebracht ist, ein Foto mit fünf Kindern in dem Sprechzimmer aufzustellen, wo die Patientinnen schon um eines kämpfen müssen. Es sei denn, seine Frau hätte selbst derlei Probleme gehabt und die Kinder wären der glückliche Beweis ihrer Heilung.

»Eine Handvoll, wie man so schön sagt.« Er lächelt sie an, dann bittet er sie zu einer Sitzecke am Fenster. Annie hockt sich auf die Sesselkante wie die Bittstellerin vor dem Altar, die zum Heiligen Gerard fleht und auf einen wundersamen Handschuh hofft, den man nicht einfach mit einer Mastercard kaufen kann.

Durch das Fenster sieht sie Möwen kreisen, einen Jachthafen und einen Mann in gelbem Regenzeug, der einen Anleger abspritzt. Es gibt eine Welt jenseits dieser Mauern, ermahnt sie sich, auch wenn sie sich in diesem Dreiergespann wie in einem vakuumversiegelten Raum vorkommt.

Der Arzt nimmt sich die dicke Patientenakte vom Schreibtisch und legt sie sich auf den Schoß. »Sie haben allerhand Unterlagen angesammelt.«

Sie seufzt. Wie schön wäre es, ein unbeschriebenes Blatt zu sein.

Dr. Revere räuspert sich mehrmals, um endlich zur Sache zu kommen. »Ich habe mir Ihre Untersuchungsergebnisse und Befunde angesehen, aber bitte schildern Sie mir mit ihren Worten, worum es geht.«

Annie deutet auf seinen Schoß. »Steht das nicht alles da drin?«

»Ich habe festgestellt, dass ich das Wichtigste von den Patientinnen selbst erfahre.« Er deutet mit dem Kinn in Ursulas

Richtung. »Wenn Sie lieber allein mit mir sprechen möchten …«

Ursula schnaubt. »Meine Tochter hat vor mir keine Geheimnisse.«

Annie möchte sich jetzt nicht gegen den Menschen wenden, der sie hierhergebracht hat. Es ist tröstlich, auf unbekanntem Terrain eine vertraute Verbündete zu haben. Mit tonloser Stimme erzählt Annie von ihren jüngsten gesundheitlichen Turbulenzen: der Lungenbiopsie, der Diagnose, den verschwundenen Tumoren, dann von den Schwangerschaften, Fehlgeburten, den zerstörten Hoffnungen, dem tot geborenen Kind.

Obwohl fest entschlossen, nicht zu weinen, kann sie die im Raum verteilten Kleenexschachteln nicht übersehen. Es gibt keinen deutlicheren Beleg für die Tränen, die diese vier Wände schon gesehen haben. Sogleich zeigt sich die Macht der Suggestion. Sie fängt an zu schluchzen und löst eine Kettenreaktion aus, denn auch Ursula verwandelt sich in eine wahre Niobe, die heftiger weint als ihre Tochter und sich damit deren Zorn zuzieht.

Hey, ich bin hier die Patientin, will Annie schreien. Sie denkt an das Begräbnis ihres Vaters, wo Ursula alle Tröstungen für sich beansprucht hat, obwohl sie nicht mehr mit Henry verheiratet gewesen und obwohl Annie die einzige Tochter und die wahre Trauernde war. Eine Zeit lang habe ich Henry wirklich geliebt, schrieb Ursula damals in ihr Tagebuch. Spielte sie die trauernde Witwe nur, oder empfand sie tatsächlich auf ihre eigene unnachahmliche Art einen Verlust?

Dr. Revere wartet taktvoll ein paar Augenblicke, dann tippt er auf die Mappe. »Es ist ein sehr gutes Zeichen, dass Sie schwanger werden konnten. Wirklich ein sehr gutes Zeichen. Das zeigt uns, dass bei Ihnen vieles in Ordnung ist.«

»Was für ein wohltuender Standpunkt.« Ursula tupft sich die zerlaufene Mascara und das verschmierte Rouge ab.

»Ich muss nun eine Beckenuntersuchung vornehmen. Würden Sie bitte hier auf Ihre Tochter warten, Ms … Miss … Mrs …«

»Marichal!« Ursula schnaubt.

»Ja, Mrs Merryshaw. Sie ist gleich nebenan.« Er zeigt zu der halb offenen Tür.

»Meine Tochter braucht meine Unterstützung.«

Der Arzt zieht eine Braue hoch.

Annie schüttelte den Kopf.

»Zusammen mit meiner Assistentin wird es da drinnen ein wenig eng«, erklärt er. »Ich kann Ihnen Kaffee bringen lassen, wenn Sie möchten.«

»Meine Mutter nimmt liebend gern einen Kaffee.«

»Espresso?«, fragt Ursula.

»Das lässt sich machen.«

Nicht dass Miss Ursula Marichal (Schrägstrich Merryshaw!), vollberechtigtes Mitglied der Actor's Equity, jemals einen guten altmodischen Kaffee aus einer stinknormalen Kaffeemaschine trinken würde. Doch Espresso muss wie eine geringe Bitte erscheinen verglichen mit dem, was Dr. Reveres Mentor ihr vielleicht anbieten würde – ein Lamm am Spieß etwa oder Schüssel voll Beluga-Kaviar.

Ursula dreht sich zu ihrer Tochter. »Als du noch klein warst, wolltest du nicht von mir gebadet werden, Arabella, du warst so gehemmt.«

Annie weist sie nicht darauf hin, dass es immer nur ihr Vater oder der Babysitter oder die Nanny war, die ihr ein Bad einließen. Kann sie sich überhaupt vorstellen, dass ihre Mutter eine tropfnasse, weinende Zweijährige abtrocknet?

Ursula redet weiter. »Wir Theaterleute sind es natürlich gewohnt, Umkleideräume zu teilen und halb nackt herumzulaufen, während die Garderobiere uns in ein Korsett schnürt oder in einen aufreizenden Slip steckt. Wir sehen den Körper als eines unserer Instrumente an.«

»Ja, nun, damit kenne ich mich nicht aus« – der Arzt lächelt – »sollte ich aber vielleicht. Jedenfalls nehme ich jetzt die Untersuchung vor und schicke Ihre Tochter dann zur Blutabnahme und zum Urintest. Das Labor ist gleich den Gang hinunter. Sie ist in Kürze wieder hier.«

Er arbeitet schnell und effizient. Annie sieht ihm zwischen ihren Knien hindurch zu, wie er das Spekulum elegant und nahezu schmerzlos handhabt. »Gut. Damit sind wir fertig. Sie können sich jetzt anziehen, und wir unterhalten uns nebenan. Ihre Mutter hat inzwischen im Wartezimmer Platz genommen.«

Wieder angezogen sitzt Annie in dem Sessel vor seinem Schreibtisch wie eine reumütige Schülerin, während er in ihre Patientenakte schreibt, mit der unleserlichen Handschrift, die für Ärzte typisch ist und die sie auch dann nicht entziffern könnte, wenn sie auf dem Kopf stehende Zeilen lesen könnte.

Er hält inne. »Zwei Fragen hätte ich noch. Hatten Sie mal einen netzartigen Hautausschlag an den Handgelenken oder Knien?«

Annie fasst an die Armbanduhr ihres Vaters, die Sam ihr zum zehnten Hochzeitstag reparieren ließ. »Tatsächlich reagiere ich allergisch auf Armbänder. Davon bekomme ich Ausschlag, aber ich habe nicht darauf geachtet, wie er aussah.«

»Und Schwellungen an Armen oder Beinen?«

»Eigentlich nicht. Vielleicht an den Füßen, wenn ich den ganzen Tag im Geschäft gestanden habe.« Sie sieht in seine blauen Augen, auf seine Grübchenhände, den ordentlichen Schreibtisch, ihre dicke Mappe, der er nun seine Notizen hinzufügt, und auf die Diplome an der Wand hinter ihm. »Haben sie schon eine Ahnung, was mit mir nicht stimmt?«

»Was ich an Ahnungen habe, muss erst durch Untersuchungen bestätigt werden. Es sind ein paar Syndrome, auch ein ganz bestimmtes, das hier vorliegen könnte und gut behandelbar wäre. Es gibt also Hoffnung.«

Ihr stockt der Atem. »Sie meinen …?« Sie ist drauf und dran, aufzuspringen, seine Notizen an sich zu reißen und ihn anzuflehen, ihr seine Vermutungen mitzuteilen. Hoffnung. Wäre es nicht der Gipfel ärztlichen Fehlverhaltens, wenn er Hoffnung verspräche, wo es keine gibt? Vor allem Hoffnung, die ohne den Handschuh eines Heiligen auskommt?

Dr. Revere reicht ihr ein Formular für das Labor. »Es dauert eine Woche, bis die Ergebnisse da sind. Ich werde Sie dann unverzüglich anrufen.«

Sie rasselt ihre Handynummer, die Festnetznummer und die Nummer des Geschäfts herunter und bittet ihn, sie zu wiederholen, um Fehler auszuschließen.

»Ihre Fehlgeburten können mehrere Ursachen haben, die aber, das möchte ich noch mal betonen, ganz leicht zu beheben sind.« Er entblößt seine großen Schneidezähne. »Geben Sie die Hoffnung nicht auf.«

Annie nimmt sich ein Papiertaschentuch von seinem Schreibtisch. Sie drückt ihm die Hand. Laut und wortreich bedankt sie sich bei ihm und im Stillen beim heiligen Gerard.

Kapitel 22

Tausche bloß nicht dein Zitronenshampoo gegen ein anderes aus, selbst wenn Ursula (oder sonst jemand) dir ein sündhaft teures mit den absurdesten Extrakten schenkt.

Um sechs Uhr kommen sie in Passamaquoddy an. Der Chauffeur setzt Annie zu Hause ab und bringt Ursula dann zu Ambrose. Der kocht ihr ein Willkommensessen, erzählt ihre Mutter. »Was sind deine Pläne für heute Abend?«

Annie zuckt mit den Schultern. »Sam hat bestimmt etwas zubereitet.«

Sie verschweigt ihr, dass sie ihm vor einer Stunde geschrieben hat, wann sie ungefähr ankommen wird. *Hab noch viel Arbeit vor mir*, schrieb er zurück. *Komme erst spät nach Hause. Im Kühlschrank sind Sandwiches, Milch und Eier.* Keine X und O, kein »Ich kann es kaum erwarten«, nicht mal sein Name.

In gewisser Weise ist sie froh, ein wenig Zeit für sich zu haben und abzuschalten, ihren Koffer auszupacken, die neuen Sachen in den Schrank zu hängen, die neue Kosmetik in ihrer

Hälfte des Spiegelschranks aufzureihen. Wem will sie was vormachen? Sie will die Zeit nutzen, um herumzuschnüffeln. Sie will wissen, welche Gebiete der Feind schon erobert hat.

Er hat das Licht angelassen. Ein gutes Zeichen. Also ist er hoffentlich nicht so wütend wie an dem Abend, als sie mit gestutzten Locken nach Hause kam. Bei einem raschen Blick durch die unteren Räume zeigt sich, dass die Strickdecke ihrer Schwiegermutter gefaltet auf der Sofalehne liegt, nicht auf dem Teppich, wo sie und Sam ihre Kamasutra-Stellungen praktizierten. In der Spüle steht eine einzelne Tasse ohne – das prüft sie genau – Lippenstiftspuren am Rand. Sie schaut sich noch mal genauer um. Alles sieht aus wie immer.

Am Anrufbeantworter blinkt das Lämpchen. Sie drückt auf Play. Gus's Gas gibt Bescheid, dass das bestellte Kabel gekommen ist. Sie hört sich die Nachrichten der letzten zwei Wochen an: Termine wegen des Anbaus, die Verlegung einer Bauratssitzung, ein Bowlingabend mit den Jungs, politische Werbeanrufe, ein Hinweis von seinem Kurs, dass Aufgaben online gestellt wurden, Megan, die ihre Schicht tauschen will, Angebote von Lieferanten und dann eine junge beschwingte Stimmte: *Hey Sam, wollte nur sagen, dass Isabel sich riesig gefreut hat über den süßen Teddy. Der ist echt total süß. Sie malt dir dafür ein Bild. Du bist der Beste.*

Der Funken Hoffnung, den Dr. Revere in ihr entfacht hat, verlischt.

Sie stapft die Treppe hoch. Sie beschnuppert das Bettzeug, um zu sehen, ob sich jemand Fremdes in Sams Zahnpasta-Schweiß-Zwiebel-und-Zitronen-Duft gewälzt hat. Der vertraute Geruch seines Körpers dringt in ihre Sehnsucht nach alten Zeiten. Sie lässt sich auf die Matratze fallen, drückt das Kissen an sich, sucht nach Make-up-Spuren und fremden

Haaren. Sie erkennt sich in der Rolle der krankhaft eifersüchtigen Ehefrau nicht wieder, sie verabscheut sich selbst dafür.

Im Badezimmer schaut sie nach, ob anderes Shampoo oder eine neue Seife in der Dusche liegen. Sam ist nicht dumm. Wenn er sich ein Techtelmechtel leisten würde, dann niemals unter ihrem Dach. Nicht dass Sam von sich aus etwas anfangen würde. Sie gibt der neuen Aushilfe die Schuld, die die Abwesenheit seiner Frau und seine Wut darüber ausgenutzt hat.

Sie geht wieder ins Schlafzimmer und schaut in ihre Unterwäscheschublade. Der Leitfaden liegt unberührt unter der Schicht von Hemdchen und BHs, die ebenfalls nicht verändert wurden. Ihre jüngsten Ergänzungen, mit Büro- oder Heftklammern zusammengehalten und gefaltet, liegen da, wie sie sie zurückgelassen hat, ein unordentliches Abbild ihres emotionalen Durcheinanders.

Sie öffnet die Tür des Kleiderschranks. Da hängen drei schicke Oxfordhemden und ein dunkelblauer Blazer, an denen noch die Preisschilder baumeln. Sie geht neben dem Schuhregal in die Hocke. Hinter einem ist eine Papiertüte vom Spielwarengeschäft verstaut. Darin mehrere Päckchen in fröhlichem Geschenkpapier mit rosa Satinschleifen. Das ist zwar kein Beweis wie Lippenstift am Kopfkissen, aber die Geschenke bedeuten … was? Dass Sam das Herz der neuen Aushilfe durch ihr Kind gewinnt? Dass er das Herz des Kindes durch die Mutter gewinnt? So oder so wird die kleine Isabel viele Bilder malen müssen, um sich für so viel Freigebigkeit zu bedanken.

Der Zeitpunkt könnte nicht schlechter sein. Nicht dass es einen guten Zeitpunkt für Untreue gäbe. Geben Sie die Hoffnung nicht auf, hat Dr. Revere gesagt. Was weiß der schon über die innere Leere einer Frau oder über Ehepech?

Sie denkt an Ursula, die jetzt vor Ambroses liebevoll zubereitetem Essen sitzt. Annie tippt auf Hummer und Champagner. Da gibt es sicher keinen Bunyan in Wachspapier zu einer halben Gallone Milch. Da stehen vermutlich frische Blumen auf dem Tisch, und das Bett ist frisch bezogen. Nicht wie bei ihr die zwei Wochen alte Bettwäsche, sosehr sie die Pheromone auch liebt. Und wahrscheinlich hat Ambrose auch die Fotos von seiner verstorbenen Frau weggeräumt und besser versteckt als Sam den Spielwareneinkauf, der gut sichtbar hinter Sandalen und Mokassins steht.

Ist sie schon so tief gesunken, dass sie ihre Mutter um deren Eroberung beneidet?

In der Küche nimmt sie das Sandwich aus dem Kühlschrank. Sie legt es nicht erst auf einen Teller. Nach zwei Wochen Gourmetessen konnte sie es nicht erwarten, die Zähne wieder in ihre solide Hausmannskost zu schlagen. Doch jetzt kann sie es kaum ansehen. Das Sandwich erinnert sie zu sehr an das, was sie und Sam gehabt haben. Ihr Magen wehrt sich gegen die sorgfältig geschichteten Salami- und Gurkenscheiben. Sie stellt es wieder in den Kühlschrank und entdeckt eine angebrochene Flasche Wein. Sie gießt sich ein Glas ein. Wie ein Soldat, der einer schweren Schlacht entgegensieht, wartet sie auf Sam.

Bis Sam endlich nach Hause kommt, hat sie die Flasche geleert und eine zweite geöffnet. Trotzdem ist sie hellwach und lauscht auf jedes seiner Geräusche. Der Motor verstummt, er streift die Stiefelsohlen auf der Fußmatte ab, die Schlüssel klirren, die Tür des Garderobenschranks knarrt. Annie hat sich gerade die Lippen nachgezogen, als er die Küche betritt. Sie springt auf und breitet die Arme aus.

Er bleibt stehen. »Du bist zu Hause«, stellt er fest.

Oh-oh. So viel zu einer freudigen Heimkehr. Sie lässt sich auf den Stuhl sinken und verschränkt die Arme. »Das ist eine vernünftige Annahme.«

»Da hängt ein ziemlich schicker Mantel im Garderobenschrank – den habe ich noch nie gesehen.«

Ihr fallen der verräterische Pelzmantel von Ed Duvall ein und die Scheidungspapiere, die aus der Tasche guckten. »Hat Ursula mir geschenkt.«

»Was ist aus deinem grünen Parka geworden? Den du so lange getragen hast?«

Sie zuckt mit den Schultern. Sie hat keine Lust zu erklären, wie abgewetzt er war und dass Ursula ihn nicht mal dem Dienstmädchen geben wollte. »Es war mal Zeit für eine Veränderung.«

Er schüttelt den Kopf. »Zu viele.« Er zeigt auf den Tisch. »Ich habe dir einen Bunyan dagelassen.«

»Hab ich gesehen. Danke.«

»Und wie war die Rückfahrt?« Er fragt nur aus Höflichkeit.

»Ereignislos. Ursula hat einen Wagen bestellt.« Sie trinkt von ihrem Wein. »Wie läuft es im Laden?«

»Gut.«

»Wie geht es Megan?«

»Gut.«

»Und wie macht sich die Neue?«

Er antwortet nicht, sondern sieht die Post durch.

»Lass mich raten«, sagt sie. »Gut?«

»Einigermaßen.« Er geht die Treppe hoch.

Sie folgt ihm. »Sam«, bittet sie. »Wir müssen das bereinigen.«

Er bleibt stehen. »Nicht jetzt, Annie.«

»Ich will dir erklären, was …«

»Es gibt nichts zu sagen.«

»Doch, allerdings. Eine Menge. Hör mich doch an.« Sie hält sich am Geländer fest und ringt sich einen fröhlichen, ungezwungenen Ton ab. Täusch es so lange vor, bis es echt ist, würde Rachel raten. »Freust du dich nicht, dass ich wieder da bin?«

»Doch, doch.«

»Ist das alles?«

»Ich will es mal so sagen: Ich war traurig, als du abgereist bist, ja, okay, es ging mir mies. Und ich war überrascht, eigentlich fassungslos, als ich dich nicht abholen durfte.« Er steigt eine Stufe hoch. »Vor allem, weil du krank warst. Angeblich.«

»Aber ich war krank. Schon bevor ich nach New York geflogen bin.«

»Ach komm, Annie. Ich lebe mit dir zusammen, weißt du noch? Ich hätte das bemerkt. Und jetzt weiß ich Bescheid.«

»Was meinst du?«

»Es kam mir mehr als seltsam vor, verdächtig sogar, dass du die liebevolle Hilfe deines Mannes abgelehnt hast.« Er studiert die Rechnung der Stadtwerke. »Muss ich wirklich deutlicher werden?«

»Ich bitte darum.«

»Wenn du es so willst. Also gut. Ich nehme an, du bist nach Hause gekommen, weil es nicht funktioniert hat.«

»Es?«

»Hältst du mich für dumm?«

»Sam, ich habe keine Ahnung, wovon du sprichst.«

»Allmählich kannst du schon genauso gut schauspielen wie Ursula. Das muss in den zwei Wochen auf dich abgefärbt haben.«

»Sam!«

»Na komm, Annie, ich bin doch nicht blöd. Es gibt nur einen Grund, warum du mich und das Geschäft und dein Zuhause so lange allein gelassen hast, angeblich um mit deiner Mutter zusammen zu sein …«

»Angeblich?«

»… die dich schon nach einer halben Stunde völlig aus dem Gleichgewicht bringt.«

»Du verstehst das falsch.«

»Ganz und gar nicht.«

»Du weißt überhaupt nichts. Ich war krank«, beteuert sie.

»Das sagtest du schon. Was ist es? Bronchitis? Tuberkulose? Ha! Ich erkenne es, wenn sich jemand krank stellt.« Er dreht sich zu ihr um. Er ist wütend. »Meiner Ansicht nach siehst du ziemlich gesund aus. Ich wette, Ursula versorgt dich mit fachmännischem Rat. Wie du selber sagst, du brauchtest eine Veränderung. Wer ist er?«

»Sam, ich habe keinen …« Sie hält inne. Wie kann die Wahrheit schlimmer sein als das, was er ihr unterstellt? »Hör mir bitte zu«, ruft sie.

»Nein, sag es mir nicht. Ich will es nicht wissen.« Er nimmt zwei Stufen auf einmal. »Ehrlich gesagt, fühle ich mich krank. Ich gehe jetzt schlafen. Ich will kein Wort mehr darüber hören.« Er knallt die Tür zu.

Annie schlägt das Herz bis zum Hals. Wie betäubt taumelt sie die Treppe hinunter ins Wohnzimmer und zum Sofa. Sie faltet die Decke auseinander und wickelt sich darin ein. Egal, wie tief sie sich einkuschelt, ihr wird nicht warm. So viel zu ihrem edlen Wunsch, Sam mit der sterbenden Ehefrau zu verschonen. So viel zu ihrem Wunsch, alles allein zu regeln. Das ist nur ihre Schuld. Jetzt will sie nichts weiter als zu ihm laufen, ihn in die Arme schließen. Sie wünscht sich, dass es wieder so wird, wie es war. Doch nun, da ihr das Todesurteil erlassen und sogar Hoffnung auf ein Kind gemacht wurde, kann sie sich nicht darüber freuen, sondern fühlt sich nur weiter genötigt, Sam zu schützen. Vor ihren eigenen Lügen. Vor trügerischer Hoffnung.

Es ist zwecklos. Sie weiß noch zu gut, wie der letzte Streit verlaufen ist, nach ihrem Besuch beim Friseur und bei Ralphie. Wenn sie heute streiten, wird es hinterher keinen Rosenstrauß und keinen Zettel mit einer liebevollen Entschuldigung geben. Wie soll sie ihren Fall gegen eine so ungerechte Anklage vertreten? Und mit welchem Ziel? Trotz aller Mühe und besten Absichten läuft es doch auf eines hinaus: eine Seifenoper mit Arabella Stevens-Strauss als treue Ehefrau, verhinderte Mutter, beherzte Bürgerin und Phönix aus der Asche einer Fehldiagnose, die wegen einer leidenschaftlichen Affäre nach New York geflohen ist, angestiftet und unterstützt von ihrer Mutter. Am Ende kehrt sie heim und ist die verschmähte Frau. Wie in Nathaniel Hawthornes Roman *Der scharlachrote Buchstabe* eine Hester Prynne ohne den Trost ihrer Tochter Pearl.

Was könnte lächerlicher sein? Und dennoch … Sie trinkt das Glas Wein aus und stellt es in die Spüle. Er wird ihr das nie verzeihen.

Nach längerem Nachdenken fragt sie sich, ob *sie ihm* verzeihen kann. Vielleicht beschuldigt er sie einer Tat, die er selbst begangen hat. Übertragung, würde Rachel das nennen. Vielleicht hat er gedacht, wenn ihre Ehe so schlimm ist, dass sie fremdgeht, dann muss er sich auch woanders umsehen, denn schließlich sind sie ein symbiotisches Paar gewesen.

Sie holt sich ihren Laptop aus dem Flur und geht damit an den Küchentisch. Sie spitzt die Ohren, ob von Sam etwas zu hören ist, im Arbeitszimmer, in der Dusche, im Schlafzimmer. Alles macht unverkennbare Geräusche: der Wasserhahn, wenn Sam sich die Zähne putzt, der Schreibtischstuhl, wenn Sam vor dem Computer hin und her rollt, die Sprungfedern der alten Matratze, das Fenster, wenn er es hochschiebt, um frische Luft hereinzulassen, der Lichtschalter der Nachttischlampe, wenn Sam das Licht ausschaltet. Doch es ist still. Zu still. Das ist die Stille, die mit dem Finger droht: böses Mädchen. Ach, Sam.

Sie öffnet den Leitfaden.

Ach Sam, was habe ich getan? Warum habe ich dich nicht gezwungen, mich anzuhören? Ich habe zu leicht aufgegeben. Meg Ryan wäre drangeblieben. Sie rannte im Bademantel auf die Straße und hinter dem wütenden Tom Hanks her.

Folgendes würde ich als Meg Ryan im Bademantel auf der Straße zu dir sagen: Ich dachte, ich hätte Krebs, und hatte Angst, dass du ohne mich nicht zurechtkommen wirst. Ich war besorgt, dass dich das furchtbar mitnimmt und du selbst krank wirst. Dummerweise war ich mir sicher, dass du nicht allein weiterleben kannst. Ich habe versucht, es dir zu sagen, und war erleichtert, als du nicht zugehört hast. Ich wollte dich nur schonen. Ich bin nach New York geflogen, um zum Arzt zu gehen, nicht wegen einer Liebesaffäre.

Und nachdem sich der Verdacht auf Lungenkrebs nicht

bestätigt hatte, bin ich zu einem Facharzt für Reproduktionsmedizin gegangen. Und es könnte sein, dass ich nur ein harmloses Syndrom habe, das sich beheben lässt. Also könnten wir es noch mal versuchen ...
Oder wir hätten es versuchen können. Denn das habe ich dir auch nicht erzählt, weil ich dir keine unnötigen Hoffnungen machen wollte. Der Arzt wird Ende der Woche anrufen und mir den Befund mitteilen.
Ich kann dich nicht zwingen, aus einem Schuldgefühl heraus bei mir zu bleiben. Mit solch einer Lüge kann ich nicht leben, mit der nicht nur meine Mutter, sondern auch mein Vater gelebt haben, wie ich inzwischen weiß. Und jetzt stehe ich da, als hätte ich das Lügen und Betrügen in den Genen.
Natürlich bist du wütend. Natürlich findest du es gerecht, jetzt auch einiges vor mir zu verheimlichen. Das ist meine Schuld, Sam, dass wir uns so weit voneinander entfernt haben. Ich habe dich im Stich gelassen. Ich kann und werde dir keinen Vorwurf machen.
Gibt es einen Weg, wie wir wieder zueinanderfinden können? Ich wollte, dass du mich brauchst, habe immer geglaubt, dass du mich brauchst. Aber stattdessen, welche Ironie, ist es umgekehrt: Ich brauche dich.

Sie weint und schluchzt, bis ihr der Brustkorb wehtut. Sie kann so laut weinen, wie sie will, Sam kann es nicht hören. Er will es nicht hören. Beim letzten Mal, als sie so sehr weinte – die letzten beiden Male, nämlich als ihr Vater starb und als sie ihr Kind verloren, da haben sie zusammen geweint. »Wir haben immer noch einander«, versprach Sam. »Egal, was ist, wir werden immer einander haben.«

Und nun? Soll sie wieder auf der Couch schlafen? Vielleicht sollte sie ihren rechtmäßigen Platz im Ehebett einfordern.

Sie steckt sich den gerade geschriebenen und ausgedruckten Nachtrag in die Tasche. Im Flur öffnet sie den Koffer, der noch da steht, wo der Chauffeur ihn abgeladen hat. Als Erstes sieht sie zwischen der gefalteten Kleidung den Ausdruck ihrer »Acht Stunden in Manhattan (mit Ursula)«. Eines Tages, wenn sie in einer betreuten Wohnanlage lebt, wenn sie alt und gebrechlich ist, wenn Ursula in das große Himmelstheater umgezogen ist, könnte es lustig sein, die Abenteuer mit ihrer Mutter noch mal zu lesen. Vielleicht sollte sie die Seiten dem Leitfaden hinzufügen, als komisches Kapitel, das erleichternd wirkt, als Reisetagebuch, als Restaurant- und Shoppingführer und, noch wichtiger, als Zeugnis ihrer Unschuld. *Ihrer* Unschuld. Denn ihr minutengenauer Bericht legt überzeugend dar, dass es unmöglich war, in diesen engen Zeitplan auch noch einen Liebhaber hineinzupacken.

Natürlich hat der Leitfaden keinen Sinn mehr. Sämtliche Anregungen für die Zeit nach ihrem Tod sind jetzt irrelevant. Dennoch war es für sie hilfreich, alles niederzuschreiben. Worte auf Papier sind ein Versuch, zu begreifen und sich das eigene Verhalten zu erklären.

Bald wird sie damit aufhören. Sie mag es erleichternd finden, diese Chronik einer Krise einzustellen, auch wenn das letzte Kapitel unvollständig ist. Ihr Versuch, etwas so Unberechenbarem wie dem Leben eine Garantie abzuringen, das war vergebliche Liebesmüh.

Jetzt sucht sie im Gepäck nach dem Nachthemd, das Ursula ihr bei Bergdorf's gekauft hat. Sie zieht sich aus und das Nachthemd an. Sie betrachtet sich im Spiegel. Wem will sie etwas vormachen? Sam? Sich selbst? Sie sieht aus wie ein Kind, das Verkleiden spielt. Wie eine Schauspielerin, fertig für die burleske Schlafzimmerszene. Oder – sie schluckt – wie eine Frau, die eine Affäre hat. Hinzu kommt die Narbe von der Biopsie, die über dem tiefen Ausschnitt zu sehen ist. Nicht dass Sam dieses belastende Indiz nicht irgendwann entdecken würde. Sie betastet den rötlichen Wulst. Nein, lieber nicht. Sie zieht sich das Nachthemd aus und packt es wieder zwischen das Seidenpapier. Sie wird es Rachel schenken, die kann das verführerische Ding vielleicht sogar einsetzen.

Unter einem Haufen Socken findet sie ein ausgeleiertes T-Shirt, auf dem vorn *Passamaquoddy Little League* steht und hinten: *Annie's Samwich Shop* und darunter *Stolzer Sponsor der Clamshells.* Als offizielle Unterstützer sind sie und Sam zu allen Spielen gegangen, haben Klappstühle und Thermoskannen geschleppt. »Später werden wir mal unsere eigenen Kinder hier spielen sehen«, sagte Sam damals. »Während wir uns in unausstehliche Hurra-Eltern verwandeln, vor denen Kolumnisten in ihren Leitartikeln warnen.«

Jetzt schiebt Annie den Finger durch ein Loch im T-Shirt-Saum. Ursula hat das Ding wohl aus gutem Grund aussortiert. Das kann man nicht mal mehr spenden. Sie zieht es an. Es ist weich und vertraut und zum Schlafen genau richtig. Zumindest für jemanden, der keine Schlafprobleme hat.

Ihr fällt ein, dass sie den ausgedruckten Nachtrag noch in der Hosentasche stecken hat, und schleicht die Treppe hoch. Behutsam dreht sie den Knauf der Schlafzimmertür. Es ist dunkel. Aber durch den Spalt zwischen Fensterrahmen und Jalousie fällt Licht von der Straßenlampe herein. Sie kann Sam auf seiner Seite des Bettes liegen sehen, mit dem Gesicht zur Wand. Sie geht zur Kommode, öffnet ihre Wäscheschublade, legt die Blätter zu den anderen, breitet die Hemdröckchen darüber aus und schiebt sie wieder zu.

Sam hat die Bettdecke an sich gerafft. Das unbedeckte Bettlaken erscheint ihr wie eine Eisfläche. Sie zerrt an einem Deckenzipfel und bekommt gerade so viel, um eine Brust, einen Ellbogen und eine Hüfte zu bedecken. Der Koloss neben ihr hebt und senkt sich unter seinen Atemzügen. »Sam«, flüstert sie.

Keine Antwort.

Sie rückt näher und schiebt den Fuß zu ihm hinüber, bis sie mit dem Zeh an seinen Knöchel stößt. Er zieht seinen Fuß weg. Sie ihren ebenfalls. Sie rückt mit dem Kopf neben sein Kissen. Sie kann seine Haare riechen. Wie gern würde sie die Wange an seinen Nacken schmiegen, aber das kann sie nicht riskieren. Sie dreht sich auf den Rücken, legt die Arme an die Seiten, eine ungewohnte Schlafhaltung. Es ist, als würde sie im MRT liegen, wo sie sich nicht bewegen darf, während es ringherum hämmert und sie den Panikknopf in der Hand hält.

Gefangen.

»Sie machen das großartig«, lobte die Assistentin in ihrer Glasnische, wo sie Knöpfe bediente wie ein DJ. »Versuchen Sie, ganz still zu liegen. Nur noch zehn Minuten. Denken Sie an etwas Schönes. Sommer, Strand …«

Was hat Annie sich während der endlosen zehn Minuten vorgestellt? Keinen Strand, keine Palmen, keine Piña Coladas, sondern Schnee auf ihrem Dach, Eisblumen an den Fenstern, Eiszapfen an der Regenrinne, Schneeengel im Garten, die gemütliche Wärme im Haus. Und sie im Bett mit Sam. In Sams Armen.

Warm, geschützt, sicher.

Jetzt liegt sie stocksteif, traurig und voller Reue da und versucht, nicht an den bevorstehenden Anruf von Dr. Revere zu denken. Egal, was er sagen wird, es spielt keine Rolle mehr. Ihr Mann kann es nicht mal mehr ertragen, ihren Zeh zu spüren. Sie muss den Tatsachen ins Auge sehen: Er zieht ihr eine andere Frau vor, die schon ein Kind hat und jung genug ist, um noch viele fruchtbare Jahre ohne unaussprechliche Syndrome vor sich zu haben.

Lange Zeit starrt Annie an die Decke. Ihre Stimmung ist so finster wie ihr Schlafzimmer. Früher, als sie noch voller Hoffnung waren, haben sie und Sam Sterne an die Decke des Kinderzimmers geklebt, die nachts leuchteten. Sam hat sich dabei akribisch nach einem Atlas gerichtet, um die Sternbilder exakt darzustellen. »Wenn unser Baby die Augen aufmacht, soll es die Schönheit des Universums sehen«, sagte er.

Nachdem ihr Töchterchen tot zur Welt gekommen war, kratzten sie die Sterne von der Decke. Die Schönheit des Universums war nicht mehr für sie bestimmt.

In der Nacht dreht Sam sich um und legt einen Arm um Annie. Annie ist noch wach und hält den Atem an. Seine Hand streift über die Narbe und gleitet zu ihrer Brust. Für einen Moment flammt Freude in ihr auf und verlischt sogleich, als er sich wieder wegdreht und »Entschuldigung« murmelt.

Entschuldigung? Weil er seine Frau berührt hat?

»Das wollte ich nicht«, fügt er schläfrig hinzu und rückt so weit weg, dass sie fürchtet, er könnte aus dem Bett fallen.

Sie fasst an ihre Brust, wo seine Hand gelegen hat. Die einzige warme Stelle ihres ausgekühlten Körpers. Komisch, dass vertraute Berührungen in einer langen Ehe nie in Vergessenheit geraten, so wie das Radfahren, wenn man siebzehn Jahre lang nicht mehr auf den Sattel gestiegen ist. Der Körper erinnert sich noch, wenn der Geist nichts mehr davon wissen will.

Wenn er in einem anderen Bett anderen Brüsten seine Aufmerksamkeit schenkt.

Kapitel 23

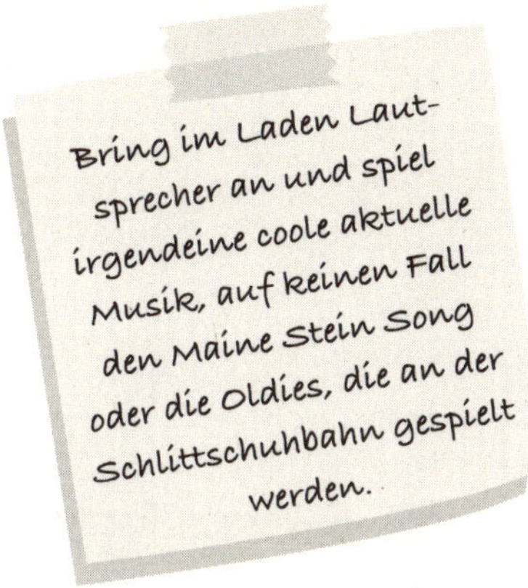

Als Annie aufwacht, ist es nach neun. Die andere Betthälfte ist leer. Sam ist, ohne einen Mucks zu sagen, zur Arbeit gefahren. Sie fragt sich, ob er sich erinnert, dass er in der Nacht nach ihr gegriffen hat. Dass er trotz seiner bewussten Feindseligkeit unbewusst etwas Gewohntes getan hat. Sie reibt sich den Unterkiefer. Wahrscheinlich hat sie in der Nacht mit den Zähnen geknirscht, laut Rachel ein Zeichen für unterdrückte Wut.

Rachel hat recht. In ihr brennt eine zähneknirschende, schlafraubende Wut, die zu mächtig ist, um unterdrückt zu werden. Sie ist wütend, weil ihr Mann sie nicht anfassen will, wütend, weil sie weg war, um einen Aufschub ihres Todes zu erreichen, und er zu Hause unterdessen das Absterben ihrer Ehe vorantrieb.

Sie steht auf und will nach ihrem Morgenmantel greifen,

als ihr Blick auf den von Sam fällt, der auf dem Boden liegt. Sie hebt ihn auf und schlüpft in die Ärmel, die ihr eine Handbreit zu lang sind. Der Saum schleift über den Boden wie eine Brautschleppe. Sie bindet sich den Gürtel zweimal um und verknotet die ausgefransten Enden.

Sie hebt den Saum an und tappt die Treppe hinunter. Auf dem Küchentisch liegt das Einwickelpapier eines Bunyans mit verstreuten Zwiebel- und Paprikastückchen. Man braucht nicht die grauen Zellen eines Hercule Poirot, um zu erkennen, dass Sam das von ihr verschmähte Sandwich zum Frühstück gegessen hat – wie bei Hamlet: *Das Gebackne vom Leichenschmaus gab kalte Hochzeitsschüsseln. Sein* Magen war eindeutig nicht durch die Entfremdung beeinträchtigt. Sie wendet sich vom Tisch ab. Im Moment wäre ihr sogar eine Krankenkost aus trockenem Toast und weich gekochtem Ei zuwider.

Was will sie heute tun? Vielleicht sollte sie ihre Mutter anrufen. Das Vernünftigste wäre, sich so zu verhalten, als wäre das ein Morgen wieder jeder andere.

Sie sollte jeden Gedanken an das Scheitern ihrer Ehe, an ihre Fehler und den ausstehenden Befund beiseiteschieben und stattdessen die Küche aufräumen, duschen, sich anziehen, zur Arbeit fahren, den gewohnten Abläufen folgen. Sie wird so tun, als wäre alles in Ordnung, und das so lange, bis es zur Wirklichkeit wird.

Mit diesem Plan im Kopf belädt sie die Spülmaschine, als das Telefon klingelt. »Du bist wieder da«, sagt Rachel vorwurfsvoll. »Wurde auch Zeit.«

»Dir auch einen guten Morgen.«

»Hätte ich noch mal irgendwann was von dir gehört?«

»Wir sind gestern spät angekommen – relativ spät. Und

dann habe ich verschlafen. Tatsächlich bin ich gerade erst aufgestanden.« Annie füllt die Kaffeebohnen in die Mühle und mahlt auf höchster Stufe. »Woher weißt du, dass ich zurück bin?«

»Megan ist auf dem Markt Ambrose über den Weg gelaufen. Er hatte den längsten Einkaufszettel der Welt in der Hand. Von deiner Mutter.«

»Ja, nun, er hat Spaß daran, sie fürstlich zu bewirten. Im Gegensatz zu anderen Leuten.«

»Heißt?«

»Ach, egal.«

»Ich bin froh, dass du auf meinen Rat gehört hast und sofort abgereist bist. Ich war wirklich besorgt.«

»Und aus gutem Grund, nehme ich an.«

»Schwer zu sagen. Aber da du jetzt hier bist, wird sich alles wieder einrenken.«

»Bin mir nicht so sicher. Sam spricht kaum mit mir.«

»Das kann ich gut verstehen. Immerhin warst du über zwei Wochen weg. Mit einer Mutter, die dich wahnsinnig macht.«

»Das hat Sam auch gesagt. Er nimmt mir übel, dass ich weg war. Und jetzt ist er total distanziert.« Sie zieht den Gürtel seines Morgenmantels enger. »Offen gestanden bin ich auch sauer auf ihn.«

»Du drehst den Spieß um, eine beliebte Bewältigungsstrategie.«

»Rachel!«

»Du hast erwartet, dass er dich in die Arme schließt und vor Freude Luftsprünge macht?«

»Na ja, gehofft.«

»Ich auch. Das wäre eine Schnellreparatur gewesen.«

»Da hab ich leider Pech. In Anbetracht deiner Andeutungen habe ich nicht erwartet, dass er den roten Teppich ausrollt. Aber mit der kalten Schulter habe ich auch nicht gerechnet. Verhält er sich nicht ein wenig verdächtig?«

»Nicht unbedingt.«

»Im Kleiderschrank steht eine Tüte voll Spielsachen in Geschenkpapier.«

»Das beweist gar nichts.«

»Ach komm. Du hast mich doch extra gewarnt, ich soll sofort nach Hause kommen, und hast erzählt, was Megan …«

»Als ich später darüber nachdachte, habe ich mich gefragt, ob Megan vielleicht übertrieben hat. Es gibt eigentlich keinen Beweis. Nur Megans Behauptung, dass die Aushilfe mit ihm flirtet. Ich habe Sam noch nie flirten sehen.«

»Du hast aber gesagt, dass Megan nie übertreibt.«

»Entscheidend ist, dass du wieder zu Hause bist, Annie.«

»Heute Nacht haben wir so weit auseinandergelegen, er hätte ebenso gut auf dem Boden schlafen können.«

»Verständlich«, erwidert Rachel. »Das ist nur menschlich. Ich weiß noch, wie es war, als Ted und ich einmal in Urlaub fuhren, um unsere Ehe zu retten. Wir haben Megan bei ihrem Lieblingsbabysitter zurückgelassen, zusammen mit einem Haufen Süßigkeiten. Trotzdem hat sie sich an unsere Beine geklammert, als wir das Haus verlassen wollten. Drei Tage später rief die Babysitterin an, Megan ließe sich nicht trösten und wir sollten den Urlaub abbrechen. Sowie wir zu Hause waren, hat sie uns ignoriert. Sie wollte nicht mal die Geschenke auspacken, die wir ihr mitgebracht hatten. Anstatt glücklich und erleichtert zu sein, weil sie uns wiederhatte, verdeutlichte unsere Rückkehr nur, dass wir weg gewesen waren. Erst nach einer Woche hat sich die Situation normalisiert. Meine Bücher zur kindlichen Entwicklung und der

Kinderarzt haben mir bestätigt, dass das normales kindliches Verhalten nach einer Trennung ist.«

»Aber Sam ist kein Kind.«

»Sei dir nicht so sicher. Er hat eindeutig einen Trotzanfall. Ich rate dir, die gewohnten Tagesabläufe beizubehalten. Tu so, als hätte sich nichts geändert.«

»Was bleibt mir auch anderes übrig?« Annie gießt sich Kaffee in die Tasse, auf der *Beste Ehefrau von allen* steht, und rührt einen Löffel Zucker hinein.

»Das ist die richtige Einstellung«, jubelt Rachel. »Ich bin sicher, das renkt sich wieder ein. Wirklich«, fügt sie hinzu. »Ach du Schreck. Wie spät es schon ist! Ich muss zu einem Gespräch in die Schule. Ich rufe dich heute Abend an, um weiter zu beratschlagen. Nein, warte, ich kann gar nicht. Ich habe ein Date.«

»Du behältst wohl auch gern das Wichtigste für dich.«

»Ha! Ja, wir haben uns viel zu erzählen. Wir telefonieren.«

Annie trinkt den Kaffee, zieht den Morgenmantel aus und geht duschen. Sie betreibt einigen Aufwand mit ihrer *toilette*, wie Ursula es nennen würde. Sie schäumt sich von Kopf bis Fuß mit der Lavendelseife ein, bis sie riecht wie die Felder der Provence. Sie shampooniert sich die Haare, klatscht Conditioner darauf und lässt ihn länger als die empfohlenen drei Minuten einwirken. Sie rasiert sich die Beine und Achselhöhlen, die normalerweise bis zur Badesaison unangetastet bleiben. Anstatt sich die nassen Haare einfach zurückzustreichen, föhnt sie sie, sodass sie lockig werden. Sie schminkt sich gemäß der Illustration von der Kosmetikerin, betont die Augen mit Kajal und klopft Rouge auf die Wangen. Sie zieht sich eine alte Jeans und den neuen grauen Kaschmirpulli an, der ihre Figur betont, anstatt sie wie ein

Sack zu verhüllen. Sie ist bereit, vors Publikum zu treten, wie Ursula sagen würde.

Auf dem Parkplatz hinter dem Sandwichladen ist einiges los. Ein großer Lastwagen mit der Aufschrift *Maine Moose Movers* steht auf dem hässlichen Asphalt und blockiert die Ausfahrt. Eine Schlange von Autos hat sich gebildet, die Fahrer hupen, lassen den Motor laufen, brüllen aus den heruntergekurbelten Fenstern den Amateur an, der den Verkehr zu regeln versucht. Auf der halb heruntergelassenen Rampe des Lkws steht eine Kiste so groß wie ein Nilpferd. Die wird auf eine Sackkarre gekippt, die hoffentlich nicht wegrollen kann. Sam streitet sich offenbar mit den Spediteuren, die an dem Elchgeweih auf den Mützen und den Elchaufnähern an den Fleecejacken erkennbar sind. Eine Schar Schaulustiger hat sich auch schon versammelt. Unter ihren Stammgästen bemerkt Annie eine sehr junge Frau, deren Schürze sie als Mitarbeiterin des Sandwichladens ausweist. Sam schwenkt die Arme und schüttelt den Kopf.

Annie stellt den Motor ab, steigt aus und geht zu dem Lkw.

»Ich habe das nicht bestellt«, sagt Sam.

»Hier ist der Lieferschein.« Der Spediteur, dessen breite Schultern seinem Beruf Ehre machen, hält Sam ein Klemmbrett unter die Nase. »Da steht Ihr Name und diese Adresse, und wie Sie sehen« – er tippt mit einem kurzen dicken Finger darauf – »ist alles bezahlt.«

»Tja, Sie werden das Ding wieder mitnehmen müssen. Das kann nur ein Missverständnis sein.« Sam deutet mit dem Kopf zu der Kiste. »Was ist überhaupt da drin? Eine Herde Elche?«

»Ha-ha-ha«, sagt der Kollege, der schmaler, aber keineswegs schmal ist. »Ein echter Witzbold.«

»Da bin ich überfragt«, antwortet der andere und schüttelt so heftig den Kopf, dass die Elchschaufeln wippen. »Irgendein Küchengerät.« Er blättert in den Unterlagen auf dem Klemmbrett und sieht näher hin. »Nennt sich Kombi.«

Sam reißt Augen und Mund auf. Sein Gesicht bekommt einen seligen Ausdruck. Sehnsüchtig blickt er auf die Kiste, wie er sonst nur Annie ansah. So, als hätte er das achte Weltwunder vor sich. »Ein Kombi«, schwärmt Sam und betont das Wort so zärtlich wie ein romantischer Poet seine fünfhebigen Jamben. Er seufzt schwer. »Der muss für ein anderes Restaurant bestimmt sein.«

Annie tritt vor. Sie fängt an zu hoffen. Zum Teufel mit moralischer Integrität. Zum Teufel mit dem Ehefrauenstolz. Zum Teufel mit ehrbaren Absichten und ethischem Handeln. Vielleicht kann sie sich Sams Liebe *erkaufen.* Vielleicht führt der Weg zu seinem Herzen durch die schamlose Bestechung mit einem vielseitigen, innovativen Wunder der Technik. »Verzeihung«, wirft sie ein.

Sam nickt ihr zu. »Hast du eine Ahnung, wo das herkommt?«

»Allerdings.«

»Würdest du es mir bitte erklären?«

»Tja, also, da du – oder wir – das Geschäft erweitern wollen, habe ich mich in New York auch nach Anregungen umgesehen …«

»Fast wäre ich drauf reingefallen.«

Sie redet weiter. »Ich bin mit der U-Bahn nach Greenpoint gefahren. Das ist in Brooklyn.«

»Weiß ich.«

»Und da gibt es ganz viele faszinierende familiengeführte Restaurants und Cafés.«

»Weiß ich auch. Aus der *New York Times,* die tatsächlich auch in der tiefsten Provinz verkauft wird.«

»Ist es nicht gefährlich in der U-Bahn?«, fragt Ray Beaulieu dazwischen. »Die vielen Taschendiebe und kriminellen Jugendlichen und Terroristen und die Irren, die einen auf die Schienen schubsen?« Er wedelt mit seinem zusammengefalteten *Passamaquoddy Daily Telegram*, als stünde da alles drin. »Es heißt, da laufen sogar Ratten herum.«

»Man ist in der U-Bahn völlig sicher«, antwortet Annie. »Aber Ratten habe ich schon gesehen.« Für Sam zieht sie dabei ein Gesicht, als wollte sie sagen: Da siehst du, was ich dir und dem Geschäft zuliebe auf mich nehme.

»Ich auch«, wirft der Spediteur ein. »Die sind groß wie Waschbären. Und die Zähne von denen …«

»Ich war in ein paar erstaunlichen Läden«, erzählt Annie weiter.

Hört Sam überhaupt zu? Sein Blick klebt an der Kiste. Er streicht über das grobe Holz wie sie neulich über die glatten Edelstahlflächen. Annie wendet sich der jungen Aushilfe zu. Die schaut gelangweilt. Wer außer Sam und ihr selbst kann angesichts eines Küchenherds derart in Verzückung geraten? Wer außer ihnen würde sich durch ein Edelstahlgerät verbunden fühlen?

»Und dabei bin ich auf Joe and Mary's Café gestoßen. Joe verkauft gerade sein Inventar, weil Mary, seine Frau, gestorben ist, nachdem sie« – sie denkt sich eine Zahl aus – »siebzehn Jahre verheiratet waren. Genau wie wir, Sam. Er war untröstlich. *Untröstlich.*«

»Erinnert mich an den Cousin meines Schwagers«, lässt

Ray Beaulieu verlauten. »Er hat die ganze Angelsaison verstreichen lassen, als seine Frau gestorben war. Und er konnte sie nicht mal ausstehen.«

Annie ignoriert ihn. »Er hat mir den Kombi angeboten, der praktisch unbenutzt ist, zu einem fantastischen Preis. Ich habe sofort einen Scheck ausgestellt.«

»Ohne das vorher mit mir zu besprechen?«, sagt Sam.

»Du warst nicht erreichbar. Zudem wusste ich, dass du begeistert sein wirst.«

»Das konntest du nicht wissen«, widerspricht Sam, obwohl ihr sein Gesicht und seine Körpersprache recht geben.

Trotz des Vorfalls in der Nacht, trotz seiner Feindseligkeit und ihres Elends verspürt Annie ein Triumphgefühl.

Er hat nicht die Absicht, ihr das hoch anzurechnen. Andererseits sieht sie, wie schnell er die Lieferquittung unterschreibt, wie eifrig er das Ausladen begleitet (vorsichtig, behutsam, achten Sie auf die Ecke, nicht die Stahlflächen zerkratzen, halten Sie die Einlegeböden fest), wie er mit den Spediteuren verhandelt, die alten Öfen und einen Vorratsschrank wegzukarren, um Platz für das Ungetüm zu schaffen, wie erregt er die Schaulustigen einbezieht (ich werde mich mit den Plänen befassen und einiges ändern müssen) und wie er die dicke Bedienungsanleitung entgegennimmt und an sein Herz drückt – all das beweist ihr, dass sie sich richtig entschieden hat.

Nachdem sie einige Herkulesaufgaben vollbracht haben, steht der Kombi an seinem Ehrenplatz. Sam strahlt wie ein stolzer Vater, wischt mit einem Lappen die Fingerabdrücke der Spediteure ab und reibt die Oberfläche blitzblank. Vielleicht nimmt der Herd die Stelle eines Schoßtiers ein. Oder eines Babys …

Oder einer Ehefrau.

»Hey, gibt's noch Kaffee?«, ruft ein Kunde aus dem Gastraum.

Sam unterbricht seine Huldigung des Kombiherds und weist die Aushilfe an, Kaffee nachzuschenken und die Tische abzuräumen. Als sie in der explosiven Atmosphäre eines Dreiecksverhältnisses in der Küche aufeinandertreffen, stellt er sie einander flüchtig vor. »Annie, Juliette. Juliette, Annie.«

Annie gibt ihr die Hand. Juliette ist hübsch. Ihr gutes Aussehen wird ein wenig von dem Kaugummi geschmälert, den sie in einer Wange bearbeitet. Annie versucht, Sams Körpersprache zu lesen, abzuschätzen, wie weit ihr Mann die Rolle des künftigen, derzeitigen oder verflossenen Romeos spielt. Aber im Augenblick gilt seine ganze Bewunderung, Zärtlichkeit, Leidenschaft und Aufmerksamkeit dem Kombiherd. Sam öffnet Schubladen, zieht Einlegeböden heraus, drückt Knöpfe.

Annie schaut auf Juliettes glänzend rote Plateau-Peeptoes. »Joe, der vorige Besitzer, meinte, dass man mit dem Herd so viel Arbeit einspart, dass man auf einige Küchenhilfen verzichten kann«, sagt sie zu Sam.

Sam hört nicht zu. Er gibt dem Kombi einen freundschaftlichen Klaps. »Junge, du bist eine Wucht.«

Als Megan um vier Uhr zu ihrer Nachmittagsschicht erscheint, hat Annie auf Autopilot geschaltet. Still vor sich hin schälen, schneiden und hacken hat etwas für sich. Sie ist mit ihren Gedanken so weit weg, dass sie erschrocken zusammenfährt, als Megan ihr um den Hals fallen will, und wird in eine Realität zurückgeholt, für die sie noch nicht bereit war.

»Entschuldige«, sagt Megan und drückt sie noch einmal.

»Ich habe dich total vermisst.« Dann fügt sie hinzu: »Wir alle.«

Was soll ich jetzt machen, Sam? Wo soll ich das hinstellen? Wie will Mrs Murphy ihren Kaffee? Mit Sahne oder Milch? Juliette stellt in einem fort Fragen, die nur an Sam gerichtet sind, obwohl Annie und Megan sie ebenso gut beantworten könnten.

Ist Sam ein wenig ungeduldig mit ihr? Nur weil er es hasst, gestört zu werden, wenn er sich auf etwas konzentriert. Im Augenblick steht er in einer Ecke und liest die Bedienungsanleitung so gespannt wie Ursula ein Drehbuch, das sie auswendig lernen muss.

Einen Moment später lässt Juliette beim Abtrocknen einen Teller fallen. Sam hört auf zu lesen, legt einen Spatel als Lesezeichen in das Heft und holt ein Kehrblech. »Ich bin echt ein Spasti!«, ruft Juliette.

»Mach dir keinen Kopf«, sagt Sam.

»Sie sind ein Heiliger. Ich weiß echt nicht, warum Sie mich behalten, wo ich so viel Mist baue.«

Das versteht Annie auch nicht. Andererseits hat Juliette ein kleines Kind und einen taufrischen, strahlenden Teint …

Als es auf den Abendansturm zugeht, legt Sam sichtlich widerstrebend das Heft zur Seite und macht sich an die Arbeit. Annie bekommt von ihm keine neckischen Hüftstöße, wenn er neben sie tritt, keinen zärtlichen Klaps auf den Hintern im Vorbeigehen. Er legt nicht die Hand auf ihre Schulter, er reicht ihr nicht eine Serviette, als ihr beim Zwiebelschneiden die Tränen in die Augen steigen, sie bekommt keine flüchtigen Küsse, wenn gerade niemand hinsieht. Er spricht sie nicht mal mit Namen an. *Gib mir das Salz rüber. Kannst du mir ein Handtuch anreichen? Wo ist das Olivenöl?* Ihr fällt ein Cartoon aus dem New Yorker ein: Eine Frau schneidet Zwiebeln. Immer mehr Tränen fließen, bis die Frau sich das Messer ins Herz stößt. Annie kann sie gut verstehen.

Sie flüchtet in den Toilettenraum an der Rückseite des Ladens, frischt ihr Lipgloss auf, kämmt sich die Haare. In dem schmucklosen Raum, der von Männern und Frauen benutzt wird, ist es recht düster. Ein Schild verlangt zwar, dass man sich die Hände wäscht, aber am Waschbecken gibt es lediglich ein dürftiges Stück Seife. Vielleicht richten sie im Anbau eine Damentoilette ein und statten sie mit Kosmetiktüchern, Handcremespendern und Händedesinfektionsmittel aus und stellen frische Blumen hinein. Vielleicht kann Sam diese Annehmlichkeit in seinen Plan einzeichnen. Während sie sich die Brauen glättet, stutzt sie. Wird sie dann noch da sein, um sich an Kosmetiktüchern und Blumen zu erfreuen? Wird es in Sams Plan einen Platz für seine Frau geben? Sie sitzt lange auf der Toilette und denkt über ihre Rolle oder fehlende Rolle in seinem Leben nach.

Schließlich kehrt sie in die Küche zurück. »Wenn du mir die Kanne reichst, räume ich sie weg«, bietet sie an.

Sam reagiert nicht, sondern schneidet seinen Brotlaib mit der Wucht eines Karateka.

»Nicht so«, warnt Megan Juliette, die einen Bunyan belegen will. »Zuerst die Zwiebeln.«

Juliette schlägt sich an die Stirn. »Man sollte meinen, ich müsste das allmählich draufhaben.«

Rollt Sam die Augen? Oder bildet sie sich das ein? Als Juliette das Streichmesser auf den Boden fallen lässt und gleich wieder in die Mayonnaise taucht, ohne es vorher abzuwaschen, rollt Sam die Augen, und nicht nur das. »Herrgott noch mal!«, schreit er, reißt ihr das Messer aus der Hand, wirft es in einen Topf mit kochendem Wasser und knallt das Glas Mayonnaise in den Abfalleimer.

»Mein Fehler«, sagt Juliette entschuldigend.

»Bitte gehen Sie nach vorn die Tische abräumen«, befiehlt Sam. »Kriegen Sie das wenigstens hin?«

Sobald sie die Küche verlassen hat, schüttelt Megan den Kopf. »Es geht mich zwar nichts an …«

»Genau«, sagt Sam.

»Du bist viel zu nett«, protestiert Megan.

Sam zuckt mit den Schultern.

Dann wendet er sich an Annie. »Kann ich dich für einen Moment sprechen?«

Hoffnungsvoll holt sie Luft und stößt sie niedergeschlagen aus. »Wie du willst.«

»Ich helfe Juliette«, bietet Megan an. »Sie kann das bestimmt gebrauchen.«

Sobald sie durch die Schwingtür verschwunden ist, kommt Sam ohne Umschweife zur Sache. »Ich will, dass du Juliette entlässt.«

»Wow. Vielleicht kannst du erklären, was das Ganze soll?«

»Da gibt es nichts zu erklären. Auch wenn du sie noch keinen ganzen Tag erlebt hast, da du ja zwei Wochen weg warst, wirst du bemerkt haben, wie dumm sie sich anstellt.«

»Du hast ihre Inkompetenz über zwei Wochen ertragen. Warum gerade jetzt?«

»Wie du selber sagst, spart der Kombiherd viel Arbeit ein. Außerdem bist du jetzt wieder da.« Er rückt den Serviettenhalter gerade. »So scheint es jedenfalls.«

Sie begreift, dass er für ihre Rückkehr nicht dankbar ist. Er scheint auch nicht zu hoffen, dass sie bleibt. Seine nachgeschobene Bemerkung klang abfällig und bissig. Aber abfällig und bissig kann sie auch. »Du willst, dass ich die Drecksarbeit für dich mache?«

»Sie ist alleinerziehende Mutter mit einem kleinen Kind. Sie hat eine süße Tochter …«

»Was hat das damit zu tun?«

»Es fällt mir schwer, jemanden zu treten, der schon am Boden liegt.«

»Ach, was du nicht sagst.«

Er weicht einen Schritt zurück und prallt gegen den Kombi. Er reibt sich den Ellbogen. »Ich habe ihr schon einen Job in dem Seniorenheim besorgt. Über den Schwager von Rays Schwägerin. Das wird ihr nicht so gut gefallen wie dieser …«

»Darauf wette ich.«

»Aber die Aufgaben sind einfacher.«

»Einfacher als Kaffee eingießen und Brot mit Mayonnaise bestreichen?«

»Und dort darf sie Isabel zur Arbeit mitbringen. Wirst du es nun tun oder nicht?«

Annie entdeckt Juliette an dem Tisch, wo die Männergruppe mit den Holzfällerhemden sitzt. »Noch Kaffee?«, fragt Remi Arsenault. Ray Beaulieu reicht Juliette einen Teller mit Gebäck.

Annie tippt ihr auf die Schulter. »Verzeihung. Kann ich Sie mal sprechen?«

»Schätze, ja.« Juliette tunkt einen Donut in ihre Tasse und leckt ihn ab. Sie sieht zu ihr hoch. »Sie sind Annie, ja?«

Annie nickt.

Juliette deutet auf den Teller. »Wollen Sie einen mit Ahornglasur? Die sind echt gut. Noch warm …«

»Nicht jetzt.« Sie nimmt Juliette beim Ellbogen. »Gehen wir nach draußen.«

»Da ist es arschkalt.«

Annie zieht den Toilettenraum in Betracht und entscheidet sich dagegen. Es wäre entwürdigend, dort eine Entlassung auszusprechen. »Wir können uns in mein Auto setzen.«

Auf dem Parkplatz steigen sie beide vorn ein. Annie stellt das Heizungsgebläse auf höchste Stufe. Der Asphalt hat Furchen bekommen, wo der Speditionswagen von Maine Moose Movers gestanden hat.

»Also, Juliette …«, beginnt Annie und bemüht sich um einen ungezwungenen Ton.

»Hey, jetzt kapier ich«, unterbricht Juliette. »Sie sind Sams Frau. Die, die ihn verlassen hat.«

»Das ganz sicher nicht. Ich war in New York zu Besuch bei meiner Mutter.«

»Ja klar. Er war stocksauer, als Sie weg waren.« Sie beugt sich auf Flüsterabstand zu Annie vor. »Hey, sind Sie beide noch …?«

»Allerdings.«

»Ich frag ja nur, okay? Für einen Kerl in dem Alter ist er ziemlich heiß.« Sie schaltet das Radio ein und sucht einen Sender. »Schade, dass Sie kein Satellit haben.«

Annie greift dazwischen und schaltet das Radio aus.

»Da sind irgendwie nur Nachrichten.« Juliette wühlt in ihrer Tasche und holt einen Lippenstift heraus. »Sie meinen also, er wollte nur nett zu mir sein?«

»Er *ist* nett.«

»Ich kenne vor allem Mistkerle, die nur das eine wollen, Sie wissen schon. Und darum finde ich es schwierig, zu sagen, ob einer, der kein Mistkerl, sondern ein guter Kerl ist, mich nur mit Respekt behandelt« – sie dreht den Rückspiegel zu sich und hinterlässt einen fettigen Fingerabdruck – »oder ob da vielleicht mehr ist.«

»Wie kommen Sie darauf, dass da mehr sein könnte?«

»Außer dass er nett zu mir ist? Er geht toll mit Isabel um. Er kommt sogar nächste Woche zu ihrer Geburtstagsparty und bringt Cupcakes mit.«

Das versetzt Annie einen Stich. »Er liebt Kinder.«

Juliette blickt auf Annies Bauch. »Wie kommt es dann, dass Sie und Sam keine haben?«

»Das ist eine ziemlich persönliche Frage.«

»Ich mein ja nur. Mich braucht ein Kerl nur anzusehen, und schon bin ich schwanger.«

Das schmerzt noch mehr. Annie nimmt die strenge Haltung einer Schuldirektorin an. »Juliette, kommen wir zum Grund unseres Gesprächs. Ich habe Sie nicht zum Plaudern nach draußen mitgenommen.«

Juliette zieht sich die Lippen nach, besonders den Amorbogen. »Ich weiß. Sie sollen mich feuern.«

Annie ist verblüfft. »Woher …? Wieso …?«

»Weil ich in dem Job echt mies bin. Ist doch klar. Wenn Sie mich fragen, hat Sam ein viel zu großes Herz, um es mir selbst zu sagen. Deshalb will er, dass Sie die Drecksarbeit für ihn machen. Männer!«

»Männer«, pflichtet Annie bei.

»Ich habe neulich schon damit gerechnet, als ich die Bestellungen durcheinandergebracht habe. Für mich wär das okay gewesen, denn wenn ich gekündigt werde, ist er nicht mehr mein Boss. Dann wäre er leichte Beute gewesen. Ich meine, woher sollte ich wissen, dass Sie zurückkommen?«

Annie bekommt allmählich Mitleid mit ihr. Das habe ich alles schon mal gehört, denkt sie und ist in Versuchung, ihrer Leidensgenossin Geschichten zu erzählen. Stattdessen sagt sie: »Sam hat mit einem unserer Kunden gesprochen wegen einer neuen Stelle für Sie. Eine im Seniorenheim.«

»Igitt. Bettpfannen leeren und solches Zeug? Alte Leute? Auf keinen Fall. Ich habe mir bereits selbst einen Job besorgt, als Cocktailkellnerin unten im Gabe's. Die zahlen besser, und die Trinkgelder sollen super sein.«

Annie legt die Arme über das Lenkrad und reißt sich zusammen, um nicht zu lachen. Sie freut sich schon darauf, Sam das zu erzählen. Sie stutzt. Nicht dass sie zurzeit viel mit ihm spricht.

»Wie auch immer. War nett, Sie kennenzulernen.« Juliette hat die Hand am Türgriff. »Na, was soll's. Mich wird wohl keiner vermissen, wenn ich den Rest des Tages freinehme.« Sie ist halb ausgestiegen, als sie sich noch mal zu Annie umdreht. »Und falls sie beide sich doch noch …«

»Denken Sie nicht mal daran«, sagt Annie.

»Ist erledigt«, meldet Annie, als sie in die Küche zurückkommt.

»So schnell?«, sagt Sam.

»Sie hat schon einen neuen Job. Als Cocktailkellnerin im Gabe's.«

»In der Spelunke? Tja, Undank ist der Welt Lohn.«

Sie sieht ihn forschend an. Ist er erleichtert? Traurig? »Mehr sagst du nicht dazu?«

»Danke.«

»Es war gar nicht so schwierig, sie zu feuern.«

Annie nutzt ihren Vorteil aus und verwandelt sich in die

Anti-Juliette, einen wirbelnden Derwisch, der Besteck ordnet, Gewürze sortiert, Salz- und Pfefferstreuer nachfüllt. »Heute war ja einiges los«, sagt sie.

»Scheint so.« Er sieht nicht auf.

Sie schlägt einen Trommelwirbel an der Herdtür.

Er sieht auf.

»Also gefällt dir der Kombi?«, fragt sie.

»Ganz gut.«

»Das dachte ich mir.« Sie gibt noch nicht auf. »Als ich ihn gesehen habe, war mir das sofort klar.«

Täuscht sie sich, oder hätte er fast gelächelt?

Könnte es sein, dass Sam nur sauer auf sie ist und sich gar nicht in eine andere verguckt hat? Fängt er an aufzutauen? Sie lehnt sich an die Theke, halb jubelnd, halb ratlos. Mal angenommen, sie hat das kombigroße Hindernis namens Juliette übersprungen, hat sie noch immer einen Slalom mit vielen Hürden zu bewältigen.

Sam entfernt sich ein paar Schritte. Plötzlich zieht er die Mundwinkel runter. Er weicht ihrem Blick aus und starrt auf das Regal mit den Zutaten. »Und wer war bei dir, als du den Kombi entdeckt hast?«, fragt er.

Kapitel 24

Lass deine Freundschaft mit Bob Bernstein wieder aufleben. Es war eigentlich nicht seine Schuld, dass wir ohne das Rezept dastanden. Jemand, mit dem du die Bar-Mizwa gefeiert hast, hat eine zweite Chance verdient.

Es ist Donnerstag. Annie hat drei schlaflose Nächte einsam auf ihrer Seite des Bettes verbracht. Jetzt wartet sie auf Ursula, die zum Tee kommt. Während Ambrose in seiner Praxis arbeitet, möchte Ursula ihre Tochter besuchen, die sie noch nicht ein Mal gesehen hat, seit sie nach Passamaquoddy zurückgefahren sind. »Du weißt, wie es ist, wenn man frisch verliebt ist«, erklärte sie, verlegen wie eine Teenagerin.

Auf keinen Fall will Annie mit ihrer Mutter über Liebe sprechen.

Oder über verlorene Liebe.

Zählt der Donnerstag schon als Ende der Woche?, überlegt sie. Dr. Revere ruft vielleicht heute noch an. Oder morgen. Vielleicht ist er ein mitfühlender Arzt, der sich bei besonders ungeduldigen Patienten sogar am Wochenende meldet. Bisher konnte sie ihre Hoffnung im Zaum halten. Angesichts der

Sackgasse, in der sie und Sam stecken, würde Hoffnung sowieso nichts nützen.

Für eine Nanosekunde auf dem langen Zeitstrahl der Welt und auf dem kurzen und kürzer werdenden Zeitstrahl ihrer Ehe hat sie geglaubt, alles würde wieder ins Lot kommen. Nachdem Juliette als Störungsursache Nummer eins ausgeschaltet war, wuchs ihre Hoffnung. Aber während Annies Argwohn gegen Sam besänftigt ist, bleiben Sams Groll und Zweifel unverändert.

Oberflächlich betrachtet könnte sie sich gegen seine Unterstellung spielend leicht verteidigen. Sie braucht nur aufzustehen und zu rufen: *Es gibt keinen anderen, hat es nie gegeben. Ich bin unschuldig.* Das kann sie jedoch nicht, weil sie sich in dieser einen Sache zwar nicht schuldig gemacht hat, dafür aber in vielen anderen. Nicht dass er ihr Plädoyer je anhören würde.

Sie denkt siebzehn Jahre zurück an ihre Hochzeit. Sie kann sich noch an jede Einzelheit erinnern, ganz plastisch. Am Morgen vor der Vermählung mühten sie sich stundenlang mit dem Wortlaut ihres Gelöbnisses ab.

»Wir werden einander immer die Wahrheit sagen«, versprach Annie. »Egal, wie schmerzhaft, kränkend oder peinlich sie ist, egal, wie wichtig oder unbedeutend.«

Sam lachte. »Müssen wir mit unserem Blut unterschreiben?«

»Ich will nicht wie meine Mutter sein. Im Ernst.«

Jetzt sieht Annie auf die Uhr. Ursula ist seit zwanzig Minuten überfällig. Überraschung!

Sie hat Zeit.

Oben öffnet sie die Schranktür. Was ihren Blick sofort anzieht, ist die Tüte mit den Spielsachen für Isabel. Trotz der harmlosen Erklärung empfindet sie die Geschenke als Affront, was nicht sehr für ihren Charakter spricht. Sie gibt gern zu, dass sie allerhand Fehler hat.

Mühsam löst sie sich vom Anblick der Geschenke und holt sich die Trittleiter. Auf dem obersten Bord findet sie den Karton, der mit den Bändern von ihrem Brautstrauß verschlossen ist. Sie sind vergilbt und spröde geworden, der Deckel ist staubig. Sie hätte sie in säurefreies Papier einwickeln und in Plastik packen sollen. Die Liste von »hätte sollen« wird immer länger.

Sie erinnert sich an die Fotos, die sie und Sam in das weiße Album mit den aufgeprägten Hochzeitsglocken geklebt haben. Jedes einzelne haben sie sich länger angeschaut, einen Schnappschuss nach dem anderen: sie beide barfuß am Strand, sie in einem cremefarbenen mexikanischen Brautkleid, das sie aus einem Katalog bestellt hatte, Sam dazu passend in einer Guayabera, dem weißen Leinenhemd. An dem Morgen hat sie Wildblumen gepflückt und sich ins Haar geflochten. Für Sam hat sie eine Gänseblümchenkette gemacht, die er sich umhängte. Ursula war entsetzt über so viel spontane Ungezwungenheit, Sams Eltern waren verblüfft.

Jetzt trägt sie den Karton zum Bett. Sie öffnet die Schleifen und hebt den Deckel ab. Da liegen sie alle, die Tischkärtchen, beschriftet in ihrer schönsten Schreibschrift mit Füllfederhaltern, in die sie blaue und grüne Tinte mischen konnten, sodass ein Farbton herauskam, der sie ans Meer erinnerte. Und die getrockneten Möhrenblüten und das Gipskraut, die flachen Steine, die sie gesammelt, die Muscheln, mit denen sie die Gartentische geschmückt haben, das Brautpaar aus Pfeifenreinigern von der schiefen Hochzeitstorte, die ein Erstsemester von der Kochschule fabriziert hat. Sie betrachtet die

Fotos. Haben je zwei Menschen glücklicher ausgesehen, zuversichtlicher in die Zukunft geschaut?

Weiter hinten im Album in einer Satintasche findet sie die Gelöbnisse. Ihre Handschrift wirkt trotz der verblassten Tinte dynamischer als heute. Vor zwei Jahrzehnten hat sie ihren Füller fest aufs Papier gedrückt und einfühlsame Sätze geschrieben. Die Wörter enden mit optimistischem schwungvollem Aufstrich. Sie faltet das Blatt auseinander.

Ich verspreche, immer die Wahrheit zu sagen, dir Herz und Seele zu öffnen. Ich glaube, es gibt nichts, das wir einander nicht anvertrauen können. Ich verspreche, dich in meine Ängste und Gefühle, Geheimnisse und Träume einzuweihen. Ich verspreche, mit dir gemeinsam zu wachsen, mich zusammen mit dir den Veränderungen zu stellen, da wir uns beide verändern, und mich für eine lebendige, aufregende und ehrliche Beziehung einzusetzen. Und schließlich verspreche ich, dich zu lieben in guten wie in schlechten Zeiten mit allem, was ich zu geben habe, und mit allem, was ich bin, so gut ich es kann – von ganzem Herzen und wahrhaftig und für immer.

Sie liest es noch einmal. Sie weiß noch, wie erstaunt Sam war, als die Doughboys nach Florida abgehauen waren, ohne ihnen das Bunyan-Rezept dazulassen. »Das steht im Vertrag«, beschwerte er sich. »Das ist ein verbindliches Dokument.«

»Ich werde dich nie im Stich lassen. Pfadfinderehrenwort.« Das schwor sie mit erhobener Hand.

Jetzt klingelt es an der Tür. Ursula. Plötzlich fällt Annie auf, dass sie furchtbar aussieht. Kaum war sie wieder zu

Hause, ging ihre sorgfältig zurechtgemachte New Yorker Erscheinung den Bach runter, zusammen mit der Aussicht auf Versöhnung. Sie streicht sich die zerzausten Haare hinter die Ohren. Es ist zu spät, um noch zum Kamm zu greifen. Sie stellt den Karton an seinen Platz zurück und eilt nach unten.

»Es tut mir schrecklich leid, Darling.« Ursula schwebt herein, in Pelz, Kaschmir, mit Perlen und einem karierten Schal, den sie für ein ländliches Kleidungsstück hält. »Ich musste für Ambrose das Mittagessen kochen.«

»Wirklich?« Annie hängt den Mantel ihrer Mutter in den Garderobenschrank und holt eine Tasse Tee aus der Küche.

Ursula verzieht das Gesicht, weil sie einen Henkelbecher und keine Tasse mit Untertasse bekommt. »Nun ja, ich habe haufenweise Leckereien von Zabar's kommen lassen. Wie konnten wir je ohne FedEx auskommen? Trotzdem musste ich alles zusammenstellen und einpacken. Dann ein kleines *billet doux* in die braune Tüte legen. Ambrose erweist sich nämlich, falls du es wissen willst …«

»Habe ich tatsächlich eine Wahl?«

»… als leidenschaftlicher Liebhaber. Wir sind überglücklich. Endlich habe ich doch noch etwas richtig gemacht.«

Annie sieht ihre Mutter an und verspürt warme Zuneigung für die Frau, deren Berühmtheit Annie bisher immer peinlich gewesen ist und die ihr nun ein neues Leben ermöglicht hat. Sie ist dankbar für Ursulas Problemlösungsgeschick und ihre dicke Rotationskartei, in der jeder steht, der jemand ist, und die sie mit fetten Schecks erweitert hat. Ohne den Fahrdienst ihrer Mutter wäre sie nicht bei Dr. Revere gewesen, jedenfalls nicht rechtzeitig. Sie stutzt. Rechtzeitig wofür?

Ursula preist gerade Ambroses Tugenden, ihr gemeinsames Leben, seine Renovierungspläne, sein rücksichtsvolles

Bemühen, alle Spuren seiner verstorbenen Frau aus dem Haus zu entfernen. Dagegen habe sie selbst darauf bestanden, dass er ein kleines Porträt von ihr behält (wenn auch nicht an einem zentralen Platz), so sicher fühlt sie sich. »Ich bin überhaupt nicht eifersüchtig auf seine Vergangenheit.«

»Sehr erwachsen, Ursula«, sagt Annie.

Ursula wirft ihr einen abwägenden Blick zu. »Und wie steht es bei dir?« Sie registriert Annies mangelnden Schick und die ungekämmten Haare. Man kann ihr so leicht nichts vormachen. »Und mit der Ursache unserer hastigen Heimreise?«

»Falscher Alarm. Die neue Aushilfe ist hübsch und jung und hatte wohl ein Auge auf Sam geworfen, aber er hat sie in der Hinsicht nicht beachtet.«

»Weil er in dich verliebt ist«, verkündet ihre Mutter aus ihrem eigenen liebesseligen Blickwinkel.

»Das nicht gerade.«

Ursula stellt ihre Tasse hin. »Was ist los, Darling?«

»Nichts.«

»Ziemlich viel Nichts, wenn du mich fragst. Erzähl es deiner Mutter, Arabella. Heraus damit.«

Annie öffnet sich. Sie erzählt, wie distanziert Sam ist, wie groß der Abstand im Ehebett ist, wie wütend er ist, weil sie ihn so lange allein gelassen hat, und dass sie geglaubt hat, der Kombiherd könnte der Weg zu seinem Herzen sein, dann aber von ihm beschuldigt wurde, in New York einen Lover zu haben. »Stell dir das mal vor, ich und ein Lover!«, ruft sie aus.

»Allerdings«, pflichtet Ursula bei. »Das ist vollkommen lächerlich.«

Soll sie ihre einzige New Yorker Affäre erwähnen, die sie mit neunzehn hatte? Egal. Sie erzählt weiter, wie schwer es ihr fällt, auf den Befund von Dr. Revere zu warten, und dass sie sowieso nicht mit Sam darüber sprechen kann. Sie schildert, wie einsam sie sich fühlt, weil sie ihm so viel verschweigt.

Ursula wechselt auf das Sofa und nimmt Annie in die Arme. Annie riecht französisches Parfum und italienische Seife, gewürzt mit einem Hauch Räucherlachs von Ambroses Lunch. Ursula streicht ihr übers Haar. »Darling, Darling«, tröstet sie. Sie gibt Annie ein spitzengesäumtes Taschentuch, in das man sich höchstens ein Mal schnäuzen kann, und eilt sogleich ins Bad, um geeigneteren Nachschub zu holen. Sie reicht Annie eine Schachtel Kleenex, dann zieht sie sich auch ein Tuch heraus, um sich ein paar glitzernde Tränen wegzutupfen, während Annie einen Wasserfall auf die Schottenkarobluse ihrer Mutter vergießt.

Eine ganze Weile liegt sie an Ursulas Brust. Es ist erstaunlich, wie gut es sich dort liegt. Wie sehr sie sich getröstet und geschützt fühlt. Hat ihre Mutter sie jemals so gehalten?

»Alles wird wieder gut«, summt Ursula.

Annie kuschelt sich an sie. »Ach, Mum, wie konnte ich mich nur in diesen Schlamassel bringen?«

Ursula hebt abrupt den Kopf und lässt ihre Tochter los.

»Was ist?«, fragt Annie.

»Arabella!«, ruft sie aus. »Annie«, sagt sie dann. »Erkennst du, was gerade passiert ist?«

Oh-oh, denkt Annie. Hat sie das Tausend-Dollar-Outfit ruiniert? »Eigentlich nicht.«

»Du hast mich Mum genannt!«

»Hab ich?«

»Zum allerersten Mal!« Ursula schüttelt staunend den Kopf. Und dann, als wäre das Wunder zu neu, zu zerbrechlich, um ein großes Getue darum zu machen, drückt sie Annies

Kopf wieder an sich und sagt: »Es ist nicht zu spät.« Sie lässt Annie los, steht auf und geht auf und ab. »Stell dir einfach vor, du spielst nach Drehbuch. Du brauchst nur etwas zu sagen wie: Ich dachte, ich habe Krebs. Ich dachte, ich werde sterben, und wollte dich schonen. Meine Mutter hat mich nach New York mitgenommen, um eine zweite Meinung einzuholen, und so weiter, bis du beim glücklichen Ende angelangt bist.« Sie wirft sich ein Ende ihres Schals über die Schulter wie ein Matador. »Wir können das einstudieren, bis du es auswendig kannst und dich vollkommen sicher fühlst.«

»So einfach ist das nicht …«

»Da bin ich aber anderer Meinung. Du wirst so verständnisvoll und überzeugend sein, dass er vor dir auf die Knie fällt, völlig erleichtert, außer sich vor Freude, weil seine Frau am Leben bleiben wird, anstatt wie die Kameliendame im dritten Akt zu sterben.« Ursula mimt, wie sich die sterbenskranke Kurtisane vom Totenbett erhebt. »Ich kann dir aus dem Stegreif mehrere Stücke nennen, in denen ein Ehemann seiner Frau alle Verfehlungen verzeiht – außer bei Tschechow. Aber schließlich hast du nichts Schlimmes getan.«

»In Sams Augen doch. Außerdem spielen wir kein Stück. Das ist die Realität. Das ist meine Ehe.«

»Ein Stück entspringt immer der Realität, Darling.« Ursula drückte Annies Hand. »Versprich mir, dass du es dir überlegst.«

»Es ist hoffnungslos.«

»Willst du es nicht wenigstens versuchen?«

»Habe ich schon. Er wollte nicht zuhören.«

»Dann hast du es falsch angefangen, nicht die richtige Gesprächstechnik eingesetzt.«

Annie schüttelt erneut den Kopf.

»Du warst immer stur, Annie. Schon als Kind, wenn du dir etwas in den Kopf gesetzt hattest … Ich weiß noch genau, als …«

»Das ist nicht hilfreich«, unterbricht Annie.

»Dann bleibt dir nur eins: Gib ihm den Leitfaden zu lesen.«

»Auf keinen Fall! Dann sieht er, wie sehr ich ihn belogen habe.«

»Er sieht, wie sehr du ihn liebst.«

»So wird er das nicht betrachten.«

»Glaub das nicht. Sag ihm einfach alles.«

»Ich kann nicht. Erinnerst du dich noch an unsere Hochzeit?«

Ursula schaudert. »Wie könnte ich die vergessen?« Sie schaut auf ihre Leopardenfellstiefel. »Der Sand war überall.«

»Wir waren am Strand«, entgegnet Annie.

»Was leider noch immer ein beliebter Schauplatz für Hochzeiten ist.« Ursula stöhnt. »Wenigstens war deine Hochzeit nicht vegan wie bei Viola von meinem ehemaligen Ensemble. Ihr Brautstrauß bestand – man stelle sich das vor – aus welken roten und weißen Rettichen. Und ihre barfüßigen Brautjungfern hielten Grünkohl in den Händen. Abstoßend.«

Trotz allem muss Annie lachen. »Ich hatte einen hinreißenden Strauß Wildblumen, die Sam am Morgen gepflückt hatte.« Sie wird wieder ernst. »Worauf ich eigentlich hinauswollte, ist, dass Sam und ich uns wahnsinnig viel Mühe mit dem Gelöbnis gegeben haben. Das zentrale Thema war Ehrlichkeit. Wie wichtig es ist, offen zueinander zu sein.«

»Aber das ist eine Ewigkeit her, Darling. Ihr könnt nicht auf etwas verpflichtet werden, das ihr geschrieben habt, als ihr noch unglaublich jung und naiv wart. Da muss es eine Begrenzungsklausel geben.«

»Nicht beim Ehegelöbnis.«

»Glaub mir, von denen habe ich in meinem Leben viele geschrieben. Und jetzt kann ich mich nicht mal mehr an ein einziges erinnern. Und Sam wird das auch nicht mehr wissen.«

»Oh doch, das weiß er noch genau.«

»Seid ihr nicht ein bisschen arg kleinlich? Er kann unmöglich bei seinem Groll bleiben, wenn du ihm von dem Krebsverdacht erzählst und von den Arztbesuchen und den Tests und dem vielen Kummer, den du durchgemacht hast.«

»Ja, ohne ihn einzubeziehen. Das macht es noch schlimmer.«

»Nicht in meinen Augen. Nach meiner weitreichenden Erfahrung sind Männer immer froh, wenn man ihnen Unannehmlichkeiten erspart.«

»Das war meine Absicht. Ich habe es versucht, vielleicht zu halbherzig, und habe schließlich aufgegeben. Danach hatte ich vor, es ihm zu sagen, wenn sich Symptome zeigen. Bis dahin wollte ich ihn schonen. Damit er nicht selber von der Belastung krank wird. Aber Sam ist nicht wie die Männer, die du kennst.«

»Sei dir da nicht so sicher.« Ursula wechselt das Thema. »Mal angenommen, die Diagnose des Gynäkologen fällt gut aus.«

»Soll ich ihn etwa mit einer möglichen Schwangerschaft locken? Dann müssten wir wieder … du weißt schon.« Sie füllt ihre Tasse auf. »Hast du nicht mal eine durchtriebene Frau gespielt, die ihren Mann auf diese Weise an sich gebunden hat?«

Ursula wird wehmütig. »Da gab es so viele …« Sie trinkt ihren Tee aus. »Also gut. Niemand kann behaupten, Ursula Marichal wüsste nicht, wann sie das Handtuch werfen muss.« Sie greift in ihre Handtasche und holt eine emaillierte Art-déco-Puderdose heraus. »Ach du meine Güte«, sagt sie verärgert und drückt sich theatralisch das Handgelenk an die Stirn. Sie wühlt in ihrer Tasche. »Wo ist bloß der …?« Sie klopft ihre Hosentaschen ab. »Habe ich meinen Lippenstift vielleicht im Gästebad liegen lassen, als ich zuletzt hier war? Das scheint schon so lange her zu sein. Ich werde mal kurz nachsehen.«

Während sie nach oben geht, trägt Annie die Tasse ihrer Mutter in die Küche, wischt den roten Lippenabdruck vom Rand und stellt sie in die Spüle. Sie hätte ihr einen Brandy anbieten sollen, keinen Teebeutel-Earl-Grey in einer Werbetasse von der Tankstelle. Sie hätte sogar selbst einen Brandy gebrauchen können.

Kurz darauf kommt Ursula lächelnd in die Küche und hält eine goldene, strassbesetzte Lippenstifthülse hoch. »Voilà!« Sie schwenkt sie so freudestrahlend, als hielte sie den Oscar in der Hand, der ihr bisher versagt geblieben ist. »Er lag auf dem Fensterbrett hinter der Gardine, ausgerechnet. Er muss da hingerollt sein. Ich bin erleichtert. Das ist eine besondere Farbe, die Antoine auf den Champs-Élysées für mich entworfen hat. Brillant. Ein Rot mit einem leichten Pfirsichton und einem Hauch Violett.« Ursula öffnet ihre Handtasche und lässt ihn hineinfallen. »Die Farbe würde dir übrigens auch gut stehen, Darling.«

Annie ist sich ziemlich sicher, dass kein Rot-, Pfirsich- oder Violettton, wie brillant auch immer, ihren fahlen Teint zum Strahlen bringen könnte. Schon gar nicht ihr Herz.

Ursula sieht auf die Uhr. »Leider muss ich jetzt gehen.

Heute wird die neue Matratze geliefert, die ich für Ambroses Bett bestellt habe. Man könnte auch sagen, für unser Bett.« Sie kichert. »Seine alte war ein wahres Folterinstrument, aber kein Wunder, sie bestand aus Rosshaar. Unglaublich!« Sie haucht Annie einen Kuss auf die Wange. »Ich liebe dich, Annie«, sagt sie.

»Und ich liebe dich, Mutter«, erwidert Annie und staunt, weil das wahr ist.

Kapitel 25

> Dein Zweitagebart ist sexy (schau es dir bei der Oscar- und der Grammy-Verleihung an). Eine maskuline raue Wange macht einen Kuss umso schöner.

Am Tag nach Ursulas Besuch steht Annie in der Küche und poschiert Eier. Sam sitzt am Frühstückstisch und vergräbt sich hinter der Zeitung. Zwar hat sie sich gestern noch dagegen gesträubt, Ursulas Rat zu befolgen, doch nun will sie noch mal versuchen, ihm alles zu erzählen. Sie hat in der Nacht wachgelegen und das Für und Wider erörtert. Sie hat gestaunt, wie weit er von ihr weg und doch noch im selben Bett lag. Während sie den stillen Vorwurf spürte, den sein Körper ausstrahlte, legte sie sich eine Gesprächsstrategie zurecht. Sie bereute, dass sie das Angebot ihrer Mutter, den Text mit ihr einzustudieren, abgelehnt hatte.

Um drei Uhr morgens stand Sam auf und stapfte aus dem Schlafzimmer. »Ich gehe ins Gästezimmer. Ich kann nicht schlafen, wenn du dich hin und her wälzt.« Er nahm sein Kissen mit.

Dass er das Ehebett verließ, motivierte sie umso mehr, ihm endlich alles zu beichten. Eine kalte Schulter war eine Sache, aber eine räumliche Trennung erschreckte sie, weil sie dauerhaft werden könnte. Was käme als Nächstes? Würde er im Wohnzimmer auf dem Sofa schlafen? Und dann auf dem Sofa von jemand anderem? Auf der Matratze von jemand anderem, sei sie aus Kaltschaum oder Rosshaar? Wie leicht könnte er sich wohl daran gewöhnen, in einem separaten Zimmer zu schlafen, in dem nicht der personifizierte Verrat an seiner Seite liegt? Vielleicht hatte ihre Mutter recht – oh bitte, lass sie recht haben!

Sie sieht ihn an. Sein Blick bleibt auf die Zeitung gerichtet. Sie klappt ein englisches Muffin auseinander, toastet es, bestreicht es mit Butter, legt ein Ei auf beide Hälften, mahlt Pfeffer darüber, bestreut alles mit Petersilie und stellt den Teller neben seine Cornflakes.

»Hab keine Zeit, das noch zu essen«, brummt er.

»Ach nun komm«, schmeichelt Annie. Sie setzt sich mit ihren eigenen pochierten Eiern, die nicht so appetitlich angerichtet sind wie seine, auf den Platz gegenüber und klopft mit dem Teelöffel gegen seine Kaffeetasse. »Kann die Besprechung bitte beginnen?«

Er blickt nicht von der Zeitung auf.

Sie räuspert sich. »Sam.«

Er schweigt.

»Ich muss dir etwas sagen«

Er schlägt die Sportseite auf.

»Sam, bitte.«

»Ich will es nicht wissen.«

»Wie kannst du dir so sicher sein, wenn du dir nicht anhörst, was ich sagen will?« Sie spricht in einem sachlichen, gewinnenden Ton. Auf der Rückseite der Zeitung liest sie, dass Marden's Laken für Einzelbetten im Sonderangebot hat. Zwei zum Preis von einem.

»Es spielt keine Rolle mehr. Was passiert ist, ist passiert«, sagt er. »Das ist Vergangenheit.«

Bei näherem Hinsehen erkennt sie auf den Laken ein Clownsmuster. »Gar nichts ist passiert. Es ist nicht so, wie du denkst.«

»Schön.«

»Du musst mich anhören.«

»Manche Dinge bleiben besser unausgesprochen.«

Sie zeigt auf seinen Teller. »Die Eier …«

»Keinen Hunger.« Er schiebt seinen Stuhl zurück.

»Denkst du …« Ihr bleibt die Stimme weg. Sie zwingt die Worte hervor. »… unsere Ehe …?« Na gut, wenn sie das Unaussprechliche nicht ganz ausgesprochen hat, schwebt die Frage dennoch als Versuchsballon im Raum.

»Ich denke lediglich daran, rechtzeitig vor dem Morgenansturm im Laden zu sein.« Er trampelt aus der Küche.

Sie blickt auf ihren Teller. Die Eigelbe sehen aus wie vorwurfsvolle Augen oder, schlimmer, wie höhnische Embryos. Sie bekommt Sodbrennen. So viel zu Ursulas Vorschlag. So viel zu ihrem Plan. Sie kippt das Essen in den Abfalleimer. Sie hört, dass Sam seine Zeitung nimmt, an seinen Stiefeln die Reißverschlüsse hochzieht. Sie kann ihrer Mutter sagen, dass sie es versucht, es sogar einstudiert hat. Und sie hat Requisiten verwendet: die poschierten Eier, die er so gern isst. Welche Dialogzeile könnte direkter, unmissverständlicher sein als: Ich muss dir etwas sagen? Sie kann nichts dafür, dass ihr Stück kein Erfolg geworden ist.

Wie könnten sie so weitermachen? Unterdrückter Zorn

kann beim geringsten Anlass – einem Teller mit Eiern, einem Haarschnitt, ein paar Kindergeschenken im Schrank, einem Stirnrunzeln – hochkochen und explodieren. Man braucht keine Rachel zu sein, um das zu wissen. Auch wenn Sam darauf beharrt, dass die Sache der Vergangenheit angehört, glaubt sie nicht, dass er das ernst meint. Aber eines ist klar: So kann sie nicht leben.

Sie spült die Teller ab und stellt sie in die Spülmaschine. Andererseits ist sie auch erleichtert, weil sie ihre lange Beichte nicht ablegen konnte. Was hat sie denn erwartet? In Sams Augen dürfte ihre Unehrlichkeit über etwas, das derart in sein Leben eingreift, viel größer erscheinen als der Vertrauensbruch durch eine Affäre.

Dennoch hat er keine Statusänderung vorgeschlagen, ihr nie gesagt, sie soll nicht mehr in den Laden kommen und sich die Wohnungsangebote im *Passamaquoddy Daily Telegram* ansehen. Vielleicht wird sie am Ende doch nicht auf Einzelbettlaken mit Clownsmuster verbannt.

Aber genügt ihr das?

Gleich wird sie duschen und dann zum Laden fahren. Wenn ihre Welt auseinanderbricht, kann sie trotzdem Sandwiches belegen und Tassen ausspülen. Wenn sie neben Sam arbeitet, kann sie wenigstens hoffen, dass alte Gewohnheiten und vertraute Abläufe zumindest den Schmerz stillen, wenn nicht gar ihre Ehe wieder in den alten Bestzustand versetzen.

Von der Auffahrt her hört sie, wie Sam versucht, den Wagen zu starten, einmal, zweimal, dreimal. Der Motor stottert und verstummt, ein Barometer des Winterwetters. Und ein Zeichen, dass der Volvo längst zur Inspektion hätte gebracht werden müssen. Während sich das jüngste Drama entfaltete, hat sie so viele Pflichten schleifen lassen – die Eisplatten auf dem Dach, das durchgesessene Sofa, die Toilettenspülung, die immer weiter rinnt, egal, wie energisch sie den Griff betätigt.

Draußen gibt der Motor ein paar mickrige Töne von sich. Wenn er nicht anspringt, wird Sam gezwungen sein, zusammen mit ihr zu fahren. Wenn sie dann nebeneinander in dem beengten Raum des Wagens sitzen, nur sie beide, bei laufendem Radio, wärmender Heizung und beschlagenen Scheiben, kann sie noch einmal versuchen, mit ihm zu reden.

Der Motor stottert noch dreimal, dann springt er an. Hoffentlich hat Sam an seinen Schal gedacht. Sie hört den Kies knirschen, der Wagen prescht die Auffahrt hinunter.

Eine Sekunde später – oh nein! – quietschende Reifen, ein blecherner Knall und ein anhaltender Hupton.

Kapitel 26

Im Warteraum des Krankenhauses nimmt Ursula Annies Hand. Annie klammert sich an sie. Ohne den mütterlichen Halt würde sie in der Luft hängen wie die Frauen in Chagalls Gemälden, ohne Verbindung zur Realität.

Die Realität sieht so aus: Sam ist im OP. Schon seit zwei Stunden. Ambrose hat ihr versichert, dass die Verletzungen zwar zahlreich, aber nicht lebensbedrohlich sind. Sie glaubt ihm nicht. Das ist alles ihre Schuld. Wenn sie nicht versucht hätte, ihm die Wahrheit zu gestehen, wäre er nicht wutschnaubend aus dem Haus gerannt und hätte nicht mit rücksichtsloser Geschwindigkeit aus der Einfahrt auf die Straße gesetzt und den Müllwagen gerammt. Zum Glück wurde keiner der Müllmänner verletzt. Aber Sam, und zwar schlimm. Ein Fußgelenk an drei Stellen gebrochen, ein Schlüsselbein und mehrere Rippen gebrochen, Gehirnerschütterung, Prellungen, Quetschungen. Als er auf die Trage gelegt wurde, hat sie ihn kaum wiedererkannt.

Ach, was hat sie getan?

»Aber keine der Verletzungen ist lebensbedrohlich«, versichert Ambrose noch einmal, und seine Augen werfen rückgratstärkende Superheldenstrahlen auf das Häufchen Elend.

Annie ist jenseits allen Trosts. Diesmal leidet er nicht bloß an seelischer Erschöpfung. *Das ist nur meine Schuld.* Der Gedanke kreist in ihrem Kopf. *Nur meine Schuld.*

In der Notaufnahme konnte sie in seinem Gesicht kaum eine Stelle ohne Bluterguss finden, um ihm einen Kuss zu geben. »Es tut mir so leid, Sam. Ich liebe dich, Sam«, weinte sie in einem fort, bis der Rettungssanitäter ihr erklärte, dass der Patient unter Schock stünde und deshalb nicht reagieren und sie auch nicht hören könne. Aber wenn er sie doch hörte? Er musste erfahren, was sie fühlt. Dass sie ihn liebt. Dass ihr noch nie etwas so furchtbar leidgetan hat.

Sie hält die Hand ihrer Mutter fester. Obwohl das sicher wehtut, zuckt Ursula nicht zusammen. Ambrose entschuldigt sich, um ein paar Anrufe zu tätigen, und verlässt den Warteraum, wo nur noch sie beide sitzen.

Vor einer halben Stunde haben noch drei Schwestern bei ihnen gesessen und darauf gewartet, dass ihr Bruder, der an einem Bruch operiert wird, in den Aufwachraum geschoben wird.

»Sie kommen mir bekannt vor«, sagte eine zu Ursula.

»Sie ist Tante Ethel wie aus dem Gesicht geschnitten«, meinte eine andere. »Und mischt sich genauso überall ein«, fügte sie hinzu, als Ursula auf einen Stuhl stieg, um an dem Fernseher über ihren Köpfen auf einen anderen Kanal zu schalten. Es interessierte sie nun mal nicht, wie man einen

Pullover für seine Katze strickt. Doch da sie weder umschalten noch die Lautstärke verringern konnte, zog sie kurzerhand den Stecker aus der Wand, woraufhin die drei Schwestern unter Protest den Raum verließen.

An einem normalen Tag hätte Annie sich für das herrische Verhalten ihrer Mutter und deren Gleichgültigkeit gegenüber einer demokratischen Abstimmung entschuldigt. Zerknirscht hätte sie den Fernseher wieder eingeschaltet. Doch das ist kein normaler Tag, und sie ist froh, dass ihr die Strickanleitung für Marmalades dreifarbigen Pullover oder Dukes Angora-Mohair-Stiefelchen erspart geblieben ist.

Jetzt dreht sie sich zu ihrer Mutter. »Ich habe es versucht. Er wollte nicht zuhören.«

»Alles wird wieder gut.«

»Es wird *nie* wieder gut. Seine Vermutung, was ich ihm beichten würde, hat ihn so aufgeregt, dass er in den Müllwagen gekracht ist. Das ist nur meine Schuld.«

»Das ist aus Versehen passiert.«

»Er hätte dabei sterben können.«

»Aber er lebt noch, Darling.«

»Wir er mir das je verzeihen?«

»Da gibt es nichts zu verzeihen. Ihr liebt euch. Das ist alles, was zählt.«

»Ich fürchte, er liebt mich nicht mehr.«

»Doch, das tut er. Du musst mir glauben, Annie. Eine Mutter weiß das.«

Eine Weile sitzen sie schweigend da. Durch den Gang werden Krankenliegen gerollt. Aus dem Lautsprecher kommt eine Durchsage. *Doktor Otten bitte zum Operationsraum drei.* Ein Aufzug pingt. Krankenschwestern lachen. Ein Pfleger geht pfeifend vorbei.

»Ich könnte uns einen Kaffee holen«, sagt Ursula. »Auch wenn der wahrscheinlich untrinkbar ist.«

»Ganz sicher sogar.«

»Möchtest du einen Muffin oder eine Banane? Ich glaube, wir haben seit Stunden nichts gegessen.«

Annie denkt an die Eier, die sie in den Mülleimer gekippt hat, und an Sams anklagende Schüssel Cornflakes. Das Frühstück – oder Nichtfrühstück – scheint ewig her zu sein. »Nur einen Kaffee, danke.«

Als sie allein ist, schaut sie einen Stapel Zeitschriften durch. Die medizinischen nimmt sie gar nicht erst in die Hand: Warnzeichen für Prostatakrebs, Spinalstenosebehandlung, Physiotherapie bei Parkinson. Sie ignoriert auch die Broschüren der Regenbogenpresse über Dankbarkeit und Gelassenheit, nimmt sich eine drei Monate alte Frauenzeitschrift und blättert zu dem Artikel »In zehn Schritten zu einer guten Ehe«. Sie liest die Überschrift zu Schritt Nummer zehn: *Vergeben und Vergessen*, und klappt die Zeitschrift wütend zu. Gerade will sie sie wieder in das Gestell legen und sich eine *People* nehmen, als Ursula mit zwei Styroporbechern zurückkommt. »Eine endlose Schlange«, klagt sie. »Es wäre schneller gegangen, wenn ich mich draußen nach einer Espressobar umgesehen hätte.« Sie reicht Annie einen Becher. »Hast du schon etwas gehört?«

Annie schüttelt den Kopf.

»Beim Warten habe ich Ambrose angerufen, aber da war besetzt.« Sie sieht auf die Uhr. »Es sind jetzt drei Stunden. Die müssten doch inzwischen fertig sein.«

Sie trinken den Kaffee, der bitter und zu dünn ist, aber Hände und Mund haben etwas zu tun. Zu schade, dass sie nicht stricken gelernt hat. Dann könnte sie einen Skipullover mit Schneeflockenmuster für den Hund stricken, den Sam sich nach ihrem Tod hätte kaufen sollen. Ursula greift nach einer Ratgeberbroschüre für misshandelte Frauen. Sie liest zwei Sätze und wirft sie in den Eimer für recycelbare Abfälle.

Als die Tür aufgeht, springen sie beide auf, doch da kommt nur eine Krankenschwester. Sie fragt nach den drei Schwestern, deren Bruder gerade in sein Zimmer gebracht wurde. »Versuchen Sie es in der Cafeteria«, sagt Ursula.

»Der Bruch wurde erfolgreich operiert«, berichtet die Krankenschwester.

»Eine ausgezeichnete Nachricht«, erwidert Ursula mit gespielter Freude. »Hast du Lust auf einen Spaziergang?«, fragt sie ihre Tochter.

»Eigentlich nicht.«

»Vielleicht entdecken wir amüsanten Krimskrams im Krankenhausshop. Oder sogar aktuelle Zeitschriften.«

Annie schaut durchs Fenster auf Schornsteine und Heizgeräte, Zementmischer und Kräne. Ein Warteraum sollte doch eigentlich eine schöne Aussicht bieten, die beruhigt oder aufmuntert, denkt sie, aber offenbar wird da ein neuer Flügel für das Krankenhaus gebaut. Ginge es ihr besser, wenn sie jetzt auf einen Park oder einen Fluss oder ferne Berge blicken könnte? Nein, eine graue Industrielandschaft ist genau das Richtige für ihre düstere Stimmung.

Kann überhaupt irgendetwas ihre Laune heben?

Allerdings. Denn als sie sich von der unschönen Aussicht abwendet, kommt ein Chirurg im OP-Kittel herein, gefolgt von einem strahlenden Ambrose. »Alles in Ordnung.« Er legt einen Arm um Ursula und nickt Annie zu. »Dein Sam ist ein Kämpfer.«

Der Chirurg stellt sich vor, gibt ihnen die Hand. Sichtlich erschöpft lässt er sich auf einen Stuhl fallen. »Wir haben das Fußgelenk operiert. Zwei Platten, mehrere Schrauben. Ihr Mann hat jetzt allerhand Stahl in sich, Mrs Strauss.«

»Stevens-Strauss«, sagt Annie automatisch.

»Wir haben das Schlüsselbein gerichtet, die Schnittwunden genäht, die Rippen getapt. Die Gehirnerschütterung ist geringfügig, aber wir beobachten das. Er kommt wieder auf die Beine, die Genesung wird allerdings dauern. Er hat doch einiges abbekommen.«

»Aber er wird wieder ganz gesund?«

»Meiner Meinung nach – ja.«

Annie hofft, dass sich seine Meinung auf viele erfolgreiche Operationen und eine erstklassige Ausbildung stützt. »Wie kann ich Ihnen danken?«, sagt sie. Für den Anfang wird sie eine Spende für den neuen Flügel überweisen. Und Sandwiches für das Pflegepersonal liefern lassen. Ha, wenn ihre Bunyans gut ankommen, könnten sie in dem neuen Flügel vielleicht eine Filiale eröffnen. Sie wird Sam von der Idee erzählen. Jetzt, da sie es wieder mit ihm aufnehmen kann.

Sie sieht den Chirurgen an. »Ich bin Ihnen schrecklich dankbar.«

»Ich habe nur meine Arbeit gemacht …« Er winkt ab. Mit der Hand, die eben noch in Sams Blut getaucht war.

»Darf ich zu ihm?«

»Er liegt jetzt in seinem Zimmer. Mit starker Sedierung. Sein Gedächtnis wird eine Zeit lang eingeschränkt sein.«

Begleitet von Lob und Dank verlässt der Chirurg den Warteraum und wird sich zweifellos auf eines der Etagenbetten legen, die man in Krankenhausserien sieht und in denen häufig zwei landen, statt nur einer. Wie schön, so geschätzt zu werden. Wie befriedigend muss es sein, einen Menschen zusammenzuflicken.

Wenn doch auch eine Ehe so schnell geflickt werden könnte!

»Soll ich dich begleiten?«, fragt Ursula.

Annie schaut ihre Mutter an, der man die Anstrengung der vergangenen Stunden ausnahmsweise ansieht, da hilft auch der brillante französische Lippenstift oder die Schweizer Feuchtigkeitscreme mit Edelweißpollen nicht. »Nein, fahr du nur mit Ambrose nach Hause. Ich muss das allein tun.« Sie umarmt sie. »Aber ohne dich, Mum, hätte ich das nicht durchgestanden.«

Auf der dritten Etage des Patientenflügels steht Annie vor dem Zimmer 37A und hält, die Hand am Türknauf, inne. Sie ist froh, dass nur ein Name auf dem Schild steht. Den Luxus eines Einzelzimmers haben sie vermutlich Ambrose zu verdanken. Und wieder hat Ursula ihr indirekt das Leben leichter gemacht.

Sam sieht aus wie eine Horrorfilm-Mumie, überall weiße Bandagen. Sein eingegipstes Bein hängt an einem Trapez. Eine Schulter und der Kopf sind verbunden. Sein Arm liegt in einer Schlinge und ruht auf zwei Kissen. Die nicht verbundenen Körperteile sind in verschiedenem Maße geschwollen und gerötet oder gelb, schwarz und blau verfärbt. Im Ausschnitt seines Krankenhaushemds ist ein Dreieck unverletzter Haut zu sehen. Hat sie je etwas so Anrührendes gesehen? Etwas so Schönes? Wenn sie nur die Lippen auf das zarte, verlockende Kehlgrübchen drücken könnte. »Sam«, flüstert sie.

Er schläft. Sie zieht sich einen Stuhl heran. Auf dem Nachttisch steht eine Schachtel Kleenex. Sie wischt sich die Augen und putzt sich die Nase. »Ach, Sam.« Sie rückt näher ans Bett und drückt seine abgeschürften Finger. Es ist so lange her, seit sie seine Hand gehalten hat.

Nach einer Weile – halbe Stunde, ganze Stunde? – öffnet er die Augen. In seinem aufgedunsenen Gesicht malt sich Verblüffung und Freude ab. Es ist das Gesicht des Jungen, der sie um ein Date bat, das Gesicht des Bräutigams, der ihr eine bildschöne Muschel vom Strand schenkte, das Gesicht des Geliebten, der sich mit ihr vereinigte. »Annieee«, sagt er erstaunt und nuschelt: »Geh nich weg.«

Sie beginnt, wieder zu hoffen, fühlt sich erleichtert. Ist sie aus dem Schneider? Wurde sie für unschuldig befunden? Ist sie in die Zeit zurückgereist, bevor die ganze Geschichte angefangen hat? Vielleicht hat er eine selektive Amnesie. Vielleicht hat der Unfall die bösen Erinnerungen ausgelöscht.

Wenn es doch so wäre!

»Ich werde nie mehr weggehen«, verspricht sie. »Ich werde immer an deiner Seite sein.«

Die Krankenschwester kommt herein, um seine Vitalwerte zu kontrollieren und Medikamente zu bringen. Sie hat einen großen mütterlichen Busen und trägt Sneaker mit Glitzer.

»Sind Sie sicher, dass es ihm gut geht?«, fragt Annie.

»Er ist ein bisschen mitgenommen, aber er wird wieder ganz gesund.« Sie deutet zu einem Sessel in der Ecke. »Den kann man zu einer Liege ausklappen, falls Sie die Nacht über bleiben möchten. Aber ich würde ihn nicht als bequem anpreisen.«

»Ja, vielen Dank. Ich möchte meinen Mann nicht allein lassen.«

»Das dachte ich mir. Sie beide wirken unzertrennlich.«

Als Sam wieder eingeschlafen ist, fährt Annie mit dem Aufzug nach unten und kauft sich im Shop eine Zahnbürste und Zahnpasta. Als sie zurückkommt, stellt gerade eine Krankenschwester eine große Vase mit violetten Gardenien auf den Tisch am Fenster.

Annie weiß, auch ohne auf die beigefügte Karte zu schauen, dass der Strauß von Ursula stammt. Die Schwester gibt Annie ein Kissen und eine Decke. »Ihr Mann hat Glück, dass Sie ihm so treu ergeben sind.«

War sie schon mal je so froh, ihm eine treu ergebene Ehefrau sein zu können, an seinem Bett zu sitzen und seine Hand zu halten? Ihm Wasser mit einem Strohhalm zu trinken zu geben? Welche Freude, welch ein Privileg, Sams Decke zurechtzuziehen und ihm über die Wange zu streichen!

»Ich liebe dich, Sam.«

»Chdichauch«, nuschelt er.

So vergehen drei Tage in dem überheizten Krankenzimmer, in dem sie schreckliches Essen bekommen, eine trübe Aussicht haben und wo stündlich jemand hereineilt, um bei Sam Temperatur und Blutdruck zu messen oder Medikamente zu geben, die Bettpfanne unterzuschieben oder ihn zu waschen. Annie kann sich nicht erinnern, je drei so glückliche Tage erlebt zu haben. Ja, der Klappsessel ist eine Tortur, das gleiche verrückte Ding, mit dem Sam seinerzeit zusammenklappte, als er an ihrem Krankenbett übernachtete. Ja, sie würde gern duschen und sich die Haare waschen. Ja, sie vereinnahmt ihn und hält Besucher fern. Er ist nicht in der Verfassung für Besuch, sagt sie zu allen. Er schläft, er isst, und zwischendurch nuschelt er immer wieder ihren Namen und »Chliebedich«.

In der dritten Nacht ruft er nach ihr.

»Alles in Ordnung?«, fragt sie alarmiert. Es ist vier Uhr früh.

Er klopft neben sich auf die Matratze. »Komm.«

Behutsam legt sie sich an seine unverletzte Seite auf die Bettkante. Er legt die Hand auf ihren Oberschenkel und die Wange an ihre. »Gut. So schlafen.«

Sie hat kaum Platz, aber selbst wenn es noch weniger wäre, würde sie die Chance nutzen und sich an ihn kuscheln. Auf der Seite liegend, drängt sie sich an ihn und spürt in seiner Körperwärme, wie ihre eigenen Wunden heilen.

Auch am vierten Tag ist die Welt in Ordnung. Ihre Ehe ist gerettet. Sie fährt nach Hause, um zu duschen, sich etwas Frisches anzuziehen und Rechnungen zu begleichen.

Aufläufe und Weinflaschen stehen vor ihrer Haustür, Karten mit Genesungswünschen verstopfen den Briefschlitz. Auf dem Flurtisch blinkt der Anrufbeantworter. Sie drückt auf Play. Rachel verkündet, dass sie ihr Tag und Nacht zur Verfügung steht, Juliette verspricht Brownies und ein Bild von Isabel, das Sam neben sein Krankenbett hängen kann, Nachbarn bieten an, für sie einzukaufen. Sie drückt auf Stopp. Sie hat keine Zeit und keine Lust, sich die anderen Nachrichten anzuhören.

Sie duscht heiß und shampooniert sich die Haare, cremt sich mit Lavendellotion ein und zieht sich ein seidenes Unterhemd an, das Ursula ihr geschenkt hat. Sie findet eine saubere Jeans, die noch nicht ausgefranst ist, legt Lippenstift auf und tuscht sich die Wimpern. Sie steckt eine Ladung Wäsche in die Waschmaschine.

Sowie sie Sams Zimmer betritt, spürt sie die veränderte Atmosphäre. Die Heizung läuft auf Hochtouren, aber das Klima ist eisig. »Ach, du bist's«, sagt Sam kühl und spricht viel deutlicher als vorher.

Sie setzt ein Lächeln auf. »Stimmt etwas nicht?«

»Das fragst du im Ernst?«

Sie geht nicht darauf ein. »Wie fühlst du dich?«

»Eigentlich viel besser.« Er hat den Kopf zum Fenster gedreht, als könnte er ihren Anblick nicht ertragen. »Meine Erinnerungen kommen zurück.«

»Das ist doch gut, oder?«

»Kommt drauf an.« Er macht ein finsteres Gesicht. Wie sie sieht, hat er Zeitung gelesen und hält sein Handy in der Hand. Der Alltag hat ihn wieder. Sam ist noch ein wenig gehandicapt, aber wieder bei seinem Groll angekommen.

»Wenn es dir nichts ausmacht, dann schließ doch die Tür hinter dir. Ich will ein wenig schlafen. Danke für deine Hilfe so weit.« Er spricht wie mit einer Fremden auf der Straße, die ihm den Regenschirm aufgehoben hat. »Ich komme jetzt allein zurecht.«

»Sam …«

»Bitte, geh einfach.«

Sie taumelt hinaus auf den Gang und stößt mit Ursula zusammen, die gerade mit einem herrlichen Strauß in der Hand ankommt. »Annie!«, ruft sie und starrt sie an.

Annie schlägt die Hände vors Gesicht. »Er erinnert sich wieder an alles. Er will, dass ich ihn in Ruhe lasse.«

Ursula gibt den Strauß einer vorbeilaufenden Schwester und bittet sie, ihn auf die Kinderstation zu bringen. »Der Chirurg hatte angekündigt, dass der Gedächtnisverlust nur vorübergehend ist«, sagt sie zu Annie.

»Ich weiß. Aber ein paar Tage lang war es so schön mit Sam. Er war so liebevoll, da habe ich gehofft …«

»Und warum auch nicht? Das ist nur menschlich, Darling.« Ursula schüttelt den Kopf über die menschliche Natur. »Tu, was Sam sagt. Fahr nach Hause. Morgen wird alles besser.«

»Weil das in jedem Kalender steht? Nicht für mich, fürchte ich.«

»Höre ich da etwa Selbstmitleid? Wie wär's, wenn du Rachel anrufst und ihr dein Herz ausschüttest? Mach dir keine Sorgen, Darling.«

»Keine Sorgen?«, wiederholt Annie ungläubig.

Zu Hause angekommen, macht Annie sich Sorgen. Sie will Rachel nicht ihr Herz ausschütten. Dazu hat sie nicht mehr die Kraft. Sie kann nur noch praktische, geistlose Arbeit verrichten: Sie sieht die Post durch. Sie hört den AB ab und spult durch weitere Genesungswünsche, politische Werbung, Angebote von Schneeräumfirmen, Kreditfirmen und einen chinesischen Werbeanruf. Sie löscht alle. Sie vereinbart Physiotherapietermine, ruft bei einem Pflegedienst an und bestellt einen Betreuer, der sie berät, wie sich der Haushalt auf Sams Genesungsphase einstellen kann.

Sie schaltet CNN ein. Die Welt führt Kriege, Bergarbeiter sitzen in einer Mine fest, es gibt Krawalle in Großstädten, in Afrika verhungern Tausende, ein Erdbeben hat Japan heimgesucht, im Westen brennen Wälder, die Ulmen im Central Park sind von einem Pilz befallen, Boston bricht den Rekord für den strengsten Winter seit Beginn der Wetteraufzeichnungen, in Maine müssen sich die Fischer auf einen Rückgang beim Kabeljau einstellen, Brücken werden baufällig, im

Landesinnern flammt rassistische Gewalt auf, der IS verübt Bombenanschläge – und so weiter. Von jeder Katastrophe sieht sie sich in ihrem Elend bestätigt.

Das Telefon weckt sie. Sie muss auf dem Sofa eingedöst sein und ziemlich lange geschlafen haben, denn draußen ist es dunkel. Schlaflosigkeit und Verschlafen sind Symptome bei seelischer Not, hat sie in einer Zeitschrift gelesen, vielleicht in dem Warteraum im Krankenhaus, aus dem sie heute verbannt wurde. Auf CNN geht es jetzt um die jüngste nationale Sicherheitslücke, was sie daran erinnert, welchen Einbruch ihr eigenes Sicherheitsgefühl gerade erlitten hat. Sie greift zum Telefon und schaut aufs Display. Es ist Sam.

Er ist kaum zu verstehen. Er schluchzt und schnappt nach Luft.

Panisch richtet sie sich auf. »Oh nein! Sam!«, ruft sie. »Was ist passiert?«

Er schluchzt lauter. »Ich hab es gelesen.« Er weint.

»Was gelesen?«

»Den Leitfaden. Ursula hat ihn mir gegeben.«

»Sie hat …?« Annie stockt.

Fassungslos lässt sie sich auf das Sofa fallen, von Gefühlen überwältigt. Ihr schießen alle erdenklichen Fragewörter durch den Kopf: wie, warum, wann, was, wo – alle auf Ursula bezogen, da das Wer bereits geklärt ist. Sie muss diese Fragen stellen und noch andere. Sie macht den Mund auf, bereit zu einem wahren Kreuzverhör, doch die Worte bleiben ihr im Hals stecken.

»Annie. Bist du noch da?«

Plötzlich begreift sie. Sie sieht es vor sich, wie Ursula die Treppe herunterkam und den Lippenstift schwenkte, den sie angeblich auf der Fensterbank im Gästezimmer vergessen und der in Wirklichkeit in ihrer großen Handtasche gesteckt hatte, und wie sie durch ihr fröhliches Geplauder von einem potenziellen Verdacht ablenkte. Eine preiswürdige Darbietung. Ein vorbildliches Ablenkungsmanöver. Sie würde eine gute Agentin abgeben.

»Annie?«

»Ich bin noch dran.«

»Warum hast du es mir nicht gesagt?«

»Ich hab's versucht … gleich zu Anfang, als die alte Mrs Bouchard gestorben war und ich vorschlug, ein Testament aufzusetzen. Damit wollte ich das Gespräch einleiten. Aber du hast mich abgewürgt. Allerdings war ich offen gestanden erleichtert, denn ich hatte Angst, wie sich die Nachricht auf dich auswirkt. Dann habe ich es wieder versucht, als ich von New York zurückkam. Und da wolltest du mir nicht zuhören.«

»Ich war ein Idiot …«

»Und neulich beim Frühstück wollte ich es wieder versuchen …«

»Als ich die Eier abgelehnt habe, die ich eigentlich gern essen wollte.«

»Du warst so wütend.«

»Zu Unrecht.«

»Und dann bist du rausgestürmt und hast den Müllwagen gerammt und …«

»Oh Gott, Annie, was für ein sturer Idiot ich war!«

»Ich auch.«

»Du überhaupt nicht.«

»Der Unfall war nur meine Schuld. Ich habe dich provoziert.«

»Nein. Es war meine. Ich war ein Idiot.«

Sie hört die Tür in seinem Zimmer aufgehen. Nicht jetzt, sagt Sam zu wem auch immer. Er wartet, bis die Tür geschlossen ist. »Ich dachte, du hättest jemanden kennengelernt. Warum hättest du sonst so lange wegbleiben sollen, zumal bei deiner Mutter, die du nie ertragen konntest.«

»Ob du es glaubst oder nicht, inzwischen liebe ich sie. Und ich habe gedacht, dass du und Juliette …«

»Du scherzt wohl!«

»Ich fürchte, nein.«

»Dieses Kind? Ach komm, Annie.«

»Ja, das sehe ich jetzt auch.«

»Wie konnte ich nur an dir zweifeln?«

»Du kannst nichts dafür. Ich war nicht gerade mitteilsam.«

»Ich bin wirklich ein Idiot«, sagt er wieder. »Führe mich auf wie der letzte Arsch, während du die Hölle durchmachst. Und ganz allein.« Er hustet. Dann klingt er halb erstickt. »Wenn ich mir vorstelle, dass du dachtest, du würdest sterben. Und dass du mich schonen wolltest.«

Eine Weile schweigen sie, hören einander atmen, versuchen, ihren inneren Tumult in den Griff zu bekommen.

»Ach, Annie«, sagt Sam schließlich. »Gibt es noch eine Chance …?«

Sie greift nach dem Autoschlüssel. »Ich bin schon auf dem Weg.« Sie lacht. Ihr ist schwindlig vor Erleichterung. »Und, Sam, rück schon mal ein Stück zur Seite.«

Sie greift nach ihrem Mantel, der über dem Treppengeländer hängt, und schlüpft hinein. Wieder sieht sie Ursula beschwingt die Treppe herunterkommen, die herrische Ursula, die im Warteraum den Stecker aus der Wand zog. Die Ursula, die ihrer Tochter Termine bei ausgebuchten Fachärzten verschaffte. Die den Leitfaden an sich nahm und in ihrer Handtasche aus dem Haus schmuggelte. Die nervenaufreibendste Frau der Welt.

Die heilig gesprochen werden sollte. Hätte Annie je im Leben geglaubt, dass es Ursula sein würde, die ihr das Leben und dann die Ehe rettet?

»Und nun eine gute Nachricht«, sagt der Sprecher von CNN. »Der Dow Jones ist gestiegen und das Handelsdefizit gesunken.«

Sie schaltet den Fernseher aus. Als sie sich die Handschuhe anzieht, bemerkt sie, dass das Lämpchen am Anrufbeantworter noch blinkt. Sie muss eine Nachricht übersprungen haben. Oder es kam ein Anruf rein, während sie mit Sam telefoniert hat. Sie zögert. Warum sich damit aufhalten, wenn es doch nur eine Werbenachricht ist?

Sei drückt auf Play: *Das ist eine Nachricht für Ms Arabella Stevens-Strauss von der Praxis Dr. Felix Revere in Portland. Wir haben die ganze Woche über versucht, Sie zu erreichen. Könnten Sie bitte zurückrufen?*

Epilog

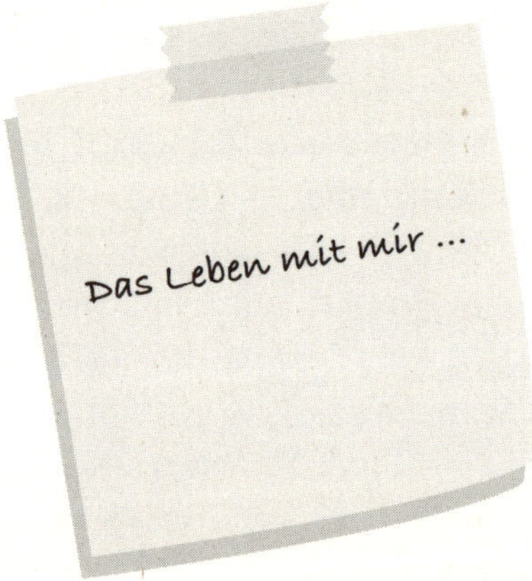

Hier nun also der letzte Eintrag in den Leitfaden. Obwohl ich weiterlebe (hurra!), schreibe ich Anweisungen für Sam auf Haftnotizen. Anscheinend ist das zur Gewohnheit geworden. Aber jetzt kann Sam dasselbe tun und mich daran erinnern, gerade zu stehen, bei den Jalapeños sparsam zu sein, wenn ich Chili koche, und mit dem Mikromanagement aufzuhören. Vielleicht können wir am Silvesterabend unsere Notizen austauschen, als gute Vorsätze für unsere persönliche Entwicklung. Doch ich fürchte, meine einst umfangreiche Bibliothek von Selbstoptimierungsbüchern ist allerhand Elternratgebern gewichen.

Aber Schluss mit der Vorrede! Hope Albright Stevens-Strauss und Abigail Revere Stevens-Strauss, die Zwillinge, sind jetzt sechs Monate alt. Zu sagen, sie sind die größte Freude unseres Lebens, wäre noch untertrieben.

Es stellte sich heraus, dass meine Fehlgeburten und die Totgeburt durch eine Funktionsstörung verursacht wurden, die sich mit niedrig dosiertem Aspirin und Heparin behandeln lässt, das Antiphospholipid-Syndrom. Was für ein Zungenbrecher. Die Schwangerschaft verlief ohne Zwischenfälle, während Sam recht gut gelaunt seine eigenen geschwollenen Knöchel und die Morgenübelkeit hinnahm. Ich war Trauzeugin bei Ursulas und Ambroses Hochzeit und sah aus, als wäre ich in einem luxuriösen Designerzelt hängen geblieben, obwohl Ursula sich händeringend mit ihrer Verkäuferin bei Bergdorf's beriet. Ich muss zugeben, dass ich die Begleiterscheinungen meiner Schwangerschaft, jede Krampfader und den ständigen Drang zu pinkeln genieße. Mein Ehrenabzeichen, meine absolut wohltuende Normalität.

Ursula besteht darauf, dass die Kinder sie Mémé nennen, das ist der französische Kosename für Großmutter und klingt in ihren Ohren nicht so nach Lebensabend. Sie sagt, da sie jetzt im Fernsehen Großmütter spielt, kann sie ebenso gut eine sein. Sie hat große Freude an den Zwillingen, verwöhnt sie mit schicken europäischen Kleidern und Spielzeug, liest ihnen aus Kinderbüchern vor, die sie zwar noch nicht verstehen, so aufgeweckt sie auch sind, aber sie lieben den Klang ihrer Stimme. Hope lacht, und Abigail grinst und zeigt ihren neuen Zahn. Sie sind Schönheiten, jubelt Ursula. Und das sind sie – sie haben das Beste von Sam, also das meiste, aber auch das Beste von mir. Ursula zieht die Grenze beim Windelwechseln, aber davon abgesehen ist sie vorbildlich.

Ebenso Sam. Sein Enthusiasmus macht jede Ungeschicklichkeit wett. Offen gestanden geraten seine Windeln meistens schief und sind nicht dicht. Und weil er Angst hat, dass seine Töchter Seife in die Augen bekommen, sind ihre Haare nie gründlich genug ausgespült. Sobald er den Raum verlässt, richte ich heimlich die Windeln und wasche das Shampoo aus. Er hat den Unterschied noch nie bemerkt. Ich versuche, ihm beizubringen, dass Kratzer und Beulen zu einer normalen Kindheit gehören. Er macht Fortschritte. Gestern hat er ein Snoopy-Pflaster auf Abigails »Aua« geklebt und angesichts des winzigen Blutstropfens nur leicht gezuckt.

Hat es je einen hingebungsvolleren Vater seit der Entstehung der Menschheit gegeben? Er macht früh Feierabend, trödelt morgens, um mit seinen Mädchen Cheerios zu futtern. Zum Glück hat der Kombi viele der bisher zeitraubenden Arbeiten übernommen. »Die beste Anschaffung seit je«, findet Sam.

Ich habe Joe in Brooklyn ein Foto geschickt, auf dem wir vier vor dem Kombi stehen. Dafür hat er uns eine Postkarte geschickt und geschrieben, dass es ihm gut geht und dass ihn das Foto glücklich macht und auch Mary glücklich gemacht hätte. Und dass er sehr froh ist, weil der Kombi eine großartige Familie gefunden hat, die ihn zu schätzen weiß.

Unsere Geschäftserweiterung war erfolgreich. Das *Down East* hat uns einen schwärmerischen Artikel gewidmet, und die Touristen machen Abstecher nach Passamaquoddy, um einen Bunyan, unseren berühmten Banh mi und das Hackbällchen-Sandwich mit dem Ei obendrauf zu kosten und die freundliche Atmosphäre von Maine zu genießen. Wir haben mehr Personal eingestellt, mehr *tüchtiges* Personal, und der Laden brummt. Wir wollen den ersten Kindergeburtstag dort feiern. Wir überraschen die beiden Mädchen mit einem Welpen, den wir schon ausgesucht haben und der Binky täuschend ähnlich sieht.

Nachdem Sam und ich wieder zusammengekommen sind,

wollte ich den Leitfaden verbrennen, weil wir ihn nicht mehr bräuchten, weil er seinen Zweck erfüllt hätte und der Vergangenheit angehörte. Ich wollte durch nichts mehr an die beängstigende Zeit erinnert werden, daran, wie dumm ich war, wie dumm wir beide waren. Denn schließlich haben wir kurz davor gestanden, alles zu verlieren, was uns auf dieser Welt wichtig war. Doch Sam war dagegen, er wollte den Leitfaden behalten, wollte darauf zurückgreifen können, sich Rat holen, um nicht in seine ungesellige, nachlässige Art zurückzufallen. Das Wichtigste an dem Leitfaden ist für ihn, dass er ein Zeugnis wahrer Liebe ist und eine Anleitung, wie man aus einer guten Ehe eine sehr gute Ehe macht.

Die Genesung hat lange gedauert, aber jetzt geht es Sam wieder gut. Bei feuchtem Wetter spürt er es im Fußgelenk, und er kann die Schulter noch nicht wieder so bewegen wie vorher. Aber wenn wir daran denken, welche Konsequenzen aus diesem schrecklichen Morgen hätten erwachsen können, sind wir beide ungeheuer dankbar, am Leben zu sein und einander zu haben.

Es gibt noch mehr Neuigkeiten: Rachel und der Mann, den sie im Internet kennengelernt hat, treffen sich noch immer. »Ich bin vorsichtig optimistisch«, sagt sie. Megan ist am Bowdoin College angenommen worden. Sam und ich werden Rachel zu dem Elternwochenende im Herbst begleiten, um gemeinsam in Erinnerungen zu schwelgen. Nebenbei bemerkt, Rachel schwört, dass sie kein bisschen wegen Sam und mir besorgt war. Ich habe darauf verzichtet, ihre Warnungen und Ratschläge aus der Zeit zu zitieren. Erstaunlich, wie leicht es ist, die Geschichte umzuschreiben. Und zu vergessen.

Meine Lunge ist vollkommen frei, sagt Dr. Albright. Eine spontane Genesung von Sarkoidose ist nicht ungewöhnlich, und ich gehöre zu den Glücklichen. Trotzdem werde ich ein Mal im Jahr nach New York fliegen und mich untersuchen lassen. Ursula hat ihre Wohnung behalten und freut sich immer, mich zu begleiten. Da Ambrose halb in Pension ist, teilen sie ihre Zeit gerechter zwischen Maine und Manhattan auf. Im Frühjahr will sich die ganze Familie dort treffen – Sam und ich und die Mädchen und Ursula und Ambrose. Sam sucht bereits nach kinderfreundlichen Restaurants. Er möchte den Zwillingen die ägyptische Kunst im Metropolitan Museum zeigen, obwohl Ursula und ich ihm erklären, dass sie dafür noch zu klein sind.

Die ganze Familie – wer hätte das gedacht? Und dass wir so viele sein würden?

Neulich hörte Sam von Ray Beaulieus Schwager, dass Juliette ihren Job als Cocktailkellnerin wegen der Arbeitszeit gekündigt hat. Es hat sich herausgestellt, dass sie in dem Pflegeheim ein Hit ist. Man ist bereit, über ihr schlecht aufgelöstes Tapioka und ihre ungenügende Staubwischtechnik hinwegzusehen, weil es allen eine Freude ist, in ihr junges Gesicht zu blicken. Und Isabel tritt als offizielles Maskottchen auf. Denn durch sie brauchen die Bewohner des Heims weniger Therapiehunde, die regelmäßig aus dem Tierheim kamen und nicht alle stubenrein waren.

Sam kommt heute früh nach Hause, während ich mal eben bei Dee Dee reinschneie und mir die Haare schneiden lasse. Seit wir die Kinder haben, sehen meine Haare zu Ursulas Enttäuschung wieder ungepflegt aus. Sam ist heute Abend bei dem Architekturkurs. Er hat ein echtes Talent fürs Gestalten. Sein jüngster Plan für unser Geschäft ist brillant. Ich ermutige ihn, öfter auszugehen. Wir brauchen ein wenig Eigenständigkeit, sage ich. Der Freiraum tut uns beiden gut. Ja, sagt er, ich habe darüber mal etwas in einem Leitfaden gelesen. Und dann lachen wir.

Ich kann gar nicht ausdrücken, wie es ist, meine Babys im Arm zu halten, unsere Babys, und sie an meine Brust zu drücken. Wie sie schauen, wenn ich ins Kinderzimmer komme und sie mich sehen, ihre Mutter. Ich muss gestehen, dass wir in manchen Nächten – okay, in den meisten Nächten (was ich Rachel gegenüber nie zugeben würde) – die Mädchen zu uns ins Bett holen und wir alle zusammen schlafen, eine eng zusammengekuschelte Familie.

Nun, ich höre Hope im Kinderbett rascheln. Gleich wird auch Abigail wach sein, dann weinen sie im Duett, was bedeutet, dass es Zeit ist, den Laptop zuzuklappen. Ich wünschte, ich könnte mit einer tiefgründigen Bemerkung schließen und damit zusammenfassen, was ich gelernt habe. Aber seien wir ehrlich: Worauf es wirklich ankommt ist Liebe, nicht wahr? Lieben und leben.

xxxooooo A. (Annie Stevens-Strauss)

Danksagung

meinem smarten, charmanten, geduldigen Agenten Mitchell Waters;
meiner Lektorin, der klugen Faith Black Ross, und dem stets freundlichen Alcove-Team, Melissa Rechter und Madeline Rathle;
den Ärztinnen Ellen Feld und Lisa Weissmann für ihre unschätzbare fachliche Beratung;
der unvergleichlichen Elinor Lipman, meiner ersten Leserin, harten Kritikerin, besten Freundin, für ihren legendären Großmut gegenüber Schriftstellerkollegen (und mir);
der brillanten Stacy Schiff für das Durchsehen des Manuskripts und für ihr unendliches Mitgefühl;
der verstobenen (verehrten und schmerzlich vermissten) Anita Shreve, die mich bei diesem und meinen vorigen Romanen angefeuert hat;

meinen Freunden, Nachbarn und Kollegen, die mich während der letzten traurigen, schwierigen Monate mit Essen und Getränken versorgt und mir eine starke Schulter angeboten haben;
meinen lieben Söhnen, ihren lieben Frauen und Kindern: Daniel Medwed und Sharissa Jones, Mili und Clementine, Jono Medwed und Marnie Davidoff, Mirabelle und Gabriel;
meiner stabreimenden Schwester, Robie Rogge, einem ewigen Quell guter Laune und Unterstützung.
Und schließlich danke ich meinem geliebten Mann, der im vergangenen Jahr überraschend verstarb, bevor wir wussten, dass aus dem Manuskript ein Buch wird, und der vor Stolz gestrahlt hätte. Daher möchte ich die Widmung aus *Mail*, meinem ersten Roman, wiederholen:
Für Howard, den ich im Kindergarten kennenlernte, der Schreiben als erhabene Arbeit betrachtete und in all den Jahren kein einziges Mal zu mir sagte: Geh und besorg dir einen Job. Dieses Buch ist für dich, mein Lieber.